Road Map to Holland

문득, 낯선 길에서

문득, 낯선 길에서
다운증후군 아이와 엄마의 아름다운 성장기

초판 1쇄 인쇄일 2024년 8월 23일   초판 1쇄 발행일 2024년 8월 30일

지은이 제니퍼 그라프 그론버그 | 옮긴이 강현주
펴낸이 박재환 | 편집 유은재 신기원 | 마케팅 박용민 | 관리 조영란
펴낸곳 에코리브르 | 주소 서울시 마포구 동교로15길 34 3층(04003) | 전화 702-2530 | 팩스 702-2532
이메일 ecolivres@hanmail.net | 블로그 http://blog.naver.com/ecolivres | 인스타그램 @ecolivres_official
출판등록 2001년 5월 7일 제201-10-2147호
종이 세종페이퍼 | 인쇄·제본 상지사 P&B

ISBN 978-89-6263-284-2 03840

책값은 뒤표지에 있습니다.   잘못된 책은 구입한 곳에서 바꿔드립니다.

문득, 낯선 길에서

다운증후군 아이와 엄마의 아름다운 성장기

제니퍼 그라프 그론버그 지음 | 강현주 옮김

에코리브르

우리 아이들에게 바칩니다.

감사의 글

한 아이를 키우려면 마을 하나가 필요하다는 속담이 있습니다. 책을 쓰는 데도 마찬가지라고 하고 싶지만, 제 경우에는 작은 대도시가 필요했다고 말할 수 있습니다. 저를 도와준 사람 중엔 멀리 떨어진 곳에 계신 분들도 있습니다. 그들의 이름을 모두 떠올리다 보니, 이 책에 대해 제가 주장할 수 있는 것은 단지 제가 그 단어들을 가져온 것뿐이라는 사실을 깨닫게 됩니다. 꼭 필요한 도움을 주신 분들은 다음과 같습니다.

　제가 쓴 모든 글을 간직하고 그중 일부를 액자에 담아 보관해준 엄마 크리스틴 그라프(Christine Graf), 제가 큰 꿈을 꾸도록 격려해준 아빠 프레드 그라프(Fred Graf)와 새엄마 팸 그라프(Pam Graf), 제가 톰(Tom)과 결혼한 것은 아마도 이분들 가족의 일원이 되기 위해서였을 것 같은 돈 그론버그(Don Groneberg)와 조이스 그론버그(Joyce Groneberg), 제 아이들의 삼촌 밥 그론버그(Bob Groneberg)와 숙모 엘리자베스 그론버그(Elizabeth Groneberg), 데니스 슬레이터(Denys Slater)와 글리니스 슬레이터(Glynnis Slater), 조부모님이신 준 빈센트(June

Vincent)와 존 빈센트(John Vincent), 글쓰기 대모인 로리 뷜러(Lauri Buehler)와 세라 에스게이트(Sara Esgate)에게 감사드립니다.

30년 우정의 기쁨을 알게 해주고 제 글에 딱 맞는 집을 찾아준 로라 놀런(Laura Nolan), 그리고 온화하고 친절하고 현명하고 단호한 편집자 트레이시 번스타인(Tracy Bernstein)에게도 감사드립니다. 특히 트레이시는 자녀들에게 이상적인 엄마임과 동시에 이 책의 두 번째 엄마로서 재능을 나눠주었습니다.

제가 길을 잃을 때마다 클로디아 커닝햄(Claudia Cunningham)은 "네가 본 것을 아이들에게 말해줘. 그게 네가 해야 할 일의 전부야"라는 말로 저를 안심시켜주었습니다. 이 이야기의 산파 역할을 해준 필리스 워커(Phyllis Walker)는 제 초고를 분홍색과 파란색 리본으로 묶어주었습니다. 그리고 저를 자신의 친구이자 작가라고 소개해준 세라 스미스(Sarah Smith)에게도 믿어줘서 감사하다는 말을 전하고 싶습니다.

에밀리 리버(Emily River)는 많은 선물을 안겨주었는데, 특히 동부 해안에서 직접 공수한 랍스터로 만든 저녁은 최고였습니다. 니콜 태베너(Nicole Tavenner)는 제 가족사진을 멋지게 찍어주었습니다. 주디스 브롬리(Judith Bromley)는 저에게 "당신은 이 책을 써야 해요. 내가 도와줄게요"라는 격려와 함께 레드 소스 파스타와 커피 브라우니를 선물로 주었습니다.

야생마 작가 모임(Wildhorse Writer's Group)의 주디스, 클로디아, 필리스, 게리 아세베도(Gary Acevedo), 신디 돌(Cindy Doll), 메리 거트슨(Mary Gertson), 조앤 하인스(JoAnne Hines), 재키 래드너(Jackie Ladner), 밀래나 마르세니치(Milana Marsenich), 앤절라 놀런(Angela Nolan), 매기

플러머(Maggie Plummer), 줄리 웨너(Julie Wenner)는 친절하게도 수정 사항을 완벽하게 제안해주었습니다.

그리고 비키 포먼(Vicki Forman), 캐시 소퍼(Kathy Soper), 수 로빈스(Sue Robins), 리베카 퐁(Rebecca Phong), 제니퍼 엔더린(Jennifer Enderlin), 메리 크로스(Mary Cross), 메리 앤 맥가원(Mary Ann McGowan), 웬디 시터(Wendy Sitter), 몰리 벡(Molly Beck), 브리트니 베네츠(Brittney Bennetts)는 우정과 지지로 축복을 보내주었습니다.

페어런트디시(ParentDish)의 크리스틴 다르구자스(Kristin Darguzas)는 제가 에이버리(Avery) 이야기를 할 수 있는 자리를 마련해주었고, 에이미 앤더슨(Amy Anderson)과 셰리 리드(Sheri Reed)는 mamazine.com에서 저를 두 팔 벌려 환영해주었습니다. BabyCenter.com, Downsyn.com, T21 Online, 그리고 Uno Mas!는 모두가 환영받고 누구도 설명할 필요 없는 자리를 마련해주는 특별한 사람들로 구성된 단체입니다.

마지막으로, 저에게 할 수 있다는 믿음을 준 톰과 매일매일 어떻게 살아가야 할지를 보여주는 카터(Carter), 에이버리, 베넷(Bennett)에게 고마운 마음을 전합니다.

차례

일요일의 아이는 은혜로 충만하다.

01

처음에는 숨 쉬는 것도 아프다

어디서부터 시작해야 할지 모르겠다.

어쩌면 두 번째 임신이 끝나고 닷새 후부터 시작해야 할 것이다. 나는 시어머니 조이스와 함께 신생아집중치료실(NICU)에서 방금 막 아기들을 가슴에 품었다. 그 10초 동안 내 삶이 완전히 철저하게 바뀌어서 나는 한동안 아무 말도 할 수 없었다.

담당 소아과 의사는 로스퀴스트(Rosquist) 박사로, 다른 상황에서라면 친구가 되었을지도 모르는 내 또래 여성이다. 날씬하고 키가 작으며 흰 피부에 거의 백발인 박사는 레몬 셔벗을 떠올리게 했다. 내가 에이버리를 아이솔렛(Isolette: 인큐베이터의 브랜드명—옮긴이)에 다시 넣고 베넷한테 초록색과 노란색 니트 모자를 씌운 다음 간호사에게 건네자, 박사가 다가와 옆에 앉더니 손을 뻗어 내 팔뚝을 쓰다듬었다. 박사가 나에게 하려는 말이 무엇이든 나쁜 것임을 알 수 있었다.

하지만 어쩌면 그보다 좀더 일찍 시작되었을지도 모르겠다. 나와 같은 이름의 제니퍼 로스퀴스트 박사가 회진하는 시간대였기 때문에 신생아집중치료실은 바쁜 아침이었을 것이다. 냉난방공조기(HVAC)의 윙윙거리는 소리, 머리 위 형광등의 딸깍거리는 소리, 맥박 산소 모니터의 일정한 신호음, 가끔씩 울리는 알람 소리로 병실이 시끄러웠을 텐데, 나에게는 박사가 진찰하는 내 아들 에이버리의 작고 불규칙한 호흡 소리만 조용히 들리는 듯했다. 박사는 청진기를 손바닥으로 따뜻하게 덥힌 후, 인큐베이터 안에 손을 넣어 에이버리의 심장에 청진기를 댔다. 박사의 눈길을 사로잡은 것은 아기의 머리 모양이었을까, 아니면 약간 낮게 위치한 귀였을까, 아니면 왼손 손바닥의 특정 주름이었을까? 박사는 인큐베이터 아래 있는 클립보드에 쇼데어 아동병원(Shodair Children's Hospital)에 검사를 의뢰하기 위해 보낼 혈액을 채취하라는 메모를 적었다.

그보다 더 일찍, 아기들은 7주 조산으로 내 배에서 빠져나왔다. 집에서 110킬로미터나 떨어진 병원의 얼굴도 모르는 의사가 응급 제왕절개 수술을 집도했다. 6월의 눈부시게 화창한 일요일, 순식간에 모인 의료진이 파란색 수술용 마스크를 쓰고 눈을 부릅떴다. 수술 과정을 설명하는 간호사는 친절했고, 그녀의 연한 파란색 수술복은 어릴 적 보았던 태평양을 떠올리게 했다. 아기들은 아주 빨리 나왔다. 숱이 많은 긴 머리, 햇볕에 그을린 피부, 내가 사는 몬태나(Montana) 북서부의 작은 산골 마을에서는 보기 드문 하와이언 수술복을 입고 있어 내가 '할리우드 박사'라고 부르는 남자가 아기들을 꺼냈다. 자신감 넘치고 매우 친절한 남자였다. 그가 첫 번째 아기 A, 그러니까 우리의 에이버리를 꺼내며 "정말 예쁜 아들입니다. 축하해요"라고 말했다. 곧이어 쌍둥이인 아기 B, 즉 베넷이 나왔다. "또 건강한 아들입니다. 수고했어요, 산모님." 신생아들의 울음소리가 방 안을 가득 채웠다. 갓 태어난 나의 두 아들이 힘차게 울어댔다.

하지만 그 일은 이보다 훨씬 이전에 시작되었다. 10월 말의 어느 눈 내리는 저녁, 남편 톰과 나는 밤을 대비해 난로 안에 장작을 더 쌓아놓고 세 살배기 카터를 침대에 재운 후, 조용한 집에서 단둘만의 시간을 보냈다. 우리는 거의 1년 동안 둘째 아이를 갖기 위해 노력해왔다. 내 생리 주기에 맞춰 생활하는 그 시간들이 우리를 힘들게 만들고 있었다. 슬프지만 우리는 아기를 더 가질 수 있을 거라는 생각을 버리기 시작했다. 그래서 그저 서로에 대한 사랑으로 그날 밤을 함께 보냈다. 그런데 새벽녘 한 명이 아닌 2명의 생명이 내 안에 뿌리를 내리고, 말하지도 않았던 기도가 응답을 받았다. 세포가 분열하고 증식하며 왕성하게 성장하는 동안, 모든 생명이 영원히 변화했다. 나는 톰과 등을 맞댄 채 내 베개에 웅크려 잠들었다. 우리 두 사람은 두꺼운 솜이불 속에서 따뜻하게 누워 있었다. 해가 뜬 후에도 눈발이 계속 흩날렸다.

에이버리의 탄생에는 바로 이런 순간들이 있었다. 하지만 시간을 더 거슬러 올라갈 수도 있다. 분홍색 머리카락의 아기, 그러니까 내가 5주 일찍 태어나 처음으로 울음을 터뜨린 순간이다. 젊은 남편과 아내는 내가 태어났을 때 약간 당황했지만, 그럼에도 불구하고 가족으로서 삶을 시작하기로 결심했다. 또는 두 사람이 중서부의 작은 대학 캠퍼스에서 신입생으로 처음 만났던 날의 밤도 있다. 엄마와 아빠는 고등학교를 졸업한 직후 둘 모두 처음으로 혼자 지내게 되었다. 엄마는 치어리더, 아빠는 풋볼 선수였다. 캠퍼스 주변에서 서로를 눈여겨 보긴 했지만, 공식적으로 만난 것은 가을 파티 때였다. 가벼운 눈짓과 순수한 미소가 두 딸을 낳고 평생을 함께하는 인연의 시작이었다.

한 여성이 낳게 될 모든 자녀는 그녀가 태어나기도 전에 이미 그녀 안에 존재한다. 그 여성이 아직 자궁 안에서 꿈틀거리며 떠다니는 작은 형태에 불과할 때 그 자녀들이 창조된다. 한동안은 어머니, 딸, 손녀 등 3대가 하나로 살아간다. 이것이 모계 혈통이다. 내 어머니는 쌍둥이 출산으로 유명한 모계 혈통의 둘째 딸이었다. 할머니는 세 번 임신할 때마다 쌍둥이를 원했다. 하지만 한 번도 쌍둥이를 얻지 못했고, 할머니의 자녀들도 쌍둥이를 출산하지 않았다. 이 때문에 할머니는 그 혈통이 자신과 함께 끝났다고 생각했다.

아빠는 집안의 둘째 아들이었다. 첫째 아들인 아빠의 형은 병약했다. 평생 의학적 합병증을 앓다가 20대에 자연사로 세상을 떠났다. 짧은 생애였지만 모든 예측을 뛰어넘는 죽음이었다. 이름은 데이비드였다. 이것이 내가 아는 전부다. 그에게 무슨 일이 일어났는지, 왜 그런 일이 일어났는지 가족들은 이야기해주지 않았다. 내가 아빠의 엄마, 그러니까 친할머니를 닮았다는 얘기는 많이 들었다. 밝은 갈색 곱슬머리, 연한 파란색 눈, 작고 둥근 코, 풍만한 체질……. 요컨대 튼튼하고 건장한 농부 아낙네의 혈통적 특징을 공유했다.

2명의 할머니, 엄마와 아빠, 그리고 나. 바람 부는 가을날, 쌍둥이 임신, 조산. 병원에 있는 아기들은 겉보기엔 멀쩡했지만 뭔가가 더 있을지도 모른다. 채혈이 필요한 경우도 있었다. 이 모든 사건은 서로 연결되어 있다. 각 사건은 내 아들 DNA의 길게 꼬인 사슬에 속한 하나의 고리다. 그 DNA를 끝에서 끝까지 늘어뜨리면 달까지 닿을 것이다. 내가 그토록 갈망했던 아들이지만, 그 애가 태어났을 때 나는 더 잘 알았어야 하는 모든 이유에도 불구하고 완전히 준비되어 있지 않았다.

로스퀴스트 박사는 평소 근무 시간이 아닌 오후인데, 신생아집중치료실에 모습을 드러냈다. 내가 에이버리를, 시어머니 조이스가 베넷을 안고 있었다. 아기들을 인큐베이터로 돌려보내자 박사가 우리에게 다가왔다. 그러곤 내 흔들의자 옆으로 의자를 끌고 와서 앉더니 손을 뻗어 내 팔을 만졌다. "해줄 이야기가 있어요." 조이스를 흘긋 쳐다보며 말했다.

"괜찮아요. 조이스는 여기 있어도 돼요."

"FISH(형광 제자리 부합: 조직과 세포의 염색체나 유전자를 시각화하는 실험—옮긴이) 검사 결과예요." 박사가 말했다.

나는 박사가 그 검사를 지시했던 것을 분명히 기억한다. 그녀는 몇 가지를 걱정하고 있었다. 에이버리의 귀 모양이나 왼쪽 손바닥의 작은 주름 같은 사소한 것들 말이다.

박사가 종이 한 장을 내밀었다. 내 눈앞에 염색체를 나타내는 한 쌍의 구불구불한 선이 그려진 복사 종이가 펼쳐졌다. 각 쌍 중 하나는 남편에게서, 하나는 나에게서 온 것이다. 일종의 유전적 운명의 지도다.

나는 눈으로 종이를 훑었다. 점과 구불구불한 선 각각 2개씩. 그리고 거기서 뭔가 다른 것을 발견했다. 점이 한 개 더 있었다. 스물한 번째 염색체 쌍에서 2개여야 할 점이 3개였다.

"이게 무슨 뜻이죠?" 내가 중얼거렸다.

"에이버리는 다운증후군이에요."

"그러니까 그게 무슨 뜻이냐고요?" 이번에는 조금 더 크게 반복해서 말했다. 평소에는 너무도 쉽게 하는 말이 힘겹게 나왔다. 우리에게 무슨 일이 일어날지 알고 싶었다. 에이버리에게 무슨 일이 일어날까? 베넷, 카터에게는? 그러면서 우리 모두 괜찮을 거라는 확신을 얻고 싶었다.

"무슨 뜻이죠?" 갑자기 엉뚱한 말을 하는 것 같은 기분이 들어서 다시 물었다. 의사의 태도나 슬픈 눈빛에서 뭔가 안 좋은 일이라는 걸 직감했다. 뭔가가 잘못됐어. 박사는 내 아기한테 문제가 생겼다고 말하려는 거야.

끔찍한 침묵이 흘렀다. 침묵 속에서 내가 알던 세상은 나에게서 멀어지고, 홀로 남겨진 나는 멍하니 할 말을 잃었다. 냉난방공조기의 윙윙거리는 소리, 머리 위 형광등의 딸깍거리는 소리, 맥박 산소 모니터의 일정한 신호음, 가끔씩 울리는 알람 소리만 들렸다. 나는 충분한 공기를 찾을 수도, 충분히 깊이 들이마실 수도 없었다. 아무리 여러 차례 애를 써도 숨을 쉴 수 없었다.

도망치고 싶은 충동을 느꼈다. 퀴퀴한 공기, 부자연스러운 빛, 피와 표백제에서 나는 금속성 냄새, 그리고 나 자신의 두려움에서 벗어나기 위해 뛰쳐나가고 싶었다. 나는 다시 시작할 수 있어. 내가 아닌 다른 누군가가 될 수 있어. 신생아집중치료실의 플라스틱 상자에 갇힌 두 아기의 엄마가 아닌 다른 사람이 될 수 있어. 그런데 지금 둘 중 한 아기한테 문제가 생겼다. 아기를 잃어버릴 것만 같았다.

모텔 방을 찾아 들어가 며칠 동안 잠을 잘 수도 있었다. 고속도로를 타고 밤을 향해, 도시를 향해 달려가 비밀스러운 과거를 가진 여자, 아이들을 버린 여자가 될 수도 있었다. 다리에 전율을 느끼면서도 나는 내가 절대 그렇게 하지 않으리라는 걸 알고 있었다. 나는 내 아기들과 내가 사랑하는 사람, 내 삶을 결코 떠날 수 없다.

멍청하게 고개를 끄덕였다. 위로 아래로, 위로 아래로. 그것은 "네"라는 의미이고, "이해합니다"라는 의미이고, "다른 방법이 떠오르지 않아요"라는 의미였다. 눈물이 고였지만, 누구를 위해 우는 것인지 알 수 없었다. 에이버리인지, 나 자신인지. 모든 것이 견디기 힘들게 느껴졌다. 조이스가 내 무릎을 토닥였다. 박사가 다른 질문이 있는지 물었다. 나는 여전히 말을 할 수 없었다. 어떻게 해야 할지 몰랐다. 그러다가 문득 생각났다. 에이버리를 안아보고 싶었다.

나는 손을 떨면서 에이버리의 인큐베이터를 가리켰다.

"에이버리를 안고 싶어요?" 박사가 물었다.

고개를 끄덕였다.

어디선가 간호사가 나타났다. 하지만 박사는 간호사에게 옆으로 비켜 있으라고 손짓했다. 그러곤 직접 인큐베이터 뚜껑을 열고 에이버리를 조심스럽게 들어 올려 내 품에 안겨주었다. 에이버리는 대부분의 신생아처럼 피부가 분홍색과 붉은색으로 얼룩덜룩했다. 갈색 머리카락이 솜털처럼 조금 나 있었다. 나는 에이버리에게서 아무런 문제도 찾을 수 없었다. 잠깐 동안 이 모든 게 실수일지도 모른다는 생각이 들었다. 하지만 아니다. 여기 그 자료가 있고, 명백한 흑백의 진실이 있다. 나는 에이버리의 눈을 들여다보았다. 폭풍우가 몰아치는 날의 호수처럼 깊고 짙은 파란색 눈. 홍채 주변에는 반짝이는 작은 흰색 반점이 있었다. 내가 그동안 봤던 눈 중 가장 아름다웠다.

"안녕." 나는 에이버리를 처음 만난 것처럼 눈물을 흘리며 겨우 속삭였다. "안녕." 가까이 끌어당겨 너무 빨리 너무 세게 흔드는 바람에 에이버리도 울기 시작했다. 우리 둘 다 우느라 몸이 흔들렸다. 에이버리의 작은 손이 내 엄지손가락을 꽉 감쌌다.

우리는 한동안, 아니 아주 오랫동안 그렇게 있었다. 시간 가는 줄 몰랐다. 얼마 지나지 않아 에이버리는 내 품에서 잠이 들었고, 조이스와 나는 신생아집중치료실을 떠나야 했다. 내 엄지손가락을 에이버리의 주먹에서 빼내고 조심스럽게 인큐베이터에 누인 다음, 두 아기에게 작별 인사를 속삭였다. 조이스도 나를 따라 나왔다. 우리는 출구에서 병원 가운을 벗어 세탁 바구니에 던져 넣었다. 그리고 그곳을 벗어나려는데, 한 번도 본 적 없는 간호사가 다가왔다.

"당신에게 말해주고 싶은 것이 있어요. 당신의 아기와 같은 아기들을 기다리는 대기자 명단이 있습니다. 사람들이 그런 아기를 입양하기 위해 줄을 서서 기다리죠."

나는 그 말을 이해할 수 없었다. 사람들이 그렇게 한다고? 다운증후군에 대해 알고 있는 가족한테 아기를 주라고? 그게 옳은 일일까?

그런 생각을 하기엔 너무 피곤했다. 내가 하고 싶은 것은 잠을 자는 것뿐이었다. 아마도 남은 평생 동안.

신생아집중치료실 밖에서 조이스가 나를 껴안으며 말했다.

"배고프니?"

"뭐라도 먹긴 해야 할 것 같아요." 나는 3시간마다 아기들을 위해 모유를 짰고, 계속 모유가 나오게 하고 싶었다. 하지만 배가 고프지는 않다.

우리는 병원 카페테리아로 걸어갔다. 나는 칠면조 샌드위치를 고르고, 조이스는 참치 샌드위치를 골랐다. 우리는 침묵 속에서 먹기만 했다. 나는 내 슬픔에 빠져서 시어머니가 무슨 생각을 하는지, 어떤 감정을 느끼는지 몰랐다. 조이스는 어떤 이야기를 해야 할 때와 하지 말아야 할 때를 잘 아는 사람이었다. 그렇게 내가 감정을 추스를 수 있도록 나에게 시간을 주었다.

나는 모든 게 얼마나 빨리 변할 수 있는지 생각해보았다. 불과 몇 시간 전까지만 해도 젖을 잘 먹지 못하는 베넷을 걱정했다. 톰과 나는 에이버리가 튼튼하고 강한 아이인 반면, 베넷은 약한 아이라고 생각했다. 에이버리는 미식축구 선수가 될 거라고, 아주 빨리 자랄 거라는 농담도 했다.

그런데 2개의 단어가 모든 것을 바꿔놓았다.

나는 이 병원 카페테리아에서 또 무슨 일이 일어나고 있는지 궁금했다. 또 누가 그들의 삶을 완전히 바꾸는 말을 들었을까? 마치 살

갗이 벌겋게 벗겨진 것처럼 몸속 깊이 파고드는 강한 슬픔에 사로잡힌 사람이 나만은 아닐 거라는 생각에 위안을 얻었다. 씹는 것도, 삼키는 것도 아팠다. 심지어 숨 쉬는 것도 아팠다.

우리는 샌드위치를 다 먹고 자동차로 향했다. 나는 아직 제왕절개 수술에서 회복 중이라 조이스가 운전을 했다. 조이스에게 운전을 해도 괜찮겠냐고 물었다.

"응, 괜찮을 거야."

조수석 쪽 문을 열자 또다시 슬픔이 북받쳤다. 이 자동차는 초음파 검사 때 쌍둥이를 임신했다는 결과를 듣고 구입한 것이다. 1997년식 흰색 포드 익스페디션(Ford Expedition)으로, 뒷좌석에 카시트 3개를 장착할 수 있는 몇 안 되는 모델 중 하나였다.

우리가 차를 사던 그날을 기억한다. 내가 크고 둥근 몸으로 이 차에서 저 차로 비틀거리며 걸어가 각 뒷좌석을 들여다보며 "안 돼, 너무 작아"라고 말했던 날을. 나는 시간을 끌었다. 새 차가 왜 필요한지 이해할 수 없었다. 우리의 낡은 차도 괜찮았으니까. 하지만 톰은 고집을 부렸다. 카시트 3개를 넣을 수 있는 안전한 공간이 필요하다면서.

우리의 모든 희망, 우리의 모든 꿈이 깨졌다. 너무 일찍 태어난 아기들, 신생아집중치료실, 그리고 이제 에이버리까지……. 벌어져서는 안 되는 일이었다.

처음에는 정상적인 임신이었다. 첫아이 때보다 뱃멀미 같은 입덧을 더 심하게 느꼈지만, 두 번의 임신이 똑같지는 않다고 들은 터였다. 성장 속도도 더 빠른 것 같았지만, 둘째 임신에서는 그럴 수 있다고 들었다. 담당 의사는 활짝 웃는 얼굴에 호탕한 성격의 클라이드즈데일(Clydesdale: 스코틀랜드 원산의 힘센 짐마차용 말. 매력적인 남자를 일컫는 용어로도 쓰인다—옮긴이) 같은 여성이었다. 정기 검진을 하던 의사가 고개를 들고 목이 약간 잠긴 상태로 빠르게 말했다. "가능한 한 빨리 초음파 검사 일정을 잡아야겠어요." 나는 벌써부터 걱정이 되어 하얀 배를 사이에 두고 의사를 바라보았다. 의사는 활짝 웃으며 설명을 시작했다. "한번 보고 싶어서요. 마지막 생리 날짜가 정확한가요?" 나는 정확하다고 대답했다. 다태아 임신부터 종양, 양수 과다증 등 상상하기도 싫은 합병증까지 다양한 가능성이 있었다. 다음 날, 톰이 내 옆에 있는 가운데 초음파 기술자인 탤리(Tally)라는 이름의 마른 여성이 모니터의 흐릿한 흑백 이미지를 바라보며 말했다. "둘입니다."

지금 생각하면 너무나 순진했던 그 시절을 떠올리기만 해도 다시 눈물이 난다. 나는 가까스로 좌석에 앉아 안전벨트를 맸다. 조이스가 잠시 멈칫하더니 팔을 뻗어 내 손을 꼭 쥐었다. 시어머니와 손을 잡는다는 게 어색하긴 해도 마음이 놓였다. 조이스가 나를 바라보며 말했다. "하루하루를 보내는 거야. 그게 네가 할 일이야. 하루하루에 집중해야 해." 그러곤 내 손을 놓고 키를 돌려 엔진에 시동을 걸었다. 기어를 넣고 주차장을 빠져나가자 조수석에 앉은 나는 어린 소녀가 된 기분이었다.

조이스의 온화함, 확고함, 믿음 같은 것들이 지금 나에게 가장 필요했다. 나는 아내이자 엄마이지만, 여러 면에서 여전히 어린아이였다. 나는 어른이 되어야 했다. 그것도 빨리. 내 아기들의 미래, 내 가족, 내 인생 전체가 거기에 달려 있었다.

자동차가 고속도로로 이어지는 길로 접어들었다. 집까지는 한 시간 반 거리. 모두에게 이 소식을 전해야 했다. 시아버지 돈에게는 시어머니가 말하겠지만, 톰에게는 내가 전해야 한다. 그리고 카터에게도. 네 살배기에게 뭐라고 설명해야 할지 상상조차 할 수 없었다. 그 부담감을 감당하기 힘들었다.

우리는 고속도로를 빠르게 질주하는 익명의 자동차와 트럭 행렬에 섞였다. 문득 이런 생각이 들었다. 나는 누구든 될 수 있어. 아무도 내가 다운증후군 아기의 엄마라는 사실을 몰라. 나는 이 차를 타고 가는 평범한 여자일 뿐이야. 왠지 위로가 되었다. 익명이라는 생각이 마음에 들었다. 편안하고 자유로운 느낌이었다.

아기들이 태어난 지 벌써 닷새가 지났지만, 나는 여전히 임신한 것처럼 보였다. 둥글고 볼록한 배 아래에는 새빨간 흉터가 있고, 가슴은 모유로 가득 찼다. 마음은 이 상황을 쉽고 빠르게 놓아버릴 수 있을지 모르지만, 몸은 그렇지 않았다. 좋든 싫든 나는 아기들과 모성애로 묶여 있었다. 만약 내가 교통사고를 당해 순식간에 죽는다면, 나를 발견한 구급대원들은 내 몸을 보기만 해도 모든 걸 알 수 있을 것이다. 나는 최근에 출산을 했고, 카시트가 3개 달린 차에 타고 있으며, 수유 중이다. 그런데 아기들은 어디에 있지?

내가 임신했을 때, 사람들은 뒤뚱거리며 걸어가는 내 모습을 보고 길을 비켜주곤 했다. 낯선 사람들이 내 배를 토닥이며 "어머, 아기가 크겠어요"라고 말하면, 나는 미소를 지으며 손가락을 올려 평화의 표시를 하면서 대답했다. "둘이에요. 아기가 둘이에요."

그러면 "부러워요!" "세상에, 정말 안됐어요" 또는 "아기들한테 일정에 맞춰 나오라고 하세요"라는 대답이 돌아왔다. 등 뒤로 길게 땋은 은색 머리를 늘어뜨린 한 인디언 남자는 활짝 웃으며 이렇게 말했다. "2배의 축복!"

그 남자는 내가 처음으로 트윈 피플(twin people)이라고 불렀던 사람인데, 트윈 피플은 쌍둥이를 좋아하는 남자와 여자한테 내가 붙인 이름이다. "그녀는 신발 속의 축복이야" 같은 말을 자주 하고 홈스쿨링을 하는 내 친구 필리스는 다섯 아이의 엄마인데, 임신할 때마다 쌍둥이를 갖게 해달라고 기도했다고 털어놓았다. 세련되고 자유분방한 민주당원이자 두 아들의 엄마인 또 다른 친구 세라는 이렇게 말했다. "어릴 때부터 늘 내가 남자아이와 여자아이 쌍둥이의 엄마가 되는 상상을 하곤 했어." 내 여동생은 다락방에 아기 침대 2개와 아기 옷 두 벌, 모든 것이 2개인 물건을 갖춰놓고 남편과 함께 가족을 꾸릴 날을 기다렸다. 두 사람은 쌍둥이를 원했다. 그리고 내 엄마의 엄마인 할머니는 이렇게 말씀하셨다. "이제야 쌍둥이를 갖게 되었구나. 내 인생의 마지막 꿈이 이루어졌어."

조이스가 이따금 나를 흘끗 쳐다보지만, 나는 그 눈길을 외면한다. 아직 어떤 말도 할 준비가 되지 않았다. 창밖으로 미줄라(Missoula)의 도심이 멀어진다. 넓은 도로가 국도로 바뀌고, 비포장도로가 이어진다. 우리는 곧이어 로지폴소나무, 폰데로사소나무, 더글러스전나무로 둘러싸인 시골에 도착했다. 어렸을 때 그랬던 것처럼 창문을 내리고 입을 벌린 채 바람을 들이마신다. 문득 어린 시절의 추억, 엄마 역할을 하며 놀던 기억이 떠올라 눈물이 맺힌다. 나는 단 한 번도 특별한 도움이 필요한 아이의 엄마 역할을 해본 적이 없다. 모든 걸 되돌리고 싶었다. 가로등이 켜질 때까지 시간이 얼마나 남았는지가 가장 큰 걱정거리였던—가로등이 켜지면 그만 놀고 집으로 돌아가야 했다— 그 시절로 돌아가고 싶었다.

당시 우리 집은 샌프란시스코 교외의 한적한 막다른 골목에 있었는데, 길쭉한 형태의 복층 주택이었다. 아빠는 마케팅 리서치 회사의 중역이고, 엄마는 교사였다. 지금은 미시시피강 서쪽의 가장 큰 담수호인 플랫헤드(Flathead) 호수로 튀어나온 반도 모양 언덕의 구불구불한 자갈길 끝에 있는 집에서 살고 있다. 지도에서 보면 이 반도는 이두박근을 과시하기 위해 팔꿈치를 구부리고 있는 것 같다. 우리 집은 그중 가운뎃손가락 마디 위에 있다고 보면 된다. 2개의 큰 창문으로는 호수를 가로질러 160킬로미터 거리까지 볼 수 있다. 화이트피시산(Whitefish Mountain)에 들어선 스키장까지, 스완산맥(Swan Mountains)을 지나 빙하국립공원(Glacier National Park)에서 가장 높은 곳 중 하나인 헤븐스피크(Heaven's Peak)까지, 더 가까이로는 몬태나 대학교(University of Montana)에서 물새 보호 구역으로 관리하는 작은 눈물방울 모양의 버드아일랜드(Bird Island)까지 볼 수 있다. 이른 아침이면 잔잔한 물결과 맑은 하늘 아래 일곱 대의 카약이 노를 저어 섬으로 향하는 모습을 지켜보곤 했다. 내가 있는 곳에서 카약은 밝은 파란색 식탁보 위에 색색의 색종이를 뿌린 것처럼 보였다.

　우리는 회색 외장재가 풍화되고 색 지붕이 녹슨 침실 2개짜리 단층집에 살고 있다. 아기 둘이 태어날 거라는 사실을 알았을 때, 톰이 가장 먼저 한 말 중 하나가 이거였다. "집을 증축해야겠어. 방이 더 필요해." 톰이 체념한 듯한 표정으로 이렇게 말한 것은 우리에게 아기를 더 키우거나 집을 더 지을 돈이 없었기 때문이다. 나는 아기들이 적어도 처음엔 공간을 많이 차지하지 않고, 오래된 침실에 페인트를 새로 칠하면 괜찮을 거라고 그를 안심시켰다.

　임신한 나의 요청 때문인지 또는 단순히 더 저렴했기 때문인지, 증축 이야기는 페인트 색상에 대한 이야기로 바뀌었다. 우리는 단조롭긴 해도 기능적인 오프화이트(off-white) 색상으로 결정했다. 나는 유독 가스를 피해야 해서 톰이 페인트칠을 하고, 카터가 도와주기로 했다. 창문을 모두 열고 박스형 선풍기를 설치한 후, 내 인생의 크고 작은 두 남자가 작업을 시작했다. 나는 살금살금 들어가 아직 칠하지 않은 벽에 '행복' '웃음' '사랑' 같은 단어를 낙서했는데, 벽에다 글을 쓰는 내 모습을 본 카터의 눈이 점점 커졌다. "괜찮아, 카터." 내가 말했다. "페인트를 칠해서 다 덮어버리겠지만, 비밀이나 소원처럼 영원히 남아 있을 테니까. 좋은 일들이 일어나기를, 우리 모두를 위해서." 톰은 처음에는 꺼렸지만, 이내 분위기에 휩쓸려 '음악'과 '책'이라는 단어를 썼다. 카터는 '햇살'과 '초콜릿 우유'를 써달라고 졸랐다.

　지금은 그때를 생각하기조차 힘들다. 우리는 모두 선택을 잘못했다. '건강'이나 '정상적인 염색체' 또는 '제발, 모든 것이 괜찮기를'이라고 썼어야 했다. 나는 페인트를 벗겨내 그 밑에 숨은 단어를 찾아내고 싶었다. 모든 걸 되돌려 다시 쓰고 싶었다. 얼마나 어리석었던가. 그 행복했던 오후와 나를 둘러싸고 있던 그 모든 어리석은 희망을 생각하면 견딜 수가 없다.

서른여섯 살인 나의 임신은 두 가지 의학 용어, 곧 '고위험'과 '고령 산모'로 설명되었다. 고위험은 쌍둥이를 임신했기 때문이고, 고령 산모는 내가 서른다섯 살이 넘었기 때문이다. 우리는 담당 의사와 이 문제에 대해 상의했다. 일반적으로 의사는 고령 산모에게 양수 검사를 권유한다. 하지만 나는 각각의 양막에 둘러싸인 쌍둥이를 임신했기 때문에 두 번의 양수 검사가 필요했다. 두 번의 양수 검사는 태아의 건강에 2배의 위험을 초래할 수 있다는 뜻이다. 의사는 트리플 스크린(triple screen: 태아의 선천성 장애를 조기에 발견하기 위해 임산부의 혈액을 통해 세 가지 주요 물질의 수치를 측정하는 검사. '삼중 표지자 검사' 또는 '삼중 선별 검사'라고도 한다—옮긴이)과 고해상도 초음파 등 다른 진단 검사를 모두 진행한 후 이상이 발견되면, 그 결과를 확인하기 위해 양수 검사를 받아볼 것을 제안했다.

의사는 내가 고령이라 아기들한테 선천적 결함이나 유전적 기형이 있을 위험이 더 크며, 양수 검사를 하면 고위험 임신의 경우 유산될 수도 있다고 말했다. 선택은 우리에게 달려 있었다. 모든 초음파 검사에서 아기들은 둘 다 건강한 남자애이고, 심장과 손과 머리의 비율이 적절하다고 나왔다. 트리플 스크린 검사 결과도 정상이고, 혈당

수치도 좋았다. 그래서 우리는 양수 검사를 하지 않기로 결정했다. 검사 과정과 관련한 위험성이 어떤 문제를 발견할 가능성보다 더 컸기 때문이다. 그렇게 우리는 확률을 계산했다. 당시엔 문제가 있어도 상관없다고 생각했던 기억이 난다. 어떤 아기가 태어나든 있는 그대로 사랑할 거라고. 하지만 정말로 그렇게 될 줄은 몰랐다.

당신이 건강한 아기를 출산하면, 의사와 간호사는 이렇게 말하기도 한다. "유감스럽지만 당신의 삶은 앞으로 크든 작든 수많은 변화를 맞닥뜨릴 겁니다. 장기간 수면 부족으로 우울증, 혹은 더 나쁘게 치매에 걸릴 수 있고, 재정적으로 큰 타격을 입고, 결혼 생활이 힘들어질 수도 있습니다." 하지만 그들은 나에게 그렇게 말하지 않았다. 그들은 내 건강을 기원하고 행운을 빌어주었다. 문제 있는 아이를 갖게 되면, 이야기가 달라진다.

암울한 그림이 떠올랐다.

두꺼운 목, 커다란 혀, 크고 멍한 눈 같은 고정관념. 그리고 성인용 기저귀, 건강 문제, 가난⋯⋯. 나는 두려움에 휩싸인 채 얼마 전까지만 해도 침실 벽에 희망과 믿음의 단어를 쓰던 행복한 세 사람에게 내가 슬픔을 안겨주었다는 것에 절망했다. 수치스러웠다. 그 수치심이 나를 혐오하게 만들었다. 그러다 문득 깨달았다. **내가 이런 생각을 하면, 다른 사람들도 그런 생각을 하지 않을까?** 나 자신과 내가 한 짓 때문에 마음이 찢어질 듯 아팠다.

이제 톰에게 말해야 한다.

병원으로부터의 긴 여정이 우리 집 문 앞에서 끝났다. 조이스는 내 팔을 잡고 계단 위로 안내하며 마치 내가 장애인인 것처럼 조심스럽게 문을 열어주었다. 카터의 목소리가 들렸다. "엄마 왔어. 엄마 왔어." 그 소리에 눈물이 더 났다. 내겐 이 일을 감당할 능력이 전혀 없는 것 같았다. 톰이 복도에서 고개를 내밀며 말했다. "무슨 일이야?" 나는 견딜 수 있는 수준을 넘어섰다. 서둘러 집 안을 가로질러 침실로 향했다.

"다 괜찮은 거죠?" 톰이 조이스에게 물었다.

"아기들은 잘 자라고 체중도 늘고 있어. 하지만 오늘은 좀 안 좋은 소식이 있네." 조이스가 말하면서 머뭇거렸다. 나는 침실에서 그 이야기를 들으며 생각했다. **지금이야, 지금 내가 해야 해.** 이제 어른 역할을 해야 할 때였다. 이 일을 받아들여야 했다. 그걸 내 일로 만들어야 했다. 남편에게 무슨 일이 벌어졌는지 말해야 했다.

나는 복도로 나가 톰의 소매를 붙잡고 침실로 이끌었다. 그리고 우리의 침대에 앉아 이야기를 시작했다. 블라인드를 통해 들어오는 여름 햇살이 너무나 선명하고 눈부셨다. 방 안에 먼지가 내려앉는 것을 보면서, 내 입에서 나오는 말소리를 듣는다. 햇빛은 눈에 띄지 않게 서쪽으로 움직였다. 일몰이다. 이불 커버가 내 어린 시절을 떠올리게 하는 적갈색으로 빛났다. 문득 에이버리가 크레용을 갖게 될지, 그 크레용으로 색칠을 할 수 있을지, 크레욜라(Crayola: 크레용의 브랜드 이름—옮긴이) 옆면에 적힌 '적갈색'이라는 단어를 읽을 수 있을지 궁금했다.

이제 시작이다.

남편에게 하는 이 말, 앞으로 며칠, 아니 몇 주 동안 내가 수도 없이 하게 될 이 말과 함께.

에이버리가 다운증후군이래.

이것이 우리 이야기의 시작이다.

02

✿

미끄러짐

나는 물에 흠뻑 젖은 채 발로 공기를 가르며 나아간다. 형광등이 윙~ 소리를 내며 시야에 들어왔다가 이내 사라진다. 물이 너무 많다. 우리는 왼쪽으로 돌고, 또 오른쪽으로 돈다. 그러다가 멈춘다. 밝은 직사각형의 방. 벽에 화려한 모양과 색으로 칠한 그림이 언뜻 보인다. 빨간 코끼리. 보라색 기린. 하지만 이건 말이 안 된다. 꿈일지도 모른다.

2개의 커다란 둥근 불빛이 마치 거대한 눈알처럼 나를 내려다보고 있다. 손과 팔이 나타나 나를 들것에서 높은 침대로 옮긴다. 내 배가 내 앞에 있는 산 같다. 나는 옆으로 몸을 굴려 앉은 자세를 취한 다음 척추에 마춰 주사를 맞는다. 그리고 다시 뒤로 쓰러져 천천히 몸을 펴고 진통에서 벗어난다. 의식이 멀어지고 무감각해진다. 한 여자의 얼굴이 다가온다. 헝클어진 금발에 눈가에는 주름이 자글자글하다. "톰은 아직 안 왔어요. 아기들은 괜찮고, 의사도 준비를 마쳤어요. 간호사도, 마취과 의사도 왔어요. 신생아과 전문의하고 간호사도요." 목소리가 친절하고 경쾌하다. 영원히 그 목소리를 듣고 있을 수도 있을 것 같다. 모두가 기다리고 있는데, 나도 그중 한 명이다. 나는 그 목소리가 무슨 말이든 더 해주길 기다린다.

"준비되셨나요?" 그 목소리가 묻는다.

"아." 내가 말한다. 내가 대답해야 할 줄은 몰랐다. 나는 준비가 된 걸까?

33주째인 아기들. 쌍둥이에겐 37주가 적절한 기간인데, 4주가 부족하다. 하지만 그게 문제가 될까?

나는 이른 아침 어둠 속에서 다리가 축축하고 따뜻해진 느낌에 잠을 깼다. 잠결에 처음 든 생각은 방광을 조절하지 못했다는 것이었다. 두려움에 휩싸이게 된 두 번째 생각은 그게 피일지도 모른다는 것이었다. 침대에서 굴러 나와 욕실로 들어간 다음 재빨리 바지를 벗었다. 희미한 새벽빛 속에서 피는 전혀 보이지 않았다. 욕실 불을 켰다. 옷은 젖었지만 깨끗했다. 더 자세히 살펴봐도 피는 여전히 보이지 않았다.

욕조 가장자리에 앉아 배를 문질렀다. 나는 이게 무엇인지 알고 있었다. 첫 번째 임신 때도 예정일이 몇 주 지났을 때 양수가 터졌다. 이번에는 몇 주 일찍 터졌다.

수건으로 몸을 감싸고 뒤뚱거리며 침실로 들어가 톰을 깨웠다. "양수가 터졌어." 톰을 하나의 꿈에서 다른 꿈으로 끌어들이며 내가 말했다. 그 순간 나의 주된 관심은 카터에게 있었다. 카터를 어디다 맡기지? 내 친구들에겐 돌봐야 할 어린 자녀가 있고, 출산 예정일이 아직 멀어서 집엔 톰과 나뿐이었다.

"확실해?" 톰이 물었다.

"응." 톰이 옷을 입는 동안, 나는 응급실에 전화를 걸어 상황을 설명했다. 수화기 너머에서 간호사가 병원으로 오라고 했다.

우리는 여전히 잠든 채로 카터를 카시트에 태우고, 동네 병원으로 차를 몰았다. 그곳에서 내 주치의가 아닌 당직 산부인과 의사가 아기들을 진찰했다. 진통이 시작되자 고통의 파도가 밀려와 정신이 몽롱해지고 기절할 것만 같았다. 의사는 진통을 막기 위해 황산마그네슘 IV 수액을 처방하고, 아기들의 폐 발달을 촉진하기 위해 베타메타손 주사를 놓았다. "당신을 이송해야 할 것 같아요." 의사가 미안해하는 표정으로 말했다. 톰은 가방을 싸고 카터의 잠옷을 갈아입히기 위해 집으로 돌아갔다. 나는 신생아집중치료실이 있는 가장 가까운 병원까지 110킬로미터를 이동하기 위해 구급차에 몸을 실었다.

내가 처음으로 임신이 아닐까 의심했던 순간이 기억난다. 모닝커피 맛이 너무 역겨워서 토할 것 같았다. 달력을 보며 날짜를 세어보았다. 혹시 임신일까? 테스트를 해보니 선명한 분홍색 선 두 줄이 나왔다.

나는 성인 장애인을 지원하는 지역 단체 소식지를 작성하는 아르

바이트를 하고 있었다. 이번에 발행할 소식지의 마지막 작업은 다운중후군을 앓는 50세 여성 샌디 B.를 인터뷰하는 것이었다. 샌디 B.는 이웃 마을에서 오빠들이 지은 집에 살고 있었다. 나는 그 집에서 샌디 B.를 만나 딸기 키위 요구르트를 함께 먹었고, 그녀는 나에게 크레용 컬렉션을 보여주었다. 샌디 B.는 짧은 회색 머리의 요정 같은 여성이었는데, 우리는 약 30분 동안 이야기를 나눴다. 내가 일어나려고 하자 샌디 B.는 손을 뻗어 나를 안고 한참 동안 내 등을 부드럽게 토닥여주었다. 나에게 포옹이 필요하다는 걸 그녀가 어떻게 알았는지 모르겠다. 몇 주 만에 처음으로 모든 게 괜찮을 것 같다는 느낌이 들었다. 그 느낌이 너무나 강렬해서 눈물이 나왔다. 운전석에서 선글라스를 낀 채 코끝이 찡할 정도로 안도의 눈물을 흘리며 펑펑 울었다.

초음파 검사 결과, 아기가 한 명이 아닌 2명으로 확인되었다. 고위험군. 우리의 계획과 기대를 재조정하고, 다른 사람들에게 우리가 쌍둥이를 가졌다고 말했다. "그 단어가 내 남은 인생의 일부가 될 거라는 게 믿기지 않아." 나는 친구 세라에게 말했다. 나는 톰과 상의해 아르바이트를 그만두고 임신에 집중하기로 결정했다. 산전 영양사가 처방한 특별 고단백 식단을 먹기 시작했다. 한 달에 두 번 검진을 받고, 초음파 검사도 자주 했다. 새 중고차, 깨끗하게 페인트칠한 침실 벽. 그 모든 과정에서 상상할 수 없었던 일, 즉 아기 둘을 한꺼번에 낳는 일을 상상하려고 애썼다.

"준비됐나요?" 간호사가 친절한 눈빛으로 물었다.

"톰을 기다려도 될까요?" 내가 물었다.

간호사는 사라졌다가 다시 나타났다. "30분 이상은 안 돼요."

"30분." 나는 고개를 끄덕이며 되뇌었다. 왼쪽 벽 높은 곳에 커다란 원형 시계가 보였다. 시곗바늘이 이상하게 움직이는 것 같았다. 그리고 여전히 톰은 여기에 없었다. 커다란 원형 조명이 켜지고 파란색 방수포가 내 몸을 덮었다. 시간이 되었다.

수술이 시작되고, 간호사가 무슨 일이 일어나고 있는지 나에게 알려준다. 잡아당기는 느낌, 빼내는 느낌. 고통스럽지는 않다. 모두가 바쁘다. 파란색 방수포 위로 파란색 모자가 오간다. "첫 번째 아기예요." 의사의 말이 메아리처럼 들린다. "너무 예뻐요." 메아리가 이어진다. "이제 두 번째 아기입니다. 예뻐요." "아기 A, 8, 9." "아기 B, 8, 9." 고개를 들어 칸막이 너머를 들여다본다. 아기의 반짝이는 피부. 그리고 간호사와 의사들이 분주하게 움직이는 모습이 보인다.

톰과 카터가 회복실에서 나를 기다리고 있었다.

"전부 놓치고 말았어." 톰이 말했다.

"미안해." 내가 말했다. "늦출 수 없었어. 때가 되었던 거야."

"그래." 톰이 고개를 숙여 내 이마에 입을 맞추며 말했다. "다 괜찮을 거야."

마취 때문에 속이 메스껍고 몸이 떨리고 식은땀이 났다. 그리고 코 긁는 걸 멈출 수 없었다. 손가락과 손톱으로 긁으니 기분이 한결

나왔다. 톰이 내 손을 잡고 부드럽게 말했다. "그만해. 정말 빨개지고 있어."

나는 고개를 끄덕이고 나서 어깨와 팔에 코를 비볐다.

"그만해." 톰이 다시 말했다.

"정말 가려워." 나는 설명하듯 말했다.

간호사가 들어와 내 동공을 확인하고 혈압을 측정하곤 기분이 어떠냐고 물었다. 뭐라고 대답해야 할지 모르겠다. 내가 느낀 감정에 가장 가까운 단어는 '실망'이었다. 모든 게 너무 빨리 일어났다. 병원에 도착하고 한 시간도 채 되지 않아 아기들이 태어났다. 일반적인 날이라면 식료품점에 갔다가도 그렇게 빨리 나올 수 없을 것이다. 하지만 간호사가 나에게 묻는 건 이런 게 아니다. 그건 의학적인 질문이다.

"코가 가려워요."

"마취 때문에 그런 거예요." 간호사가 설명했다. "곧 가라앉을 겁니다."

카터와 톰 그리고 나는 일반 병실로 옮겼다. 톰은 전화를 걸기 시작했다. 모두가 놀랐다. 거기엔 어떤 경고도 없었다. 간호사가 TV를 닉 주니어(Nick Jr.) 채널로 돌려주자, 카터는 바다 밑 파인애플 속에 사는 스펀지 소년에 관한 쇼를 시청했다. 그 모든 아이디어가 나에게는 불가능해 보였다. 하지만 내 인생도 마찬가지다. 카터가 낄낄거리며 배꼽을 잡고 웃었다. 파인애플 속에서의 삶은 분명 유쾌할 것이다. 간호사가 카터에게 오렌지 막대 아이스크림 반쪽과 흘리는 걸 담을 수 있는 종이컵을 건넸다.

코의 가려움증이 가라앉고 떨림이 사라졌다. 카터를 출산했을 때의 행복감이 느껴지지 않았다. 문틈을 통해 방 안으로 낮게 스며드는 안개처럼 두려움이 내 주변을 감싸고 있었다. 33주 만에 아기 둘을 낳았다는 게 무엇을 의미하는지 모르겠다.

카터가 태어났을 때는 아기를 깨끗하게 닦는 간호사의 모습을 보았다. 간호사가 카터에게 작은 기저귀를 채우고 머리에 앙증맞은 흰색 모자를 씌우는 걸 지켜보았다. 간호사는 아기를 파란색 담요로 감싸 내게 건네주었다. 나는 그날 밤새도록 아기를 안고 있었다. 이른 아침, 야간 근무 간호사 한 명이 내가 쉴 수 있도록 작은 플라스틱 아기 침대를 병실 밖으로 끌고 나갔다. 그 즉시 잠에서 깨어난 나는 간호사를 따라 복도로 가서 카터를 다시 데려왔다. 우리는 결코 떨어지지 않았다.

나는 쌍둥이를 안아주지 않았다.

그 애들을 제대로 보지도 못했다.

그 대신 어렴풋이 들었던 아프가 점수(Apgar score: 출생 직후 신생아의 건강 상태를 빠르고 간단하게 평가하는 방법. 피부색, 맥박, 자극에 대한 반응, 근육의 힘, 호흡의 다섯 가지 항목에 각각 0~2의 점수를 매겨 그 총점으로 건강 상태를 평가한다—옮긴이)에 매달렸다. 8점과 9점. 8점과 9점이면 모든 게 괜찮다는 뜻이다.

병원은 조용하고 어둑했다. 이 대학 도시는 졸업식 주말이라 호텔 방이 없어 톰은 카터를 집으로 데려가 잠을 청하기로 했다. 간호사 둘이 나를 휠체어에 태우고 넓은 복도를 따라 내려갔다. 한 명이 앞장 서서 키패드의 숫자를 눌렀다. 금속 문이 열리고, 나는 기계와 모니 터 그리고 다른 아기들 사이를 지나갔다. 작은 기저귀만 찬 채 벌거 벗은 주름진 남자 아기 둘이 보였다. 각각 투명한 상자 안에 있었다. 작은 가슴에는 기계와 연결된 전선의 전극이 붙어 있고, 콧구멍에는 테이프로 고정한 튜브가 꽂혀 있었다. 정맥 주사로 노란 용액을 몸에 주입했다. 엄지발가락에 고정한 클램프에도 기계와 연결된 전선이 달려 있었다.

우리는 임신 주수(週數)를 마치 차고 세일 때 흥정하는 것처럼 말했 었다. 40주. 아니, 36주. 34주는 괜찮겠어요? 네, 34주는 괜찮지만 33주는 안 됩니다. 33주에 당신을 옮길 거예요. ……정말 34주는 되 어야 해요. 35주면 더 좋겠지만요.

나는 침울한 기분으로 모든 걸 받아들였다. 지금은 한밤중이고, 톰 은 카터와 함께 집으로 돌아갔다. 나 혼자 그 무게를 감당해야 했다.

나는 울기 시작했다. 아기들이 너무 작았다. **아니야. 이건 옳지 않 아.** 진심으로 이 아기들을 여전히 임신한 채로 있고 싶었다.

제니퍼라는 이름의 쾌활한 간호사가 말했다. "아기들을 안아보시 겠어요?"

확신이 서지 않았다. 아기들한테 해가 되진 않을까? 내가 쓸모없 고 불필요하고 코가 빨간 지친 여자일 뿐이라는 생각이 들었다. 그 래도 안아보고 싶었다. 내 턱 밑에 아기들을 감싸 안고, 불과 반나절 전에 그랬던 것처럼 나를 포함해 3개의 심장 박동을 느끼고 싶었다.

고개를 끄덕였다.

제니퍼가 휠체어를 세운 다음, 에이버리와 베넷을 나에게 안겨주었다. 제니퍼는 잠시 자리를 떴다가 디지털카메라를 들고 돌아왔다. 그러고는 광대처럼 코가 빨개진 나와 전선에 연결된 2명의 작은 아기들 사진을 찍었다. 나는 미소를 지으려 애썼다. 신생아집중치료실에는 또 한 명의 엄마가 있었다. 임신 중독증 때문에 제왕절개 수술을 받을 예정인데, 그 전에 이곳을 둘러보러 온 거라고 했다. 임신 27주째인 여자가 나를, 우리를 지켜보고 있었다.

"무서워요." 여자가 말했다.

"네." 내가 말했다. 정말 그랬다.

병실로 돌아오니, 침대 옆에 음료와 빨간색 젤리가 담긴 쟁반, 그리고 카드가 놓여 있었다. 회색 안개에 가려 거의 보이지 않는 호수 그림 위에 이런 문구가 흰색으로 인쇄된 카드였다. 오늘 내 생각이 내가 받은 모든 선물에 대한 감사로 바뀌길. 카드를 뒤집으니 다른 글이 적혀 있었다. CMC의 목회 상담 서비스에 대한 자세한 내용은 교목실 4063번으로 전화하거나 간호사한테 교목실에 연락해달라고 요청하세요.

이 작은 카드가 거슬렸다. 누가 나에게 도움이 필요하다고 생각했을까? 누가 이 카드를 골랐을까? 누가 나에게 감사해야 한다고 말하는 걸까? 그리고 다시 생각해봤다. 카터와 톰, 그리고 집에 대해. 우리를 응원해주는 친구와 가족들이 떠올랐다. 이제 막 태어나 조용히 잠들어 있는 2명의 새 생명도. 분노가, 거의 모든 감정이 사라져 깨끗해진 기분이 들었다. 남은 것은 집과 복도 건너편에 있는 내 아들들에 대한 사랑뿐이었다.

내가 초보 엄마였을 때, 전동 유축기는 왠지 소름이 끼쳤다. 그 대신 나는 부드럽고 조용하다고 장담하는 아벤트(Avent) 수동 유축기를 사용했다. 플라스틱병이 펌프에 딱 맞고, 뚜껑과 테두리 그리고 젖꼭지도 알맞았다. 깔끔한 시스템이라 마음에 들었다.

하지만 지금의 나에게 그 작고 믿음직한 아벤트 유축기는 손으로 미는 잔디 깎기로 2에이커의 마당을 다듬으려는 것과 같다. 구식의 수동 잔디 깎기는 평화롭고 화창한 여름날 오후에는 즐거울 수 있지만, 나에겐 그런 한가한 시간이 없다. 그래서 강력한 장비가 등장했다. 밝은 파란색의 메델라 락티나 일렉트릭 플러스(Medela Lactina Electric Plus). 이 유축기는 병원에서 대여한 것으로, 진공과 속도를 조절할 수 있다.

간호사가 2개의 수거 컵에 담긴 모유를 각각 60그램씩 비닐봉지에 붓는 방법을 알려주었다. 윗부분을 여러 번 접어서 마스킹테이프(스카치테이프는 신뢰성이 떨어진다)로 밀봉하고, 측면에 검은색 샤피(Sharpie: 미국의 필기구 브랜드—옮긴이)로 날짜와 시간을 표시한 다음, 아기들의 이름과 환자 번호가 인쇄된 라벨을 부착한다.

신생아집중치료실 뒤쪽의 소형 냉장고에 모유를 가져다 놓는데, 산모마다 자신만의 공간이 있다. 내 자리는 맨 위 선반의 왼쪽 구석이다. 냉장고 안에 있는 다른 비닐봉지 중에는 내 것처럼 양이 적은 것도 있고, 가득 채워져서 커다란 봉지도 있다. 나는 내 모유 공급량이 부족하지 않을까 걱정되기 시작했다. 특히 쌍둥이에게는 말이다.

미숙아 둘을 낳은 현실은 여전히 생생했고, 예상치 못한 순간에 그 사실이 문득문득 떠올랐다. 유축기를 내 병실로 들여왔을 때가 기억난다. 그때 나는 병원에서 구입한 호스와 컵, 젖병을 신중하게 연결하고 있었다(위생을 위해 새 제품이어야 한다). 톰이 수거 컵을 마이크처럼 들고 말했다. "테스트, 하나, 둘, 셋." 먼저 하나를 테스트하고, 다른 하나를 마저 테스트했다. "체크, 체크, 테스트, 체크." 그 순간 작은 플라스틱 상자 안에 있는 아기들, 그리고 아기들 주위를 휘감고 있는 튜브와 전선들이 생각났다.

나는 담당 간호사에게 피곤해서 병실로 돌아가 톰을 기다리고 싶다고 말했다.

비가 내리는 오후, 병원은 조용하다. 병실 창문으로 좁은 골목이 보인다. 가끔씩 햇빛이 구름 사이를 뚫고 나와 맞은편 건물의 부드러운 테라코타 벽돌을 비추면, 건물 옆벽을 타고 자라는 포도 덩굴이 환한 초록색으로 빛난다. 배 속에서 작은 떨림을 느낀다. 잠시 동안 아기들이 움직이는 것이라고 생각한다. 그러다 문득 깨닫는다. 더 이상 태동도 없고, 아기들도 없다. 햇빛이 사라지고 골목은 다시 안개로 뒤덮인다.

나는 사흘 후면 집에 가지만 아기들은 어떻게 될까? 이 질문에 대한 대답은 늘 애매하다. 이따금 "상황에 따라 달라요"라는 대답을 들으면, 아기들을 데리고 집으로 돌아갈 수 있을 거라는 희망을 품게 된다. 또 때로는 "일주일, 아니면 열흘 정도"라는 대답을 듣기도 한다. 한 번은 "아기들이 출산 예정일을 채울 때까지"라는 대답을 들었는데, 이는 '임신 기간'의 정의에 따라 4주 또는 7주를 의미할 수도 있고, 쌍둥이의 출산 예정일인지 단태아의 출산 예정일인지에 따라 달라질 수도 있다.

고등학교 과학 시간에 수열에서 가장 높은 값과 가장 낮은 값을 버리는 수업을 받았던 것이 어렴풋이 기억났다. 여기서도 이 방법을 적용해본다. 4주에서 7주 사이의 추정치는 무시하고, 계산에 포함하지 않는 것으로 간주한다. 왜냐하면 그 생각은 견딜 수 없기 때문이다. 공평하게 아기들이 나와 함께 집에 갈 수 있을 거라는 생각도 포기한다. 마치 이런 협상을 통해 어떤 결정이든 내가 어느 정도 관여할 수 있는 것처럼 말이다.

톰이 도착한 후, 우리는 손을 꼭 붙잡고 신생아집중치료실로 갔다. 나는 잠긴 문 앞에서 허공에 대고 말했다. "우리는 부모인데, 아기들을 안아봐도 될까요?"

문이 윙 소리를 내며 열리고, 간호사가 모퉁이를 돌아 나타났다.

"네, 준비해드릴게요." 간호사가 말했다.

잠시 자리를 비운 간호사가 따뜻한 담요를 들고 돌아와 톰과 나에게 건네며 따라오라는 손짓을 했다. 간호사는 파란색 쿠션이 놓인 분홍색 목재 흔들의자를 내가 앉을 수 있도록 가져다 놓고, 톰에게는 사무용 회전의자를 제공했다. 우리는 인큐베이터 가까이 다가갔다.

안에는 작은 기저귀와 니트 모자만 쓴 아기들이 양모 요 위에 엎드려 자고 있었다. 옆에는 작은 흰색 담요를 단단하게 말아서 아기들이 움직이지 못하게 고정해놓았다. 이 모든 게 엄마로서 나에게는 익숙하지 않았다. 나는 양털은 아기가 질식할 위험이 있어 피해야 하고, 아기는 등을 대고 자야 하며, 아기 요람에는 침구류와 담요는 물론 심지어 침대 범퍼도 없어야 한다고 배웠다.

"이거 괜찮나요?"

"여긴 규칙이 달라요." 간호사가 말했다. "모두 SIDS(영아돌연사증후군)를 방지하기 위한 것이에요." 그러면서 모니터를 가리켰다.

아기들은 각자 시아버지 보트에 있는 어군 탐지기를 연상케 하는 기계에 연결되어 있었다. 녹색 배경 화면 위로 3개의 구불구불한 회색 선이 가로지르고 있었다. 맥박 산소계는 엄지발가락에 부착한 센서를 통해 혈중 산소 농도를 추적한다. 가슴에 부착한 와이어 패치는 심박수를 모니터링하고, 또 다른 패치는 호흡수를 측정한다.

아기들의 입에는 내 모유를 먹이기 위한 튜브가 연결되어 있는데, 아직 모유 수유를 시작하지는 않았다. 대신 아기들은 작은 팔에 흰색 테이프를 감아 고정해놓은 정맥 주사를 통해 노란색 전해질 용액을 공급받았다.

간호사가 첫 번째 인큐베이터를 열고 에이버리를 조심스럽게 들어 올려 나에게 건넸다. 에이버리는 보라색과 흰색이 섞인 니트 모자를 쓰고 있었다. 이어서 베넷이 톰에게 안겼다. 녹색과 노란색이 섞인 작은 모자가 한쪽으로 흘러내려 익살스러워 보였다.

기계 화면에 에이버리의 호흡수가 0으로 표시되었다.

"음, 이거 괜찮은 거죠?" 긴장해서 묻자 간호사가 몸을 숙여 모니터를 재설정했다.

"물론이죠. 이런 일은 늘 발생해요. 의심스러우면, 아기를 보세요.

아기가 파랗지 않잖아요."

파랗게 변한 아이를 상상하니 몸이 약간 오싹했다. 이런 일들이 일상적 대화의 일부인 이곳에 익숙해질 수 있을지 모르겠다.

순간, 베넷의 모니터가 울렸다. 베넷이 발가락 클램프를 발로 차버린 것이다. 계속되는 삐 소리에 불안했다. 겁먹은 고양이처럼 가슴이 졸아들었다. 톰도 불편한지 부츠 뒤꿈치로 리놀륨 바닥을 빠르고 날카롭게 두드렸다. 간호사가 베넷의 모니터를 재설정하고, 우리가 아기를 바꾸어 안을 수 있도록 도와주었다. 맥박 산소 측정기가 두 번째 삐 소리를 냈고, 간호사가 베넷의 발가락 클램프를 재설정했다. 우리의 존재가 문제를 일으키는 것만 같다. 모유를 가져다주는 것 말고는 내가 무엇을 해야 할지 모르겠다.

신생아집중치료실에서 같은 질문을 두 번 하면 두 가지 다른 대답을 듣는다. 하지만 질문을 충분히 자주 하면 결국 합의점을 찾을 테고, 그 정도면 충분하다. 예를 들어, 내가 왜 아기를 더 오래 안을 수 없는지 물어본다고 하자. 한 가지 대답은 "규칙 때문입니다"이고, 다른 대답은 "절대 안을 수 없어요. 모유 수유만 할 수 있어요"이다. 그리고 또 다른 대답은 "원한다면 하루 종일 안고 있어도 돼요"이다. 하지만 대부분의 경우 '외부 공기'에 노출되면 아기들의 몸에 스트레스를 줄 수 있다는 얘기를 듣는다. 아기들에겐 성장이 필요하며, 그러기에 가장 좋은 장소는 인큐베이터 안이라는 것이다. 나는 이것을 사실로 받아들인다.

나는 또한 야간 근무 간호사들이 더 친절하고 나에게 말을 더 잘 해준다고 믿는다. 밤의 신생아집중치료실은 조용하고, 사람들이 별로 없어서인지 모든 게 덜 급한 것 같다. 간호사들은 각각의 기계가 무엇을 하는지, 왜 중요한지, 아기한테 어떤 도움을 주는지 여유 있게 설명한다. 그것이 내게는 불안감을 더는 데 도움을 준다.

모든 조직이 그렇듯 신생아집중치료실에도 위계질서가 있다. 첫날 밤 나와 아기들을 돌봐준 사람은 가장 경험 많은 간호사들이었다. 우리가 제대로 잘 적응하고 있다는 게 분명해지면, 그들은 더 어려운 상황에 처한 아기들을 위해 재배치된다.

우리 애들처럼 '젖을 먹고 자라는' 아기들은 앞쪽에 자리를 잡는데, 이곳은 더 분주하다. 가장 큰 어려움을 겪는 아기들은 뒤쪽에 있는데, 그곳은 조용하고 한적하다. 나는 뒤쪽에 있는 냉장고에 우유를 가져다 놓을 때면, 그곳에 있는 아기들을 들여다보곤 한다. 인큐베이터는 이불로 가려져 있고, 아기마다 담당 간호사가 항상 근처에서 대기한다.

신생아집중치료실 간호사들은 대부분 미숙아와 개인적 인연이 있다는 사실도 알았다. 일부는 미숙아를 직접 출산한 경험이 있고, 다른 일부는 미숙아를 일찍 잃은 경험이 있다. 때때로 간호사들이 아기들에게 속삭이는 소리를 듣기도 한다. 한 번은 간호사가 니트 모자 위에 입 맞추는 모습을 보았다. 어떻게 저렇게 아이들을 사랑하고 작별 인사를 할 수 있는지 모르겠다.

이른 아침 신생아집중치료실. 나는 얄팍한 병원 가운을 입고 머리를 포니테일로 묶었다. 담당 의사 제니퍼는 친절하고 능숙했다. 새로운 일이 생길 때마다 나에게 알려주고, 내가 이해할 수 있는 방식으로 설명하려고 노력했다. 나는 제니퍼를 신뢰하고, 더 나아가 좋아했다. 그래서 내가 아기들과 함께 있을 때 그녀가 다가와 에이버리의 유전자 검사를 하고 싶다고 말했을 때, 처음에는 그 중요성을 이해하지 못했다.

"알겠어요." 내가 말했다. "어떤 검사죠?"

"손바닥에 주름이 있고, 귀가 머리보다 약간 낮아요."

"좋아요." 나는 여전히 이해하지 못한 상태로 말했다. 그러곤 노란색 담요와 파란색 줄무늬 담요를 차례로 접기 시작했다.

"아이가 다운증후군이 아닐까 걱정됩니다."

나는 멈칫하고 의사를 쳐다보았다.

"괜찮을 거예요." 의사가 말했다. "그냥 확인하고 싶어서요."

나는 의사가 더 말하기를 기다렸고, 의사는 내가 질문하기를 기다렸다. 둘 사이에 무거운 공기가 내려앉았다. 마침내 의사가 고개를 끄덕이곤 자리를 떴다.

나는 여전히 손에 들고 있는 파란색 줄무늬 담요를 쥐고 비틀었다. 생각이 제대로 정리되지 않았다. 여기서 울고 싶지는 않았다. 나는 누군가에게 중얼거렸다. 내 방으로 돌아가겠다고. 정신을 차리고 보니, 내 병실에 있었다. 침대 옆 트레이 테이블에는 차 한 잔과 또 다른 작은 카드가 놓여 있었다. 카드를 집어 들었다. 해질녘 호수 그림이 있고, 하늘을 가로질러 검은색 이탤릭체로 이런 문구가 적혀 있었다. 용기는 두려움이 없는 것이 아니라, 두려움에도 불구하고 삶을 긍정하는 것이다.

용기? 지금 용기라고? 너무했다. 눈물이 나기 시작했다. 누가 내 인생에서 가장 최근에 닥친 위기 상황에 맞춰 골라낸 듯한 이런 메시지를 보내는 걸까? 나의 모든 좌절과 불안이 한 가지 결심으로 좁혀졌다. 이 카드가 어디서 오는 건지 꼭 알아야겠다.

서둘러 방을 나와서는 흐느끼며 복도를 걷기 시작한다. 오른쪽으로 열린 문을 지나 안을 들여다본다. 트레이도 없고, 카드도 없다. 왼쪽의 또 다른 방. 안을 살펴보니 트레이도 없고, 카드도 없다. 나는 계속 걷는다. 왼손에는 카드를 들고, 오른손은 마치 부상이라도 당한 듯 파란색 아기 담요로 주먹을 감싼 채. 가끔 담요를 들어 얼굴에 흐르는 눈물을 닦아낸다. 복도를 한 바퀴 돌았다. 그래도 또 걷는다. 그때 누군가 내 쪽으로 다가온다. 할리우드 박사였다.

"괜찮아요?" 그가 걱정스러운 목소리로 물었다. 나는 병원 가운을 입고 울어서 눈이 퉁퉁 부은 채로 이 방 저 방 돌아다니고 있었다. "길을 잃었나요?"

나는 카드를 흔들어 보였다. 설명하려고, 그가 이해하도록 말하려고 노력했다. 하지만 전혀 말이 되어 나오지 않았다.

"에이버리가 다운증후군인지 검사하고 싶대요." 간신히 말을 잇고 딸꾹질 소리를 크게 내뱉었다.

"그걸 방금 알았어요?"

"네."

우리 아빠처럼 키가 훌쩍하고 덩치도 큰 그는 한동안 아무 말도 하지 않다가 손을 뻗어 나를 끌어안고 말했다. "내가 에이버리를 받았을 땐 아무런 이상도 발견하지 못했어요. 괜찮아요." 그러곤 팔을 풀며 덧붙였다. "괜찮을 거예요."

우리에게 다가온 간호사가 내 팔을 잡고 방으로 데려다주었다. 트레이도 사라지고, 찻잔도 사라지고, 내 손에 들고 있는 카드만 남았다. 그 카드를 첫 번째 카드와 함께 일기장에 끼워 넣었다. 잠시 후 톰이 왔을 때, 나는 검사에 대해 이야기해주었고, 그 사실을 다른 사람에게는 말하지 않기로 했다.

우리는 그 검사가 아무것도 아니라는 데 동의했다.

병원에 입원한 지 나흘째 되는 날, 분명한 것은 아기들이 나와 함께 집으로 돌아가지 않는다는 사실뿐이었다. 병실을 구하려고 했지만, 병원이 꽉 차 있었다. 호텔을 알아볼까도 생각했지만, 방을 구하기도 어렵고 가격도 너무 비쌌다. 할 수 있는 유일한 방법은 집에서 오가는 것뿐인데, 아기들을 두고 가는 게 왠지 실패한 것처럼 느껴졌다.

플리스 양말을 공처럼 말고 펜과 공책, 카터에게 읽어주었던 동화책을 정리하면서 짐을 챙기고 있는데, 한 여성이 쟁반을 들고 병실로 들어왔다. 키가 작은 중년의 여성은 코가 길고 뾰족했다. 갈색 바지와 갈색 셔츠 위에 흰색 작업복 유니폼을 걸쳤다. 머리에는 샤워용 비닐 캡을 쓰고 손에는 비닐장갑을 꼈다. 갈색 옷과 긴 코, 비닐 캡을 쓰고 있는 모습이 《티기윙클 부인과 제러미 피셔 씨의 이야기(The Tale of Mrs. Tiggy-Winkle and Mr. Jeremy Fisher)》에 나오는 고슴도치 티기윙클 부인을 떠올리게 했다. 그녀가 고개를 끄덕이며 쟁반을 내밀었다. 내가 받아야 하는 모양이다.

쟁반 위의 내용물을 살펴봤다. 스테인리스 스틸 덮개로 덮은 접시, 초콜릿 우유 한 팩, 차 한 잔, 그리고 작은 카드 한 장.

"이걸 당신이 가져다준 건가요?" 손으로 카드를 가리키며 내가 물었다.

여자가 미소를 지었다. 앞니가 삐뚤어져 있다. 이해했는지 몰라 다시 한번 말했다. "이 카드들은 어디서 구한 거예요?" 그러곤 다른 두 장을 꺼내 침대 위에 부채처럼 펼쳤다.

여자가 다시 미소를 지으며 고개를 끄덕였다. 어쩌면 영어를 못하는 것 같다. 내가 정말로 묻고 싶은 게 뭘까? 문득 바보가 된 기분이 들어서 질문을 포기했다. 내가 무엇을 기대했든 비어트릭스 포터(Beatrix Potter: 영국의 동화 작가—옮긴이)의 책에 나오는 인물일 수도 있고 아닐 수도 있는 이 작은 여성은 분명히 아닌 것 같았다.

여자가 나가도 되냐고 허락을 구하듯 다시 나를 향해 고개를 끄덕였다.

"고마워요." 나는 쟁반을 받으면서 말했다.

"고마워요!" 여자가 똑같이 말하며 방을 나갔다.

스테인리스 스틸 덮개를 살짝 열어보니 소고기 스트로가노프, 밀롤, 그린빈이 보였다. 작은 카드에는 울창한 녹색 숲 그림과 함께 이런 문구가 적혀 있었다. **여호와는 나의 목자시니 내게 부족함이 없으리로다. 그가 나를 푸른 풀밭에 누이시며 쉴 만한 물가로 인도하시는도다. 내 영혼을 소생시키시고 자기 이름을 위하여 의의 길로**

인도하시는도다. 어떻게 해야 할지 몰라 이 카드를 다른 두 장과 함께 침대 위에 나란히 내려놓았다. 나는 그 카드들이 초자연적 힘을 가지고 있다고 스스로 확신했던 것 같다. 이제 떠나야 할 때가 되었는데, 홀로 남겨진 기분이 들었다.

집에서는 조이스가 미트 로프와 으깬 감자, 그리고 디저트로 특별한 간식인 허클베리 파이를 마련해 나를 환영하는 파티를 준비했다. 나는 흥겨운 기분을 내고 집에 돌아와 행복한 척하려고 했지만, 마음 한편으론 아기들이 함께 있지 않아 속상했다.

생각을 떨칠 수가 없다. 적어도 36주까지는 버티고 싶었다. 동네 병원의 분만실에서 아기들을 낳고 싶었다. 그 분만실에는 마을을 가로지르는 호수와 동쪽에 솟은 산이 훤히 내다보이는 큰 창문이 있다. 나는 머릿속으로 모든 계획을 세웠었다. 병원 침대에서 어떻게 일출을 바라볼지, 아기들을 어떻게 가까이 둘지, 우리 셋이서 호수 건너편 반도의 가운뎃손가락 마디 끝에 있는 우리 집을 바라보는 모습을 상상하곤 했다.

모든 게 금방이라도 무너질 것처럼 취약하고 불안하고 의심스럽다. 저녁 식사 후, 조이스가 그만 쉬라고 했지만 그럴 수가 없다. 나는 냉장고를 청소하기 시작했다. 콩 단백질 파우더와 아마씨 오일, CLIF 바, 밀싹 주스 등 임신 중 먹던 음식을 버렸다. 요구르트 상자에 적힌 유통 기한을 보니 아기들이 태어날 예정이던 날짜라 눈물이 났다. 나는 그것을 버리고, 톰에게 쓰레기봉투를 가져다달라고 부탁

했다.

청소를 끝낸 후에는 카터를 침실로 데려가 이야기책을 읽어주는 대신 그 애의 형제들에 대한 이야기를 들려주었다. 아기들은 다양한 방식으로 세상에 나오는데, 우리 아기들은 일찍 태어났기 때문에 많은 사람이 도와주고 있다고. 병원은 아기들이 살 수 있는 커다란 아기 침대이고, 간호사와 의사들은 모두 아기들이 더 크고 강해질 때까지 돌봐주는 엄마와 아빠 같은 존재라고. 그리고 아기들은 외롭거나 슬프지 않으며, 영원히 집으로 돌아올 때까지 매일 잠깐씩 아기들과 함께 시간을 보낼 것이라고.

얼핏 보기에 카터는 내 말을 그대로 받아들이는 것 같다. 하지만 느슨해진 규칙, 온갖 탄산음료와 사탕, 말만 하면 모두 들어주는 할머니와 할아버지를 보면서 카터도 뭔가 정상적이지 않다는 걸 깨닫지 않았을까 싶다.

거실 창문으로 미션산맥(Mission Mountains) 위에 걸린 보름달이 보인다. 가장 높은 봉우리에는 눈이 쌓여 있고, 달빛이 그 봉우리를 우윳빛 푸른색으로 물들인다. 한밤중이 되자 집 안은 전기 유축기에서 나는 위윙-쉬이잉 소리를 제외하고는 조용하다. 모든 게 모유를 중심으로 돌아간다.

수유 간호사는 2시간마다 유축해야 한다고 했지만, 나는 3시간마다 하고 있다. 앞으로는 집에서 여섯 번, 병원에서 두 번을 해야 한다. 총 여덟 번. 여기에 내 생활을 맞춰야 한다. 만약 수유 간호사의 조언을 따른다면, 내 일과를 12구간으로 나눠야 할 것이다. 카터와 함께 시간을 보내고, 자동차로 병원을 오가고, 아기들을 만나고, 톰을 보고, 이따금 잠을 자는 내 일과를 2시간 단위로 관리할 수는 없다. 유축을 더 자주 하는 게 '모유 생산에 최적'일 수는 있지만, 수유 간호사가 큰 그림을 염두에 두고 있는 것 같지는 않다. 짧은 금발의 쾌활한 수유 간호사는 자신도 엄마이고 이런 상황을 겪어봐서, 힘들겠지만 그게 **아기들**한테 최선이라는 걸 내가 알기를 바란다. 나도 동의한다. 하지만 내 문제는 이 상황에서 내가 관심을 가져야 할 대상이 아기들만은 아니라는 사실이다. 나는 **가족**을 위해 무엇이 최선인지 생각해야 한다.

집안일을 마쳤지만, 여전히 잠이 오지 않는다.

유전자 검사에 대한 걱정은 머릿속에서 윙윙거리는 소리처럼 늘 마음 한구석에 있다. 곧 사라지기를 바라며 참고 견딜 뿐이다. 결과를 알기 전까지는 말이다. 그때가 되면 조금만 더 기다릴 수 있길, 조금만 더 시간이 있길 바랄 것이다. 내가 가지고 있다고 생각했던 삶, 믿었던 삶을 모든 게 변하기 전까지 최소한 일주일이라도 더 만끽하길.

블라인드 사이로 여름 햇살이 비친다. 갈색 크레파스 톤의 이불 속에서 톰이 두려움에 가득 찬 눈빛으로 나를 바라본다. 뭔가 잘못되었다는 것을 그도 알고 있다. 제대로 설명해줄 방법을 찾느라 그를 기다리게 하는 것은 잔인한 짓이다. 그래서 솔직하고 담백하게 말한다.

"에이버리가 다운증후군이래."

톰은 아무 말도 하지 않고 등을 돌린다. 내가 자신의 얼굴을 볼 수 없도록. 하지만 어깨가 들썩이는 것을 보면 그가 울고 있다는 걸 알 수 있다.

다가가서 안아주고 싶다. 이 일은 아무것도 아니라고, 그저 인생의 작은 걸림돌일 뿐이며, 모든 게 괜찮아질 거라고 말해주고 싶다. 사랑한다고, 우리의 사랑은 이 문제보다 훨씬 더 크고, 필요하다면 이 모든 걸 받아들이고도 남을 만큼 충분히 크다고 말해주고 싶다. 하지만 나는 아무 말도 하지 못한다. 나 자신도 그걸 믿지 못하기 때문에. 나 역시 눈물을 흘리기 시작한다. 끝도 없이. 얼마나 많이 흘려야 마침내 눈물이 마를까?

톰의 눈물과 내 눈물은 의미가 다르다. 톰에 대한 나의 사랑은 내가 알고 있는 가장 멋진 것이고, 내 인생에서 최고의 경험이다. 어쩌면 그걸 잃게 될지도 모른다. 내가 가장 두려워하는 것은 무언가, 혹은 누군가 우리를 갈라놓고 서로를 떼어놓는 것이다. 나는 그게 죽음일 거라고 생각했었다. 어쩌면 이게 죽음일지도 모른다. 최종적이고, 돌이킬 수 없고, 절망적이고, 무력하게 느껴지니까.

톰이 무슨 생각을 하는지는 알기 어렵다.

여전히 어깨를 들썩이며 나를 쳐다보지 않는다.

"다른 얘기도 있어. 간호사 중 한 명이 다운증후군 아기를 입양하는 가정이 있다는 말을 해줬어."

나는 그 생각을 비스듬히 비치는 햇빛과 먼지 가득한 공기 속에 던져둔 채 말을 멈췄다. 추악한 생각이다. 내 아기, 내 몸에서 나온

내 아기가 그 대상이라니. 마음이 아팠다. 하지만 신생아집중치료실에서 집으로 가져온 다른 모든 소식과 마찬가지로 나는 그걸 걸러내지 않는다. 톰이 스스로 결정할 수 있도록 얘기해준다. 가능한 한 최선을 다해 진실을 전해야 한다.

알았어. 서류에 서명해. 톰이 이렇게 말한다면, 나는 선택해야만 할 것이다. 카터가 머릿속을 스친다. 네 살 난 그 애의 몸과 달콤한 머리카락 냄새. 한쪽에는 카터와 톰이, 다른 한쪽에는 나와 멀리 떨어져 유리 상자 속에 있는 주름진 작은 아기들이 있다. 다시 온몸에 고통이 몰려온다. 이건 불가능한 시나리오다.

톰이 내 말을 가로막는다. "안 돼." 조용히 다시 말한다. "안 돼." 그리고 말을 잇는다. "안 돼. 우리는 그렇게 하지 않을 거야." 몸을 돌려 어색하게 나를 끌어안는다. 나는 숨이 막히고 약간 목이 멘다. 하지만 미소가 새어 나온다. 최악의 상황은 일어나지 않았다. 우리는 앞으로 나아갈 테고, 아직 보이지 않지만 함께 길을 찾을 것이다.

우리는 그렇게 잠시 서로를 끌어안고 있었다. 이윽고 톰이 나를 토닥이며 놓아준다. 무슨 생각이 떠오른 모양이다.

"아버지, 우리 아버지도 알아?"

"잘 모르겠어. 아마 당신 어머니가 말했을 거야."

"내가 아버지하고 얘기해봐야겠어."

"내가 할게." 내가 말한다. "잠깐 앉아 있어. 내가 얘기할게."

"아니, 내가 할 거야. 내가 해야 해. 내가 하는 게 맞아."

침실 문으로 걸어간 톰은 집 안을 지나 마당으로 나간다. 마당에서는 돈이 우리를 등진 채 서서 가스 그릴에 존슨빌 소시지를 굽고 있었다. 더글러스전나무 사이로 희미한 햇살이 비치고 호수에서는 산들바람이 불어왔다. 돈은 카키색 반바지에 흰색 발목 양말, 청록색 골프 셔츠를 입고 있다.

맥주를 넣은 양철 팬에서 김이 모락모락 났다. 소시지를 맥주에 담가 찌는 것은 돈이 검증한 방식이다. 맥주가 증발하면 소시지를 다시 불에 올려 갈색으로 굽는다. 이는 미국 곳곳에서 늘 펼쳐지는 평범한 여름 풍경이다. 가족들은 각자의 특별한 레시피로 바비큐를 즐긴다. 이루 말할 수 없이 감사한 이 익숙한 풍경이 지금은 너무나 아름다우면서도 슬프다. 나는 브라트부르스트(bratwurst: 프라이용 돼지고기 소시지—옮긴이)를 딱 맞게 요리해주는 돈을 사랑한다.

"아빠." 톰이 주머니에 손을 넣은 채 발을 내려다보며 말한다. 톰은 가죽 레이스업(lace-up) 카우보이 부츠와 랭글러(Wrangler) 청바지, 긴 팔 버튼다운 셔츠를 입었다. 돈이 우리를 향해 돌아선다.

"에이버리에 대해 몇 가지 검사를 했는데, 오늘 결과가 나왔어요." 톰이 한쪽 발에서 다른 발로 체중을 옮기며 주머니에서 손을 뺀다. 톰의 이 불안한 몸짓을 마지막으로 봤을 때가 떠올랐다. 바로 지금과 같은 호수 기슭에서 거의 정확히 11년 전 햇빛 가득한 6월의 어느 아침에 우리가 결혼식을 하던 날이다. 이건 톰이 얼마나 힘들어하는지 알 수 있는 유일한 신호였다.

톰이 계속 손을 흔들며 말한다. "에이버리가 다운증후군인 것 같아요."

돈이 지체 없이 톰을 안고, 이어서 나를 안아주며 말한다. "아, 이런."

다시 나와 톰을 번갈아 안아준다. 그러곤 톰의 어깨에 손을 올려놓고 뒤로 물러선다. 아들을 지키는 아버지 같은 자세다. 톰은 돈의 팔에 몸을 기대고 그의 발을 내려다본다. 나는 두 사람이 이렇게 있는 모습을 수백 번도 더 봤다. 아버지 돈과 아들 톰은 그 손길로 연결되어 있다. 가끔은 돈이 손을 뻗어 톰의 옷깃을 매만지거나 셔츠의 어깨를 펴주기도 했다. 그럴 때면 어린 시절의 톰, 또는 지금의 톰과 비슷한 나이인 돈의 모습이 보였다. 아무리 많이 자랐어도 자식은 언제나 자식인 게 분명하다.

맥주가 양철 팬에서 증발하자, 돈은 소시지를 그릴에 올려 갈색이 되도록 굽는다. 자신을 위해, 자신의 아들을 위해, 자신의 손자를 위해 그게 어떤 슬픔이든 돈은 한쪽으로 제쳐둔다.

"10분 정도 더 있어야 해." 돈은 조용히 말하며 우리가 일상을 이어나가도록 도와준다. 이제 나는 집 안으로 들어가 조이스에게 저녁 식사가 거의 다 되었다고 말해야 한다. 그런 다음 우리가 식탁을 차리면, 카터는 "하나, 둘, 셋, 넷, 다섯" 숫자를 세어가며 냅킨을 조심스럽게 올려놓을 것이다.

나는 이런 사소한 익숙함이 너무도 감사하다. 그 자체로 수없이 반복되는 하루, 악몽이나 백일몽 같은 하루, 절망과 희망이 가득한 하루를 살아가는 데 이정표가 되어주니까. 나는 부엌으로 걸어가며 10분 남았다고 알린다. 그리고 갑자기 죽음에서 막 돌아온 여자처럼 허기를 느낀다.

03

🌿

제발, 나에게 돌아와

다음 날, 아침이 환하게 밝고 나서야 나는 전날 밤 레드와인을 너무 많이 마신 듯한 기분을 느끼며 잠에서 깨어났다. 햇빛에 눈이 부시고 얼굴 전체 피부가 너무 팽팽하게 당겨지는 느낌이었다. 다른 사람들 보다 먼저 일어나 모유를 짜려고 몸을 일으켰다. 모유가 잘 나오도록 즐겁고 행복한 생각을 하려고 하는데, 다시 눈물이 났다. 문득 이웃 마을에 있는 중고품 가게의 남자가 생각났다. 넓적한 타원형 얼굴에 어깨는 부드럽게 경사지고 배가 꽤 나온 남자다. 매장에 들어갈 때마다, 그는 오늘이 자기 생일이라며 안아달라고 했다. 나는 언제나 흔 쾌히 승낙하고 그를 꼭 안아주었다.

톰은 그것 때문에 화를 냈고, 우리는 가끔 그 일로 다투기도 했다. "그 남자 생일이 매일일 수는 없어. 당신이 그를 응석받이로 만들고 있는 거라고." 톰은 그 남자가 나에게 다가오는 걸 볼 때마다, 카터를 조금 더 가까이 끌어당겨 매장 반대편으로 가버렸다.

지금 나를 혼란스럽게 만드는 것은 그 남자의 어머니다. 나는 한 번도 그의 어머니를 생각해본 적이 없다. 작은 아기였을 때 그를 안아주고, 기저귀를 갈아주고, 흔들어주고, 노래를 불러주고, 밤새도록 토닥여준 여성이 어딘가에 있을 거라는 생각을 전혀 하지 못했다. 나는 그 아기, 그 아이, 그 가족에 대해 생각해본 적이 없었다. 내 마음속에서 그 남자는 언제나 어른이었고, 중고품 가게에 살면서 매일 그날이 자기 생일이라고 말하기 위해 나를 기다리는 사람인 것 같았다. 그의 어린 시절을 부정함으로써, 나는 그를 온전하지 않은 사람으로 만들었다. 그리고 이제 나는 알고 싶다. 그는 어떻게 거기 있게 되었을까? 가족은 어디 있을까? 어머니는 어디 있을까?

수거용 컵에는 물론 모유가 거의 없다. 우는 것은 모유 생산에 좋지 않다. 나는 유축을 끝내고 모유를 작은 파란색 보냉 가방에 넣었다. 보호대와 젖병을 헹구고, 그것들을 병원에 가져가기 위해 작은 비닐봉지에 담았다. 카터가 일어나고, 돈과 조이스 그리고 톰도 잠에서 깼다. 우리는 모두 큰 식탁에 둘러앉아 아침을 먹었다. 조이스는 카터를 위해 달걀 토스트를 만들고, 시피 컵(sippy cup: 어린아이를 위해 특별히 고안한 것으로, 뚜껑에 낸 작은 구멍을 통해 흘리거나 쏟지 않고 쉽게 음료를 마실 수 있다—옮긴이)에 주스를 담아주었다. 식탁은 호수가 내려다보이는 창문 앞에 놓여 있고, 깊고 진한 파란색의 호수가 아침 햇살에 눈부시게 빛났다.

우리는 모두가 병원에 가기로 결정했다. 온 가족이 한 팀, 곧 에이버리의 팀으로 함께 병원에 가는 게 옳은 것 같았다. 돈과 톰이 먼저 자동 회전문을 통과하고, 조이스가 두 번째로, 카터와 내가 마지막으로 통과했다.

실내 공기는 시원하고, 인위적인 달콤한 향기가 났다. 질병과 통증을 꽃, 스테리소프(Sterisoap: 병원 등 의료 시설에서 사용하는 소독 비누의 일종—옮긴이), 병원용 세제로 감싸는 냄새인 듯하다. 우리는 유쾌한 문구(빠른 쾌유를 기원합니다! 기운 내세요! 여자아이예요! 남자아이예요!)가 적힌 마일라 풍선들이 둘러싼 선물 가게의 한 부스 안으로 들어갔다. 전면이 유리로 된 냉장고에는 시든 것 같은 장미꽃과 카드가 진열되어 있었다. 한쪽 벽에는 스낵을 판매하는 자판기 세 대가 있었다. 하나는 냉동 간식, 하나는 쿠키와 사탕, 하나는 탄산음료와 생수를 파는 자판기였다. 스낵 자판기가 있는 벽 왼쪽의 에스프레소 바는 손님들로 붐볐다. 기계에서 나는 날카로운 소리와 펑펑거리는 소리가 예민한 내 신경을 자극했다. 그 소리가 마치 비명처럼 들렸다.

톰과 나는 카터를 돈과 조이스한테 맡기고 신생아집중치료실로 향한다. 우리는 엿새 전 내가 들것에 실려 내려갔던 바로 그 창문이 없는 넓은 복도를 걸어간다. 손목에는 병원 ID 밴드를 착용했다. 팔을 들어 손목 밴드를 보여주자 간호사가 우리를 신생아집중치료실로 안내한다.

잠긴 문 안 오른쪽의 싱크대 위에는 스테리소프 펌프 병이 놓여 있고, 왼쪽에는 산모들이 이곳에 머무는 동안 사용할 수 있게 오래된 유축기와 의자를 비치한 작은 방이 있다. 옷장만 한 크기의 그 방에는 너무 많이 읽어서 책장이 천처럼 부드러워진 〈페어런츠 (Parents)〉 〈베이비토크(BabyTalk)〉 〈피플(People)〉 등 낡고 손때 묻은 잡지들이 어지럽게 꽂혀 있다. 벽에는 작은 것에서 시작해 큰 것이 자란다는 내용의 〈작은 발(Tiny Feet)〉이라는 시가 걸려 있다. 그게 희망을 주는 시라는 건 알지만, 지금은 손바닥에 도토리를 쥔 채 참나무를 떠올려야 하는 것처럼 상상하기 어렵다. 도토리에서 싹이 트는 걸 상상할 수는 있다. 노력하면 묘목이 자라는 것도 상상할 수 있다. 하지만 그 이상은 너무나 많은 걸 바라는 것 같다. 문에 걸려 있는 래미네이트 표지판에는 모유수유실의 사용 가능 여부를 알려주는 문구가 적혀 있다. 지금은 사용 가능하다.

톰이 야구 모자를 벗어 모유수유실 문 근처 바닥에 내려놓은 다음, 간호사들이 알려준 대로 싱크대에서 손을 씻기 시작한다. 1001, 1002, 1003, 1004, 1005. 나도 코트를 벗어 톰의 모자 옆에 놓고 작은 보냉 가방을 내려놓은 다음, 손을 씻는다. 싱크대 옆에는 깨끗한 병원 가운이 쌓여 있다. 우리는 각자 한 벌씩 가져다 입고 있는 옷 위에 걸친다. 나는 혼자 보냉 가방을 들고 모유수유실로 들어가 유축을 하고, 시를 생각하고, 오래된 잡지를 읽는다.

15분 후, 젖병과 보냉 가방을 뒤쪽에 있는 작은 냉장고로 가져간다. 톰은 이미 아기들과 함께 있다. 작은 인큐베이터는 조각 퀼트로 덮여 있고, 아기들은 시각을 자극하기 위해 고안한 흑백 이미지 카드를 볼 수 있는 자세로 누워 있다. 가까이 다가가서야 나는 에이버리의 카드가 없어진 걸 알았다.

"에이버리의 발달 카드는 왜 없지?" 나는 톰에게 속삭였다.

"모르겠어."

"어디에 떨어졌나 봐." 우리는 신생아집중치료실 바닥, 근처에 비치된 서류, 인큐베이터 안을 빠르게 살폈다. 아무것도 없다.

"베넷한테 2개가 있어." 톰이 말했다. "그중 하나를 가져와."

나는 그렇게 한다. 에이버리의 인큐베이터에 테이프로 카드를 붙이고 있을 때, 간호사가 다가왔다.

"무엇을 도와드릴까요?" 간호사가 물었다. 내가 모르는 신입 간호사다. 신생아집중치료실의 감청색 수술복을 입고 청진기를 목에 걸었다. 정맥 주사 스탠드 옆 책상 위에는 반쯤 먹은, 크림치즈를 바른 베이글과 오렌지 주스를 담은 플라스틱 용기가 놓여 있다.

이 구역에는 3명의 아기가 있다. 우리의 두 아기와 임신 27주째에 태어난 다른 아기. 나는 처음 신생아집중치료실을 찾아왔을 때 본 적이 있는 그 아기의 엄마에 대해 묻고 싶었다. 하지만 묻지 않는다. 그런 질문은 허용되지 않는다. 다른 아기나 그 가족에 대해 물어보면, 간호사들은 이내 냉랭한 표정으로 기밀 사항이라고 말한다. 아기와 우리를 보호하기 위한 정책이라는 걸 알지만, 그게 나를 외롭게 만든다. 우리는 이 상황을 함께 겪고 있지만 서로의 이름조차 알 수 없다. 나는 27주 만에 태어난 그 아기를 오언(Owen)이라고 부르기로 했다. 에이버리, 베넷 그리고 그 애들의 첫 번째 친구 오언.

에이버리에게는 또 다른 검사가 필요하다. 지난 혈액 배양 검사에서 박테리아가 검출되었는데, 이는 뭔가에 감염이 되었을 수도 있다는 의미다. 나는 베넷을 품에 안고, 새로 온 간호사가 톰에게서 에이버리를 받아 인큐베이터에 다시 눕힌다. 햇살이 채광창을 통해 들어온다. 에이버리가 울며 보채기 시작한다. 간호사가 에이버리를 달랜다. 주삿바늘을 '잘 찌르려고' 애쓰지만 에이버리의 혈관이 너무 작다. 에이버리의 울음소리가 점점 커지고, 내 품에 안긴 베넷도 고개를 들고 울기 시작한다.

"동정의 울음이네요." 간호사가 말했다.

나도 울고 싶어진다. 간호사에게 채혈이 끝나면 두 아기를 모두 안아볼 수 있는지 물어본다.

이윽고 조심스럽게 두 아기를 내 가슴에 안는다. 아기들의 향기를 들이마시고, 부드럽고 보송보송한 머리에 입을 맞춘다. 아기들한테서는 톰이나 나의 냄새도, 카터의 냄새도, 베이비 로션 냄새도, 우유 냄새도 나지 않는다. 신생아집중치료실 냄새만 난다.

시간이 너무 빨리 간다. 이제 아기들을 다시 내려놓을 시간, 그 애들을 쉬게 할 시간이다. 나는 다시 모유수유실로 가서 유축을 시작한다. 내가 돌아오자 간호사는 책상 위 커다란 스프레드시트에 표시를 하고는 일어나 우리를 배웅한다. 우리는 방문객이고, 간호사는 주인이다.

간호사는 두꺼운 흰색 바인더를 들고 있다. 업무용 서류라고 생각했는데, 우리를 따라 나오면서 말한다. "이건 당신 거예요. 우리 간호사들은 당신이 이걸 가져야 한다고 생각해요."

나는 뭔지도 모른 채 간호사에게서 그걸 받아 들었다. 투명한 바인더 앞면에 이런 글이 적혀 있었다. We're U.P.@The Down Syndrome Connection. 우리 아이들은 선물이자 축복이며 우리의 유산입니다! 특히 몬태나주 미줄라와 인근 지역 부모님들이 여러분을

위해 준비했습니다. 무슨 말을 해야 할지 모르겠다. 당연히 예상했어야 하는데, 소식이 이렇게 퍼질 줄은 몰랐다. 그러다 문득 에이버리의 인큐베이터가 생각났다.

"부탁 하나만 들어줄래요?" 내가 말했다. "에이버리의 흑백 이미지 카드가 인큐베이터 안에 있는지 확인해주시겠어요? 아까 여기 왔을 때는 그게 없었거든요."

"물론이죠." 간호사가 말했다. "메모해두겠습니다."

카터의 작은 손을 잡고 도로 경계석에서 주차장으로 발을 내딛는다. 짧은 방문이었지만, 이것이 내가 할 수 있는 전부다. 더 오래 있으면 숨이 막힐 것 같고, 더 짧게 있으면 아기들이 보고 싶어 온몸이 아프기 시작한다. 시소를 타고 오르락내리락하는 기분이다. 한쪽 끝이 높아지면 바로 돌아서서 다른 쪽 끝으로 달려간다. 위아래로, 앞뒤로 몇 킬로미터를 왔다 갔다 한다. 우리는 익스페디션에 올라탄다. 돈과 톰은 앞좌석에, 조이스와 카터 그리고 나는 중간 좌석에 앉는다. 세 번째 줄인 뒷좌석은 비어 있다.

우리는 퍼드러커스(Fuddrucker's)에서 점심을 먹는다. 사람들로 붐비는 시끌벅적하고 소란스러운 레스토랑이다. 이곳에서 나는 항상 과식을 해서 속이 좋지 않다. 하지만 어린이 친화적인 장소이기는 하다. 카터는 빨간 풍선과 탄산음료가 담긴 빨간색과 흰색의 테이크아웃 컵을 받아 들고 매우 기뻐한다. 사실 말은 하지 않았지만, 우리는 모두 카터를 보호하려 애쓰고 있다. 최악의 상황으로부터, 이 모든 게 그저 삶의 일부인 것처럼, 병원에 있는 아기들과 눈이 빨갛게 부은 엄마를 자연스럽게 여기도록.

카터는 리처드 스캐리(Richard Scarry)의 책에 나오는 지명을 따서 미줄라를 '바쁜 마을'이라고 부른다. 미줄라는 4차선 고속도로, 스트립 몰(strip mall)과 쇼핑센터, 대학과 공항이 있어 우리 동네보다 훨씬 바쁜 곳이다. 우리는 이 바쁜 마을을 떠나기 전 서점에 들른다.

책은 우리의 생명줄이다. 책은 나를 톰에게 안내해줬고, 서부로 이사 오도록 톰을 설득했다. 비록 톰은 부인하지만 말이다. 나는 처음으로 한 소년한테 반한 적이 있는데, 그 이유는 단순히 그 애가 나만큼 책을 사랑했기 때문이다. 내가 두 번째로 반한 사람이 톰인데, 그는 심지어 나보다 더 책을 사랑했다. 나는 책 쓰는 법을 배우기 위해 대학에 갔고, 대학에서 나와 같은 계획을 가진 톰을 만났다. 나보다 1년 먼저 졸업한 톰은 콜로라도주로 이주해, 로키산맥에 있는 브레킨리지(Breckenridge)라는 마을의 관광용 목장에서 일했다. 당시 서로에게 보낸 편지는 우리의 첫 번째 공동 작업이었으며, 3년 후 우리는 플랫헤드 호숫가에서 가족과 친구들 앞에서 결혼식을 올렸다. 그게 어제 일처럼 느껴지기도 하고, 아주 오래전 일처럼 느껴지기도 한다.

우리가 서점에 들른 것은 톰이 첫 번째 책을 출간했기 때문이다. 톰은 자기 책을 찾아 손으로 만져보고 싶어 했다. 신선한 잉크 냄새를 맡으며 책장을 넘기고, 자신의 단어들이 한 쪽 한 쪽 옮겨져 있는 걸 보고 싶은 것이다. 내 이름이 적힌 책을 처음 만졌을 때가 기억난다. 갓 제본되어 나온 에세이를 펼치자 눈물이 났다. 내 옆에서 다른 책을 보고 있는 남자를 안아주며 인생은 멋지다고 말하고 싶었다. 내 이름을 가리키며 이렇게 말하고 싶었다. "보이죠? 바로 저예요!" 물론 그러지 않았다. 대신 나는 선집(選集) 더미 앞에서 눈물을 흘리는 것이 별일 아니라는 듯 무심하게 행동하려 애썼다.

우리는 톰의 책을 찾았다. 모든 독자가 볼 수 있도록 서가 정면에 진열되어 있었다. 톰의 책은 아름다웠다. 톰은 무심한 것처럼 보인다. 그러다 이윽고 그 진열대를 떠난다. 동시에 너무 많은 큰일이 일어나 톰이 무슨 생각을 하고 있는지 나는 짐작만 할 뿐이다. 아마도 모든 게 너무 벅찰지 모른다.

평소에 서점은 내가 가장 좋아하는 장소다. 하지만 지금은 나 같지가 않다. 새로 나온 신간에도 관심이 없다. 할인 서적도 나를 유혹하지 않는다. 지금 내가 원하는 건 집에 가서 간호사한테 전화를 거는 것이다. 우리가 신생아집중치료실을 떠난 후 무슨 일이 생기진 않았는지 알아보는 것뿐이다. 조이스와 나는 카터를 어린이 코너로 데려가고, 돈은 역사 코너를 서성인다. 한참 후, 우리는 모두 계산대를 향해 천천히 걸어간다.

거기서 우리를 기다리던 톰이 손에 들고 있는 책을 나에게 건넨다. 《다운증후군 아기들: 초보 부모를 위한 가이드(Babies with Down Syndrome: A New Parents Guide)》. 캐런 스트레이건더슨(Karen Stray-Gundersen)이 쓴 책이다. 표지에는 이렇게 쓰여 있다. **부모와 가족이 읽어야 할 첫 번째 책.** 톰이 어깨를 으쓱하며 말했다. "어떻게 생각해?"

나는 행복하고, 슬프고, 또 한편으론 놀랍다. 나는 톰이 어디로 갔는지 알아야 했다. 물론 톰은 책을 샀을 테고, 이는 나에게 많은 걸 의미했다. 그건 톰이 이 모든 상황에 정말로 '참여'하고 있다는 걸 의미하고, 이해하기 위해 노력할 준비가 되었다는 걸 의미했다. 항상 그랬던 것처럼 말이다.

"좋아." 내가 말했다. "그 책을 사자." 나는 카터를 위해 내가 고른 로버트 매클로스키(Robert McCloskey)의 《딸기 파는 샐(Blueberries for Sal)》과 카터가 고른 '토마스 기관차'에 관한 책에 톰이 고른 책을 추가한다. 조이스는 북클럽에서 토론할 애니타 다이아먼트(Anita Diamant)의 《붉은 장막(The Red Tent)》을 골랐다. 톰과 돈이 누가 결제할지 서로 실랑이를 했다. 그러다 돈이 더 빨리 신용카드를 꺼내며 말했다. "내가 계산할게."

우리는 다시 자동차를 타고 집으로 가는 긴 여정을 시작했다. 카터는 토마스 책을 보다가 카시트에서 잠이 들었다. 돈은 조수석에서 졸고 있다. 나는 그 뒷자리에 앉아 '바쁜 마을'이 멀어지는 것을 지켜본다. 도로는 좁은 길로, 좁은 길은 흙길로, 그리고 나무들로 이어진다. 우리 아기들을 품고 있는 작은 계곡을 벗어나 점점 올라간다. 잠시 후, 미션산맥의 거대하고 단단한 장벽이 우리 앞에 불쑥 나타난다. 마치 손에 닿을 만큼 가까워 보인다.

나는 어둠 속에서 촉감으로 길을 찾는 여인처럼 창문에 손을 대고 울퉁불퉁한 산등성이를 더듬는다. 하지만 매끄러운 유리 표면만 느껴지고, 자동차 에어컨에서 나는 윙윙 소리만 들릴 뿐이다. 마치 우리가 막 떠나온 병원의 냉난방공조기 소리 같다.

집에 도착한 우리는 안전벨트와 카시트에서 몸을 푼다. 물병, 빨간색과 흰색의 테이크아웃 컵, 지금은 비어 있는 작고 파란 보냉 가방, 프레첼과 건포도를 담은 지퍼백, 그리고 새 책들을 챙긴다. 나는 곧바로 집으로 들어가 전화기에 새 메시지가 없음을 확인하고, 병원으로 전화를 건다.

아기들의 안부를 묻는다. 전화기 너머에 있는 간호사는 내가 누군지 바로 알아차린 듯하다. "아기들은 잘 지내고 있어요!" 간호사가 밝은 목소리로 말했다.

"음, 네, 알겠습니다." 내가 말했다. "우리는 이제 집에 도착했어요. 알려드리고 싶어서요. 필요한 게 있으면 여기로 연락하시면 됩니다." 간호사를 방해한 것 같아서, 배경음으로 들리는 삐삐거리는 기계 소리에 윙윙거리는 소음을 하나 더 추가한 것 같아서 나 자신이 바보처럼 느껴진다. 인사를 하고 전화를 끊는다. 그리고 침실로 가서 다시 유축을 한다.

유축을 마친 후, 카터가 할아버지와 함께 산책 나간 것을 알았다. 배회 또는 어슬렁거린다는 표현이 더 정확할지도 모르겠다. 조이스와 나는 저녁 메뉴를 상의했다. 점심을 늦게 많이 먹었기 때문에, 우리는 조이스가 가져온 칠면조 수프를 데워서 샐러드와 함께 먹기로 했다. 전날 밤에 먹다 남은 소시지도 3개 있었다. 우리는 음식을 준비하고 접시와 냅킨을 놓았다. 은식기 부딪히는 소리, 스토브에서 끓는 수프 냄새, 이런 것들에 나는 안정을 찾는다. 집에 돌아오니 기분이 좋다.

저녁 식사 후, 나는 식구들에게 양해를 구하고 자리를 뜬다. 마치 사라지는 여자가 된 기분이다. 3시간마다 가족생활의 흐름에서 슬그머니 빠져나왔다. 그러면서 아무도 눈치채지 않기를 바라며 조심스럽게 행동하려 애썼다. 젖이 많이 나오지 않는다. 더 긴장을 풀고 더 많이 먹고 더 많이 쉬기 위해 더 열심히 노력해야 한다는 걸 나도 안다. 아직 전화해야 할 곳이 남아 있다. 어제보다 더 많은 정보를 얻지도 못했고, 상황이 더 나아지거나 쉬워질 것 같지도 않다. 톰에게 대신 전화를 걸어달라고 부탁하고 싶지만, 이대로 숨는 것은 옳지 않은 일이다. 책임은 내 몫이다. 시차가 한 시간 나기 때문에, 오래 머뭇거리면 너무 늦을 것 같다.

부모님과 통화해야 했던 수년 동안의 모든 전화가 생각난다. 통금 시간을 놓쳤을 때, 교통사고가 났을 때, 대학을 1년 휴학하기로 결심했을 때, 톰과 함께 서부로 이사했을 때, 우리 둘이 수천 킬로미터 떨어진 이곳에서 삶을 꾸리기로 결심했을 때. 하지만 지금과 비교하면 아무것도 아니다. 이번이 내 인생에서 가장 힘든 통화일 것이다.

나는 전화번호를 누른다. 그리고 이 말을 반복해서 말한다. "에이버리가 다운증후군이래요, 에이버리가 다운증후군이래요, 에이버리가 다운증후군이래." 엄마에게, 아빠와 새엄마 팸에게, 하나뿐인 동생 글리니스에게.

아빠는 "에이버리는 더 나은 사람이 될 거야"라고 말한다. 팸은 "건강하잖아? 그게 중요한 거야. 에이버리는 잘해낼 거야"라고 말한다.

엄마는 "오, 이런!" 하고 탄식한 다음, "애야, 내가 해줄 수 있는 게 있니?"라고 묻는다.

글리니스는 "언니가 내 언니라는 게 자랑스러워"라고 말한다.

눈물이 흘러 앞을 가린다. **사랑해. 괜찮을 거야. 계속 연락해.** 이런 말로 통화를 끝낸다.

손이 떨리지 않도록 집중해야 한다.

숨을 쉰다. 들이쉬고 내쉰다. 아직 전화할 사람이 많이 남았지만, 기다려야 한다. 지금은 일단 끝났다.

물건들을 챙기고, 모유 컵과 전화기를 부엌으로 가져간다. 젖을 각각 60그램씩 보관용 봉지에 담는다. 봉지 윗부분을 여러 번 접은 후 마스킹테이프로 고정한다. 그 위에 검은색 샤피로 '6월 14일 오후 6시'라고 적는다. 종이에서 컴퓨터 라벨을 떼어내 뒷면에 붙인다. 작은 봉지 4개를 냉장고 맨 위 선반에 쌓아둔다. 마지막으로, 달력의 날짜에 검은색으로 굵게 X 표시를 한다. 그러다 문득 내일이 아버지의 날이라는 걸 깨달았다.

우리의 작은 집은 예쁜 호수 근처 언덕 위에 있다. 집 안은 책들로 가득 차 있고, 그 책들의 조언 덕분에 삶이 한결 더 나아졌다. 벽에 칠한 페인트 밑에는 보이진 않지만 '햇살' '행복' '초콜릿 우유' 같은 단어가 적혀 있다.

집에는 침실과 욕실이 각각 2개씩 있다. 하지만 호수가 내려다보이는 커다란 창문과 짙고 푸른 미션산맥을 향해 난 창문 덕분에 집이 크게 느껴진다. 매일 해가 산맥 위로 떠오르고, 어떤 밤에는 달이 그 뒤를 따른다. 눈 덮인 봉우리 위로 환한 보름달이 떠올라 별이 가득한 하늘로 점점 더 높이 점점 더 가득 차오르는 모습을 지켜보는 것은 이 집에 사는 가장 좋은 이유 중 하나이며, 우리에게 이곳을 소개해준 부동산 중개인도 몰랐던 이 집의 특징이기도 하다.

조지라는 이름의 부동산 중개인은 적절한 때에만 잘 듣지 못했다. 우리가 자금 사정이나 요구 사항을 이야기하면 이렇게 말했다. "음? 큰 소리로 말해줄래요?" 하지만 우리가 지저분한 곳만 보는 데 지쳤다고 속삭이면, 갑자기 청력이 좋아져서는 이렇게 말했다. "아, 아직 포기하지 마세요! 보여줄 곳이 하나 더 있어요! 마음에 들 겁니다!"

그건 몹시 짜증나는 일이었다. 나는 6개월 된 카터를 캥거루 스타일로 앞쪽에 메고 다녔다. 우리는 자동차에 탔다 내리고 남의 집을 들어갔다 나왔다 하면서, 매번 점점 더 마음에 들지 않는 집들을 구경했다. 이윽고 포기하려 할 때, 톰이 우리가 아직 보지 못한 매물을 발견했다.

"이 집은 어때요?" 톰이 그 집의 가격을 가리키며 물었다.

"아, 그 집은 마음에 들지 않을 거예요. 시내에서 너무 멀고 침실이 2개밖에 없어요."

"그래도 이 정도면 적당한 가격인가요?" 톰이 물었다.

"확인해볼게요. 음…… 그러네요."

"좀 볼 수 있을까요?" 내가 물었다.

"이렇게 하죠. 지도를 드릴 테니 직접 운전해서 가보세요. 마음에 들면, 저한테 전화해서 다음 단계를 진행하시면 됩니다."

우리는 지도를 보며 산기슭을 따라가다가 구불구불한 자갈길로 우회전을 했다. 과연 그 집은 조지가 장담한 대로 마을에서 멀리 떨어져 있고 꽤 작았다. 하지만 조지는 그 작은 집 언덕 아래에 작업장과 사무실이 딸린, 자동차 두 대 반을 주차할 수 있는 차고가 있다는 사실을 몰랐다. 우리가 세 식구였을 때는 충분한 공간이었다.

쌍둥이 임신 사실을 알았을 때, 우리는 아기들이 톰과 내 침실을 함께 사용하면 될 거라고 생각했다. 우리가 이 집을 계약한 후, 카터는 자기 방을 고수해왔다. 그 방 한쪽 구석에는 잠자리 무늬 시트를 간 싱글 침대가 놓여 있다. 창문 아래에는 벤치가 있고, 창문 밖으로는 산이 보인다. 침대 맞은편에는 짙은 파란색과 빨간색으로 칠한 오래된 옷장이 있다. 흰색 벽, 크림색 카펫, 나무 블라인드, 테두리를 장식한 나무 벽장, 그리고 천장에는 낙하산을 탄 곰이 매달려 있다. 바닥에는 작은 성냥갑 자동차, 앙증맞은 장난감 기차, 흔들 목마, 《해럴드와 보라색 크레용(Harold and the Purple Crayon)》《내가 얼마나 널 사랑하는지 맞혀봐(Guess How Much I Love You)》《잘 자요, 달님(Goodnight Moon)》 등의 책이 흩어져 있다. 침대에는 금발 소년이 잠들어 있다. 나는 문을 조심스럽게 닫는다.

돈과 조이스는 사무실의 소파 베드에서 밤을 보내기로 했다. 그래서 집 안이 고요하다. 식기세척기 소리가 간헐적으로 들린다. 톰이 라디오를 잔잔하게 틀어놓았다. 방을 가로질러 빛바랜 녹색 소파에 앉아 멍하니 창밖을 응시하는 그의 모습이 보인다. 뺨에는 눈물이 흐른다. 옆에는 새로 사온 책이 작은 텐트처럼 엎어져 있다. 나는 톰에게 다가간다.

"괜찮아?" 내 질문에 톰이 고개를 끄덕인다. 나는 책을 집어 들고 페이지를 넘긴다. '심장 결함' '백혈병' '생명을 구하는 수술' 같은 단어가 눈에 띈다. 굵은 글씨로 강조한 단어들이 더 많이 적혀 있다. 호흡기 문제, 위장 문제, 시력, 청력, 갑상선 문제, 정형외과 문제, 치과 문제, 발작 등등. 맙소사, 만약 이 책이 '부모와 가족이 읽어야 할 첫 번째 책'이라면 두 번째 책은 어떤 내용일까?

나는 톰 옆에 앉는다. "정말 괜찮아?" 등에 팔을 얹자 나를 향해 고개를 돌린다.

"책을 읽고 있었어." 톰이 말했다. "괜찮았어. 그래서 계속 생각했지. '그래, 이건 내가 감당할 수 있는 일이야. 괜찮을 거야.' 그러다 '다운증후군 아기는 정신지체가 있다'는 부분을 읽었어. 쾅! 너무 확정적이고 너무 결정적인 그 말이 모든 희망을 앗아갔어."

무슨 말을 해야 할지 모르겠다. 우리는 책을 사랑하는 가족이라서 책에 너무 많은 무게와 중요성을 부여하는 경향이 있다. 나는 톰을 눈물짓게 만든 이 책이 의심스럽다. 조심스럽게 책을 훑어본다. 아이들의 흑백 사진, 그래프, 차트, 서식 등이 보인다. 각 장은 의학적 문제와 치료, 일상적인 신생아 돌봄, 가족생활, 발달, 아기 교육, 법적 권리와 장애물 등의 주제를 다루었다. 뒤에는 용어 사전이 있다. A로 시작하는 몇 가지 용어를 읽어본다. 관념(abstraction), 보험 계리(actuarial), ADA(미국장애인법), 적응 행동(adaptive behavior), 아데노이드(adenoid), 옹호 단체(advocacy group), 알파 A-크리스탈린 유전자(alpha A-crystallin gene).

맞은편 페이지에는 3개의 짧은 문장이 있다. 제도를 악용하는 사람들에 대한 비난, 시설에 있는 아이들에 대한 묘사 등. 그런 내용이 초보 부모를 위한 책에 적절한지 알 수 없어 읽다가 멈칫한다. 이 인용문들이 누구의 말인지 확인할 수 없다. '부모의 말' 섹션의 인용문에는 누구의 말인지 이름도 적혀 있지 않다. 나는 이런 글을 받아들일 준비가 되어 있지 않다. 책을 선반 위에 놓고, 루이스 어드리크(Louise Erdrich)의 《사랑의 묘약(Love Medicine)》으로 덮어버린다. 마치 상처를 없앨 수 있다는 듯이. 나는 톰의 이마에 키스하고, 그는 자러 가겠다며 자리를 뜬다.

나는 톰을 따라가지 않고, 대신 병원에서 받은 바인더를 펼친다. 첫 페이지는 '축하합니다' '승리' 등의 단어와 '아름다운 신생아'라는 문구가 적힌 환영의 편지다. 다음 페이지는 에밀리 펄 킹슬리(Emily Perl Kingsley)의 〈네덜란드에 오신 것을 환영합니다(Welcome to Holland)〉라는 제목의 글이다. 하단에는 부드럽게 굽은 언덕과 풍차가 있는 작은 집 등 네덜란드의 그림 같은 풍경을 담은 흑백 사진 복사본이 있다. 나는 책을 읽기 시작한다.

에밀리 펄 킹슬리는 다운증후군을 앓고 있는 아들을 둔 엄마다. 그녀는 자신의 경험을 다른 사람들이 충분히 느끼고 상상할 수 있도록 설명해달라는 요청을 종종 받곤 했다. 이에 대해 에밀리 펄 킹슬리는 다음과 같이 설명한다. 즉, 아기를 기대하는 것은 멋진 여행을 계획하는 것과 같다. 당신이 아는 모든 사람이 이탈리아로 여행 갈 계획을 세우고 있고, 물론 당신도 그러하다. 하지만 몇 달 동안 간절하게 기다렸건만 일정이 변경되었다는 소식을 듣는다. 당신은 여전히 여행을 떠나지만, 거기는 이탈리아가 아닌 다른 곳이다. 당신이 가는 지역은 나쁜 곳이 아니라 단지 다른 곳일 뿐이다. 더 느리고 덜 화려하다. 당신은 이탈리아가 아닌 네덜란드에 있다. 에밀리 펄 킹슬리는 이 비유를 이어가면서, 다른 사람들처럼 이탈리아를 보지 못한데 대한 아쉬움을 토로한다. 하지만 일단 적응하고 나면 네덜란드에도 좋은 점이 많다는 걸 알게 될 것이라고 말한다.

나는 우리가 스스로에게 들려주는 이야기, 우리의 개인적 서사에 대해 생각한다. 그것들은 강력하고 치유력이 있을 수 있다. 에밀리 펄 킹슬리가 이 글을 통해 수 킬로미터, 수년을 건너뛰어 나에게 말을 건네는 것 같았다. 다운증후군 아기를 갖는 것이 큰 비극이라고 생각하지 않는 한 여성이 여기 있다. 그녀가 나에게 새로운 이야기, 이제 막 시작된 이야기를 들려준다. 24시간 만에 처음으로 슬픔이 아닌 다른 감정을 느낀다. 에밀리 펄 킹슬리의 말이 내 안에 작은 희망의 불꽃을 일으킨다.

나는 계속해서 읽는다. 다운증후군은 가장 흔한 염색체 이상으로, 출생아 733명 중 한 명꼴로 발생한다. 정상적인 세포 발달 과정에서 원래 세포는 분열과 복제를 반복하며 성장하기 시작한다. 그런데 때로는 아직 알려지지 않은 이유로 원래 세포가 균등하게 분열하지 않는 경우도 있다. 이 세포는 계속해서 성장하고 스스로 복제하며 오류를 일으킨다. 여분의 유전 물질이 21번째 염색체에 위치하면, 이를 21번 삼염색체증(trisomy 21)이라고 한다. 1866년 이 질환에 대해 처음 설명한 영국 의사 존 랭던 다운(John Langdon Down)의 이름을 따서 다운증후군이라고도 한다.

다운증후군 아기들은 21번 염색체에 여분의 유전 물질을 가지고 있지만, 다른 염색체들은 모두 정상이다. 사실 21번 염색체에 있는 물질도 정상이며, 단지 그 양이 더 많을 뿐이다. 따라서 다운증후군 아기들은 일반적으로 발달하는 아기들과 다르기보다 비슷하다고 할 수 있다. 아기들 각각의 유전적 청사진에 있는 다른 46개 염색체의 영향으로 지능, 학습 스타일, 신체 능력, 창의성, 성격이 매우 다양하다.

다운증후군에는 세 가지 주요 유형이 있다. 에이버리의 경우는 가장 흔한 유형으로 진단의 95퍼센트를 차지한다. 이것을 비분리성 21번 삼염색체증이라고 하는데, 21번 염색체가 분리되지 않아서 고르게 분열하지 않은 경우다. 이는 세포 분열 초기에 발생하며, 이 오류가 아기의 각 세포에 복제된다. 또 다른 형태로는 전위성 21번 삼염색체증이 있는데, 이는 21번 염색체의 일부가 떨어져 나와 다른 곳에 부착되는 경우다. 때로는 14번 염색체에, 때로는 다른 21번 염색체에 부착된다. 세 번째 유형의 다운증후군은 모자이크증이라고 불리는 희귀한 형태로, 세포 분열이 조금 더 진행된 후 오류가 발생하기 때문에 일부 세포에만 삼염색체가 지속적으로 존재한다.

바인더에는 전국다운증후군협회(National Down Syndrome Society, NDSS)를 비롯한 지원 단체에 대한 정보도 담겨 있다. '신화와 진실 (Myths and Truths)'이라는 단체에서 복사한 자료도 있다. 나는 그걸 일종의 예비 시험이라 생각하고 풀어봤는데, 모두 틀렸다. 요컨대 나는 모든 신화를 믿고 있었다. 다운증후군은 희귀한 유전 질환이 아니라 흔한 유전 질환이다. 다운증후군을 앓는 사람은 심각한 지체가 있는 것이 아니라, 대체로 경도(輕度)에서 중등도(中等度) 범위에 속한다. 다운증후군을 앓는 사람이 항상 행복한 것은 아니다(다른 이들과 마찬가지로 다양한 감정을 느낀다). 다운증후군은 치명적이지 않으며, 다운증후군을 앓는 성인의 80퍼센트가 55세 이상까지 생존한다.

바인더의 나머지 정보는 '특별한 승리' '특별한 선물' '미줄라 주민, 타임스퀘어의 밝은 빛이 되다'와 같은 제목의 신문 기사 복사본으로 이뤄져 있었다. 그걸 모두 읽지는 않고, 배워야 할 게 여전히 아주 많다는 생각을 하며 훑어본다. 건강 프로토콜과 성장 차트 복사본도 있다. NDSS의 상담 서비스 전화번호가 눈에 띈다. 다른 이유 없이 단지 로고가 마음에 들었기 때문이다. 오늘 밤에는 너무 피곤해서 전화할 수 없지만, 나중엔 전화할 수도 있을 것 같다. 비닐 슬리브에서 그 페이지를 뜯어내 바인더 앞주머니에 끼웠다.

마지막 페이지에는 지역의 다운증후군 아기 및 어린이들의 컬러 사진 복사본이 실려 있다. 각각의 부모들이 자랑과 사랑 넘치는 말로 아이들을 소개했다. 여느 엄마 아빠가 그러듯이 말이다. 나는 그들의 말 대신, 다운증후군 아이들이 아름답게 미소 짓고 있는 얼굴을 생각하며 책을 덮는다.

독서등을 제외한 집 안의 모든 불이 꺼져 있다. 라디오도 꺼져 있다. 톰을 깨워 이 소식을 전할까 싶었지만, 그냥 자게 내버려두기로 한다. 지금 이곳에 아침까지 기다리지 못할 일은 없으니까. 해야 할 일이 하나 남아 있다. 병원에 전화를 건다. 야간 근무 간호사 제니퍼가 전화를 받았다. 나는 아기들의 안부를 묻는다.

"아기들은 아주 잘 지내고 있어요!" 제니퍼가 말했다.

"네, 고마워요." 내가 말했다. "좋은 밤 보내세요."

호수의 반짝이는 물 위로 보름달이 밝게 빛난다. 냉장고의 윙윙거리는 소리와 작동을 마친 식기세척기의 딸깍 소리가 들린다. 모든 것이 완벽한 정적 속에서 기다리고 있다. 아기들을 기다리고 있다.

잘 자, 별들아.

잘 자, 공기야.

잘 자, 온 세상의 소음들아.

가장 먼저 오언이 없다는 게 눈에 띄었다. 우리 아기들은 전날 두고 온 곳에 그대로 있는데, 오언의 인큐베이터는 사라졌다. 우리가 집에 있는 동안, 밤사이에 어떤 나쁜 일이 우리 아기들 바로 옆의 요람에서 일어난 것이다. 잘 알 것 같았지만, 그래도 물어본다.

"27주 만에 태어난 아기는 어디 있어요?" 베이글과 오렌지 주스를 먹고 있던 어제와 똑같은 금발의 간호사다. 오늘은 베이글에 땅콩버터가 발라져 있다.

간호사가 나를 쳐다보며 고개를 갸우뚱한다. "말씀드릴 수 없다는 것 아시잖아요. 기밀 사항이라서요."

에이버리에 대한 나쁜 소식도 있다. 에이버리가 무호흡과 서맥(徐脈) 증상을 보였다. 간호사는 이것을 A/B 발작이라고 불렀다. 호흡이 멈추면, 심장도 멈춘다고 간호사는 말했다.

"그래서 상태를 지켜보고 싶어요. 제가 자극을 주기 전에 에이버리의 수치가 80이나 60까지 내려가도 그냥 놔둘 거예요. 대부분의 의사 선생님은 너무 일찍 자극을 주지 말라고 권장하거든요. 그리고 이 문제를 해결하기 전까지는 아기를 안아보게 해드릴 수 없어요."

나는 간호사의 계획이 마음에 들지 않는다. 불안했다. 하지만 신생아집중치료실의 다른 모든 일과 마찬가지로, 나는 이것이 삶의 방식이라는 걸 받아들인다.

마치 기다렸다는 듯이 에이버리의 상태가 변하기 시작했다. "이제 시작입니다." 간호사가 거의 흥분한 목소리로 말했다.

먼저 호흡 모니터가 울리기 시작한다. 숨을 들이마신 후 4초 이상 경과하면 울리는 간단한 알람이다. 아무런 생각도 하지 못한 채 나 역시 숨을 죽인다.

에이버리의 심장 박동이 자꾸 느려진다. 이 두 가지 수치가 아주 완만하게 감소한다. 한때 강하고 웅장했던 박동이 마치 타르를 펌프질하거나 배터리가 다 된 것처럼 약해진다. 그리고 맥박-산소포화도 모니터까지 울리며 수치가 떨어진다.

간호사가 책상 위에 있는 산소통에 손을 뻗더니 숫자를 세기 시작한다. 톰과 나는 그 자리에 꼼짝도 하지 않고 서 있다. 나는 여전히 숨을 죽인다.

그 순간이 핀헤드(pinhead)의 공간처럼 무한하면서도 유한한 것 같다. 그리고 에이버리의 작은 폐가 한 번도 신선한 공기를 마셔본 적 없다는 생각이 문득 든다. 에이버리는 여름 햇살의 따뜻함을 뺨에 느껴본 적도 없다. 호숫가에서 부서지는 물결 소리를 들어본 적도 없고, 집에서 자신을 기다리는 아기 침대에서 잠을 자본 적도 없다.

충분히 길지 않다고 생각한다. 에이버리의 삶은 충분히 길지 않았다. 나는 이미 에이버리를 잃었으며, 마치 그걸 피할 수 없는 일인 것처럼 느끼고 있다. 그리고 나 자신이 부끄럽다. 나의 망설임과 두

러움이 부끄럽다. 다시 한번 기회를 잡고 싶다.

숨을 쉬어, 아가야. 숨을 쉬어.

에이버리가 한 번도 입어보지 못한 배냇저고리와 한 번도 덮어보지 못한 손뜨개 아기 담요가 생각난다. 형으로서의 삶이 시작되길 기다리는 카터가 생각난다. 이 모든 게 아기들이 집에 올 때까지 보류 중이다. 아기들 중 한 명이 살아남지 못할 수 있다는 생각은 해본 적도 없다.

에이버리가 내게 돌아오기를 바라며, 내 심장 박동을 늦추려고 애쓴다. 에이버리를 더 사랑할 수 있는 기회를 다시 한번 갖고 싶다.

숨을 참기 힘들다. 너무 오래 참았다. 소용이 없다. 뭔가를 해야 한다. 무력감을 느끼며 혼란스럽다. 어떻게 해야 하지? 내가 무엇을 할 수 있을까?

나는 에이버리를 유심히 관찰하는 간호사를 바라본다. 돌처럼 굳어 잿빛이 된 톰을 바라본다. 그리고 인형처럼 작고 조용한 에이버리를 바라본다.

제발, 아가야, 제발. 제발, 나에게 돌아와.

오늘은 아버지의 날이고, 27주 만에 태어난 아기가 신생아집중치료실에서 사라졌다. 그리고 보라색과 흰색 뜨개 모자를 쓴 아기는 폐가 숨을 쉬고 심장이 뛰는 것과 그러지 않는 것 사이 어딘가에 모호하게 떠 있다. 그 옆에는 이 모든 걸 무력하게 지켜보는 엄마와 아빠가 있다. 간호사가 초를 센다. "열, 아홉, 여덟, 일곱."

심박수가 떨어진다. 90, 88, 86.

"여섯."

산소포화도 70.

"다섯."

심박수 80, 산소포화도 60.

"넷, 셋, 둘."

그때 가까이에서 초록색과 노란색 뜨개 모자를 쓴 아기가 고개를 들고 울음을 터뜨린다. 마치 주문을 깨는 듯한 선명하고 날카로운 소리. 그 소리에 보라색과 흰색 모자를 쓴 아기도 고개를 들고 울음을 터뜨린다.

모니터의 신호음이 멈춘다. 수치들이 급격히 상승한다. 심박수와 산소포화도 수치 둘 다 90대로 올라가고, 2초마다 호흡을 한다. 간호사가 산소통을 책상 위에 놓는다. 엄마와 아빠는 동상처럼 제자리에 얼어붙은 채 서로를 멍하니 바라본다. 그러다 엄마는 마침내 숨 쉬는 것을 기억해낸다.

04

집은 당신이 생각했던 곳이 아니다

신생아집중치료실에서 돌아온 후, 나는 카터를 오후 낮잠을 재웠다. 그리고 톰과 잠시 이야기를 나눈 후, 모유를 더 유축한 다음 집을 나왔다. 나는 다시 차를 타고 언덕을 내려가 호수를 향해 운전했다. 최대한 호수 가까운 곳에 주차한 다음, 멀리 산불이 난 숲에서 나는 연기 냄새를 머금은 공기를 뚫고 숲이 우거진 길을 조심스럽게 천천히 걸었다. 동쪽으로 미션산맥, 서쪽으로 블랙테일피크(Blacktail Peak)까지 이어지는 낮은 언덕, 북쪽으로 스완산맥과 화이트피시산에 둘러싸인 호수는 어깨가 큰 형제처럼 솟은 산들에 의해 사방에서 보호를 받고 있다.

나는 황토색, 회색, 파란색, 갈색, 초록색, 검은색 등 온갖 색의 차갑고 매끄러운 자갈들이 깔린 호숫가를 조심스럽게 가로질렀다. 물이 무릎에 닿을 때까지 들어간 후 물속에서 무릎을 꿇었다. 복부의 흉터는 아직도 생생하고, 스테리 스트립(Steri-Strip: 수술 후 흉터 예방을 위해 사용하는 3M사의 의료용 테이프—옮긴이)을 아직 제거하지 않은 상태지만 상관없다. 나는 잔잔한 물결에 몸을 맡기며 나 자신을 포기한 여자가 된다. 두 팔을 활짝 벌리고 공중에 뜬 채로 숨을 참는다. 물에 떠 있는 것과 빠져 죽는 것은 불과 몇 인치 차이에 불과하다. 하루 중 처음으로 나는 추위 때문이 아니라 너무 깊은 슬픔에 눈물조차 나오지 않아 몸을 떨기 시작한다.

내가 느끼는 감정을 어떻게 정리해야 할지 모르겠다. 한편으로는 후회스러운 마음도 든다. 왜 더 많은 아이를 원했을까 하는 생각도 들고, 지금은 믿을 수 없을 정도로 평온하고 운이 좋았던 것 같은 이전의 삶을 상실한 게 슬프기도 하다. 집, 예쁜 아이, 그 밖의 다른 것 등 필요한 모든 걸 다 가지고 있었는데 왜 더 많은 것을 원했을까?

그리고 두려움도 있다. 날것 그대로의 아드레날린으로 가득한 두려움이다. 내가 원하거나 필요로 하는 것은 가끔씩 숨을 쉬지 않는 아기 앞에서는 별로 중요하지 않다. 게다가 베넷은 체중이 줄고 있다. 간호사들은 이러한 퇴행을 예상했던 일이라고 설명한다. 모든 아기는 퇴원하기 전에 잘못된 부분을 고쳐야 한다고. 하지만 나는 다르게 알고 있다. 아기들한테는 항상 곁에 있어줄 엄마가 필요하다. 아기들을 위해 숨을 쉬고, 작은 새 같은 입에 젖을 한 방울씩 먹일 수 있는 엄마 말이다. 유축기의 푹푹 똑똑 삑삑거리는 소리, 너무 달콤한 냄새, 냉난방공조기의 윙윙거리는 소리, 녹색을 띤 형광등, 울음소리, 주삿바늘, 피. 호흡과 무호흡. 매번 새로운 희망으로 가득 차서 방문하지만, 몇 시간도 지나지 않아 나는 내면이 죽은 것 같은 기분에 빠져든다. 가능한 한 오래 머물다가 아기들을 남겨두고, 아이와 남편과 호수가 있는 곳으로 도망치듯 나온다. 아기들은 나를 필요로 하는데, 나는 그곳에 없다.

내가 상상하곤 했던 에이버리를 잃은 슬픔이 밀려온다. 건강하고 활기차게 자라서 키가 180센티미터나 되는 튼튼하고 건장한 금발 소년으로 성장할 거라고 상상했던 에이버리가 마치 벌써 죽었다는 듯이 말이다. 그 애가 좋은 남자로 성장하도록 돕는 것, 즉 그 애와 형제들이 아버지처럼 강하고 남성적이면서도 부드러움을 갖추도록 가르치는 것이 내 역할이다. 정원 가꾸는 법, 빵 굽는 법, 아기 안는 법을 아는 남자들. 우리는 그 애한테 '현명한 통치자, 현명한 상담자'라는 뜻의 에이버리라는 이름을 지어주었다. 그 애는 친절하고 온화한 지도자가 될 것이다. 세상은 그런 소년을 환영할 것이다.

그리고 증오가 있다. 나의 나약함이 싫고, 나의 두려움이 싫고, 나의 이기심이 싫다. 신생아집중치료실과 밝은색 모자를 쓴 쾌활한 간호사들도 싫다. "좋은 아침이에요!" "멋져요!" 매번 이렇게 인사하고, 아기들에 대해 질문하면 표준적으로 답하는 친절함도 싫다. "아기들은 잘 지내고 있어요!" 마치 내가 상황을 제대로 파악하지 못하는 것처럼, 마치 내가 돌봐야 할 어린애이거나 바보인 것처럼 말이다.

이런 상황이 무엇보다 싫은 것은 바꿀 수도 개선할 수도 없고, 그저 견뎌내야만 하기 때문이다. 내 달력에는 검은색 X 표시가 13개나 있다. 퇴원 날짜를 물어볼 때마다 쾌활한 간호사들로부터 매번 똑같은 대답을 듣는다. "곧. 어쩌면 내일이라도!" 이제는 그 말이 무의미해져서 더 이상 묻지 않는다. 의사들은 좀더 철학적이다. "아기들이 준비가 되면요. 우리는 하루하루가 지날수록 더 많은 걸 알게 되죠."

아기들을 우리 마을에 있는 병원으로 옮기면 적어도 나와 더 가까이 지낼 수 있을 것 같다. 하지만 그것은 선택 사항이 아니다. 지역 병원에는 아기들한테 필요한, 24시간 신생아 치료를 위한 인력이나 장비가 없기 때문이다.

　무엇보다도 상처가 있다. 내 몸은 새로 찢겼다가 꿰매졌고 멍이 들었다. 내가 무슨 짓을 했기에 이런 고통을 당하는 건지 궁금하다. 마치 대부분의 사람이 원하는 것보다 더 많은 걸 원하지 않았다는 이유로 매를 맞은 것처럼, 이 고통이 자의적이고 잔인하게만 느껴진다. 그런데도 나는 상처 입은 동물처럼 집 주위를 맴돌다 다시 호숫가로 돌아와 여기에 있다.

톰은 지역의 자원봉사 소방대원이다. 자원봉사 소방대는 매년 5월 기금 마련을 위해 차고 세일을 하는데, 자원봉사자들은 판매 준비를 하고 진행한 후 남은 물건을 처리하는 것이 임무다. 그래서 우리는 지금 익스페디션 뒷좌석에 있는 어린이용 자전거 헬멧을 갖게 되었다. 팔리지 않은 차고 세일 상품 상자에 들어 있던 이 헬멧은 중고품 가게로 갈 예정이었다. 둥글고 하얀색인데, 커다란 탁구공처럼 생겼다. 아마도 세련되거나 멋지지 않아서 팔리지 않은 것 같다. 이걸 발견한 카터는 톰이나 나한테 묻지도 않고 바로 쓰기 시작했다. 헬멧을 쓴 카터는 마치 베벌리 클리어리(Beverly Cleary)의 〈생쥐와 오토바이 (The Mouse and the Motorcycle)〉에 나오는 랠프(Ralph)처럼 보였다.

나는 전화를 더 많이 걸고 있다. 대화하기가 조금씩 더 쉬워진다. 때로는 일부러 말을 바꿔보기도 한다. 예를 들면, 사람들에게 에이버리가 21번 삼염색체증을 가지고 있다고 말한다. 이 말은 좀더 기술적이고 의학적이며, 내 생각에는 더 박식하게 들리는 것 같다. 마치 우리가 상황을 잘 파악하고 있는 것처럼 말이다. 게다가 21번 삼염색체증은 비교적 잘 알려지지 않았기 때문에 그걸 갖고 있는 아기에 대한 선입견이 없다. 따라서 이 소식은 무엇이든 의미할 수 있다. 사람들은 대부분 "그게 나쁜 건가요?"라고 조심스럽게 묻는다. 그러면 나는 이렇게 대답한다. "아뇨, 아무것도 아니에요. 많은 사람이 가지고 있고, 우리 아기한테 이런 일이 일어나기 전까지는 얼마나 흔한지 깨닫지 못했답니다." 이 말은 문자 그대로는 사실이지만, 왠지 내가 거짓말을 하는 것처럼 느껴진다.

그래서 나는 다시 "에이버리가 다운증후군이래요"라는 일반적인 말로 돌아간다.

대화에는 두 가지 버전이 있다. 전화 상대가 우리에게 무슨 일이 있었는지 전혀 모를 경우에는 이야기 중간에 소식을 전한다. "6월 초에 깜짝 놀랄 일이 있었어요." 이렇게 시작한 다음 빠르게 요약한다. "양수가 터졌고, 의사들이 최선을 다해 노력했지만 아기들은 기다릴 수 없었나 봐요. 그래서 7주 정도 일찍 나왔어요." 그리고 바로 이어서 설명한다. "아기들은 아직 병원에 입원 중인데, 한 가지 소식이 더 있어요. 에이버리가 다운증후군이래요." 마지막으로 이렇게 말한다. "우린 아기들을 집으로 데려오고 싶어요. 아직 병원에 있는 아기들을 그저 집으로 데려오고 싶을 뿐이에요." 때로는 이런 말을 덧붙이기도 한다. "가능하다면, 저희를 위해 좋은 생각을 해주세요."

두 번째 버전은 아기들이 신생아집중치료실에 있다는 사실을 이미 알고 있는 사람과 통화하는 것이다. 그럴 때는 더 짧게 설명한다. "에이버리에 대한 검사 결과가 나왔는데, 예상치 못한 소식이 있어요. 에이버리가 다운증후군이래요."

때로 사람들은 "유감입니다"라고 말한다. "내가 할 수 있는 일이 없을까요?" 또는 "그래도 다른 데는 건강하죠, 그렇죠?"라고 되묻기도 한다. "신의 가호가 있기를"이라고 말한 사람도 있다. 이런 반응 중 어떤 것에도 신경 쓰이지 않는다. 누구도 무슨 말을 해야 할지 모른다는 걸 알기 때문이다. 축하할 수도 없고, 그렇다고 세상의 종말인 것처럼 행동하고 싶지도 않을 것이다.

내 친구 세라의 반응이 가장 좋았다. 세라는 아이비리그 출신의 진보적인 친구다. 금발에 키가 크고 조각상 같은 외모를 지녔다. 그래서 그녀가 사려 깊고 성실하다는 걸 깨닫기 전까지는 옆에 있으면 조금 위축될 수도 있는 여성이다. 세라는 사랑에 빠져서 10년 전 동부에서 몬태나로 이사를 왔다. 이사를 결심하기 전에 던진 질문은 딱 두 가지였단다. "머리 손질은 어디서 할 수 있나요?" "최고의 산부인과 의사는 누구죠?"

세라는 남편 릭, 어린 두 아들과 함께 호수가 내려다보이는 곳의 개조된 농가에서 살고 있다. 그녀가 '초원'이라고 부르는 2에이커(약 8093제곱미터 또는 2452평―옮긴이)의 땅 위에 자리 잡고 있는 그 집은 짙은 보라색 라일락에 둘러싸여 있다.

"네 목소리가 듣고 싶었어." 세라가 전화기 너머에서 숨도 쉬지 않고 미안한 듯한 목소리로 말한다. "전화해서 미안해. 바쁜 거 알아. 그냥 괜찮은지 알고 싶었어." 내가 집에 돌아온 후로 우리는 연락이 끊겼다. 세라와 또 다른 친구 필리스한테 그 얘기를 하는 것은 여전히 어려운 일이었다.

"아니야, 아니야. 내가 전화하려고 했어."

"좀 무서워지는데. 무슨 일이야?"

"의사들이 에이버리한테 몇 가지 검사를 했는데, 결과가 나왔어. 에이버리가 다운증후군이래."

세라가 조용히 울기 시작한다. 그 소리에 나도 울음을 터뜨린다. 세라는 그런 친구다. 내가 아프면 같이 아파한다. 나는 세라에게 고통을 주고 싶지 않았다. 하지만 세라는 알아야 하고, 나는 말해야 했다.

"사랑해." 세라가 불쑥 말한다. 우리는 7년 동안 친구로 지내면서 아기가 아플 때, 첫 번째 베이비시터, 음식 알레르기, 옻나무, 발진, 위장 바이러스, 생일 파티, 엄마 모임 등을 함께 겪었다. 하지만 세라가 나에게 그런 말을 한 적은 한 번도 없었다.

"나도 그래." 내가 말한다. "고마워."

"내가 뭘 할 수 있을까?"

"한 가지 있어. 필리스는 몰라. 네가 필리스한테 말해줄 수 있을까? 내가 며칠 내로 전화할 거라고 전해줘."

"물론이지. 다른 사람들한테도 말해줄까? 그 얘길 다른 사람들한테 해도 되겠어?"

"그렇게까지 해주지 않아도 돼. 그건 네 몫이 아니야."

"하지만 사람들이 너에 대해 묻고 있어. 뭐라고 말할까?"

갑자기 너무 피곤해진다. 정말 너무너무 피곤하다. "정말 뭐라고 말해야 할지 모르겠어. 미안해. 네가 하고 싶은 대로 해." 내가 말한다. "이제 끊어야겠어."

"알겠어. 필요한 것 있으면 전화해." 세라가 조용히 말한다.

청구서가 집으로 날아오기 시작했다. 노란색 정맥 수액은 6865달러, 24시간 간호 케어 레벨 3은 1만 8040달러, 병실료는 2079달러였다. 쌍둥이기 때문에 여기에 2를 곱해야 했다. 나의 제왕절개 수술 비용은 6600달러였다. 에이버리에게는 추가 비용도 있었다. 유전 검사로 추정되는 병리학/세포학 보고서 650달러, 심장 전문의가 실시한 심장 초음파 검사료 950달러. 심장 전문의는 집으로 전화를 걸어 이렇게 말했다. "좋은 소식입니다! 시애틀행 응급 이송 항공편을 이용하지 않아도 됩니다."

밤에 청구서를 꼼꼼히 살피며 그 내용을 이해하려 애썼다. 우리 아기들에게 무슨 일이 왜 일어나고 있는지. 마치 다른 사람의 일기를 읽는 것처럼 이상하고 약간 엿보는 듯한 기분이 들었지만 어쩔 수 없었다. 나는 보험 회사를 통해 각각의 아기가 얼마나 먹는지, 필요한 물품은 무엇인지, 마지막으로 사용한 면봉까지 모두 자세하게 기록한 정보를 얻었다. 엄마라면 굳이 찾아보지 않아도 알 수 있는 내용이지만, 지금 내가 아는 것은 이것이 전부다. 청구서를 다 확인한 후, 나는 에이버리에 대해 읽었다.

구글에서 '다운증후군'을 검색하면, 237만 개의 항목이 나온다. 그 사이트들을 훑어본다. 대부분 미국, 더러는 전 세계에 있는 부모 모임을 위한 웹페이지다. 멕시코, 아일랜드, 독일에도 다운증후군 모임이 있다. 심지어 뉴사우스웨일스에도 한 곳이 있다. 얼마 지나지 않아 그 웹페이지들이 대부분 비슷하다는 것을 알았다. 부모들에게 NDSS와 NADS(National Association for Down Syndrome, 다운증후군전국협회)를 소개하거나, 보통 에밀리 펄 킹슬리의 에세이 〈네덜란드에 오신 것을 환영합니다〉의 사본 또는 그걸 볼 수 있는 링크를 걸어두었다. 종종 가족사진도 보이는데, 나는 에이버리와 닮은 아이를 찾기 위해 유심히 살핀다.

사소한 것들도 눈여겨본다. 로스앤젤레스 다운증후군협회 사이트에는 캐스팅 에이전트(casting agent)를 위한 특별한 섹션이 있다. 아인슈타인증후군(Einstein Syndrome), 업증후군(Up Syndrome), Uno Mas! 등 특이한 이름의 단체도 있다. 이런 이름을 통해 내가 사람들한테 에이버리에게 21번 삼염색체증이 있다고 말하던 짧은 시간을 떠올린다. 다른 부모들도 적절한 단어를 찾는 데 어려움을 겪고 있는 듯하다. 한 사이트는 다른 사이트와 동일한 정보를 제공하는데도 20개의 상을 받았다. 리버벤드 다운증후군 부모지원그룹(Riverbend Down Syndrome Parent Support Group)이라는 사이트다. 한꺼번에 다 살펴보기에는 너무 많아서 북마크를 추가한다.

나는 현재 보편적으로 쓰이는 용어가 다운증후군(Down syndrome)이라는 것을 알았다. 만약 다운스(Down's), 다운스증후군(Down's Syndrome), 다운증후군(Down Syndrome)이라는 용어를 본다면 아마도 오래된 정보를 다루고 있을 가능성이 높다. 현재의 경향은 아이는 무엇보다 아이이므로 '다운스 아기(Down's baby)' 대신 '다운증후군이 있는 아기(a baby with Down syndrome)'라고 말한다. 두 번째 표현이 훨씬 길고 약간 어색하지만, 아이를 존중하고 의학적 진단을 포함한 언어를 찾으려는 욕구라고 이해할 수 있다.

또한 Down syndrome에는 소유격인 's가 붙지 않는다는 것도 알았다. 다운증후군은 이 질환을 처음 설명한 사람의 이름을 딴 유전적 질환이며, 그 사람의 것이 아니므로 소유격 형태를 쓰지 않는 것이다. 그리고 syndrome은 고유 명사가 아니므로 대문자로 표기하지 않는다.

마지막으로, 다운증후군을 DS로 줄여서 부르는 경우가 있는데, 도움이 되긴 해도 약간 혼란을 초래할 수 있다. DS는 사이버 공간에서 'Dear Son(사랑하는 아들)'의 줄임말로 쓰이기도 하기 때문이다. 내 경우에는 에이버리가 나의 DS이고 DS를 가지고 있기 때문에 이것도 맞는 표현이다. 이런 사실을 알기 전까지 나는 다운증후군 환자를 둔 가족들이 모이는 또 다른 커뮤니티를 발견했다고 생각했다.

많은 사이트에는 참고 자료 섹션이 있는데, 나는 거기서 자주 언급하는 책들을 따로 메모했다. 그중 한 권이 바로 우리 책장에 숨겨져 있는 익숙한 책 《다운증후군 아기들: 초보 부모를 위한 가이드》다. 그 외에 시그프리드 푸셀(Siegfried M. Pueschel)이 쓴 《다운증후군 부모 가이드: 더 밝은 미래를 향해(A Parent's Guide to Down Syndrome: Toward a Brighter Future)》와 클리프 커닝햄(Cliff Cunningham)이 쓴 《다운증후군 이해하기: 부모를 위한 입문서(Understanding Down Syndrome:

An Introduction for Parents》도 있다. 우리에게 없는 두 권을 주문하고 신용카드로 결제한 후, 컴퓨터를 끄고 잠자리에 들었다.

"엄마, 캠핑카 알아요?" 카터가 묻는다. "사람들이 그 안에 살면서 전 세계를 여행해요." 카터는 중고 헬멧을 쓰고 뒷좌석 한가운데 있는 카시트에 묶여 있다. 돈과 조이스는 그들의 생활로 복귀하기 위해 집으로 돌아갔다. 아기용 카시트는 차고에 두었다. 빈 카시트를 싣고 다니는 게 너무 우울했기 때문이다. 우리는 병원으로 가는 중이고, 톰은 방금 캠핑카를 끌고 가는 픽업트럭을 지나쳤다.

"물론이지, 애야. 사람들은 그렇게 해. 너도 그렇게 하고 싶니?" 내가 말한다.

"아니요." 카터가 말한다. "나는 우리 집이 좋아요." 카터는 '집'이라고 말할 때, 그 단어를 강조하기 위해 과장해서 길게 끌었다.

우리 셋이 고속도로를 달린다. 여전히 가족이지만, 지금은 약간 균형이 깨지고 조금 부서진 느낌이다. 톰이든 나든 카터한테 헬멧에 대해 물어보지 않았고, 앞으로도 물어볼 것 같지 않다. 나는 그것을 직관적으로 이해하고 있으며, 그것이 지난 몇 주 동안 누군가가 보인 가장 솔직한 반응이라고 생각한다. 나도 헬멧을 쓰고 큰 하키 패드를 두른 채 다니고 싶다.

우리는 비옥한 초록색 계곡을 지나 산기슭을 따라 달려간다. 검은 소들이 산비탈에서 풀을 뜯고, 다리가 긴 송아지들은 어미 소들 사이를 뛰어다닌다. 우리는 메인 고속도로(main highway)에서 갈라지는 작은 국도를 지나간다. 이제는 내 손바닥의 손금만큼 익숙한 길이다. 비버헤드 로드(Beaverhead Road), 덕 로드(Duck Road), 키킹 호스 로드(Kicking Horse Road), 이글 패스 로드(Eagle Pass Road), 건록 로드(Gunlock Road), 포스트 크리크 로드(Post Creek Road). 녹색 고속도로 표지판에는 '미줄라까지 64킬로미터'라고 쓰여 있다. 둥근 건초 더미를 실은 구형 포드 평상형 트럭이 우리 왼쪽에서 지나가며, 건초 조각들을 초록색 비처럼 공중에 흩날린다.

국립들소보호구역(National Bison Range)과 모이에세(Moiese) 분기점을 지나 계속 달려간다. 개울가와 배수로를 따라 버드나무가 밝은 노란색으로 피어 있다. 멀리 작은 초코칩 크기의 갈색 점들이 모여 있는 것을 보니, 들소나 소 떼가 움직이는 것 같다. 우리는 철조망 울타리, 버려진 건물, 오래된 농가를 지난다. 나는 반성하는 기분이 든다. 힘든 시절과 고난에 대해 생각한다. 에이버리 같은 아기가 100년 전에 태어났다면 매우 다른 삶을 살았을 것이다. 하지만 우리가 100년 전에 살았다면, 나는 이런 생각을 하지 못할 것이다. 나는 출산으로 인해 사망한 여성들 중 한 명일 테니까. 나는 죽었을 것이다.

오른쪽으로 눈을 돌리니, 믿기지 않게도 풍차가 보인다. 내 바인더에 있는 흑백 사진처럼, 네덜란드에서 볼 수 있는 작은 집처럼 말이다. 풍차는 철로 바로 옆에 자리 잡고 있다. 그곳을 지나갈 때, 고개를 돌려 쳐다본다. 항상 거기 있었을 텐데, 내 눈에는 보이지 않았다. 하지만 확신할 수 없다. 요즘은 모든 게 의심스럽다.

"저게 뭐야?" 톰이 묻는다.

설명할 수도 없고, 정말로 그것을 봤는지도 확신할 수 없어서 이렇게 대답한다. "아무것도 아니야, 아무것도 아니야."

병원 주차장에 도착하자 톰은 입구에 차를 세우고 나를 내려준다. 톰과 카터는 근처 공원에 가서 새 위플 볼(Wiffle ball: 구멍이 뚫린 가벼운 야구공—옮긴이)과 배트를 가지고 놀 예정이다. 나는 병원 안으로 들어가 평소처럼 화장실에 먼저 들르고, 안내 데스크에서 출입 허가를 받고, 세척실을 거쳐 마침내 모유수유실로 향한다. 이 모든 과정을 마친 후에야 아기들을 볼 수 있다.

나는 아기들을 안고, 흔들어주고, 입 맞춘다. 아기들이 내 품에 안겨 있을 때, 원래 그래야 했던 것처럼 세 조각의 퍼즐이 다시 맞춰진 것 같다. 나는 모든 걱정을 잊고, 잠시 동안 모든 게 괜찮아진다. 하지만 이런 행복감은 일시적이고 순간적이다. 오래가지 않는다. 나는 다시 답답함을 느낀다. 벌써 톰하고 카터가 보고 싶다. 나는 아기들을 간호사 캐럴(Carol)에게 넘겨준다.

각각의 간호사는 하루 동안의 정보를 기록한 종이가 붙어 있는 클립보드를 가지고 있다. 차트는 긴 직사각형 모양의 모눈종이처럼 생겼는데 플러스(+), 대시(−), 백슬래시(₩), 숫자 등으로 가득 차 있다. 또 코멘트를 작성하는 공간도 있는데, 의료 전문 용어와 약어가 적혀 있다. 나는 차트를 보여달라고 요청한다. 때로는 볼 수 있고, 때로는 볼 수 없다. 그래도 항상 물어본다.

"물론이죠." 캐럴이 말한다. "왜 안 되겠어요?"

아기들이 모유를 더 많이 먹고 있으며, 오늘은 모유가 충분하지 않았다는 사실을 알게 되었다. 에이버리는 분유를 먹는다. 나는 눈을 몇 번 크게 깜빡이고 침을 삼키며 숫자를 계속 살펴본다. 하단에 전에는 보지 못했던 점 하나가 눈에 띈다. **엄마/접촉**(M/contact)이라고 쓰여 있다. 그 옆에는 일련의 마이너스 표시가 보인다. 내가 병원에 있었던 4시간 30분 동안은 모두 플러스 표시가 되어 있다. 페이지를 넘겨 전날을 살펴본다. 수많은 마이너스. 그 전날도 마찬가지다. 더 많은 마이너스. 간호사들은 나를 포함해 모든 걸 추적하고 있었다. 모든 곳에 마이너스 표시가 있다. 없음, 없음, 없음, 없음. 모유 부족함. 엄마 없음.

나는 차트를 내려놓고 출구 쪽으로 간다. 외출복 위에 걸쳤던 병원 가운을 벗어 세탁 바구니에 던진다. 잠긴 문을 감시하는 카메라를 향해 손을 흔들자 문이 열린다. 나는 길고 넓은 복도를 내달린다. 심장이 빠르게 뛰고 눈물이 고인다. 자판기 앞에서 잠시 멈춰 25센트짜리 동전 3개와 10센트짜리 동전 하나를 넣고 카터가 좋아하는 쿠키를 산다. 카터가 스파클(sparkle) 쿠키라고 부르는 분홍색과 흰색의 반투명 동물 모양 크래커다. 카터에게 쿠키를 사주겠다고 약속했기 때문이다. 그리고 밖으로 나와 햇빛 속으로 들어간다.

신생아집중치료실 밖에서 처음 들이마시는 숨만큼 신선한 공기는 없다. 마치 고래가 깊은 잠수 후 물살을 가르며 떠오르는 것 같다. 나는 숨을 들이마셔 온몸을 가득 채우고, 신생아집중치료실을 몸 밖으로 밀어낸다. 병원 입구에 도착하는 버스의 엔진 소리, 브레이크 밟는 소리, 삐걱거리는 문소리가 들린다. 여름 햇살에 달궈진 아스팔트의 열기와 가솔린 섞인 배기가스 냄새가 난다. 잔디밭과 맞닿은 화단에는 밝은 분홍색 꽃이 피었고, 하늘에는 비행기가 낮게 날고 있다. 이러한 감각은 아무것도 아니기도 하고, 모든 것이기도 하다. 이것은 삶의 본질, 현실 세계, 내 아기들이 아직 보지 못한 세상이다.

톰과 카터를 기다릴 수 있는 유일한 장소가 버스 정류장의 벤치뿐이어서, 나는 마치 아무도 아닌 것처럼, 그저 버스를 기다리는 여느 여자인 것처럼 거기에 앉는다.

현관 앞 가스 그릴 옆에는 커다란 나무 바구니가 우리의 귀가를 기다리고 있었다. 그 안에는 미숙아 옷이 가득 담긴 상자와 이런 글이 적힌 세라의 메모가 들어 있었다. "아기용품-유아용 카시트, 베이비뵨(BabyBjörn: 아기 포대기의 상표명—옮긴이), 바운서(bouncer), 아기그네, 지미니(Gymini: 아기용 미니 놀이터—옮긴이), 유아용 식탁 의자는 곧 도착 예정! 그리고 켈티 팩(Kelty pack: 등산용 배낭 브랜드 켈티에서 만든, 아이를 등에 업고 여행할 때 편리하게 사용할 수 있는 캐리어 형태의 배낭—옮긴이)도 있어. 필요하면 가져다 써. 너를 생각하고 있어. 시간 될 때 전화 줘. 사랑해, 세라." 집 안에서는 자동응답기의 빨간 불이 깜빡이고 있었다. 필리스가 남긴 메시지였다. 세라와 이야기를 나눴으며, 우리를 위해 기도하고 있다는 말이 녹음되어 있었다.

나는 세라를 알았던 만큼 필리스도 오래 알고 지냈다. 필리스를 생각하면 노숙자들이 울타리 기둥과 출입구에 그려놓는 상징물, 즉 커다란 심장을 가진 고양이가 떠오른다. 그 집의 주인이 식사나 따뜻한 잠자리를 제공할 것 같은 친절한 여성임을 모두에게 알려주는 상징물이다. 필리스는 도움이 필요한 아이들을 모아 음악을 가르친다. 종종 레슨비조차 낼 수 없는 가정에 주인 없는 피아노를 보내주기도 한다. 필리스한테 뭔가를 주는 것은 불가능하다. 자기보다 더 필요한 다른 사람에게 그걸 줄 것이기 때문이다. 필리스는 한 번에 2개의 맛있는 브레이디드 빵(braided bread)을 굽는다. 하나는 보관하고 하나는 나누기 위해서. 필리스는 친절한 마음씨를 가진 여성이다.

나는 필리스네 전화번호를 누른다.

"여보세요! 나야." 내가 말한다. "지금 통화 괜찮아?"

"그럼, 당연하지." 필리스가 말한다. "네 목소리를 들으니 정말 좋다."

"응, 나도 네 목소리를 들으니 좋아."

"어떻게 지내니?"

"괜찮아. 너무 많이 생각하지 않으려고 노력 중이야. 아기들을 집에 데려오고 싶어. 그래야 나머지 일들을 생각할 수 있을 것 같아."

"필요한 거 있어?"

"음, 바보 같은 질문인데, 모유가 잘 안 나오는 것 같아. 내가 시도해볼 만한 게 있을까?"

"네가 마셔도 좋은 허브차가 있다고 들었어. 마더스 밀크티(Mother's Milk Tea) 같은 건데, 이름이 뭔지 기억이 안 나네. 그리고 홉 성분이 들어 있는 무알코올 맥주를 마셔도 도움이 된다고 들었어. 하지만 가장 중요한 건 휴식하고 이완이야. 그 부분은 어떻게 도와줘야 할지 모르겠어. 네가 너 자신을 너무 힘들게 하고 있는 것 같아."

"아니야. 아기가 둘이면 너무 바쁘고 행복할 줄 알았는데, 대부분 기다리는 시간이야. 팔이 텅 빈 것 같은 느낌이야. 하지만 어떡하겠어?"

"초콜릿을 먹어봐. 아니면 머리를 새로 자르든지. 내가 항상 하는 말 알지? '인생을 바꿀 수 없다면, 머리를 바꿔라.' 그리고 초콜릿이 더 싸."

"지금도 너무 뚱뚱해. 사람들은 내가 아직 아기를 낳지 않은 줄 알아. 옷도 맞는 게 없고. 임부복은 기둥 없는 서커스 텐트를 입고 있는 것 같아. 내가 다시 정상적인 옷을 입을 수 있을지 모르겠어."

"내가 빌려줄 만한 옷을 좀 가져다줄게. 무지개 색깔별로 모든 사이즈의 옷이 두 벌씩 있거든. 내가 세라한테 너희 집으로 한 박스 가져다주라고 부탁할게."

"그러면 정말 좋을 것 같아. 계속 같은 옷 두 벌만 입고 있어. 허리밴드를 뒤집어 입으면 몸에 맞는 검은색 바지하고 꽉 조이는 원피스가 있거든. 간호사들은 이틀마다 교대 근무를 하니까, 아무도 눈치채지 못길 바라고 있어."

"내가 더 도와줄 게 있을까?"

"좋은 생각만 해줘."

"이미 중보 기도(仲保祈禱: 자기 자신이 아닌 타인을 위한 중재의 기도—옮긴이) 명단에 네 이름을 추가했어. 우리 교회 전체가 너를 위해 기도하고 있어."

"무슨 말을 해야 할지 모르겠어."

"아무 말도 하지 마. 너도 나한테 똑같이 해줬을 테니까."

나는 이웃인 캐시(Cathy)한테도 전화 한 통을 더 걸어야 한다. 캐시는 둘째 아이를 임신 중이다. 전화를 걸었지만, 아무도 받지 않는다. 나는 자동응답기에 우리가 집에 왔고, 아기들은 아직 미줄라에 있으며, 캐시가 전화를 해주면 더 많은 소식을 전하겠다는 메시지를 남겼다.

날이 갈수록 호수는 따뜻해지고 여름 별장은 사람들로 가득 찬다. 공용 호숫가 오른쪽에는 백발의 노인이 노부인과 함께 살고 있다. 가끔은 자녀들이 거의 다 자란 손주들을 데리고 방문하기도 한다. 왼쪽에는 곧 무너질 것 같은 작은 파란색 집이 있는데, 마당에는 너무 많은 자동차와 넘치는 쓰레기통, 그리고 항상 다른 손님들이 주차한 5륜 RV가 있다.

나는 이 두 곳의 중간쯤에 있는 공용 호숫가에서 10대 소년 3명이 스피드보트에 오르내리는 모습을 지켜본다. 금발에 검게 그을린 피부, 건장한 체격에 나이와 외모가 형제들이라고 해도 믿을 만큼 비슷하다. 여름과 젊음, 자신감으로 가득 찬 아름다운 아이들이다. 슬픔이 밀려온다. 그 애들은 셋이다. 내 아들들, 내가 상상했던 가족, 내 것이 아닌 가족이다.

스피드보트가 수심 얕은 곳을 떠다니는 동안 소년들은 장난을 심하게 친다. 그중 한 명이 운전석으로 넘어지더니, 몸을 가누며 핸들을 잡는다. 오, 안 돼. 안 돼. 스피드보트를 운전할 나이가 아니잖아. 나머지 2명은 모터 바로 뒤, 한 소년이 시동을 켜면 돌아가기 시작할 프로펠러 근처에서 헤엄을 치고 있다.

두려움에 사로잡혀 입에서 날카로운 금속 맛이 나는 듯하다.

나쁜 일은 이렇게 일어나는 거야. 이게 바로 나쁜 일이 일어나는 방식이다. 한순간 모든 것이 괜찮다가 다음 순간에 모든 것이 부서진다. 희망 없이 부서진다. 큰 소리로 경고하고 싶지만, 나는 더 잘 알고 있다. 내가 그저 자기 슬픔에 빠져 미쳐버린 이상한 여자일 뿐이라는 걸.

나는 그들에게서 등을 돌리고, 물에서 나와 몸을 일으킨다. 엔진 걸리는 소리에 이어 멀리서 굉음이 들린다. 비명도, 피도 없다. 다시 돌아보니 보트의 항적이 거꾸로 된 V자를 그리고 있다. 3명의 소년이 뱃머리에 나란히 서서 웃음을 터뜨린다. 태양 아래에서 그들의 어깨가 황금빛으로 빛난다.

곧 부서질 듯한 파란색 집에서 한 여자가 나와 나에게 다가온다. 나하고 비슷한 나이이지만, 햇볕에 그을린 몸이 날씬하다. 소년들의 어머니인 듯하다.

"여기서 운전하면 안 돼요." 여자가 말한다. 소개도 인사도 없다. "여기 표지판이 있잖아요. 자동차 금지." 그러곤 마당의 금속 기둥에 붙여놓은 화이트보드에 있는 스티커 글자를 가리킨다. "못 봤어요?"

나는 보지 못했다.

"아뇨, 못 봤어요." 내가 말한다. "죄송합니다."

"나가주세요. 앞으론 여기로 내려오면 안 돼요." 여자는 마치 주차 금지 구역에 주차하는 것이 완전히 잘못된 일인 양 손가락을 흔들며 내 차를 가리킨다.

어느 여름이었다면, 나는 다르게 행동했을지도 모른다. 여자가 누구인지, 어떻게 그런 일에 참견하게 되었는지 물었을 수도 있다. 누가 새로운 규칙을 정하고 집행할 권한을 주었는지도. 아니면 솔직하게 말했거나, 그 여자와 친구가 되려고 공통점을 찾으려 했을 수도 있다.

하지만 오늘은 아니다.

오늘은 완벽하게 이해한다. 물론 규칙이 바뀌었다. 모든 게 변했다.

나는 여자를 바라본다. 세 아들.

명청한 여자 같으니라고.

명청하고 어리석은 여자 같으니라고.

당신은 모든 것을 가졌으면서도 그걸 보지 못하고 감사할 줄도 몰라. 그것이 사라지고 나면 너무 늦어.

되돌릴 수 없다고.

모두 당신 잘못이야.

하지만 아무 말도 하지 않는다. 당연히 떠나야 한다. 나는 이런 대접을 받아 마땅하다. 이것이 내 새로운 삶이다. 다시는 좋은 일이 일어나지 않을 것이다.

명청한 여자 같으니라고.

꺼져버려.

나는 떠나고, 다시는 돌아오지 않을 것이다.

다음 날 신생아집중치료실에 도착하니, 아기들이 사라지고 없었다. 앞쪽 창문 옆 인큐베이터 안에도 없고, 뒤쪽 냉장고 옆에도 없다. 당황스러웠다. 나는 주위를 둘러보고, 본격적으로 아기들을 찾기 시작한다. 신생아집중치료실 프로토콜을 무시한 채 다른 아기들을 똑바로 살펴보고, 인큐베이터를 들여다보고, 이름표를 읽는다.

간호사가 내 팔을 잡고 묻는다. "도와드릴까요?"

"우리 아기들은 어디 있나요? 그론버그 쌍둥이요."

"확인해보겠습니다. 여기 앉아서 기다려주세요. 금방 돌아올게요."

간호사는 회전의자를 꺼내 나를 앉히고는 사라진다.

나는 기다린다. 마치 내가 이 모든 일을 초래한 것 같은 책임감을 느낀다. 우리 모두를 하나로 묶어주던 그 사슬을 내가 끊어버렸다. 캐시에게 전화도 안 하고 메시지만 남겼다. 아침 식사 때 카터한테 화를 냈다. 또 모든 걸 당연하게 여겼다. 너무 많은 걸 가졌는데도 깨닫지 못했다. 멍청하게도 말이다.

간호사가 돌아온다.

"아기들은 3층 소아과로 옮겼어요. 냉장고에서 모유와 소지품을 챙겨드릴게요."

"아기들은 괜찮나요?"

"아주 잘하고 있어요!"

나는 마음을 추스르고, 간호사를 따라간다. 잠긴 문을 지나 다시 넓은 복도로 나가 선물 가게 근처에 있는 엘리베이터로 향한다. 간호사가 3을 누른다. 기다리는 동안, 청바지와 탱크톱을 입은 여자가 곱슬곱슬한 리본으로 묶은 파란색, 빨간색, 노란색의 어린이용 풍선 다발을 들고 합류한다. 우리는 함께 3층으로 올라간다.

안내 데스크에서, 간호사가 나를 소개한다. "이분은 쌍둥이의 엄마예요." 안내 데스크 뒤에 있는 여성에게 말하고는 나를 돌아본다. "저는 이만 가보겠습니다. 이분이 당신을 안내할 거예요."

풍선을 든 여자는 안내 데스크를 지나 복도를 걸어 내려간다. 자신이 어디로 가야 할지 알고 있는 모양이다. 하지만 나는 모른다. 나는 모유를 담은 파란색 작은 보냉 가방과 병원 유축기용 비닐봉지를 들고, 한 발에서 다른 발로 체중을 옮기며 서 있다. 모든 것이 다시 바뀌었고, 나는 나쁜 생각을 하지 않으려고 애쓴다.

여기에는 잠겨 있는 문이 없다. 더 조용하다. 모든 방에 창문이 있다. 낡은 데님처럼 빛바랜 파란색 하늘이 보인다. 간호사들은 신생아 집중치료실에서처럼 수술복을 입지 않고 일상복과 화려한 실험실 가운을 입고 있다. 가운에는 만화 영화 속 강아지와 새끼 고양이 캐릭터가 줄다리기를 하는 소용돌이 패턴과 'Happy Woof Day'라는 글자가 적혀 있다. 구석에는 어항이 있고 벽에는 정글을 테마로 밝은 벽화가 그려져 있다. 호랑이, 사자, 기린, 얼룩말. 아기들을 옮긴 이유를 생각해보려 했지만, 불길한 것은 떠오르지 않는다. 승진한 것 같은 기분이 든다.

간호사 한 명이 키보드로 타이핑을 마치고 안내 데스크 뒤에서 걸어 나온다. 젊고 걸음걸이가 가벼워서 걸을 때마다 포니테일로 묶은 머리가 앞뒤로 흔들린다. 나는 간호사를 따라 복도를 지나 오른쪽에 있는 방으로 들어간다. 내가 알지 못하는 작은 옷을 입은 아기들이 투명 플라스틱 욕조처럼 생긴 곳에서 함께 잠들어 있다.

어군 탐지기 같은 기계는 여기에도 있지만 인큐베이터는 사라졌다. 정맥 주사도 없고, 노란색 수액이 뚝뚝 떨어지는 주머니도 보이지 않는다. 위관도 사라졌고, 처음으로 아기들의 작은 얼굴이 선명하게 보인다. 나는 기쁨으로 가슴이 터질 것만 같다. 모든 사람을 안아주고 싶다.

"이제 진짜 아기 같지 않나요?" 포니테일 간호사가 내 생각을 읽은 듯 말한다.

"네." 내가 대답한다. "언제 이런 일이 있었죠?"

"의사 선생님이 오늘 아침에 여기로 옮길 수 있다고 했어요. 이제 막 자리를 잡았답니다." 그러곤 간호사가 덧붙인다. "이분이 아기들의 새 간호사예요. 당신을 도와줄 거예요."

"둘 다 괜찮은 거죠?" 나는 믿기지 않아 두 번째 간호사에게 묻는다. "그러니까, 이게 나아진 거 맞죠?"

"그렇게 볼 수도 있죠, 네." 간호사가 말한다. 수수한 갈색 머리를 뒤로 묶은 평범한 여성이다. 신생아집중치료실의 감청색 수술복을 입고 커다란 타원형 안경을 쓰고 있다.

"쌍둥이가 함께 시간을 보낼 수 있도록 둘을 함께 모아두었어요." 간호사가 말한다. "둘은 함께 있어야 해요. 이 아기(베넷을 가리킨다)가 앞장서고, 이 아기(에이버리를 가리킨다)가 따라갈 거예요. 당신은 아기가 둘이어서 운이 좋은 거예요." 간호사가 나를 어린아이처럼 대하는 것은 아니다. 대신 무슨 얘길 하든 마치 내가 감당할 수 있을 것처럼 말한다.

"그럼 아기들이 곧 집에 갈 수 있다는 뜻인가요?" 이번에는 진짜 대답을 들을 수 있을지도 모른다는 생각을 하며 묻는다.

"네. 여기서 해드릴게요."

"어떻게 하면 될까요?" 내가 묻는다. 마치 우리가 음모를 꾸미는 공모자라도 된 것처럼 조금 우습게 느껴진다. 간호사가 세부 사항을 설명한다.

"먼저 체온을 유지할 수 있어야 해요. 그래서 인큐베이터에서 나온 거고요. 다음은 체중을 유지할 수 있어야 해요." 간호사가 계속 말한다. "뭘 좀 물어봐도 될까요?"

"네, 뭔데요?"

"모유 수유를 원한다고 서명하셨는데, 분유 수유로 바꾸면 아기들이 더 빨리 퇴원할 수 있어요. 그걸 알고 계셨나요?"

나는 몰랐다. 하지만 말이 된다. 아기들이 먹는 연습을 하는 건 내가 여기 있을 때뿐이고, 나머지 수유는 튜브나 주사기로 하고 있다. 젖병으로 바꾸면 내가 없을 때에도 간호사가 아기들에게 수유를 할 수 있다.

"그렇게 할게요."

"다른 것도 있어요." 간호사가 말한다. "에이버리는 아직 A/B 발작을 일으키고 있어요. 당신과 남편이 유아 심폐소생술을 배우면, 휴대용 모니터와 산소 보충제를 가지고 집에 갈 수 있어요. 알고 계셨나요?"

"아니요." 내가 말한다. "톰은 이미 심폐소생술을 알고 있어요. 자원봉사 소방관이거든요. 그게 전부인가요?"

"당신이 하룻밤 동안 아기들과 함께 지내면서 간호 루틴을 익힐 수 있어야 해요. 이에 대한 준비를 하는 게 좋을 거예요. 그리고 아기들이 카시트 테스트를 통과해야 해요. 우리는 아기들을 카시트에 태우고 모니터링하면서, 아기들이 집까지 차를 타고 갈 수 있을지 확인합니다. 카시트를 가져와서 준비해두세요."

"그럴게요." 내가 말한다. "이런 말씀을 해주셔서 감사합니다."

"누군가 해야죠." 간호사가 말한다. "제가 하는 게 낫죠. 저는 어떤 건지 아니까요." 그러곤 덧붙인다. "저도 뇌성마비 딸이 있었어요. 아무도 제게 말해주지 않았죠. 혼자서 알아내야 했어요. 그래서 간호사가 됐고요."

"딸이 몇 살인가요?"

"5년 전에 죽었어요."

"죄송합니다."

"괜찮아요. 강해질 수밖에 없어요." 간호사가 말한다. "당신도 그렇게 될 거예요. 두고 보세요."

나는 강해지고 싶지 않다. 나는 아기들이 집에 가길 원한다. 그 이상은 생각하기가 너무 벅차다. 톰한테 빨리 말하고 싶다. 돈과 조이스에게 전화해서, 다시 와달라고 말해야겠다. 좋은 소식을 전하기 위해 더 많은 전화를 걸고, 집도 준비하고, 쇼핑도 해야 한다.

모든 걱정, 모든 의심, 모든 슬픔, 그리고 기다림 끝에 우리는 마침내 집으로 간다. 드디어 할 일이 너무 많아졌다.

05

카페인

오후 3시, 톰과 나는 카페인의 장점에 대해 얘기한다. 커피 메이커가 신선한 커피를 내리는 중이다. 커피 메이커가 침을 튀기듯 지글거리는 동안, 주방은 폴거스(Folgers), 맥스웰 하우스 또는 어떤 브랜드든 할인 중인 커피의 김이 자욱한 향으로 가득 찬다. 아기들이 집에 온 후로 톰과 나는 카페인 중독자가 되었다. 내게 꿈을 꿀 시간이 있다면, 반짝이는 에스프레소 머신과 타르처럼 색이 진하고 걸쭉한 액체가 담긴 작은 컵에 관한 꿈을 꾸었을 것이다. 에이버리도 우리의 습관에 동참한다. 에이버리는 마지막 간호사가 지시한 대로 휴대용 모니터를 달고 신생아집중치료실에서 퇴원했는데, '기운을 차리도록' 캐프싯(Cafcit)이라는 소아용 카페인을 처방받았다. 하루에 두 번 0.45밀리리터씩 경구로 복용하는 그 카페인을 구하기 위해 우리는 몬태나 북서부 전역을 샅샅이 뒤져야 했다. 전화를 걸 때마다 약사들은 내 요청에 놀라며 이렇게 물었다. "도대체 그게 왜 필요한 거죠?"

아기들이 집에 오는 걸 생각할 때면 항상 둘 다 함께였다. 하지만 그렇게 되지 않았다. 로스퀴스트 박사가 베넷이 먼저 퇴원할 거라고 말했을 때, 나는 잘못 들었다고 생각했다. 잘 먹지도 못 하고, 잠도 잘 못 자고, 성장에도 문제가 있던 베넷이 에이버리보다 먼저 퇴원할 준비를 마친 것이다.

"에이버리를 말씀하시는 거죠?"

"아뇨, 베넷이에요."

"베넷이 준비가 되었다고요?" 나는 행운을 기대하고 싶지 않았다. 하지만 믿을 수 없었다.

"네. 하룻밤을 여기서 같이 지내셔야 해요. 카시트 테스트를 하고 나면 준비가 끝납니다."

"에이버리는 어떤가요?"

"에이버리는 아직 남아 있어야 해요."

마음이 급해지기 시작했다. 한 아기는 남고 한 아기는 집에 오는 건 생각해본 적이 없었다. 그건 너무 잘못된 일 같았다. 두 아기 모두 신생아집중치료실에 있는 동안에는 서로 위안을 주었을 텐데, 이제는 그렇지 않을 것이다. 나는 여러 가지 방법을 생각해보았다.

"에이버리를 집 근처 병원으로 데려갈 수 있을까요? 거기서 한 명도 받아줄까요?"

로스퀴스트 박사는 고개를 가로저었다.

"에이버리가 더 건강해질 때까지 베넷이 함께 있어도 될까요?"

이번에도 박사는 다시 고개를 가로저었다.

나는 이 소식을 이해할 수 있는 방법을 찾기 위해 애썼다. 행복감을 느끼고 싶었다. 적어도 한 명은 집에 데려갈 수 있으니까. 하지만 가장 약한 에이버리를 두고 떠나야 했기에 그 애를 버리는 것처럼 느껴졌다. 눈물이 고였다.

"이렇게 될 줄은 몰랐어요. 둘이 함께 있기를 정말 바랐거든요. 베넷을 데리고 제가 여기 있을 수 없을까요?"

또다시 박사가 고개를 가로저었다. "일단 퇴원하면, 베넷을 다시 신생아집중치료실에 받을 수는 없습니다."

"하지만 베넷은 신생아집중치료실에 없을 거잖아요. 소아과에 있을 거예요." 내가 흥정했다. "그럼 괜찮지 않을까요?"

다시 한번 거절. "엄밀히 말하면, 신생아집중치료실이죠. 부모님들은 가끔 근처 모텔에 묵고요."

"그럼 제가 여기 있는 동안 누가 베넷을 돌보죠?" 나는 큰 소리로 말했다.

"친구한테 부탁해보는 건 어때요?" 박사가 어깨를 으쓱했고, 나는 이게 박사의 문제가 아니라 내 문제라는 걸 알 수 있었다. 나는 소아집중치료실(PICU)에 있는 아이들의 형제자매가 하루 종일 병실을 들락거린다는 걸 지적하고 싶었다. 베넷은 뭐가 다르지? 하지만 박사와의 대화가 끝난 것 같은 느낌이 들었다. 그래도 생각하지 않을 수 없었다. 엄마라면, 당신도 이게 얼마나 말도 안 되는 일인지 알 거예요. 좋은 선택지는 없었다.

나는 톰에게 전화를 걸었다. "좋은 소식이 있고, 나쁜 소식도 있어." 내가 말했다. "무슨 소식을 먼저 듣고 싶어?"

"좋은 소식."

"베넷이 내일 퇴원할 거야."

"나쁜 소식은 뭐야?"

"에이버리는 남을 거야." 목소리가 갈라졌다. 톰은 눈치채지 못했다.

"제니퍼, 괜찮아. 괜찮을 거야. 나는 당신이 **정말** 나쁜 일을 말할 거라고 생각했어."

"하지만 어떻게 해? 그건 불가능해. 병원에서는 내가 베넷을 데리고 병원에 있게 하지 않을 거야. 에이버리가 준비될 때까지 베넷을 병원에 있게 하지 않을 거라고. 에이버리를 세인트 요셉 병원으로 보내주지도 않을 거야. ……엉망진창이야. 어떻게 해야 할지 모르겠어."

"괜찮을 거야. 내가 부모님께 전화할게. 당신이 베넷을 집에 데려오면, 내가 매일 에이버리를 보러 갈게."

그 생각은 미처 못 했다. "정말?" 내가 물었다. "그렇게 해줄 거야?"

"물론이지."

"그래, 좋아, 그렇다면." 나는 거의 날아갈 것 같은 기분이 들었다. 이제 우리에겐 계획이 생겼다. "여기 일이 끝나면, 곧 집으로 갈게. 내일 하룻밤 더 묵어야 해. 그런 다음 베넷을 데리고 집으로 갈 수 있으면 좋겠어."

결혼하고 아이를 갖기 전까지 한동안 톰과 나는 몬태나 동부의 드넓고 탁 트인 초원에서 살았다. 겨울에도 공기는 건조하고 세이지(sage) 향이 났다. 어느 날 밤, 우리는 감리교 목사님 댁에 저녁 식사 초대를 받아 방문했다. 우리는 그곳에서 전도 활동이 있을 거라고 의심했다.

목사님은 곱슬머리에 회색 수염을 기른 50대 중반의 남자였다. 그는 하나님 외에도 목공예, 유기농, 작은 동물 사육하는 걸 좋아했는데, 우리에게 자신을 밥(Bob)이라 불러달라고 했다. 목사님과 그의 아내 사이에는 두 자녀, 그러니까 아들하고 딸이 있었는데 둘 다 성인이었다. 우리는 정원에서 수확한 상추로 만든 샐러드와 라자냐로 식사를 했다. 식사하는 동안 그는 교회에 대해 단 한마디도 이야기하지 않았다. 설거지가 끝나고 접시를 정리한 후, 우리에게 와인 제조 용품을 보관하고 있는 지하실로 함께 내려가자고 했다.

목사님은 냉장고 옆에 있는 절반 크기의 문으로 톰과 나를 안내했다. 우리는 가파른 계단을 내려가 거대한 검은 동굴로 들어갔다. 목사님이 사슬을 당기자 전구 하나가 지하실을 비추었다. 넓고 깊은 공간을 목재와 금속 파이프로 보강한 상태였다.

"우리가 직접 팠어요." 목사님은 자랑스럽게 팔을 뻗어 네 모서리를 가리키며 말했다. "지하실을 원했지만 중장비를 살 돈이 없었죠. 그래서 한 번에 한 양동이씩 직접 파기 시작했습니다."

"정말 놀라워요." 톰이 말했다. "얼마나 걸렸나요?"

"3년 정도요. 하지만 우리가 얻은 것을 보세요." 그러곤 다시 한번 공간을 향해 팔을 휘둘렀다. 한 번에 한 양동이씩. 상상도 할 수 없었다. 나는 인내심이 대단한 사람이 아니다. 그리고 집이 무너지지 않을 거라고 어떻게 믿을 수 있었을까? 이 모든 것을 생각하며 어떻게 사람이 그런 걸 감당할 수 있는지 궁금해하다 문득 이 지하실이 그의 설교일 수도 있다는 사실을 깨달았다. 어쩌면 이게 목사님이 그 자신과 교회, 토대와 믿음에 대해 우리에게 설교하는 방식일 것이다.

"정말 대단하네요." 내가 할 수 있는 말은 그게 다였다.

나는 카시트에서 잠든 베넷을 보며 밥 목사님의 지하실을 생각한다. 병원에서 돌아올 때, 베넷의 외출복과 아기 캐리어, 천 기저귀 6개를 가져왔다. 내 짐을 넣는 가방에 유축기, 모유를 담을 작은 비닐봉지, 그 비닐봉지에 붙일 스티커도 챙겼다. 베넷은 오늘 이후로 그곳에 없을 것이기 때문에 에이버리의 가방을 따로 마련했다. 나는 잠을 이루지 못했다. 에이버리를 두고 가야 한다는 불안, 걱정, 슬픔 때문이었다. 그리고 병원에서 들리는 소리, 이를테면 코드 블루로 인해 항공 구급대가 착륙할 것이라는 안내 방송, 복도를 오르내리는 카트 소리, 모니터에서 나는 삐 소리, 냉난방공조기의 윙윙거리는 소리와 딸깍거리는 소리 때문이기도 했다. 또 진짜일 수도 있고 아닐 수도 있는 또 다른 무언가가 있었다. 밤의 다른 소음들 아래로, 마치 말없이 '안녕'이라고 울리는 메아리처럼, 아기들 우는 소리가 밤새도록 아주 희미하게 내 귀에 들리는 것만 같았다.

에이버리는 우리와 함께 병실에 있지만, 이제 곧 헤어져야 한다. 베넷은 병원에서 제공한 초록색과 노란색 니트 모자가 아닌 곰 인형이 그려진 흰색 모자를 쓰고 카시트에 묶여 있다. 베넷을 모니터에 연결한 전선은 옷 앞쪽으로 나와 있다. 4년 전 카터를 집으로 데려올 때 입혔던 바로 그 옷이다. 소매를 접어 손 싸개로 만들 수 있고, 발이 달린 작은 흰색 잠옷이다. 3.98킬로그램이었던 카터에게 이 잠옷은 꽉 끼었다. 2.3킬로그램이 채 안 되는 베넷에게는 엄청나게 커 보인다.

심지어 카시트도 너무 크다. 진지해 보이는 젊은 신입 간호사가 천 기저귀를 통나무 모양으로 말아 베넷 옆에 놓고 머리와 몸통, 다리가 꼭 맞도록 고정하는 방법을 알려준다. 이 병원의 규칙에 따르면 모든 아기는 집에 도착하는 데 걸리는 시간, 우리의 경우에는 한 시간 반 동안 카시트에서 몸을 가눌 수 있어야 한다.

나는 앉아서 기다리며 눈으로 모니터를 응시하고 있다. 카시트 테스트는 베넷이 퇴원하기 위해 마지막으로 통과해야 하는 관문이다. 내 인생에서 가장 긴 90분이다. 베넷이 움직일 때마다 맥박-산소 측정기가 울리고, 나는 생각한다. **이제 끝이야. 그들은 우리가 여기 있어야 한다고 말하겠지. 그럼 에이버리는 혼자 있지 않아도 돼.** 무언가를 원하면서, 동시에 그걸 그렇게 원하지 않는 건 처음이다. 그래서 밥 목사님의 지하실이 생각난다.

한 번에 한 양동이씩.

아침이 계속 지나가고 몇 분씩 천천히 시간이 더해져, 우리는 마침내 모든 준비를 마친다. 하지만 어디에도 간호사가 보이지 않는다. 나는 그냥 갈까도 생각한다. 카시트에 묶인 베넷을 풀고 짐을 챙긴 다음, 회전문을 통해 아지랑이가 피어오르는 여름 더위 속으로 걸어 나갈 수도 있다. 가슴이 내려앉는다. 에이버리. 에이버리도 데려갈까 생각한다. 우리는 갈 것이다. 내가 아기들을 데려갈 것이다. 그런 일은 이렇게 해서 일어나는 것일까? 이래서 엄마가 아기들을 훔친 죄로 고속도로에서 추격전을 벌이는 장면이 저녁 뉴스에 나오는 것일까? 하지만 내가 어디로 가겠는가? 나는 집으로 갈 수밖에 없다. 그리고 조심스럽게 천천히 운전할 것이다. 나는 겁쟁이니까.

그래서 나는 기다린다.

마침내 간호사가 서명할 서류와 집으로 가져갈 양식, 베넷이 청력 검사를 통과했다는 증명서를 들고 다시 나타난다. 그러고는 연고와 거즈, 작은 주사기, 플라스틱 아기용 솔, 종이 줄자, 작은 기저귀 3개 등 아기용품이 가득 담긴 연보라색 플라스틱 바구니를 건넨다. 베넷 초기 인생의 잡동사니로, 그 어느 것도 대단한 건 없다. 조심스럽게 포장해야 할 꽃병도, 봉제 인형이나 하트 모양 초콜릿 상자도, 아기 카드도 없다. 카터를 데리고 갈 때 그랬던 것처럼, 나는 휠체어를 타고 마일라 풍선을 뒤에 달고 병원을 나서지도 않는다. 이번에는 왼쪽 팔에 하룻밤 동안 쓸 가방과 작은 플라스틱 바구니를, 오른쪽 팔에 베넷을 태운 카시트를 들고 혼자 걸어 나간다. 여기서 중요한 것은 내가 들고 나가는 게 아니라 두고 가는 것, 가끔 숨 쉬는 걸 잊어버리는, 보라색과 흰색 모자를 쓴, 얼굴이 작고 빨간 아기다.

베넷이 퇴원하고 12일 후, 톰은 에이버리를 집으로 데리고 왔다. 그전에 톰은 자신이 하룻밤 동안 쓸 가방을 챙기고 에이버리의 퇴원복을 골랐다. 거의 2주일에 걸쳐 에이버리를 간병하며 그랬던 것처럼 톰은 나의 작은 파란색 보냉 가방에 에이버리한테 줄 모유 한 봉지를 챙겨 갔다. 톰은 영아 심폐소생술 교육을 다시 받고, 산소 보충제 사용법과 에이버리의 A/B 발작에 대비해 작은 검은색 모니터 사용법을 배웠는데, 그 모든 걸 나에게 가르쳐주겠다는 약속을 했고, 실제로 그렇게 했다.

톰은 이 모든 것 외에 더 많은 일을 했다. 매일 밤 설거지를 하고 부엌을 청소하기 시작했다. 매일 아침저녁으로 젖병을 분류해 아기마다 몇 개를 만들어야 하는지 나에게 알려주었다. 취침 시간에는 카터한테 책을 읽어주고, 빨래를 하고 개켰다. 내가 부탁하지 않아도, 불평 한마디 없이 이 모든 일을 해냈다. 사실 그는 나보다 우리의 새로운 삶을 더 잘 감당하는 것 같았다. 에이버리를 대하는 그의 태도는 받아들이고 용서하는 것이었다. 내가 에이버리의 거친 호흡에서 결점을 발견하거나 심장 박동이 약해지는 걸 볼 때, 톰은 그렇지 않았다. 에이버리는 온화했고, 톰은 그것을 돌려주었다.

에이버리가 퇴원하던 날, 우리는 더 나쁜 소식을 들었다. 에이버리가 왼쪽 귀 청력 검사에서 불합격 판정을 받은 것이다. 하지만 톰이 에이버리를 실은 카시트를 들고 빨간 불빛이 깜빡이는 검은색 휴대용 모니터를 어깨에 걸친 채 집에 들어섰을 때, 오는 길에 에이버리가 토한 신 우유 냄새를 풍기며 집에 들어섰을 때, 청력 검사 결과는 우리 모두가 마침내 집에 왔다는 사실에 비하면 아주 사소한, 거의 중요하지 않은 충격으로 느껴졌다.

산불 때문에 짙고 하얀 연기가 호수를 건너 북쪽에서 밀려온다. 올해는 산불이 심하다. 로버트 산불(Robert Fire)과 애프거 마운틴 산불(Apgar Mountain Fire) 두 건이 우리 집 근처에서 발생했다. 더운 날씨지만 연기를 막기 위해 창문을 닫아두어야 한다. 아기들을 트림시킬 때 사용하거나 아기들을 안전하게 자리에 앉히기 위해 말아서 사용하는 하얀 면 기저귀가 여기저기 널려 있다. 냉장고 안에는 모유 전용 칸이 있다. 거기엔 베넷이 유일하게 다룰 수 있는 (베넷을 위한) 젖꼭지 달린 아벤트 젖병 4개, 에이버리가 좋아하는 (에이버리를 위해 병원에서 준) 미숙아용 젖병 4개, 카터가 소속감을 느낄 수 있도록 초콜릿 우유를 담은 시피 컵 4개가 놓여 있다. 아기들의 젖병에는 대부분 모유가 90밀리리터씩 담겨 있고, 가끔은 지방이 함유된 엔파밀(Enfamil)을 넣기도 한다. 우리는 12시간에 8병, 하루에 16병을 사용한다. 빈 병을 볼 때마다 성취감을 느낀다. 우리는 한 번에 한 병씩 성장하고 있다.

톰의 부모님이 우리를 돕기 위해 다시 왔다. 돈은 일주일에 300달러의 비용이 드는 에이버리의 캐프싯을 구하기 위해 주 전역을 뛰어다닌다. 이 비용은 보험 처리가 되지 않는다. 우리가 부담하고 있는 또 다른 돈은 에이버리의 모니터 비용으로 매주 358달러다. 이런 본인 부담이 먼저 발생했다면 더 걱정했겠지만, 신생아집중치료실 비용으로 수천 달러를 지불하고 나니, 그보다 적은 금액은 아무것도 아닌 것처럼 느껴질 정도로 무감각해진다.

육아서에서는 기저귀 사용량을 기록하라고 하지만, 이건 너무나 불가능해서 헛웃음만 나온다. 나는 오늘이 무슨 요일인지도 기억나지 않는다. 한 가지 일에서 다음 일로, 눈앞에 있는 과제에서 다음 과제로 옮겨가는 식으로 우리는 생존하고 있다. 나는 3시, 6시, 9시, 12시에 유축을 한다. 3의 배수이고 아이가 셋이라서 이 숫자만 기억한다. 가능한 한 틈틈이 잠을 자지만, 머리가 계속 지끈거려 이부프로펜(ibuprofen)이나 아세트아미노펜(acetaminophen)을 틱택[Tic Tac: 미국 제과 회사 리글리(Wrigley)에서 만든 작은 크기의 민트 사탕—옮긴이]처럼 먹고 있다.

여기 톰이 있고, 카터가 있고, 아기들이 있다. 가정생활과 집안일. 나는 나 자신을 네 갈래, 아니 그 이상으로 쪼개고 있다. 이 모든 멀티태스킹이 내 삶을 분열시킨다. 나는 피카소가 된 기분이다.

할아버지는 카터와 함께 긴 산책을 하거나 레고 테이블 위에 복잡한 도시를 만든다. 할머니는 베넷에게 젖병을 물릴 수 있는 유일한 사람이다. 그렇게 하지 않으면, 베넷은 모유 수유를 더 좋아하기로 결심한 것처럼 군다. 에이버리는 정반대다. 젖을 물리려 하면 몸을 비틀고 꿈틀거린다. 도대체 나에게 이걸 가지고 뭘 하라는 거죠? 이렇게 말하듯 혼란스러운 표정으로 나를 올려다본다. 또 다른 시련, 극복해야 할 또 다른 일처럼 느껴진다.

나는 《다운증후군 아기들: 초보 부모를 위한 가이드》를 책장에서 꺼내 일상적인 아기 돌보기에 관한 장만 보겠다고 다짐한다. '모유 또는 젖병 수유'라는 섹션을 펴서 읽기 시작한다. 첫 문장은 에이버리 같은 아기들도 모유 수유를 할 수 있다는 것으로 독자들을 안심시킨다. 하지만 계속 읽을수록 '신체적 특성이 먹는 방식에 영향을 미칠 수 있다' '어려움' '약한 빨기' 같은 문구가 등장한다. 실망한 나는 책장으로 가서 카터 때 봤던 《모유 수유의 여성스러운 기술(The Womanly Art of Breastfeeding)》을 꺼낸다. 다운증후군 아기는 '시작 단계에서의 문제'라는 장에 언급되어 있다. '사랑이 가득한 가정환경' '다운증후군 아기는 쉽게 반응한다' 같은 문구가 보인다. 하지만 '빨기 반사 신경이 약하다' '추가적인 도움과 인내심'이라는 문구도 있다. 나는 망설인다. 많은 노력이 필요할 것 같은데, 내가 할 수 있을지 모르겠다. 회의감이 든다. 결국 에이버리는 모유 수유를 할 수 없을지도 모른다.

에이버리가 젖병을 더 좋아한다는 사실로 내 의심을 정당화한다. 나를 거부한 것은 에이버리이지 그 반대가 아니다. 하지만 마음속으로는 안심한다. 나는 에이버리 같은 아기를 어떻게 대해야 할지 모르겠다. 에이버리 옆에 있으면, 불안하고 확신이 없고 부족하다는 느낌이 든다. 그리고 나는 이런 감정이 싫다.

냉장고에는 달력이 붙어 있는데, 상단과 가장자리에 전화번호가 휘갈긴 서체로 적혀 있다. 날짜에는 검은색 X 표시가 되어 있고, 페이지에는 아기들의 수유 차트가 스테이플러로 고정되어 있다. 새벽 2시 30분 A와 B, 5시 30분 B, 6시 15분 A, 8시 B, 8시 30분 A, 9시 B, 10시 A, 11시 B, 11시 30분 A.

에이버리의 모니터는 클래식한 검정색 코치(Coach) 가방처럼 생겼지만, 내부에는 심장 박동을 읽고 기록하는 상자가 들어 있다. 이 상자의 전선과 전극은 에이버리의 가슴에 테이프로 부착되어 있는데, 이 테이프 때문에 에이버리의 가슴에 붉은 발진이 생겼다. 작동 중일 때는 초록색 불빛이 소리 없이 깜빡인다. 심장 박동을 읽지 못하거나 기저귀를 갈아주는 동안 실수로 연결이 끊어지면, 화재 경보와 비슷한 소리가 울린다. 지금까지 실제 경보가 울린 적은 없고, 거짓 경보만 울렸다.

톰은 거실 소파에서 잠을 자기 시작했는데, 곁에는 에이버리가 누운 휴대용 팩앤플레이(Pack'nPlay) 아기 침대를 두고, 구석에 산소 보충 탱크와 투명한 플라스틱 튜브를 쌓아놓았다. 모니터가 울리면 톰은 카터나 베넷을 깨우지 않고 모니터를 재설정할 수 있다. 톰은 에이버리에 대한 모든 것에 전문가다.

나는 에이버리를 안을 때마다 그 애를 관찰한다. 에이버리에게 이런 행동을 하는 것이 나도 싫다. 베넷한테는 이러지 않는다. 하지만 나도 모르게 그렇게 한다. 에이버리의 눈을 깊이 들여다보면 형제들보다 더 짙은 파란색이다. 코는 끝이 살짝 올라간 작은 단추 코다. 귀는 더 작다. 피부도 특이한데, 거의 종이처럼 얇다. 목은 더 두껍고, 베넷만큼 튼튼하지 않다. 더 늘어져 있다.

가끔은 그 목이 달라졌으면 좋겠다. 우리는 노력할 수 있다. 바꿀 방법을 찾거나, 더 튼튼하게 하거나, 더 나아 보이게 하거나, 아니면 감출 수도 있다. 목을 꼭 감싸거나 터틀넥을 입히는 식으로. 가끔은 내가 잠에서 깨어났을 때, 마치 나쁜 꿈을 꾼 것처럼 모든 게 사라졌으면 좋겠다고 생각한다. 내가 카터에게 말하는 것처럼. **일어나, 얘야, 이제 괜찮아. 다 좋아졌어.**

나는 끔찍하게 피곤하다. 지금은 정오인데, 팔다리가 시멘트 덩어리처럼 느껴진다. 움직이지 않으면, 곧 잠들어버릴 것 같다. 베넷과 함께 앉아 있다가 졸고 있는 나 자신을 발견한다. 에이버리가 자고 있으니 2시간 정도는 괜찮을 것이다. 베넷을 그네에 태우면 한 시간 정도는 벌 수 있다. 이제 남은 건 카터뿐이다. 제발, 제발, 제발 엄마랑 같이 누워 있자. 나는 모든 문을 닫고, 거실 러그 위에 소파 쿠션과 침대 베개를 전부 쌓아 올린다. 커튼을 닫는다. 모든 것이 조용하다. 카터가 내게 기대며 품에 안긴다. 나는 잠이 든다. ……에이버리가 깨어난다.

나는 에이버리에게 가서 안아준다. 에이버리에 대한 내 감정은 너무나 복잡하다. 모유 수유를 하지 않기 때문에 에이버리를 덜 만진다. 에이버리에게 기저귀를 갈아주는 것도 덜 한다. 보통은 에이버리를 먹이는 사람이 그 일을 한다. 에이버리는 사실 톰의 아기다. 나는 에이버리에 대해 거의 모른다. 에이버리는 아주 부드럽다. 다른 아기들보다 더 부드럽다. 에이버리는 울 때 턱을 떤다. 에이버리를 사랑하고 싶다. 정말이다. 나에게 무슨 문제가 있는지 모르겠다. 내 심장은 돌덩이 같다.

필리스가 세라한테 옷 한 상자를 맡겼고, 세라가 그 상자를 우리 집으로 가져다주었다. 마치 패션의 포니 익스프레스(Pony Express: 미국 개척 시대 서부의 조랑말 속달 우편 ─옮긴이)처럼 말이다. 필리스는 바겐세일을 좋아한다. 필리스에게는 4명의 자매가 있는데, 자매들끼리 옷을 공유한다. 나는 필리스가 같은 옷을 두 번 입은 것을 본 적이 없다.

나에게 보내준 상자 안에는 필리스가 약속한 대로 다양한 크기와 색상의 옷 열두 벌이 들어 있다. 나는 하루 종일 수유 시간과 기저귀를 가는 사이에 이 옷들을 입어보며 원맨쇼를 한다. 가슴이 커 보이게 하는 분홍색 러플 블라우스, 빨간색을 좋아하는 엄마를 떠올리게 하는 기하학적 무늬의 검정색과 빨간색 원피스, 보라색 레깅스와 청록색 상의는 올리비아 뉴턴존(Olivia Newton-John)의 〈렛스 겟 피지컬(Let's Get Physical)〉 시절을 떠올리게 한다.

새로운 옷을 입을 때마다 작은 휴가를 떠난 것처럼 깜짝 놀란다. 그래서 나는 새로운 가능성을 모두 시도해본다. 긴 거즈 드레스를 입으면 어떤 사람이 될까? 밝고 대담한 색상의 옷을 입은 여자는 어떨까? 온통 검은색 옷을 입은 신비로운 여자는 어떨까? 초록색 옷만 입는다면 어떨까?

쌍둥이 임신 사실을 알았을 때, 나는 태어나서 처음으로 발톱을 새빨갛게 칠했다. 대담하고 용감해진 기분이 들었고, 미칠 듯이 행복했다. 빨간색이 어울리는 것 같았다. 탱탱볼의 색, 풍선의 색, 햇빛 속에 익어가는 체리의 색 같았다. 배가 너무 둥글게 불러서 톰이 새끼발톱에 매니큐어 바르는 걸 도와주어야 했다.

하지만 아기들이 너무 빨리 태어나자 내 빨간 발톱과 경솔함이 싫어지기 시작했다. 발톱의 빨간색이 피를 연상시켰다. 마치 재앙을 향한 과녁 같았다. 나는 신생아집중치료실 냄새를 풍기는 면봉과 약품으로 빨간색을 지울 수 있을 때까지 양말로 발을 가리고 다녔다. 나는 매니큐어를 바르지 않는 여자, 분별력 있고 조용하고 눈에 띄지 않는 여자가 되었다.

몇 주가 지난 지금도 여전히 사라지고 싶은 충동을 느낀다. 그래서 하루 종일 패션쇼를 했지만, 필리스의 상자에서 거의 같은 옷을 고른다. 목에 새틴 리본이 달린 크림색 튜닉과 옅은 파란색 나팔꽃 무늬가 있는 따뜻한 니트 상의. 신축성 있는 검은색 팬츠와 카프리 길이의 청바지. 남색과 흰색 줄무늬의 긴소매 셔츠. 넉넉한 크기의 흰색 옥스퍼드 셔츠와 반소매 데님 셔츠. 나는 차분하고 눈에 띄지 않는 옷을 입은 차분하고 눈에 띄지 않는 여자, 아무도 알아보지 못하고 지나가길 바라는 여자다.

에이버리는 세 번째 옷을 입고 있다. 베넷은 울음을 그치지 않는다. 카터는 계속 사탕을 달라고 조른다. 아이들은 너무 많은데, 어른은 부족하다.

　내가 무슨 생각을 했던 것일까?

　우리는 이탈리아에 갈 수도 있었다. 포도밭을 둘러보고, 광장에 앉아 라임을 곁들인 펠레그리노(Pellegrino)를 마실 수도 있었다. 그것은 우리만의 작은 《투스카니의 태양(Under he Tuscan Sun)》〔미국 작가 다이앤 왜거너(Diane Waggoner)의 소설. 주인공 마사가 남편과 이혼한 후 이탈리아 토스카나(영어 이름 투스카니) 지방으로 이주하면서 벌어지는 이야기를 담고 있다. 앤 해서웨이(Anne Hathaway)가 주인공 마사 역을 맡은 같은 제목의 영화로도 인기를 끌었다—옮긴이〕이 되었을 수도 있었다. 하지만 우리는 배변 훈련을 마친 사랑스러운 금발의 작은 소년을 데리고 갔을 것이다.

　그게 아니라면, 우리는 새 거실 세트를 살 수도 있었다. 밀크 초콜릿색의 부드러운 가죽 소파, 그리고 왼쪽 쿠션이 찢어진 낡고 얼룩진 10년 된 녹색 소파와 모서리에서 솜이 터져 나오는 어울리지 않는 오토만(ottoman: 위에 부드러운 천을 댄 기다란 상자 같은 가구. 안에 물건을 저장하고 윗부분은 의자로 쓴다―옮긴이)을 대체할 수 있는 대형 의자와 짝을 이룬 오토만을 살 수도 있었다.

그러는 대신, 나는 아기를 원했다.

이렇게 열심히 노력해서 단지 뒤처지기만 해본 적이 없다. 나는 꾸준히 부족하다.

톰의 부모님은 사정이 생겨 집으로 돌아갔다. 톰은 자신의 책을 홍보하기 위해 잠시 투어를 떠났다. 처음으로 아이들과 나만 남았다. 언젠가는 이런 날이 올 줄 알았다. 하지만 이렇게 힘들 줄은 몰랐다.

빨래 더미, 설거지 더미, 쇼핑, 수유, 기저귀 갈기 등 끝이 없다. 나는 가정부, 유모, 보모, 가정교사가 필요하다. 개인 쇼핑 도우미, 조수, 요리사, 트레이너가 필요하고, 마사지치료사, 매니큐어사, 미용사도 필요하다.

이 모든 게 아주 급히 필요하다.

어른들의 목소리를 듣기 위해 밤낮으로 TV를 계속 틀어놓는다. 나는 투르 드 프랑스(Tour de France)에 중독되었다. 자전거 선수들에게는 부상을 당하거나 숨이 차거나 바퀴가 고장 날 경우를 대비해 옆에서 따라오는 지원 차량이 있다. 내게도 지원 차량이 필요하다. 내가 어디를 가든 내 옆을 따라다니는 엄마 지원 차량, 필요할 때마다 도움을 주는 사람들로 가득한 지원 차량이 필요하다. 낮잠을 자고 싶나요? 우리가 여기 있을게요. 화장실에 가야 하나요? 천천히 볼일을 보세요. 샤워하고 싶은가요? 문제없어요. 게토레이 한 잔과 시원한 물을 얼굴에 뿌리는 건 어떨까요?

이 모든 것 대신, 여기는 나 혼자뿐이다. 구토와 땀 냄새, 모유와 아기 똥 냄새를 풍기는 여자, 방치된 네 살짜리 아이, 그리고 울고 있는 두 아기. 아기들은 자신이 왜 우는지도 모른 채 그저 한 명이 우니까 다른 한 명도 따라 운다.

이 배는 빠르게 침몰하고 있다.

내가 가진 것은 소형 팩으로 포장한 하기스 슈프림 기저귀 300개, 자원봉사 소방대에서 아기 선물로 준 하기스 슈프림 기저귀 수십 개, 일회용 양철 팬에 담아 포일로 덮어서 검은색 샤피로 그 내용물을 적어놓은 음식, 시금치 페스토 라자냐, 사우스웨스트 오브 더 보더 치킨, 폴로 데 그릴로(Pollo de Grillo) 등으로 가득 찬 냉장고다.

내가 가진 것은 중고 아기 옷 6박스. 유아용 침대 2개, 팩앤플레이 2개, 바운서 1개, 아기그네 1개. 카시트 2개. 손뜨개 아기 담요 2개. 아벤트 젖병 12개, 미숙아용 젖병 12개, 메델라 유축기 1개. 아기 물 티슈 워머와 곡선형 기저귀 교환 패드. 베이비본 아기 띠. 천 기저귀 36개다.

내가 가진 것은 퇴원할 때 받은 진통제 몇 알, 수면제 몇 알, 타이레놀 3 처방전이 전부다. 나는 모유를 통해 아기들, 특히 에이버리한테 전해질까 봐 이 약들을 복용하지 않는다. 대신 일반 타이레놀과 일반 모트린(Motrin: 이부프로펜의 상품명—옮긴이)을 번갈아 먹는다. 냉장고에 보관하거나 가끔 내가 거기에 넣어둔 기억이 나면 냉동실에 보관한 1갤런짜리 물병에 든 물을 마신다. 그리고 우유를 반 컵 정도 채운 커피를 제비꽃이 그려진 세라믹 머그잔에 담아 먹는다. 비록 커피가 모유 수유하는 엄마한테 좋지 않다는 걸 알지만, 커피 없이는 하루를 보낼 수 없다.

나는 노란색 골판지에 전화번호 12개를 적어 냉장고에 붙여놓았다. 신생아집중치료실 직통 번호, 지역 의료센터의 일반 번호, 세인트 요셉 병원 번호, 로스퀴스트 박사의 진료실 번호, 가족 주치의 번호, 에이버리의 모니터를 관리하는 홈 헬스케어 번호 등이다. 톰의 부모님, 우리 부모님, 세라, 필리스, 아직 통화하지 못한 이웃 캐시의 번호도 있다. 캐시에게서는 아직 전화가 오지 않았는데, 휴가 중인 것 같지는 않다.

에이버리의 유전자 검사를 했던 쇼데어 아동병원의 전화번호도 있다. 쇼데어 아동병원은 다운증후군 자녀를 둔 부모를 위한 핫라인도 운영한다. 나는 무슨 말을 해야 할지 몰라서 아직 전화를 걸어보진 않았다.

전국다운증후군협회와 다운증후군전국협회의 전화번호도 있다. 아동발달센터(Child Development Center, CDC)라는 단체의 전화번호도 있다. 여기가 어떤 곳인지, 내가 왜 이 단체의 전화번호를 가지고 있는지 모르겠다. 병원에서 받은 번호인데, 예약을 잡으라는 얘기를 들었다.

나는 이 모든 것, 내 지원 차량을 다 가지고 있지만 막막하다. 전화를 걸 엄두가 나지 않는다. 에이버리의 다운증후군을 생각할 때마다 눈물이 난다. 그리고 지금도 우리의 삶을 간신히 꾸려가고 있다. 누군가는 이 가족을 지탱해야 하고, 내가 주위에서 유일한 어른이기 때문이다. 나는 무너지는 사치를 부릴 수 없다. 에이버리를 한 명의 아기 또는 그냥 에이버리일 뿐이라고 생각하는 편이 훨씬 낫다. 나는 단순히 효과가 있는 일을 하는 데 익숙해지고 있다.

두 번째 임신을 하면서 아기한테 천 기저귀를 사용하고 싶다고 생각했다. 아기가 둘이라는 사실을 알았을 때도 여전히 시도해볼 수 있다고 생각했다. 하지만 그 생각을 버리고, 소방관들이 준 일회용 기저귀를 사용한다.

나는 두 아기 모두 모유 수유를 하고 싶었다. 베넷은 시도하고 있지만, 에이버리는 그렇지 않다. 그 생각도 포기하고 있다.

나는 이러한 신생아 시절을 붙잡을 기회, 카터 때는 너무 빨리 지나간 것 같았던 그 시절을 두 번째로 경험할 기회가 있을 거라고 생각했다. 그 생각도 포기했다.

포기하고, 포기하고, 포기하며 이 여정을 견뎌내고 있다.

베넷은 앞으로 안기는 것을 좋아하기 때문에, 나는 베이비본 아기 띠로 베넷을 자주 안는다. 베넷이 기저귀 가는 것을 싫어해서, 우리는 그 애가 견딜 수 있는 시스템을 만들었다. 기저귀 교환 패드를 건조기 위에 깔고, 베넷이 기저귀를 갈 때 건조기를 켠다. 물티슈는 워머 안에 있고, 그 옆에 로션과 기저귀가 차례로 손닿기 쉽게 정리되어 있다. 기저귀 패드에는 기저귀 교환대 외에는 사용하지 말라는 경고 문구가 적혀 있지만, 베넷은 전혀 신경 쓰지 않는다. 베넷은 그네도 싫어하고, 바운서도 싫어하고, 카시트에 아늑하게 안겨야만 잠을 잔다.

에이버리는 뚜껑 없는 커다란 컵과 같다. 에이버리는 속이 부대끼면, 모든 걸 바로 쏟아낸다. 나는 로스퀴스트 박사에게 전화를 걸고, 박사는 우리 가족 주치의에게 전화를 건다. 우리 가족 주치의는 에이버리한테 잔탁을 투여하라고 나에게 조언한다. 잔탁도 쏟아낸다. 그래서 나는 모든 걸 기울게 놓는다. 아기 침대 머리맡 아래쪽에 책을 끼워 넣고, 팩앤플레이 다리 4개 중 2개 밑에도 책을 받쳐놓는다. 그게 아니면 바운서에 앉히고 기울이지 않는다. 그것도 아니면 그네에 앉히고 흔들지 않는다. 수유 후 30분 정도만 똑바로 세워두면 에이버리는 괜찮아 보인다.

그런 것들만 빼고 에이버리는 쉬운 아기다. 에이버리는 손을 빨고 발을 입으로 끌어당긴다. 미소를 지으려고 애쓴다. 잠을 잘 자고, 모니터를 잘 참아낸다. 모니터 때문에 빨간 발진이 생겼는데, 베넷이라면 소리를 지를 만한 일이다. 에이버리는 머리카락이 곧게 뻗은 두꺼운 꿀색인데, 베넷은 대머리다. 에이버리의 뺨은 장밋빛에 통통하다. 잠을 잘 때는 다운증후군이라는 사실을 전혀 모를 정도다. 에이버리는 앤 게디스(Ann Geddes: 아기와 동물의 사랑스러운 모습을 찍는 것으로 유명한 오스트레일리아 출신의 사진작가—옮긴이) 달력에 나오는 아기들처럼 평화롭고 완벽해 보인다.

쌍둥이 임신 사실을 알았을 때, 톰은 남몰래 아기들이 서로 최대한 다르길 바랐다. 배리(Barry)와 래리(Larry), 애나(Anna)와 해나(Hannah)는 없었으면 좋겠다고 했다. 나도 동의했다. 나는 아이들이 각자 개성이 있길 바랐고, 이제 생후 6주밖에 되지 않았는데도 우리가 바라던 대로 되었다는 걸 알 수 있다. 우리 아기들은 뜨거운 것과 차가운 것, 짠 것과 단 것, 기름과 물이다. 밤과 낮처럼 서로 다르다.

나에게는 도움을 요청하는 것이 왜 그렇게 어려운지 모르겠지만, 정말 어렵다. 전화기를 들었다가 내려놓는다. 들었다 놨다, 들었다 놨다.

뭐라고 말해야 할까? "도와줘. 빨리 와줘"라고? 아니면 "넘어졌는데 일어날 수 없어"라고? 우리 가족은 불평하지 말라고 배웠다. 나와 내 여동생은 항상 "인생의 밝은 면을 보라"는 말을 들으며 자랐다. 그리고 주어진 것에 감사하라고 배웠다. 우리에게 불평은 최악의 행동이었다. 불평하는 대신, 농담하고 웃으려 노력했다.

나는 세라의 번호를 누른다. "안녕, 나야."

"안녕! 연락 줘서 반가워! 어떻게 지내?"

"눈 밑 다크서클을 성과로 친다면, 괜찮아. 넌 어때?"

"아, 그만해. 넌 분명 아름다울 거야. 예쁜 아기들과 함께 빛나는 엄마라고. 그런데 무슨 일이야?"

"톰이 출장 중인데, 오늘 밤 네가 와서 같이 있어줄 수 있을까 싶어서. 미칠 것 같아, 얘기할 어른이 필요해. 네가 와주면 좋겠어."

"물론이지! 저녁거리를 가져갈게. 애들도 데려갈까? 우리 애들이 카터를 보고 싶어 할 텐데."

"음식은 많이 있어. 요리할 필요도 없고. 그리고 애들은 꼭 데려와. 애들을 보면 정말 좋을 것 같아."

"저녁거리 가져갈게. 딴소리하기 없기. 언제 갈까?"

"한 시간은 너무 빠를까?"

"아니, 빠를수록 좋아. 애들도 집 밖으로 나가는 게 좋을 거야. 이따 보자."

나는 전화를 끊는다. 생각보다 어렵지 않다. 그리고 두 번 더 전화를 건다. NDSS와 NADS. 두 곳 모두 메일링 리스트에 올려달라는 메시지를 남긴다. 역시 생각보다 어렵지 않다.

마지막으로 한 번 더 전화를 걸어 메시지를 남긴다. "안녕, 캐시하고 통화하고 싶어서 전화했어. 난 제니퍼야. 잘 지내지? 한동안 연락이 없어서. 우린 집에 왔는데, 전할 소식이 있어. 시간 될 때 전화 줘."

얼마 지나지 않아 세라의 흰색 쉐보레 블레이저(Chevrolet Blazer)가 먼지를 일으키며 우리 집 진입로에 들어서는 소리가 들린다. 차 문이 열리고 네 살, 두 살 사내아이가 뛰어나오며 소리친다. "카터, 카터!" 내가 현관문을 열자 키 크고 햇볕에 그을린 세라가 눈부신 미소를 지으며 서 있다.

"안녕, 자기야." 세라가 말하며, 몸을 숙여 내 볼에 뽀뽀하고 나를 안아준다. 팔에는 아기 옷과 차가운 호박 수프, 프렌치 빵을 담은 봉지들이 가득하다. 아이들을 위한 마카로니와 치즈, 캔털루프(cantaloupe) 큐브도 있다. 그리고 나를 위한 버베나(verbena) 핸드 로션도 한 병 가져왔다. "기저귀 가는 손을 위해 준비했어." 세라가 말한다.

초저녁이 시작되는 시간, 햇빛이 비스듬히 비치면서 산을 주황색과 붉은색으로 물들인다. 산불 연기도 옅어졌다. 우리는 모두를 데리고, 모든 것을 챙겨 밖으로 나가 잔디밭에 담요를 깔고 앉는다.

세라는 베넷을 다정하고 부드럽게 안고 있다. 나는 세라가 셋째를 얼마나 가지고 싶어 하는지 잘 안다. 나는 에이버리를 안고, 모니터를 어깨에 걸쳤다. 그리고 이것이 베이비 랜드의 최신 액세서리라고 농담한다.

"이런 식으로 하면 영아돌연사증후군 걱정은 안 해도 돼." 내가 말한다. 그러다 몸을 흔드는 바람에 모니터가 작동하고, 농담은 재미없게 끝나고 만다. 세라의 눈을 보고 알람 소리에 놀랐다는 걸 알았다. 나는 재빨리 모니터를 재설정한다.

"괜찮아. 별거 아니야."

우리는 잠시 가만히 앉아 있다. 무슨 말을 해야 할지 모르겠다. 세라가 침묵을 깨뜨릴 때까지, 내 삶이 세라에게, 누군가에게 너무 무거울까 봐 두렵다.

"생각해봤는데……." 세라가 말문을 연다.

"응?"

"베이비 랜드 말이야. 이렇게 생각하기로 했어. 나는 베이비 랜드에 두 번 다녀왔는데, 정말 운이 좋다고 생각해."

"맞아. 넌 예쁜 아들 둘이 있잖아."

"그거면 충분해. 정말로."

산을 가로지르는 빛이 분홍색에서 주황색으로 변한다. 태양은 호수 위에 붉은 공처럼 걸려 있다. 내 삶이 세라가 이런 결론에 도달하는 데 도움이 되었는지 궁금하다. 베이비 랜드에 가면 보장되는 것이 없다. 그 누구든 쌍둥이도, 날카로운 알람 소리가 나는 모니터도, 다운증후군도 예상하지 못한다. 하지만 이런 생각은 맞지 않는 것 같다. 세라는 나에게 다른 무언가를 말하고 있는 듯하다.

첫 임신을 하고 몇 년이 지난 어느 날, 나는 한 초보 엄마를 위해 주방에서 닭고기 수프를 끓이고 있었다. 내 앞에 놓인 냄비를 저으며 닭고기 조각과 당근 조각이 빙글빙글 돌아가는 모습을 쳐다보다가 울음을 터뜨렸다. 나도 나 자신을 어떻게 할 수 없었다. 나는 삶이 아주 충만한 사람이 되고 싶었다. 물 끓일 시간조차 없는 사람이 되고 싶었다. 세상이 너무 생생하게 다가오는 그 느낌을 원했다. 모든 것을 집어삼키는 신생아에 대한 강렬한 사랑을 한 번 더 느끼고 싶었다. 그 생각은 불가능한 것 같았고, 내가 원하지 말아야 하는 모든 이유를 알고 있었다. 하지만 나는 원했다. 베이비 랜드에 한 번 더 가고 싶었다. 이성을 거스르는 절박함으로 그것을 원했다. 그리고 지금 나는 세라가 그런 느낌을 알고 있으며, 그걸 포기하는 게 힘들다고 말하는 거라고 생각한다.

"이런 생각이 들어." 내가 말한다. "어쩌면 베이비 랜드는 두 번 다시 같은 장소가 아닐지도 몰라. 시간 여행 같은 거지. 과거로 돌아가서 하나라도 바꾸면, 네 모든 세계가 바뀌는 거야. 이번에는 좀더 익숙할 줄 알았는데, 그렇지 않아. 모든 게 달라. 나도 다르고."

"맞아. 돌아갈 수는 없어, 그렇지?"

"응. 돌아갈 수 없을 것 같아. 그래도 네가 할 수 있으면 좋긴 하겠지만. 그렇다고 해도 주말에 짧은 휴식은 있었으면 좋겠어."

"알아, 난 그게 그리워."

"그리워한다고 생각하는 거겠지. 우리 집에 더 자주 오면 그게 얼마나 힘든 일인지 기억날 거야."

"기억나, 기억난다고. 마치 어제 일 같아."

베넷은 세라가 앞으로 메고 있는 아기 띠 안에서 잠이 들었다. 에이버리는 아기 이불에 누워 주먹을 빨고 있다. 잠시 동안 세라의 눈을 통해 내 삶이 둥글고 충만하고 좋은 것처럼 보인다. 뜨겁고 뜨거운 여름밤에 시원한 바람이 불어오는 것 같은 놀라운 기분이다.

우리는 땅거미 속에서 큰 아이들이 노는 모습을 지켜본다. 이윽고 놀이가 틀어지기 시작한다. 한 아이가 다른 아이에게 흙을 던지고, 눈물과 상처가 오간다. 한 아이가 다른 아이에게 나쁜 말을 했을 수도 있다. 이제 헤어져 각자의 길을 가야 할 때가 된 게 분명하다. 하지만 세라는 집으로 돌아가 아이들을 릭한테 맡기고 바로 돌아오겠다고 약속한다.

이런 일들은 이제 나에게 중요하지 않다. 하지만 세라는 우리의 밤이 완벽하게 진행되지 않아 속상해하고 있다. 나는 완벽한 것에 관심이 없다고 어떻게 말해야 할까? 그녀가 내게 준 선물은 소란과 싸움 그리고 아이들과 함께하는 삶의 모든 것이 담긴 평범한 밤이며, 그녀와 함께한 몇 시간 동안 나는 완전히 정확하게 예전의 나 자신처럼 느꼈다고 어떻게 말해야 할까?

나는 이 모든 말과 더 많은 말을 하고 싶다. 세라가 원한다면 베이비 랜드에 가길 바라지만, 원하지 않는다면 가지 않길 바란다. 나는 세라가 행복하길 바라며, 나도 다시 행복해지고 싶다. 세라는 나에게 내 아이들한테 감사하는 마음을 상기시켜주었고, 그 점에 대해 나는 그녀에게 감사하다.

내가 할 수 있는 말은 이것밖에 없다. "정말 고마워. 오늘 밤 네가 내 목숨을 구했어." 세라는 나를 오랫동안 알고 지냈다. 내가 얼마나 진심인지 그녀가 알아주길 바란다.

06

꩜

캐시는 우리를 감당할 수 없다

"악어 알아, 엄마?" 카터가 묻는다.

"음, 알지." 나는 유아차에 달린 차양을 만지작거린다. 노란색 테두리가 있는 파란색과 녹색의 인스텝(InSTEP) 쌍둥이 유아차로, 중고이지만 우리에게는 새것이다.

"악어가 똥을 싸." 카터가 말한다.

"응, 맞아, 그렇지. 아기들도 똥을 싸고, 너도 똥을 싸지."

집에서 나올 때는 모두가 밖으로 나가 신선한 공기를 마시는 게 좋은 생각인 것 같았다. 햇볕은 뜨겁고 아기들은 울고 있다. 지금 생각해보니, 내가 무슨 맘을 먹었던 건지 모르겠다. 쌍둥이 유아차에는 오른쪽으로 끌리는 이상한 바퀴가 달려 있고, 카터는 자기가 길을 안다고 생각해 계속 앞서 달려간다.

우리는 캐시의 집으로 걸어가는 중이다. 아니, 정확히 말하면 캐시의 집으로 이어지는 자갈길을 걷고 있다. 전화 메시지를 수없이 남겼는데도, 아직 캐시와 이야기를 나누지 못했다. 나는 지나가면서, 캐시가 근처에 있는지 확인하고 싶다. 카터는 그곳에 가서 동갑인 캐시의 아들과 놀고 싶어 안달이다. 전화 메시지를 남기는 것도 지쳤고, 내가 의심하는 게 사실인지 직접 확인하고 싶다. 간단히 말해서, 나는 캐시가 우리를 감당할 수 없다고 생각하고 있다.

캐시 가족이 처음 옆집으로 이사 왔을 때, 나는 정원에서 꽃을 꺾어 라피아 줄기로 리본을 묶어가지고 가서 인사를 했다. 벌써 4년이 지났다. 그사이에 손목 골절(캐시의 아들)과 다리 골절(내 아들), 놀이 데이트, 생일 파티, 달걀과 우유 빌리기, 파이 접시에 체리 파이 나눠 먹기 등 많은 일이 있었다. 주말에 캐시네가 집을 비울 때면, 우리가 여분의 열쇠로 문을 열고 들어가 고양이한테 밥을 먹이고 화분에 물을 주었다. 캐시가 꽃 정원을 만들고 싶어 해 우리 정원에서 식물을 가져다 그녀의 집 뒤에 옮겨 심었다. 그중 일부는 내가 몇 년 전 캐시한테 꺾어주었던 바로 그 꽃이었다. 캐시는 간호사 실무 교육을 받은 의료계 여성이자 소아과 의사의 아내다. 그녀의 이름은 사실 캐시가 아니다. 하지만 그런 모든 것에도 불구하고, 나는 그녀를 보호해야 할 필요성을 느끼기 때문에 그렇게 부르기로 했다.

캐시는 가톨릭 가정에서 여섯 자녀 중 한 명으로 자랐다. 가족은 모두 매주 일요일 연두색 폭스바겐 비틀(Volkswagen Beetle)을 타고 미사에 참석했는데, 여덟 식구가 서커스단의 광대 차량처럼 생긴 그 작은 차에 모두 탔다. 캐시가 집을 떠나 독립할 때, 아버지는 그녀의 머리가 구름 속에 있어 큰일을 할 수 없을 거라고 말했다. 캐시는 예술가가 되고 싶었다.

마흔 번째 생일날, 캐시는 자신이 늙었다는 생각에 울었다. 나는 초콜릿 케이크를 구웠고, 우리는 그걸 우리 집 현관 그늘에서 먹었다. 그 후 (캐시의) 유산과 (나의) 임신을 겪었다. 캐시는 우울증을 치료하기 위해 팍실(Paxil)을 복용하기 시작했다고 말했다. 얼마 지나지 않아 캐시는 다시 임신했고, 몇 년 동안 거의 매주 대화를 나눴던 그녀가 지금은 내 전화를 받지 않는다.

캐시네는 호수가 내려다보이는 큰 창문이 있는 커다란 집으로, 도로에서 떨어져 넓은 잔디 경사면에 자리 잡고 있다. 마당에는 나무 울타리가 있는데, 진입로의 문이 열려 있다. 이것은 그들이 집에 있다는 첫 번째 신호다. 두 번째 단서는 집 옆에 주차된 쉐보레 서버밴(Chevrolet Suburban)이다. 그 사실들을 부인할 수 없어 나는 가슴 한구석이 저며온다.

진입로를 따라 유아차를 밀고 가서 문을 두드릴까 생각해본다. 나는 캐시에게 두려워할 것 없다고 말해주고 싶다. 전염되지 않는다고, 당신이 쌍둥이를 낳거나 아기가 다운증후군에 걸리지는 않을 거라고 말해주고 싶다. 내 아기들을 보여주며 이렇게 말해주고 싶다. **이것 봐! 아기들이 얼마나 예뻐?** 나도 그렇게 믿고 싶다. 그런 다음 주변 사람들, 특히 나를 가장 잘 아는 사람들 눈에 비친 우리 모습을 보고 싶다.

하지만 캐시는 임신 7개월째다. 내가 내 삶을 이해하려고 노력하는 것처럼, 캐시도 자신의 삶을 이해하려 노력하고 있다. 어떻게 될지 알 것 같다. 캐시는 문을 열지 않을 것이다. 블라인드를 내리고,

우리가 사라질 때까지 데드볼트(dead bolt: 스프링 작용 없이 열쇠나 손잡이를 돌려야만 움직이는 걸쇠―옮긴이)를 걸어 잠글 것이다.

아니면 더 나쁠 수도 있다. 캐시는 문을 열고 나를 쳐다보며 가짜 미소를 지을 것이다. 그리고 자기가 얼마나 바빴는지 변명할 것이다. 베넷을 보면서 아기들이 얼마나 사랑스러운지 말할 것이다. 에이버리는 쳐다보지도 않을 것이다. 베넷의 뺨을 만지며 웅얼거리고 미소를 지은 후, 호수 건너편으로 시선을 돌릴 것이다.

나는 카터의 손을 잡고 말한다. "아, 바쁜가 봐. 집으로 가자. 아이스크림 줄게."

내 뇌물을 받아들인 카터가 반대 방향으로 길을 돌려 깡충깡충 뛰기 시작한다. 나는 유아차의 흔들리는 바퀴를 겨우 돌려 구불구불한 자갈길을 따라 안전한 집으로 돌아간다.

푸른 눈의 아기들과 충혈된 눈의 나. 우리는 엉망진창이다. 집 안에는 우유, 베이비 로션, 기저귀 냄새가 진동한다. 에이버리는 여전히 모니터에 연결되어 있고, 산소 튜브와 산소 탱크는 필요할 경우를 대비해 거실 소파 근처 구석에 쌓여 있다. 그리고 베넷은 대부분의 시간 동안 달랠 수 없을 정도로 울어댄다. 한 번에 한 시간 이상 잠을 잔 적이 언제인지 기억조차 나지 않는다.

신생아집중치료실에서 받은 정보 꾸러미에는 미숙아에게 예상되는 문제들이 포함되어 있다. 거기에는 일찍 태어난 아기는 신생아집중치료실에서 익숙해진 대로 불을 켜고 자는 걸 선호할 수 있다고 적혀 있다. 신생아집중치료실에서와 마찬가지로 잠을 자기 위해 배경 소음이 필요할 수도 있다. 아기가 신생아집중치료실 일정에 익숙해졌으므로 부모는 집에서도 그걸 유지하도록 노력해야 한다. 복사본에는 또 미숙아는 신경계가 예민할 수 있으며, 필요 이상의 감각 자극에 강하게 반응할 수 있다고도 적혀 있다.

미숙아로 태어난 아기는 부적절한 애착, 감각 통합 문제, 대근육 발달 지연 등 여러 가지 '위험'에 노출될 수 있다. 시력과 청력을 추적 관찰해야 하며, 부모는 특히 독감과 유사한 바이러스인 RSV(respiratory syncytial virus: 호흡기 세포 융합 바이러스―옮긴이)에 주의해야 한다. 미숙아에게는 조정 연령이라는 것이 있는데, 이는 주 또는 월 단위의 실제 연령이 아니라, 원래 예정일에 태어났을 때의 나이를 말한다. '위험' 설명과 조정 연령은 생후 첫 2년 동안 적용된다.

지금까지의 베넷은 내가 알던 어떤 아기와도 다르다. 울음의 강도만 다를 뿐 거의 끊임없이 운다. 베넷은 태양을 싫어한다. 신선한 공기도 싫어한다. 뺨을 스치는 약간의 바람에도 짜증을 낸다. 기저귀를 가는 것도 싫어하고, 옷을 벗는 것도 싫어한다. 음악도 싫어하지만, 에이버리의 모니터가 꺼지는 소리나 전화벨이 울리는 것에는 신경 쓰지 않는 것 같다.

베넷이 좋아하는 것들도 있다. 모유 수유, 앞으로 안기는 것, 무릎을 꿇고 엎드려 자는 것, 그리고 에이버리. 베넷은 에이버리를 사랑한다. 아기 침대에 둘을 함께 눕혀 놓으면, 베넷이 에이버리에게 다가가 몸을 민다. 에이버리는 조금 더 멀어지고, 그러면 베넷은 조금 더 다가간다. 또 에이버리가 조금 더 멀리 움직인다. 에이버리는 전선이 꼬이고 알람이 울릴 때까지 움직인다.

아기들 중 누구도 삐 소리에 신경 쓰지 않지만, 나는 신경이 쓰인다. 심장이 뛴다. 그래서 집 안 어디에서 무엇을 하고 있든 하던 일을 멈추고 모니터를 확인하러 서둘러 달려간다. 만약 그게 진짜 알람이라면, 내가 해야 할 일은 에이버리의 발을 간지럽히거나 얼굴에 바람을 불거나 뺨과 손발을 만지는 등의 방법으로 에이버리를 자극해 깨워야 한다. 이런 방법으로도 에이버리가 깨어나지 않으면 강도를 더 높여야 한다. 크게 박수를 치거나 소리를 지른다. 그런 다음 고강도 조치를 취해야 한다. 예컨대 재빨리 산소에 코 삽입관을 연결해 그것을 코 아래에서 흔들어준다. 그래도 효과가 없으면 코 삽입관을 콧구멍에 직접 삽입해야 한다. 그리고 맥박을 확인한다. 영아 심폐소생술을 시작한다. 도움을 요청한다.

나는 극단적 상황에 대해 너무 많이 생각하지 않는다. 그렇게 하면 속이 메스꺼워지기 때문이다. 그러는 대신 호흡에 대해 생각한다. 리드미컬하고 깊고 가득한 호흡. 내 호흡과 에이버리의 호흡. 마치 병원에서 그랬던 것처럼, 내 의지와 욕망만으로도 우리 둘 모두에게 충분할 수 있다는 듯이 말이다. 꾸준한 들숨과 날숨은 우리 삶의 박자가 되었다. 항상 호흡을 느끼고, 항상 그것을 생각한다. 심지어 잠을 잘 때나 꿈속에서도.

나는 새로운 피로 상태에 도달했다. 베넷이 배앓이를 하는 것 같지만, 신발을 각각 올바른 발에 신기는 것 같은 간단한 일도 거의 불가능할 듯싶은 상황에서 베넷이 우는 수수께끼를 푸는 것은 힘들다. 그리고 수면 부족에 시달리는 와중에도, 나는 병원의 사회복지사가 준 생활 보조금(SSI)과 메디케이드(Medicaid: 저소득층 의료 보장 제도—옮긴이) 신청 서류의 수수께끼를 풀려고 애쓴다. 이 두 가지 서비스 중 하나라도 받을 자격이 있는지 확인하려면 양식을 작성해야 한다. 하지만 너무 피곤해서 머리가 제대로 돌아가지 않는다.

이들 서류는 소득세 신고서 같은 정부 양식인데, 끔찍하기 이를 데 없다. 만약 내가 이 양식을 작성하고 우리가 지원 자격을 얻게 된다면, 우리는 공식적으로 내가 평생 기부하거나 모금해온 '불우 이웃'이 되는 셈이다. 그러면 내 자존심은 삼키기 힘든 딱딱한 과자가 될 것이다. 만약 자격을 얻지 못하면, 3시간 넘게 귀중한 시간을 낭비한 셈인데, 잠에 그토록 필사적인 한 여자에게는 용서할 수 없는 일이다.

첫 번째 양식은 SSA-3820-BK 장애 보고서-아동용으로, 자세한 의료 기록을 요구하며 그래프와 세부 섹션이 너무 오래 처다보면 흐릿해지는 경향이 있다. 나는 1, 2, 4, 5, 6, 7, 8, 9, 10 섹션은 작성할 수 있다. 하지만 3 섹션인 '아동의 질병, 부상 또는 상태와 그것이 아동에게 미치는 영향'에서 멈춘다. 도저히 작성할 수 없다. 이 부분을 작성하는 것은 내가 아기들에게 바라는 모든 소망, 내가 아기들에 대해 붙잡고 있는 모든 좋은 희망에 어긋나는 일이기 때문이다.

에이버리: 에이버리는 21번 삼염색체증이 있으며, 우리는 이것이 아이의 발달에 어떤 영향을 미칠지 알 수 없습니다. 아이가 훨씬 더 자랄 때까지는 이것이 아이한테 어떤 의미인지 알 수 없습니다. 우리는 아이를 사랑하고 받아들이고 격려할 것이며, 그것이 우리를 어디로 데려갈지 지켜볼 것입니다.

베넷: 베넷은 여러 가지 위험에 노출된 미숙아입니다. 하지만 한결같은 사랑으로 이겨낼 수 있을 것이라고 생각합니다. 아기가 둘이라서 다행입니다. 아기들은 서로를 필요로 하며, 인내와 지도(guidance: 교육 용어로, 어린이의 선천적 자질을 협동으로써 조장해가는 것—옮긴이)를 통해 함께 길을 찾을 것입니다.

또는 더 어두운 관점의 다른 버전: 에이버리는 다운증후군이 있습니다. 역류 문제가 있으며, 주기적으로 발생하는 무호흡과 서맥으로 인해 가정용 모니터를 사용하고 있습니다. 모니터를 얼마나 사용할지는 미정입니다. 베넷은 과다 자극 상태이며, 애착 형성에 어려움을 겪고 있고, 성장 장애 증상을 보입니다. 저는 쌍둥이의 초보 엄마로, 병원과 그 지원 시설에서 멀리 떨어진 숲속 구불구불한 자갈길 끝에 있는 집에서 두 아기와 이제 막 네 살 된 또 다른 아이를 돌보고 있습니다.

나는 쓸 수가 없다. 생각도 하지 않을 것이며, 잉크를 사용해 페이지에 영구적으로 남기는 일은 더더욱 하지 않을 것이다. 그게 마치 사형 선고처럼 느껴진다.

두 번째 양식은 SSA-3375-BK 기능 보고서다. 여기에는 아기들이 해야 하지만 하지 못하고 있는 일들을 나열해야 한다. 이 양식도 같은 이유로 작성할 수가 없다. 세 번째는 사회보장국(SSA)에 정보 공개 권한을 부여하는 양식으로, 간단한 기본 정보만 작성하면 되지만 아기 한 명당 5부씩 총 10부를 작성하고 서명해야 한다(복사는 안 된다). 마음이 좀더 안정된 상태였다면 웃음을 참지 못했을 것이다. 서명해야 하는 페이지 중 하나는 이 모든 서류 작업이 문서감축법

(Paperwork Reduction Act)을 준수하고 있다는 사실을 인정하는 내용이다. 그런데 이 서류 작업은 우리가 집을 살 때 작성해야 했던 것보다 더 많다.

이 양식은 내가 알기로는 두 아기 중 한 명이 생활 보조금, 즉 SSI를 받을 자격이 있는지 판단하기 위한 것이다. SSI는 보조 소득으로, 때로는 식료품 쿠폰과 메디케이드가 포함되기도 한다. SSI를 받기 위한 규정은 주마다 다르며 제공되는 금액도 다르다. 사회보장국 웹사이트에 접속해봐도 더 혼란스러울 뿐이다. 한 가족이 3000달러 넘는 물건을 소유해서는 안 된다고 하면서, 어떤 물건은 해당되지 않는다고 쓰여 있다. 예를 들어, 주택이나 자동차 한 대는 해당되지 않는다. 매장지도 포함되지 않으며, 최대 3000달러까지의 장례비도 포함되지 않는다. 하지만 우리에게는 세컨드 자동차가 있다. 톰의 트럭은 3000달러가 넘는다. 무료 전화번호로 통화해보고서야 트럭 때문에 SSI나 메디케이드, 그 어떤 것도 받을 자격이 안 된다는 사실을 알았다. 왜 처음부터 그렇게 말하지 않을까? 간단한 질문이면 된다. 예컨대 자동차가 두 대 있나요? 아니면 자산이 3000달러가 있나요? 알겠습니다. 그럼 다른 곳에서 알아보세요. 여기서는 도와드릴 수 없습니다.

서류를 한데 모아 마닐라 봉투에 다시 넣고, 다른 서류들과 함께 책장 위에 올려놓는다. 이 소식이 기쁜지 슬픈지 모르겠다. 우리가 얼마나 많은 걸 가지고 있는지 알고 감사하는 것은 좋지만, 나는 도움을 기대하고 있었다. 적어도 더 나은 보험을 기대했다. 월 526달러에 5000달러의 공제금이 있는 주요 가족 의료 보험을 더 이상 유지할 수 없게 되었으니까. 보험을 해지하면 나중에 에이버리나 우리 중 누구라도 보험에 다시 가입할 수 있을까?

내가 피하고 있는 다른 업무도 있다. 책장에는 SSA 서류와 《다운 증후군 아기들》이라는 책 옆에 출생 신고 양식이 있다. 아기들이 집에 왔다. 아기들은 거의 3개월이 되었다. 톰이 병원에서 걸었던 전화와 다른 사람들이 우리를 위해 걸어주길 바랐던 전화를 제외하면, 우리는 누구에게도 우리와 새로 태어난 아기들이 집에 왔다는 사실을 알리지 않았다.

카터가 태어났을 때, 우리는 아기 탄생 알림 전문 회사에 카드를 주문했다. 파란색 카드에 이름, 출생일, 키, 몸무게 등 중요한 정보를 모두 적었다. 작은 카드 안에 병원에서 찍은 신생아 사진도 실었다. 두 번째 임신 때도 똑같이 하려고 했는데, 내가 SSA 서류를 모두 작성하는 데 어려움을 겪었던 것과 같은 이유로 그 좋은 의도는 무산되었다. 우리는 쌍둥이용 카드가 있는 곳을 찾는데, 출생일 한 칸, 이름 두 칸, 키 두 칸으로 되어 있었다. 하지만 '몇 주 조산'을 적을 칸도 없고, '염색체 수'를 체크할 칸도 없다. 우리의 이야기는 빈칸에 맞지 않고, 가장 중요한 세부 사항을 생략하는 것은 정직하지 않은 일처럼 느껴진다.

톰과 나는 그것에 대해 끝없이 돌고 도는 토론을 한다. 시작도 끝도 없는 대화를 나누다 보면 아무것도 선택하지 못한 채 뚜렷한 이유 없이 끝냈다가 나중에 또다시 시작하게 된다. 기저귀를 갈다 말고 내가 제안했다. "편지를 써보는 건 어떨까? 크리스마스 편지처럼, 단지 여름에 쓰는 편지로. 그런 다음에 설명하면 돼."

"뭘 설명해?" 톰이 물었다. "설명할 게 뭐 있어? 우리에게 2명의 아기가 태어났고, 아기들이 집에 왔다는 게 우리 소식이야. 우리를 아는 사람들, 우리 삶의 일부인 사람들은 이미 나머지를 알고 있어. 모르는 사람들은, 음, 그럴 만한 이유가 있겠지. 어쩌면 그게 좋을 거야."

"사진은 어때?" 나는 식기세척기를 비우면서 말했다. "우리가 가진 건 신생아집중치료실에서 찍은 끔찍한 사진밖에 없어. 아기들이 너무 무서워 보여. 아니, 지금도 그래. 베넷은 계속 울고 있고, 에이버리는 여전히 모니터에 연결되어 있어. 사진을 어떻게 해야 할까?"

"사진은 붙이지 마." 톰이 대답했다. 하지만 이번에도 나는 망설였다. 마치 우리가 뭔가를 숨기고 있는 것 같고, 숨기고 싶지 않다는 생각이 들었다.

"우리가 짧은 영화, 디지털 홈 무비를 만들어서 인터넷으로 보내는 건 어떨까?" 커피를 마시며 내가 말했다. 하지만 제안하자마자 그건 아니라는 것을 안다. 우리 둘 다 그렇게 할 수 없고, 할 수 있다고 해도 친척 중 절반은 열어보지 못할 것이다. 우리가 초래할 혼란과 좌절을 쉽게 상상할 수 있다.

우리가 내린 결론은 당분간은 기본적으로 아무 일도 하지 않는 것이다.

알림 문제는 여러 가지 작은 상황에서 다시 거론되곤 했다. 식료품점에서 계산대 직원이 내가 더 이상 임신 상태가 아닌 걸 알아차리고 아기들에 대해 물어볼 때, 우편함에서 집배원과 대화를 나눌 때, 문 앞에서 UPS 배달원이 서명을 요구할 때 등. "아기들은 잘 지내나요?" "가족은 잘 있나요?" "잘 지내시죠?" 이런 간단한 질문에도 여러 가지 대답이 나올 수 있다. 어떤 버전이 진실일까?

나는 종종 말문이 막힌 채로 고개를 끄덕이며 조용히 웃기만 할 뿐 아무 말도 하지 못한다. 다시 톰과 나는 어떻게 해야 할지 장황하게 대화를 나눈다.

"우체국에서 마이크를 봤어." 톰이 시작한다.

"마이크한테 말했어?"

"어느 정도. 말하려고 했어. 붐비는 데다 우리는 줄을 섰고, 사람들이 듣고 있었어. 그래서 아기들이 건강에 문제가 있긴 하지만 모두 집에 있고, 잘 지낸다고 말했어."

내 차례다. "캐시한테 다시 전화를 걸었어. 여기 맛있는 체리 파이가 있으니, 근처에 있으면 전화 달라고."

"왜 신경 써? 그냥 내버려둬. 우리를 감당할 수 없다면, 그건 캐시의 문제야. 게다가 캐시의 감정이 어떤지 처음부터 우리가 아는 게 더 낫잖아."

"그게 문제야. 캐시의 감정을 전혀 모르겠어. 우리는 한 번도 그것에 대해 얘기해본 적이 없거든."

"캐시는 꽤 분명하게 표현한 것이 맞아. 말 한마디 없이도 사람은 많은 걸 얘기할 수 있거든."

어느 시점에 포기해야 할까? 어느 시점에서 노력을 멈춰야 할까? 나는 그 순간을 알아차리는 데 결코 능숙하지 못하다. 누군가에게 전화를 걸 때, 나는 조금만 더 기다리면 받을 거라고 확신하며 벨이 울리고 또 울리도록 놔둔다.

나는 대신 세라에게 전화를 건다.

"안녕, 나야." 내가 말한다. "캐시가 아직 전화를 안 받아."

"메시지 남겼어?"

"응. 하지만 캐시가 집에 있는 건 알아."

"확실해?"

"차가 진입로에 있었어."

"넌 어떻게 할 셈이야? 내 말은, 이 모든 게 너무 이상하다는 거야. 말이 안 돼."

"캐시가 어떻게 지내는지 소식 들었어?"

"임신에 문제가 있는 것 같아. 아기가 위험하다는 게 아니라, 캐시가 힘들어하는 모양이야. 많이 아팠고, 정말 지쳐 있는 것 같아."

"아들이야, 딸이야?"

"여자아이야." 세라가 말한다. "3D 초음파 검사를 받으러 그레이트폴스(Great Falls)에 갔었대. 너를 화나게 하고 싶진 않지만, 특히 다운증후군의 징후를 찾았나 봐. 검사 결과는 괜찮았지만, 캐시는 여전히 걱정이 많았어."

"당연하지."

"괜찮아?"

"응, 괜찮아."

"말하지 않으려고 했는데, 네가 묻길래."

"아니, 괜찮아. 그리고 내가 물었잖아. 이제 답을 알 것 같아."

"그게 다라면, 어쨌든 네가 더 나은 사람이야."

"나도 알아." 내가 말한다. "나도 알아."

필리스에게 전화를 건다.

"안녕, 나야. 지금 통화하기 괜찮아?"

"물론이지. 무슨 일이야?"

"조언이 필요해. 무언가를 놓아야 할 때가 언제인지 어떻게 알 수 있을까?"

"어떤 거?"

"우정."

"나에 대해 말하는 건 아니지?"

"물론 아니지! 복잡해. 지금 뭐 하고 있어? 잠시 들러도 될까? 직접 가서 설명할게."

"알았어. 그럼 곧 봐."

이제 막 젖을 먹이고 트림을 마친 아기들에게 새 기저귀와 새 옷을 입힌다. 에이버리에게는 꼭대기에 작은 매듭이 달린 도토리 모자를, 베넷에게는 눈동자 색에 어울리는 파란색 모자를 씌운다. 아기들을 각각 카시트에 앉히고 차에 태운다. 카터는 반바지와 깨끗한 셔츠를 입고 신발을 신었다. 시내로 운전하는 동안 카터가 마실 물을 담은 시피 컵과 내가 마실 투명한 플라스틱 물병을 챙긴다.

필리스는 외곽에 있는, 연한 하늘색 장식을 한 하늘색 주택에 살고 있다. 집 마당은 오르기 좋은 커다란 버드나무, 벚나무와 배나무,

산들바람에 바스락거리는 하이브리드포플러나무 등이 곳곳에 있어 그늘지고 푸르르다. 울타리를 친 마당 한쪽에는 라일락이 줄지어 피어 있고, 또 다른 한쪽에는 콩·완두콩·딸기와 꽃을 키우는 화단이 늘어섰다.

진입로에 차를 세우는데, 필리스가 현관 그네에 앉아 기다리고 있다. 나의 승객 셋은 잠들어 있다. 나는 깊은 잠을 뜻하는 국제적인 신호, 즉 손을 함께 모아 뺨에 대고 고개를 기울이며 눈을 감는 동작을 해 보인다. 필리스가 나에게 차 안에 그대로 있으라고 손짓하며 가까이 다가온다. 나는 전화 메시지에 대해 이야기한다.

"네가 내 입장이라면 어떻게 할 것 같아?"

"아마 무언가를 구워서 주었을 거야."

"나도 이미 해봤어. 파이 어떠냐고. 누가 파이를 거절할 수 있겠어?"

"아무도 없지."

"노력을 그만둬야 할 것 같아."

"그렇겠지. 아무도 너를 탓할 수는 없을 거야."

"너무 슬퍼. 캐시하고 이런 이야기를 할 수만 있다면."

"하지만 캐시는 너하고 이야기하고 싶어 하지 않는 거야. 대화는 두 사람이 해야 하는 거잖아. 아마 돌아올 거야. 시간을 줘봐. 나라면 그렇게 할 거야. 시간을 줄 거야."

"시간." 내가 반복해서 말한다. "해볼게. 그게 내가 아직 안 해본 유일한 일이니까."

"나도 너한테 할 말이 있어."

"어머, 심각한 이야기 같은데, 무슨 일이야?"

"나 임신했어."

"오, 이런. 괜찮아?"

"응, 괜찮아. 약간 충격을 받았지만, 괜찮아."

"내가 도울 거 있어? 필요한 거 있니?"

"너를 보는 것만으로도 충분해. 정말로 네가 걱정됐거든." 필리스의 목소리가 떨리고, 눈에는 눈물이 맺혀 있다. 나는 아기들을 힐끗 돌아본다. 작은 모자를 쓰고 잠들어 있는 아기들. 에이버리의 모자는 한쪽 눈 위로 기울어져 있다. 씩씩하고 용감한 나의 도토리. 모든 것이 생생하게 느껴진다. 나의 소식과 필리스의 소식. 삶. 나도 눈물을 흘리기 시작한다.

"네 눈물은 행복한 눈물이야, 슬픈 눈물이야?" 내가 묻는다.

"두려운 눈물은 아니야."

"왜?"

"너 때문이지."

"나? 왜 나 때문이야?"

"넌 해낼 수 있으니까. 지금 너를 보니까, 네가 해낼 수 있을 거라는 걸 알 것 같아."

"아, 그럴 리가 없어." 내가 말한다. 내가 지금까지 한 얘길 생각해 보고, 다시 말한다. "아, 정말로 그럴 리가 없어. 나를 알잖아. 나는 늘 의심이 많다고!"

우리는 눈물을 섞어가며 웃기 시작한다. 우리는 오래전부터 이런 대화를 나누었다―필리스에게는 믿음이 있고, 나는 의심을 품는다. 필리스가 다가와서 나를 안아준다. 우리는 한동안 이렇게 가만히 서로를 안아준다. 필리스를 두고 떠나려니 마음이 놓이지 않는다. 5명의 아이들, 그리고 곧 태어날 아기. 나의 따뜻한 친구.

"너 괜찮겠어?" 내가 다시 묻는다.

"그럼. 이 아기가 긴 회색 계절에 밝은 점 하나가 되어주는 것 같은 느낌이야."

아기들은 우리 삶 주변에 마치 물처럼 스며든다. 나는 카터가 있기 전의 내 삶을 거의 기억하지 못할 정도이고, 곧 쌍둥이가 있기 전의 삶도 기억하지 못할 것 같다. 에이버리는 이제 막 깨어나 손가락을 부드럽게 빨고 있다. 크고 파란 눈으로 나를 바라본다. 에이버리는 가장 행복한 아기다. 나도 손가락 빨기를 시작해볼까. 아마 도움이 될지도 모르겠다.

집에 돌아오니, 내가 주문한 책들이 우편함에서 기다리고 있다. 나는 포장을 뜯어서 클리프 커닝햄이 쓴 초록색 표지의 《다운증후군 이해하기: 부모를 위한 입문서》와 표지 대부분이 노란색인 시그프리드 푸셸의 《다운증후군 부모 가이드: 더 밝은 미래를 향해》를 살펴본다. 책장을 넘긴다. 초록색 책에는 벌써부터 너무 복잡해 보이는 상세 목차가 있다. 책을 끝까지 넘기다 보니, 흑백 사진 부록이 눈에 들어온다. 각 페이지에는 한 아이의 여러 해에 걸친 모습이 담겨 있다. 아빠의 가슴 위에서 잠든 아기. 기차 장난감을 밀며 첫걸음마를 내딛는 모습. 케이크와 고깔모자가 있는 생일 파티. 파란색 플라스틱 수영장에서 물장구치는 모습. 냄비와 프라이팬을 두드리는 모습. 생강빵 집을 만드는 모습. 학교 버스 앞에서 가방을 메고 등교하는 날. 축구. 티볼. 모두가 웃고 있고 행복해 보인다. 가족사진 모음집을 볼 때마다 느끼는 향수가 밀려온다. 여기에는 온전히 살아낸 삶이 있다.

초록색 책을 다시 상자에 넣고 웹사이트에서 이름을 본 적 있는 시그프리드 푸셸의 노란색 책을 꺼낸다. 푸셸 박사는 교수이자 변호사이며, 다운증후군 아들을 둔 부모이기도 하다. 목차에는 24개의 챕터가 나열되어 있다. 꽤 많아 보인다. 나는 대충 훑어본다. 처음 10장까지는 에이버리에게 해당하는 내용이고, 나머지는 더 큰 아이들에 관한 내용이다.

그래서 나는 생각한다. **초록색 책 200쪽 정도, 노란색 책 200쪽 정도를 읽어야겠네.** 그 이상은 생각만 해도 머리가 아프다. 하지만 일단 책이 도착했으니 무시할 수는 없다. 책에 어떤 내용이 있는지, 도움이 될지 안 될지는 읽어보기 전까지 알 수 없으니까.

카터는 더 어렸을 때, 책을 먹곤 했다. 페이지를 핥고 모서리를 씹고, 가끔은 조그만 입에서 구겨진 종잇조각을 발견하기도 했다. 지금은 내가 그렇게 할 수 있으면 좋겠다. 이 책들을 게걸스럽게 꿀꺽 삼키면서, 한자리에 앉은 채로 다 먹어치울 수 있으면 좋겠다. 이 책들의 클리프 노트(cliff note) 버전, 즉 언제 어디서 무엇을 얻을 수 있는지 간략한 요약서가 나에게는 분명히 필요하다. 이제 네덜란드에 왔으니 로드맵이 필요하다.

대학 시절, 나는 시간 관리에 어려움을 겪었다. 좋은 의도로 학기를 시작하지만, 어느새 기말고사 주간이 다가왔고, 읽지 않은 책이 산더미처럼 쌓였다. 나는 미친 듯이 정보를 훑어보면서 죄책감을 느끼곤 했다. 내가 좋아한다고 공언한 과목들을 배우는 데는 매우 형편 없는 방법이었다.

하지만 지금은 그동안 했던 그 모든 벼락치기 경험에 감사하고 있다. 커피를 끓이고, 카터와 아기들을 먹이고 목욕시키고 재우고 나서 시작한다. 먼저 초록색 책을 집어 든다. 뒷부분의 사진들 때문에 이 책을 먼저 선택했다. 나는 사진들을 더 자세히 살피면서, 에이버리와 닮은 아이를 찾아본다. 성공하지 못한다. 나나 톰을 닮은 부모를 찾아본다. 카터와 닮았거나, 카터와 같은 나이의 형제자매도 찾아본다. 역시 없다. 1982년에 처음 출판된 이 책은 모든 게 시대에 뒤떨어진 것처럼 보인다. 고등학교 시절이 생각난다. 나는 2학년 때 운전면허를 갓 땄었다. 방과 후에는 동네 식료품점에서 계산원으로 일했다. 그 당시에 나는 소녀였다. 지금은 엄마다. 나 자신의 사진, 한 인생이 흘러가는 모습을 상상해본다. 하지만 집중력이 흐트러진다. 나는 목차로 돌아간다.

1장은 '우리가 대처할 수 있을까요? 그들은 어떤가요?'라는 제목이다. 건너뛴다. 대처할 수밖에 없으니까. 2장 '감정과 정서'. 역시 건너뛴다. 시간이 없다. 3장 '가족에게 어떤 영향을 미칠까요?' 건너뛴다. 슬슬 짜증이 나기 시작한다. 이 모든 게 나에게는 매우 부정적으로 보인다. 암울하고 우울한 분위기가 마음에 들지 않는다. 4장은 다운증후군의 원인을 다룬 내용인데, 이제 어느 정도 이해했다고 생각한다. 5장은 신체적·의학적 특징, 6장은 성격과 기질, 7장은 정신·운동 및 사회성 발달에 관한 내용이다. 다시 5장으로 돌아온다.

5장은 굵은 글씨체의 경고로 시작한다. 다운증후군과 관련된 모든 특징을 다루지만, 대다수 다운증후군 아동은 그중 일부의 특징만을 가지고 있다. 이 정보를 아기나 아동에게 연결할 때는 주의를 기울여야 한다.

흥미롭군. 나는 생각한다.

그리고 다음 페이지에 또 다른 굵은 글씨가 보인다. "다운증후군이 있는 사람들은 '비정상적' 특징보다 '정상적' 특징이 훨씬 더 많다. 이 장에서는 주로 '정상'과 다른 점에 대해 쓸 것이므로, 이를 염두에 두고 읽기 바란다."

더 흥미롭군. 나는 5장을 훑어보며, 다운증후군 아기들의 신체적 특징을 자세히 읽는다. 에이버리는 그 특징 중 약 절반 정도를 갖고 있다. 에이버리의 눈에 있는 별 모양 점을 브러시필드 반점(Brushfield spot)이라고 부른다는 걸 알았다. 에이버리의 단추 같은 코와 작은 귀도 흔한 특징이며, 구부러진 새끼손가락도 마찬가지다. 에이버리는 베넷보다 성장이 느리다. 머리둘레가 더 작고 팔과 다리도 더 짧을 가능성이 높다.

나는 특히 청력 부분에 주의를 기울이며 계속 읽는다. 다운증후군 아동의 80~90퍼센트는 한쪽 또는 양쪽 귀에 청력 손실을 경험할 수 있다는 사실을 알았다. 이 손실은 일시적이며 종종 체액으로 인해 발생하는데, 아이한테 크게 영향을 끼치지 않는다고 쓰여 있다. 순간 에이버리의 왼쪽 귀에 희망을 품는다. 이 부분에서는 정기 검사의 중요성을 강조하고 있어 에이버리의 청력 검사 일정을 다시 잡아야 할 것 같은 죄책감을 느낀다.

그 밖에 다양한 것들도 발견한다. 에이버리의 치아는 아마도 늦게,

그리고 비정상적인 순서로 날 가능성이 높다. 다운증후군 아이는 여느 아이들보다 근육에 힘이 없고 몸이 늘어지는 경향이 있다. 다운증후군을 앓는 많은 사람이 수영을 특히 좋아하는데, 그 이유는 수영이 그들의 느슨한 관절을 지탱해주기 때문이다. 에이버리는 베넷보다 혈액 순환이 더 나쁠 수 있으며, 손과 발을 따뜻하게 유지하는 데 신경 써야 한다.

초록색 책의 각 장 끝에는 요약 섹션이 있는데, 이게 매우 유용하다. 나는 모든 장의 요약을 읽어본다. 뒤쪽에는 상세한 자료 섹션도 있다. 처음에는 의구심이 들었는데, 매우 마음에 드는 책이다. 이 책엔 잠재력이 있다. 나는 이걸 옆에 두고 시간이 더 있을 때 처음부터 끝까지 다시 읽을 계획이다. 이제 푸셸 박사의 노란색 책으로 관심을 돌린다.

그때 베넷이 잠에서 깨는 바람에 책을 들고 베넷에게로 간다. 베넷을 안고 초록색 흔들의자에 자리를 잡는다. 베넷은 젖을 먹은 후 다시 잠이 든다. 베넷을 깨울까 두려워 움직일 엄두가 나지 않는다. 복도를 통해 방으로 새어 들어오는 빛밖에 없지만, 지금으로서는 이것이 내가 할 수 있는 최선이다. 적어도 잠깐 시간이 있으니 그 기회를 잡기로 한다.

푸셸 박사의 책은 에세이 모음집으로, 일부는 박사가 직접 썼고 일부는 다른 사람들이 썼다. 첫 번째 장은 '부모가 부모에게'라는 제목인데, 박사가 쓴 글이 아니라서 건너뛴다. 두 번째 장도 건너뛴다. 세 번째 장인 '장애아 양육'도 마찬가지다. '장애'라는 단어가 마음에 걸린다. 사람 우선 언어(People First Language: 장애인에 대해 언급할 때 그들의 장애가 아니라 사람으로서 정체성을 먼저 강조하는 언어 사용 방식. 예를 들면 '장애인' 대신 '장애가 있는 사람'이라고 표현하는 식이다—옮긴이)에서는 이 단어를 시대에 뒤떨어진 것으로 여긴다. 나는 푸셀 박사가 쓴 첫 번째 장이자 이 책의 네 번째 장 '역사적 관점'부터 읽기 시작한다.

이전에는 다운증후군의 역사적 배경에 대해 생각해본 적이 없다. 하지만 당연히 역사적 배경이 존재한다. 가장 오래된 증거는 7세기 색슨족의 두개골로, 다운증후군 아동에게 나타나는 구조적 변화를 볼 수 있다. 그림으로는 3000년 전 올메크(Olmec: 멕시코의 고대 인디오—옮긴이) 문화의 조각상이 다운증후군 얼굴과 닮아 보인다. 15세기 화가들이 다운증후군 아기를 그린 듯한 그림도 있는데, 복도를 통해 들어오는 희미한 불빛 속에서 그 닮은꼴을 볼 수 있다. 우리 가족을, 에이버리를 인류의 더 큰 역사의 일부라고 생각하니 위안이 된다.

베넷이 뒤척인다. 나는 자세를 바꿔 베넷을 다시 어른 후, 새로운 것이나 다른 것을 찾기 위해 서둘러 책을 훑어본다. 기회의 창이 닫히고 있다는 걸 감지했기 때문이다. 더 많은 핵형(karyotype, 核型: 세포의 핵분열 중기 또는 후기에 나타나는 염색체의 형태·크기·수의 특징을 나타낸 것—옮긴이)의 구불구불한 선이 보이지만, 내 눈은 21번 염색체에 머물러 있다. 항상 3개다. 마치 생략 부호(…) 같다.

태아 진단에 관한 장은 건너뛴다. 태아 진단이 우리에게 무슨 소용이 있을까? 다음 장으로 넘어가서 신체적 특징에 대한 내용을 읽는다. 앞서 읽은 책에서 본 용어가 눈에 많이 띈다. 브러시필드 반점, 눈의 내안각 주름, 헬릭스(helix: 귀의 외부 가장자리 부분—옮긴이), 입천장 등. 이번 장 역시 어떤 아이도 모든 특징을 다 갖지는 않을 것이라는 점을 강조한다. 그리고 의사들에게 신체적 특징을 지나치게 강조하지 말고 아기를 양육과 사랑을 받을 자격이 있는 한 인간으로 바라보라고 촉구한다.

내가 읽기로 맘먹은 10장에 도달할 때까지, 나는 계속 책을 살피고 훑어본다. 여기서 초기 발달 자극과 조기 개입이라는 낯익은 개념에 대한 논의가 시작되고 있었다. 나중에 더 읽어보려고 메모를 해둔다. 오늘 밤은 여기까지다. 나는 베넷을 안고 조심스럽게 일어선다. 집 안으로 들어가면서 불을 끈다. 베넷이 잠결에 눈을 깜빡인다. 꿈을 꾸고 있는 모양이다. 베넷을 그네에 태운 후, 에이버리에게 젖병을 물리기 위해 깨운다. 그리고 마치 우리가 지금 막 만난 것처럼 이 작은 아기에게 감탄하며 품에 안고 젖병을 물린다.

"안내문을 보내야겠어." 내가 톰에게 말한다.

"알았어." 톰이 말한다. "그런데 어떤 걸로 하지?"

"아기들이 태어나기 전에 우리가 고른 거. 완두콩 꼬투리 그림. 한 꼬투리 안에 2개의 완두콩이 들어 있는 거 말이야."

"알겠어. 나는 괜찮아."

"나는 당신이 해줬으면 좋겠어. 인터넷으로 주문해줘. 우리는 아기들을 낳았고, 아기들이 집에 있으니 그걸로 충분해. 당신 말이 맞았어. 나머지는, 사람들이 아직 모른다면, 그건 아무도 신경 쓸 일이 아니야."

"왜 마음이 바뀌었어?"

"그 일에 대해 생각하는 것만도 지겨워. 그리고 아무것도 안 하고 싶지는 않아. 이제 때가 됐어."

"사진은 어떻게 할 거야?"

"찍어야지. 어떤 사진이 나와도 괜찮아."

"정말 괜찮겠어?"

"응."

우리는 출생일과 각 아기의 이름, 치수를 기재한다. 편지는 없다. 여분의 염색체나 디자이너 유전자(designer gene)에 대한 재치 있는 언급도 하지 않았다. 아기들이 작은 흰색 옷을 입은 사진을 첨부한다. 에이버리와 연결된 전선은 셔츠 속에 숨겨져 있고, 베넷의 얼굴은 울어서 얼룩이 지고 빨갛다. 한 꼬투리 안에 든 2개의 완두콩은 서로 다를 수 있지만, '가족'이라는 하나의 간단한 단어로 묶여 있다. 우리 가족이 된 것을 환영해. 너희는 우리에게 속해 있고, 우리는 너희에게 속해 있어. 말해야 할 모든 것을 카드에 적지는 않았다. 그것은 말로만 하는 게 아니라 행동으로 보여줘야 한다. 마지막 봉투를 덮고, 앞면에 마지막 주소를 적고, 마지막 우표를 구석에 붙이는 이 모든 과정에 큰 성취감을 느낀다.

그리고 마침내 톰과 나는 사람들에게 말할 때의 규칙을 생각해냈다. 우리는 무엇을 말해야 할지 알 수 있는 간단한 방법을 하나 결정했다. 바로 질문의 맥락을 파악하는 것이다. 예를 들어, 어디에서나 널리 쓰이는 "어떻게 지내세요?"라는 질문을 생각해보자. 이 질문은 실제로는 대답을 기대하는 것이 아니라, "안녕하세요"의 다른 표현일 뿐이다. 같은 맥락에서 어떤 질문은 실제로 답을 요구하지 않는다. 그래서 "아기들은 어떻게 지내요?"라는 질문을 가볍게 대화하듯 말하면, "좋아요! 신생아집중치료실에서 나와서 정말 좋아요"라고 대답할 수 있다. 이것은 사실이고, 내가 안내문 묶음을 발송할 때 우체국 창구 직원에게 한 말이기도 했다.

또 친한 친구가 약간 진지한 어조로 "아기들은 어때?"라고 묻는다면, 좀더 길고 상세하게 답변할 수도 있다. 유치원 때부터 친구인 스콧이 전화했을 때, 돔이 선택한 대답이 바로 이것이다. 톰은 침실로 전화기를 들고 들어가 한 시간 동안 통화했는데, 지난 3개월 동안 일어난 일들을 생각하면 매우 짧은 시간처럼 느껴졌다.

그리고 우리는 원하는 사람에게, 원하는 시간에, 원하는 경우에만 말하기로 했다. 사실 이건 아무도 상관할 바가 아니다. 내가 안경을 쓰고 있으면, 사람들이 내 시력에 문제가 있다고 생각할 수도 있다. 그렇다고 해서 내가 난시로 태어났다는 사실을 모든 사람에게 말하고 다니지는 않는다. 더 알고 싶다면 나에게 물어보면 된다. 그리고 내가 말하고 싶으면 말할 테고, 그렇지 않다면 말하지 않을 것이다. 간단하다.

마지막으로 캐시. 나는 한 번 더 전화를 건다. 자동응답기가 받는다.

"안녕, 나 제니퍼야. 더 이상 전화하지 않을게. 나와 연락하고 싶으면, 언제라도 전화해. 우리는 집에 있고, 잘 지내고 있다는 것만 알아줘. 그리고 너도 그러길 바라. 너도 잘 지냈으면 좋겠어. 이게 다야, 내가 하고 싶었던 말은."

캐시한테 전화한 것은 그때가 마지막이었다. 가을에 캐시는 건강한 여자아이를 낳았다. 겨울에는 마당 주변 나무 울타리에 집을 판다

는 팻말이 붙었다. 이듬해 여름에 집이 팔렸고, 그들은 번화가로 이
사했다. 캐시의 새 전화번호는 모른다.

　이후 가끔 공원이나 식료품점에서 캐시를 봤다. 그때마다 서로 다
정하게 대했지만, 우리 사이에 있었던 일에 대해서는 절대 이야기하
지 않았다. 그래서 지금은 모든 게 꿈처럼 느껴진다. 나는 꿈속에서
한 여자를 알고 있었다. 그 여자의 이름은 캐시가 아닌데, 지금도 나
는 그녀가 그립다. 그래서 그녀를 그렇게 부를 것이다.

07

모두가 그렇게 합니다

톰과 나는 아이들에게 따뜻한 옷을 입히고 가을 햇살을 받으며 드라이브를 한다. 여름이 끝났음을 알려주는 시원한 바람이 불어온다. 공기에서 연기 냄새가 풍기는데, 산불이 아니라 굴뚝과 장작 난로에서 나는 것 같다. 아스펜나무의 잎이 노랗게 물들기 시작했고, 낙엽송의 잎은 호박색 같은 밝은 주황색으로 변하고 있다.

나는 아직 에이버리의 엄마가 되는 방법에 대해 모르는 게 너무 많다. 그 애의 DNA 사슬처럼 그 목록이 달에 닿을 정도다. 예를 들어, 에이버리에게 특별한 팀이 필요할까? 다운증후군 아기만을 진료하는 의사를 둔 어린이 병원과 연구 시설이 있다. 하지만 우리는 숲속에 살고 있어 일반 의사하고도 거리가 멀다. 가장 가까운 신생아집중치료실은 미줄라에 있고, 대도시 병원 중 가장 인접한 곳은 시애틀이나 솔트레이크시티로 800~960킬로미터나 떨어져 있다.

나는 신생아집중치료실에 있는 제니퍼라는 이름의 소아과 의사, 그러니까 그 레몬 셔벗 같은 의사에게 에이버리의 치료에 대해 어떻게 생각하는지 물었다. 의사는 개인적 선택의 문제라고 답했다. 그러면서 자신이 다운증후군 아이를 여러 명 진료하고 있으며, 도시의 더 큰 시설로 데려가는 걸 선호하는 부모도 여럿 알고 있다고 했다. 나를 제외한 누구든 그 말을 완벽하게 이해할 수 있을 터였다. 하지만 나는 더 명확한 답을 듣고 싶었다. 에이버리가 처음 진단을 받았던 때가 떠올랐다. "그런데 그게 무슨 뜻이죠?" 나는 똑같은 걸 계속 물었다. 마치 동요처럼 말이다. 하늘이 무너지고 있어요, 하늘이 무너지고 있어요. 이게 무슨 뜻이죠, 이게 무슨 뜻이죠?

나는 온라인으로 의사와 병원을 검색하다 소아과 의사이자 두 아들의 아버지인 렌 레신(Len Leshin) 박사의 웹사이트를 발견했다. 그의 아들 중 한 명도 다운증후군이었다. 그의 웹사이트에는 '다운증후군의 특징적인 개요'가 수십 개 나열되어 있었다. 나는 거기서 전문적인 병원 치료가 필요하다는 내용은 전혀 보지 못했다.

톰과 나는 이 문제에 대해 역사적인 방식으로 접근하며 이야기를 나눴다. 예전에 우리가 의료진의 도움을 필요로 했던 것은 무엇이었나? 다리가 부러졌을 때. 가끔 감기에 걸렸을 때. 한 차례 기저귀 발진이 사라지지 않았을 때. 이 모든 것은 비교적 가벼운 일이었다. 에이버리가 다른 아이들과 같다면, 우리가 굳이 몇 시간씩 차를 몰고 가서 전문의를 만날 필요가 있을까? 우리는 가능한 한 가까운 사람, 우리 가족을 잘 아는 사람, 아이를 키우면서 겪는 일상적인 의학 문제를 도와줄 수 있는 사람이 필요하다. 그래서 시간이 지나 에이버리한테 더 많은 치료가 필요해지면 그때 가서 다른 곳을 찾기로 결정했다.

우리는 카터가 태어난 이후 거의 대부분의 시간 동안 우리 주치의였던 가정의학과 전문의와 상의하기로 했다. 그는 우리 식구 모두가 이유를 알 수 없는 복통을 앓았던 어느 긴 밤에 응급실에서 우리와 함께 있었다. 카터를 정형외과 의사한테 데려가 엑스레이를 찍을 때도 도움을 주었다. 백신에 대한 내 모든 걱정을 들어주었고, 첫 임신에서 회복하는 데 도움을 주었으며, 둘째 임신을 위해 산부인과 의사를 선택하는 데도 도움을 주었다. 심지어 분만 때에도 같이 있을 계획이었지만, 우리가 예상치 못하게 미줄라로 가야 했기 때문에 동행하지 못했다. 오랫동안 우리 가족을 돌봐온 만큼 에이버리에게 도움을 줄 수 있다고 확신했기에 나는 마음이 놓였다.

우리 주치의의 진료실은 시내 병원 인근에 있다. 우리는 그날의 첫 번째 예약자이고 두 세션을 배정받았기 때문에, 아기들의 신생아집중치료실 입원과 관련한 세부 사항을 모두 살펴볼 시간이 있었다. 대기실은 조용하고, 접수원은 졸린 얼굴로 커피를 홀짝였다. 내가 안내 데스크로 가는 동안, 톰은 아기들과 카터를 데리고 문 근처에서 기다렸다. 내가 입을 열려는데, 에이버리의 모니터에서 날카로운 단일음이 울려 퍼진다. 접수원의 눈이 커진다. 톰이 재빨리 알람을 재설정하고, 나는 에이버리가 움직일 때 이런 일이 생긴다고 접수원에게 설명한다. 에이버리는 괜찮다.

"그런 걸 어떻게 달고 살아요?" 접수원이 묻는다. 나는 대답할 말이 없다. 그것은 일상의 일부가 되었고, 우리는 그것 없는 에이버리와 살아본 적이 없다.

나는 어깨를 으쓱한다. "익숙해지겠죠."

쌍둥이와 미숙아, 그리고 경고 없이 울리는 모니터를 달고 있는 아기를 키울 때의 장점은 아무도 우리를 기다리게 하지 않는다는 것이다. 나는 동의서에 서명하고 보험 카드가 파일에 있는지 확인한다. 그런 다음 곧바로 검사실로 안내받는다. 의사는 몇 분 후에 들어온다.

의사는 마르고 그을린 편인데, 카약이나 자전거를 타며 야외에서 보내는 시간이 많기 때문이다. 그는 웃을 때 눈을 찡그리고, 거의 속삭이듯 부드럽게 말한다. 그리고 옥스퍼드 천으로 만든 버튼다운 셔츠와 헐렁한 치노 바지를 입었다. 목에는 멕시코나 과테말라 것으로 보이는 여러 가지 색의 가느다란 끈에 열쇠가 걸려 있다.

의사는 마닐라 파일 폴더 2개를 손에 들고 있다. 하나는 베넷, 다른 하나는 에이버리 것이다. 다만, 라벨에 적혀 있는 이름은 '에이버리(AVERY)'가 아닌 '에브리(EVERY)'다. 단순한 오타라서 나는 굳이 지적하지 않는다. 그것이 에이버리 몸의 '모든' 세포에 존재하는 삼염색체를 떠올리게 한다.

"두 분 다 잘 지내고 계시죠?" 의사는 아기를 보기 전에 톰과 나에게 곧바로 안부를 묻는다.

톰이 대신 대답해줄까 싶어 힐끗 쳐다보았지만, 그는 내가 대답하라는 듯이 고개를 끄덕인다.

"우린 잘 지내고 있어요." 내가 말한다. "좋아요. 피곤하긴 하지만, 괜찮은 것 같아요." 이 말을 하면서 나 자신도 놀란다. 그게 사실처럼 느껴진다.

"도움은 충분히 받고 계신가요?" 의사가 나에게 묻는다.

"네, 그럼요. 톰의 부모님이 도와주시고, 친구들이 도와주고 예정된 방문객도 더 있어요. 모두가 정말 잘해주고 있어요." 내가 말한다. 다시 한번 그게 사실처럼 느껴진다.

"잘 지내고 계시죠?" 의사가 이번엔 톰에게 고개를 돌린다.

"네, 우린 잘 지내고 있어요. 제니퍼가 너무 고생하고 있지만요. 그리고 저희 부모님도 두 번이나 다녀가셨어요. 물론 우리가 잠을 더 잘 수 있으면 좋겠지만, 그것 말고는 괜찮아요."

"좋아요. 확인하고 싶었어요. 저는 미줄라에 있는 의사들과 연락을 주고받고 있거든요. 두 분이 늘 제 마음속에 있다는 뜻이죠."

톰을 바라보니 미소를 감추고 있다. 우리 주치의는 '마음속' 같은 말을 진심으로 하는데, 그게 우리가 그를 좋아하는 이유 중 하나다.

가벼운 대화가 끝나자, 의사는 아기들의 눈과 귀를 살피며 진찰한다. 아기들의 배와 옆구리, 음낭을 만져본다. 심장 소리에 귀를 기울인다. 아기들의 다리를 모으고 무릎을 살피고 발바닥을 만져보면서, 고개를 끄덕이고 폴더에 메모하기도 한다. 나는 그가 에이버리를 더 세심하게 살피고 더 부드럽게 다루는 걸 알아차린다. 그게 마음에 걸린다. 나는 그가 아기들을 똑같이 대했으면 좋겠다.

검진이 끝나자, 우리는 예방 접종 이야기를 나눈다. 카터 때 우리는 권장 일정을 따랐다. 하지만 그 이후 이런 일정이 아기의 면역 체계 발달에 너무 큰 부담을 준다고 여기는 엄마들이 많다는 걸 알았다. 내 친구들 중 일부는 백신 접종을 하지 않기도 했다. 레신 박사의 웹사이트에 있는 책과 정보는 에이버리의 경우 정기적인 예방 접종 일정을 따르도록 권장한다. 하지만 나는 이런 계획이 불편하다. 아기들이 아직 이른 출산에서 회복 중인 것 같아서 아기들의 몸에 무언가를 더 끌어들이고 싶지 않다. 게다가 아기들이 평생 겪을 만큼 충분히 바늘에 찔리고 찔렸다고 생각한다.

우리 주치의는 항상 내 걱정을 들어준다. 우리 가족의 건강에 대한 내 의견에 귀를 기울인다. 나는 그런 점이 고맙다. 그가 일련의 예방 접종을 시작하기 전에 잠시 기다렸다 더 천천히 더 부드럽게 진행해보자고 제안한다. 충분히 받아들일 수 있는 제안이라 나도 동의한다. 그러기 위해서는 추가 예약을 해야 해서 불편할 수 있지만, 지역 보건 간호사를 통해 예방 접종을 받는 방법도 있다. 나는 그것을 알아보기로 약속한다.

이어서 검진의 구체적 내용으로 넘어간다. 나는 작은 노트에 모든 질문을 적어가지고 다닌다. 그렇게 함으로써 질문하는 걸 잊지 않을 수 있고, 답변도 받아 적어 이것 역시 잊지 않을 수 있다. 내 질문은 대부분 베넷에 관한 것이지만, 의사는 에이버리에 대해 먼저 이야기하고 싶어 한다. 에이버리에 대한 질문은 이렇게 적어놓았다. "혹, 엉덩이, 코로 토하기?" 그리고 의사의 답변을 적는다. "체중 4.82킬로그램, 키 54.61센티미터, 혹은 괜찮음, 엉덩이는 물렁하지만 괜찮음, 토하는 것도 괜찮음, 곧 나아질 것." 이어서 우리는 에이버리의 청력 검사를 다시 해야 할지 논의한다. 의사는 ABR(청각 뇌간 반응) 검사 일정을 잡으라고 메모한다. 이것은 우리가 다시 미줄라로 가야 한다는 뜻이다. 그리고 이제 모니터에 대해 이야기할 시간이다.

"나는 에이버리가 모니터를 계속 착용할 이유는 없다고 생각해요." 의사가 우리에게 말한다. "에이버리는 잘해내고 있어요."

톰과 나는 눈빛을 주고받는다. 모니터가 없어도 된다고? 우리는 모니터에 익숙해져 있다. 우리 둘 다 에이버리가 영원히 모니터를 달고 있을 거라고 생각했던 것 같다. 모니터를 떼어내는 게 마치 자전거에서 보조 바퀴를 처음 떼어내는 것처럼 무섭게 느껴진다.

"확실한가요?" 톰이 묻는다.

"그러니까 우리한테는 그게 전혀 문제 되지 않는다는 거예요." 내가 덧붙여 말한다. "정말이에요. 우리는 전혀 신경 쓰지 않아요."

"그렇군요. 그게 필요하다고 생각하시는군요. 하지만 그렇지 않습니다. 계속 착용해야 할 의학적 이유는 없어요." 의사는 그러면서 에이버리의 작은 가슴에서 전극을 제거한다. 에이버리는 얼굴을 찡그리며 몸을 돌리려고 한다.

"저것 좀 봐요. 구르려고 해요!" 나는 자랑스럽게 말한다. "심지어 베넷보다 더 잘한다고요. 대단해요."

나는 톰을 돌아보았고, 톰이 고개를 끄덕이며 동의한다. 나는 의사를 바라보며, 그도 동의하길 바란다. 그리고 아기는 아기답게 자라는 게 자연의 섭리라거나, 모든 것은 그 나름대로 아름답다는 등의 전직 히피족다운 지혜를 들려주길 기대한다. 그러면서 기대에 부풀어 미소를 짓는다.

"처음에는 그래요." 의사는 대신 이렇게 말한다. "그들은 거의 항상 앞서 출발하지만, 결국엔 뒤처지게 되죠." 그리고 뒤늦게 생각났다는 듯이 덧붙인다. "당신의 마음은 부서지고, 부서지고, 또 부서질거예요."

나는 다시 한번 말문이 막힌다. 마치 뺨을 한 대 얻어맞은 것 같다. 차갑고 묵직한 한 방이다. '그들.' 에이버리는 어느새 '그들'이 되었다. 내가 친절로 착각한 것은 동정이었다. 그는 우리를 동정했다.

이렇게 되는 것이었나? 사람들과의 관계에서 내가 어디에 서 있는지 결코 알 수 없는 것일까? 사람들의 질문에 최대한 솔직하게 대답하지만, 그들은 내 말에 귀 기울이지 않는 것일까? 그들은 내가 용감하다거나, 내가 부정하고 있다고 짐작한다. 그들은 나보다 내 삶에 대해 더 잘 알고 있으며, 내 삶에 끼어들고 싶어 하지 않는다. 심지어 내가 내 삶에 대해 이야기할 때조차 듣고 싶어 하지 않는다.

의사에게 할 말이 너무 많아 어디서부터 시작해야 할지 모르겠다. 이런 일에 점점 익숙해지고 있다. 나는 어떤 순간이 지나고 나서야 수백만 가지 재치 있는 말을 떠올리는 여자다. 대화를 머릿속으로 재생하고 수정해 항상 완벽한 마지막 말을 찾는 사람이다.

우리는 나머지 검진을 서둘러 마친다. 베넷에 대한 내 질문 메모는 이렇다. "가스, 식단, 배앓이?" 의사의 대답은 이렇다. "체중 5.29킬로그램, 키 57.15센티미터, 배꼽 탈장 가능성?" 우리는 아기들과 베이비 캐리어를 챙기고, 카터에게 "손을 잡자" 하며 서둘러 자리를 떠난다.

안내 데스크를 지나치는데, 접수원이 말한다. "인생은 사포(沙布)예요."

"뭐라고요?" 나는 무슨 말을 들었는지 확신이 서지 않아 묻는다.

"아이들요." 접수원이 말한다. "아이들은 인생의 사포예요." 그러곤 의미심장하게 고개를 끄덕인다.

인생은 인생의 사포다. 나는 집으로 돌아오는 길에 그렇게 결정한다.

두 아기는 금세 잠이 들고, 카터도 곧 잠들었다. 몇 시간 전 우리가 지나왔던 그 도로는 똑같다. 나무들의 색깔도 똑같고, 바람은 여전히 달콤하고 쌉쌀하다. 아무것도 변하지 않았다. 다만 내가 조금 더 지쳤을 뿐이다.

나는 우선 우리 가족 주치의를 바꾸고 다른 의료인을 찾아야겠다고 생각한다. 우리는 그와 '헤어질' 것이다. 생각만 해도 기분이 좋다. 나는 심지어 편지를 써서 그가 얼마나 무신경한 사람인지 말할 수도 있을 것 같다. 완벽에 대한 그의 집착은 건강하지 않으며, 그 집착이 작은 아기한테 전이되어서는 안 된다고 말할 것이다. 에이버리를 마치 유리로 만든 것처럼 만지는 그의 방식이 마음에 들지 않았다고 말할 것이다. 베넷에게는 '까꿍'이라고 말하면서, 에이버리에게는 그러지 않은 걸 내가 알아챘다고 말할 것이다.

조금 후, 나는 마음의 공간을 떠올린다. 그리고 응급실에서의 밤과 엑스레이 촬영, 그 모든 세월의 돌봄을 떠올린다. 나는 화를 내는 엄마가 되고 싶지 않다. 모욕과 부당함을 찾아다니는 엄마가 되고 싶지 않다. 다운증후군 때문에 우리 삶에서 더 이상의 관계를 잃고 싶지 않다. 나는 그가 좋은 의사이고 우리 작은 마을에서 최고의 실력을 가졌다고 믿으며, 내 아이들을 돌봐주길 바란다. 가족을 위해 속담에 나오는 대로 다른 뺨을 대기로 결심한다.

잠시 후, 나는 이렇게 생각한다. 나는 떠나지 않을 것이다. 에이버리와 나는 그에게 또 다른 방법을 보여줄 것이다. 에이버리와 나는 그를 부드럽게 만들 것이다. 우리는 인생의 사포가 될 것이다.

우편함에 마닐라 봉투가 들어 있다. 하지만 나는 아직 그 내용을 모른다. 아기들의 낮잠을 깨워 함께 우편물을 가지러 내려갈 것이다.

베넷은 특히 잠에서 깬 후엔 평소처럼 까다롭다. 내가 베넷의 기저귀를 갈아주고 젖을 먹이는 동안 에이버리는 바닥에서 구르기 연습을 한다. 에이버리는 온몸이 떨릴 때까지 꿈틀거리고 꼼지락거리며 엄청난 힘을 쏟아낸다. 지칠 때까지 몸을 앞뒤로 흔든다. 그리고는 자리를 잡고, 주먹을 빤다.

베넷의 수유가 끝나면, 에이버리에게 젖병을 물린다. 에이버리에게 모유 수유를 시도하는 것은 포기했다. 에이버리가 젖병을 좋아하고, 통통한 두 손으로 젖병을 거의 붙잡다시피 하니 괜찮다고 나 스스로를 위안한다. 에이버리가 젖을 다 먹으면, 엄마가 선물해준 호박 모양 잠옷에 에이버리를 넣고 지퍼를 잠근 후 쌍둥이 유아차에 똑바로 앉혀 고정시킨다. 그런 다음 베넷도 같은 호박 모양 잠옷에 넣어 지퍼를 잠그고, 유아차의 안전벨트를 채운다. 그리고 다시 안으로 들어가 짝이 맞는 카터의 신발 두 짝과 짝이 맞는 내 신발 두 짝을 챙긴다. 항상 예상보다 시간이 오래 걸리는 것 같지만, 아무튼 우리는 출발한다.

하루 종일 밖에 나와 있는 것은 이번이 처음인데, 공기가 상쾌하고 기분 좋게 느껴진다. 빙하국립공원의 유서 깊은 한 산장 주위로 아직도 산불이 타오르고 있다. 장기 예보에 따르면, 완전히 진화하기 위해서는 자연(눈)의 작용이 필요하다고 한다. 하지만 오늘은 캐나다에서 불어오는 차갑고 거센 바람과 함께 공기 중에서 눈 냄새가 느껴진다. 진화는 오래 걸리지 않을 것이다.

구불구불한 자갈길을 내려가면서, 카터가 막대기를 질질 끌며 긴 줄을 하나 남긴다. "엄마, 내가 발자국을 만들고 있어요. 어떤 동물이 이런 발자국을 만들 수 있을까요?"

"초콜릿 우유 마시는 걸 좋아하는 두 다리와 두 팔을 가진 동물이지."

"그게 어떤 동물이에요, 엄마?"

"카터라는 동물." 카터는 나의 바보 같은 말에 깔깔 웃으며, 손에 막대기를 든 채 우리가 우편함에 도착할 때까지 폴짝폴짝 뛰어간다.

우편함 안에서는 두꺼운 봉투가 나를 기다리고 있다. NDSS에서 보낸 것이다. 나는 길에서 바로 봉투를 뜯어 진한 파란색 폴더를 꺼낸다. 표지에는 금발 곱슬머리에 홍채가 반짝이는 크고 푸른 눈, 통통한 분홍색 뺨을 한 숨이 멎을 정도로 예쁜 아이의 사진이 있다. 머리에 노란 꽃을 꽂은 아이는 에이버리처럼 주먹을 빨고 있다. 그 사진 아래에는 '함께 만드는 희망찬 미래: 초보 부모와 예비 부모를 위한 가이드'라는 문구가 적혀 있다.

폴더를 열고 먼저 다운증후군을 앓고 있는 딸의 어머니이자 NDSS 설립자인 엘리자베스 굿윈(Elizabeth Goodwin)이 쓴 '친애하는 친구에게'라는 제목의 편지를 읽는다. 계속 읽는 동안 '안심' '최신 정보' '축하' 같은 문구에 숨이 막힌다. '도전' '흥미진진한 여정이 기다리고 있다'는 문구도 보인다. 내 심장이 조금 더 빠르게 뛰기 시작한다. 내가 찾던 바로 그것인 것 같다. 나는 유아차를 돌려 서둘러 집으로 돌아간다.

카터에게 〈세서미 스트리트(Sesame Street)〉 비디오를 틀어주고 아기들을 바닥에 내려놓은 다음, 다시 책자를 펼친다. 첫 페이지는 다운증후군과 그 학문에 관한 내용이다. 아름다운 사진을 더 많이 볼 수 있으며, 산전 검사와 신생아 진단에 대한 정보도 있다. 이제는 모두 나에게 익숙한 사실들이다. 내 관심을 끄는 것은 프레젠테이션, 즉 행복하고 건강한 아이들의 모습, 좋은 글, 고품질 인쇄와 사진 등이다.

베넷이 칭얼거려서 젖을 물린다. 카터에게 냉장고에 가서 에이버리한테 줄 젖병과 자신이 먹을 초콜릿 우유를 가져오라고 부탁한다. 나는 에이버리를 무릎 안쪽에 눕히고 베넷을 팔에 안은 채 책자를 내 옆 바닥에 놓고 계속 읽는다. 굶주린 여자가 빵을 먹듯이 점점 더 많은 걸 원한다. 책자를 내려놓을 수가 없다. '건강한 시작'부터 '조기 개입' '지원 찾기' '가족 돌보기'를 거쳐 마지막 '희망찬 미래'까지 총 38쪽을 쉬지 않고 읽는다. 정보는 압도적이지 않다. 언어는 감상적이지 않고 명확하고 지지하는 마음을 담고 있다. 분별력 있고 합리적인 느낌이 들며, 심지어 다운증후군 아기를 갖는 것조차 바람직하게 느껴질 정도다.

봉투 뒷면의 주머니에는 '다운증후군 건강 관리 지침'이라는 제목의 코팅된 카드 5장이 들어 있는데, 각각 다른 연령대별로 에이버리가 좋은 치료를 받는 데 필요한 정보를 적어놓았다. 카드를 코팅한 것이 마음에 들었다. 어린 자녀를 둔 생활이 어떤 것인지 이해한다는 걸 보여주기 때문이다. 무엇보다도 가장 마음에 든 것은 17쪽에 있는 에이버리와 똑닮은 어린 소년의 사진이다.

나는 아기들에게서 몸을 떼고 새 기저귀로 갈아준다. 카터의 머리에 입을 맞춘다.

"왜 그래요, 엄마?" 카터가 묻는다.

"사랑해서 그런 거야, 그게 다야."

"나도 엄마, 아빠, 동생들을 사랑해요. 모두 사랑해요." 카터가 행복한 듯이 말한다.

"나도 그래." 내가 말한다. 그리고 오랫동안 잊고 있던 자신감을 느낀다.

에이버리와 나는 예배당에 있다. 미줄라에 있는 병원 뒤쪽의 작은 방으로, 미로 같은 복도를 따라가면 나온다. 이곳에서 몇 주를 보냈는데도, 지금까지 이런 방이 있는 줄 몰랐다.

바닥에는 베이지색 단모 카펫이 깔려 있다. 너무 푸르러서 진짜 같지 않은 디펜바키아, 양치식물, 무늬접란이 한쪽 구석에 모여 있다. 베이지색 스태킹 의자 두 줄이 방 앞쪽, 원래대로라면 십자가가 걸려 있을 곳을 향해 놓여 있다. 그곳에는 십자가 대신 플라스틱 조명 상자가 있다. 상자 앞면은 스테인드글라스를 모방한 형태인데, 강과 산·하늘의 모습이 그려져 있다. 상자를 밝히는 전구들이 안에서 웅웅거린다.

에이버리는 빛과 그것이 발하는 색들, 즉 푸른색 강, 녹색 산, 보라색과 분홍색 하늘을 홀린 듯이 바라본다. 방의 냄새도 새롭게 느끼는 듯한데, 그건 방 안에 있는 다른 여성, 즉 에이버리의 왼쪽 귀 청력을 다시 검사할 청각 전문가에게서 나는 진한 꽃향기다.

키가 크고 마른 청각 전문가는 머리카락이 짧은 갈색이다. 캐시미어처럼 부드러워 보이는 라벤더색 카디건 세트와 주름 잡힌 카키색 바지를 입고 있다. 옷이 매우 세련되고 얼룩이 잘 생길 것 같아서, 나는 그녀에게 아이가 없을 거라고 짐작한다. 우리는 악수를 나누고 인사한다. "만나주셔서 감사합니다, 의사 선생님." 그녀는 내 말을 바로잡지 않았는데, 나중에야 의사가 아니라는 사실을 알았다.

나는 전화로 이 만남을 예약했다. 그녀가 지시한 사항은 비현실적이긴 해도 명확했다. 에이버리를 아침 내내 깨어 있게 하고, 수유를 하지 말라고 했다. 병원에 도착하면 에이버리는 너무 피곤해서 수유를 한 번 하고 나면 깊은 잠에 빠질 테고, 그때 에이버리를 검사할 것이라고 했다. 하지만 에이버리는 잠들지 않았다.

"시간을 10분 드리겠습니다. 에이버리가 잠들지 않으면, 그냥 진행해야 합니다. 3시에 다른 예약이 있거든요." 청각 전문가는 이렇게 말하고 방을 나간다. 나는 선택의 여지가 없다. 에이버리는 잠들 수 있는 시점을 지나서 너무나 피곤한 상태다. 나는 에이버리를 달래며, 조명 상자의 빛과 달콤한 향수 냄새를 차단하기 위해 가까이 끌어당겨 꼭 안아준다. 왜 우리가 진료실이나 검사실이 아닌 예배당에 있는지 알 수 없다. 에이버리는 넋이 나간 듯 몸을 비틀고 꿈틀거린다. 에이버리가 깨어 있는 걸 본 청각 전문가가 인상을 찌푸리며 돌아온다.

"할 수 있는 만큼 해보겠습니다." 에이버리의 왼쪽 귀에 탐침을 꽂기 전 그녀가 의기양양하게 말한다. 귀마개 크기로 한쪽 끝이 뾰족하고 다른 쪽 끝은 둥근 탐침은 노트북처럼 생긴 장치에 선으로 연결되어 있다. 그녀가 베이지색 스태킹 의자 중 하나에 앉아 다른 의자에 컴퓨터를 올려놓는다. 나는 에이버리를 일으켜 세워 그녀에게 건네듯이 몸을 기울인다. 에이버리는 너무 심하게 울어서 얼굴이 온통 빨개졌다. 그녀가 에이버리를 어색해하고, 에이버리의 울음소리를 짜증스러워하고 있다는 걸 나는 알 수 있다. 모든 아기를 불편해하는지, 아니면 다운증후군 아기를 불편해하는지는 알 수 없다.

"아기가 가만히 있도록 잘 붙잡아주시겠어요?" 그녀가 나에게 요청한다. 나는 노력한다. 에이버리가 울부짖는다. 나는 에이버리를 더 꽉 안는다. 그녀가 노트북에 무언가를 입력한다. 에이버리를 이렇게 오래 안고 있을 수는 없다. 그래서 얼마나 걸릴지 물어보려는데, 그녀가 단호하게 '쉿' 하며 나를 무시한다.

우리, 에이버리와 나는 최선을 다한다. 하지만 에이버리의 울음소리가 점점 커지고 작은 몸 전체가 떨리자 나도 울기 시작한다. "이 애는 5주 동안 신생아집중치료실에 있었어요." 이 사실을 그녀에게 상기시키면 상황이 달라질 것 같다. 하지만 이미 끝났다. 예배당 뒤쪽에 있는 큰 시계가 2분 3초를 가리킨다. 시간이 다 됐다.

"보세요, 이렇게는 안 되겠어요. 일정을 다시 잡으세요. 다음번에는 꼭 아기가 잠든 상태로 오세요. 그렇지 않으면 마취를 해야 해요."

그녀는 우리, 특히 나에게 화가 나 있다. 나는 그녀가 나를 좋아하길, 우리가 에이버리 팀의 일원으로서 협력하길 바랐다. 청력 검사가 성공적으로 이루어지길 바랐다.

나는 달력을 확인해보겠다며 중얼거리듯 덧붙인다. "다시 연락드릴게요."

"지금 일정을 잡는 게 좋겠어요."

나는 잠시 앞으로 몇 주를 생각하며, 언제 다시 올 수 있을지 상상해본다. 하지만 그런 생각에 저항감을 느낀다. 나는 에이버리에게 우유나 잠을 빼앗고 싶지 않다. 더욱이 마취를 위해 에이버리를 병원에 다시 데려오고 싶지는 않다. 나에겐 그게 옳지 않게 느껴진다.

"그럴 수는 없어요. 남편하고 상의해봐야 해요."

"음, 그게 좋겠네요." 그녀는 약간 의심스러운 듯이 말한다. "하지만 일정을 다시 잡으셔야 해요. 저희가 연락드릴게요." 은근히 협박하는 말투다. 그녀에 대해 가졌던 선의의 감정이 모두 사라진다. 나는 그녀의 말, 그리고 그녀에게 화가 난다. 에이버리를 여기로 데려와서 귀에 뾰족한 물건을 꽂고, 에이버리가 울면 화를 내는 이 여자한테 아기를 맡긴 것은 실수였다.

그리고 이 여자가 그렇게 하도록 내버려둔 나 자신이 싫다. 나는 어떤 엄마일까? 바보가 된 기분이 든다. 더 나쁜 것은 실패자가 된 듯한 기분이다. 나는 에이버리를 실망시켰다. 집에 돌아온 나는 주치의에게 전화를 건다. 무슨 일이 있었는지, 그리고 내가 그 일에 대해 얼마나 걱정하는지 설명한다. 수유를 하지 말라는 것과 마취가 필요한 다음 검사에 대해서도 이야기한다.

"저는 불편해요." 내가 말한다. "에이버리를 모니터에서 떼어놓는 게 익숙하지 않아요. 에이버리는 역류 문제가 있거든요. 저한테는 맞지 않는 것 같아요." 주치의에게 이런 얘길 털어놓는 내가 아이를 **과잉보호하는 바보** 같다는 생각이 든다. 나는 의사의 반응에 대비한다.

하지만 오히려 그의 반응에 놀란다. "물론이죠. 에이버리는 마취를 받아선 안 됩니다. 검사 일정을 다시 잡지 마세요. 조금 더 기다렸다 아기가 좀더 크면 이음향 방출(OAE) 검사를 할 수 있습니다. 전화를 끊고 나면 제가 그 청각 전문가한테 전화해서 말할게요. 이번에 그녀가 실수를 했다고요."

"그분이 의사가 아닌가요?"

"네. 공인된 청각 전문가입니다."

"감사합니다. 이 문제에 대해 제 편을 들어주셔서 정말 감사합니다."

"천만에요. 전화해줘서 고마워요."

전화를 끊자 다시 한번 압도된 기분이 든다. 이런 상황에서, 내가 옳다는 게 싫다. 그보다는 우리 삶에 믿을 수 있는 사람이 있었으면 좋겠다.

우리의 일상은 대개 이렇게 흘러간다. 즉, 에이버리는 항상 오전 5시에 일어나, 우리의 작은 알람 시계 역할을 한다. 베넷이 따라 일어난다. 부엌 스토브 위에 있는 작은 불빛을 제외하고는 집 안이 깜깜하다. 톰이 커피를 내린다. 졸음이 쏟아지는 흐릿한 불빛 아래에서 나는 에이버리의 기저귀를 갈고, 베넷의 기저귀를 간다. 둘을 팩앤플레이에 눕힌다. 보통은 모차르트, 그리고 가끔 브람스의 음악을 틀어 놓는다. 아기들은 15분 정도 음악을 듣고 변화하는 불빛을 바라보며 만족스러워한다. 나는 그 시간을 이용해 옷을 입는다. 아기들이 칭얼 거리기 시작하면, 소파 옆의 불을 켜고 아기들을 엎드려 눕힌 다음 새로운 장난감을 준다. 이렇게 하면 15분 정도는 더 잘 지낸다. 그러 는 동안 톰은 언덕 아래 사무실, 또는 시골에 있는 친구 집으로 간 다. 그는 망아지 훈련법에 관한 새 책을 집필하고 있다. 그래서 어떤 날은 말과 함께 일하고, 어떤 날은 말에 관한 글을 쓴다.

나는 커피를 마시며, 아기들과 산 너머로 떠오르는 태양을 지켜본 다. 곧 카터가 깨어난다. 나는 카터를 위해 오발틴(Ovaltine: 맥아추출물, 설탕, 유청으로 만든 우유 맛 음료 브랜드—옮긴이)을 넣은 우유 한 잔을 만들 고, 비디오테이프를 틀어준다. 요즘 그 애가 가장 좋아하는 것은 엘 모(Elmo: 〈세서미 스트리트〉에 등장하는 캐릭터—옮긴이)다. 카터가 비디오를 보는 동안, 나는 베넷에게 수유하고, 그 애를 바운서에 태워 다시 재 운다. 이어서 에이버리에게 수유를 하면, 그 애는 그네에서 다시 잠 이 든다. 나는 컴퓨터로 유치원 프로그램을 실행한다. 카터가 그 프 로그램을 하는 동안 식기세척기를 정리하고, 세탁기를 돌리고, 저녁 메뉴를 생각한다. 이런 집안일을 하고 나면 잠시 쉴 짬이 생기기 때 문에 서둘러 해치운다. 하루를 이미 다 산 것 같은 기분이다.

오전 11시가 되면 아기 둘이 다시 잠에서 깬다. 이번에는 에이버리 에게 먼저 수유한 다음, 30분 동안 똑바로 세워두었다가 바닥에 눕 혀 아기 놀이터에서 놀 수 있도록 한다. 그리고 베넷에게 젖을 먹이 는 동안 카터가 방충망을 쳐놓은 베란다에서 놀 수 있도록 문을 열어둔다. 카터가 들어오면, 우리는 빵을 굽는 등 부엌을 엉망으로 만든다. 카터는 밀가루·이스트·물을 계량하고, 반죽 만드는 것을 돕는다. 반죽을 통나무처럼 굴려서 알파벳 모양으로 만든다. 알파벳 A는 에이버리, B는 베넷, C는 카터다.

오후에는 수유를 더 자주 해야 한다. 그런 다음 아기들을 쌍둥이 유아차를 태우고, 카터와 함께 산책을 나간다. 이쯤이면 뼈가 부러질 지경이다. 온몸 구석구석 피곤함이 밀려온다. 마음이 분주해서 물건을 정리하는 데 어려움을 겪는다. 냉장고에 TV 리모컨을 넣기도 하고, 찬장에서 우유가 가득 담긴 시피 컵을 발견하기도 한다. 톰이 돌아와 다 같이 저녁을 먹는 6시까지, 시계를 보는 것 외에는 아무것도 할 수 없다. 그런 다음 목욕을 하면 취침 시간이 된다. 모든 것이 순조롭게 진행되면, 아이들은 7시쯤 잠이 든다. 톰과 나는 한 시간 정도 함께 깨어 있다가 8시쯤 잠자리에 든다.

에이버리와 카터는 깊은 잠을 잔다. 베넷은 그렇지 않다. 베넷은 3시간마다, 때로는 2시간마다 깬다. 베넷이 고통스러운 듯 깨어나면, 나는 더 이상 할 수 없을 때까지 베넷을 흔들어주고 안아주고 돌봐준 다음 톰에게 넘긴다. 나는 우리가 이 상황을 얼마나 더 버틸 수 있을지 모르겠다. 베넷과 톰, 그리고 나까지 신경이 곤두서고 잠을 설치는 이 상황을 말이다.

유난히 힘든 밤을 보낸 후, 나는 톰에게 베넷을 데리고 우리 주치의를 다시 만나러 가야겠다고 말한다. 뭔가 잘못됐다. 아기가 그렇게 많이 울 수는 없다. 진료실에 전화를 걸었더니 예약 가능한 시간이 없다고 한다. 하지만 통화한 담당 간호사는 우리가 병원으로 온다면 의사 선생님이 어떻게든 다른 환자들 사이에 틈을 내서 아기를 봐주기로 했다고 말한다.

톰은 에이버리·카터와 함께 집에 머물고, 내가 베넷을 차에 태우고 시내로 간다. 간호사가 나에게 베넷의 옷을 벗기라고 지시한다. 우리는 이용 가능한 유일한 공간인 비품실에서 기다린다. 베넷이 작은 몸을 떨고 있다. 나는 조이스가 뜨개질해준 아기 담요로 베넷을 감싸고 꼭 껴안는다. 그러곤 부드럽게 흔들며 이마에 입을 맞추고 기도한다. **제발 모든 게 괜찮길.**

의사가 와서 베넷을 살펴보더니 말한다. "미줄라로 가야겠어요. 거기 소아외과 의사를 만나보세요. 오늘 예약을 잡을 수 있도록 해보겠습니다." 그러곤 걱정스러운 표정을 짓는다. 나는 그의 표정을 보고 단서를 얻는다. 의사가 상황이 심각하다고 생각한다면, 나 역시 그렇다.

간호사가 종이 한 장을 들고 비품실로 들어온다. 오후로 예약이 잡혔다. 미줄라에 가려면 집에 들를 시간도 없다. 나는 전화를 빌려 톰에게 이 사실을 알린다. 걱정스러운지 톰이 질문을 쏟아낸다. 하지만 나는 대답할 게 없다. 대신 더 알게 되면 전화하겠다고 말한다.

베넷은 병원으로 가는 대부분의 시간 동안 잠을 잔다. 건물 안으로 들어가 진료실로 걸어가는 시간에 맞춰 깨어난다. 그 바람에 베넷의 울음소리가 복도에 울려 퍼진다. 간호사들이 그 소리를 듣고 복도로 나와 우리를 맞이한다. 나는 한 간호사에게 보험 카드를 건네며 베넷에 대해 설명한다. 7주 일찍 태어난 미숙아이며 이란성 쌍둥이고, 수유 문제, 아마 영아 산통이 있는 것 같다고 말이다. 다른 간호사가 우리를 진료실로 안내한다. 그리고 담당 의사가 곧 올 거라고 말한다. 의사는 검은색 짧은 머리를 한 중년 여성으로 밤색 스웨터와 꽃무늬 치마, 진주 목걸이를 착용했다.

"저는 맨틀로(Manktelow) 박사입니다만, 앤(Anne) 박사라고 부르셔도 됩니다. 다들 그렇게 부르거든요. 그게 부르기 쉬우니까요." 박사가 영국식 억양으로 말한다.

앤 박사는 베넷을 빠르게 진찰한다. 그러다가 작은 엄지손가락처럼 볼록 튀어나온 배꼽에 주목한다. "늘 이랬나요?"

"네, 그런 것 같아요. 항상 튀어나와 있었어요. 더 심해졌는지는 잘 모르겠지만요."

"이걸 제대 탈장이라고 합니다." 박사가 말을 시작한다. "위의 근육은 출생 전에 마지막으로 결합하는 기관 중 하나죠. 미숙아는 이 근육이 제대로 닫히지 않는 경우가 종종 있어요. 베넷은 장의 일부가 구멍을 통해 밀려 나왔네요."

앤 박사는 모든 걸 아주 명쾌하게 설명해준다. 그녀의 아름다운 억양으로 들으니 이해가 아주 잘된다. 나는 이내 안심한다. 베넷의 모든 울음에 대한 답이 여기 있었다. 나는 앤 박사가 베넷이 다 자랄 때까지 기다려야 한다고 말하며, 우릴 보내줄 거라고 기대한다. 하지만 그러는 대신 앤 박사는 베넷을 고칠 수 있는 방법과 기술에 대해 말한다.

내가 끼어든다. "음, 죄송한데, 무슨 얘기를 하시는 거죠?"

"이건 고쳐야 할 것 같아요. 수술로요. 그러려면 전신 마취가 필요할 거예요. 소아집중치료실에서 하룻밤을 보내야 하고요. 저는 수술이 필요할 만큼 심각한 상태라고 생각합니다."

"아기가 자라면 괜찮아질 거라고 말씀해주시길 바랐어요." 내가 말문을 연다.

"그것도 하나의 방법입니다. 하지만……."

나는 한숨을 쉰다.

"왜 그러시죠?" 박사가 묻는다.

"요즘은 항상 '하지만'이라는 말을 듣네요."

박사는 공감하며 미소를 짓는다. "제 동료한테 전화해서 상의해볼게요. 나중에 연락드리겠습니다. 지금으로서 최선은 집에 가 계시는 거예요. 그러면 제가 전화를 드리겠습니다."

나는 앤 박사의 진료실 번호를 눌렀다가 끊는다. 다시 걸었다가 끊는다. 아무 일도 아닐 거라고 스스로에게 말한다. 하지만 배 속이 메스꺼운 느낌이다. 시간이 너무나 느리게 흐른다. 톰은 집에 머물고, 나는 젖을 먹고 또 먹는 베넷을 안아주는 일밖에 할 수가 없다. 나는 베넷과 함께 포근한 담요로 몸을 감싸고 앉아 빛이 호수를 가로지르며 움직이는 모습을 바라본다. 아침, 오전, 정오. 늦은 오후, 황혼, 일몰, 어둠. 아무것도 할 수가 없다.

다음 날 아침 일찍, 앤 박사의 간호사로부터 전화가 온다. 수술을 권장한다고 말한다. 금요일 오전 10시까지 지역 의료센터에 도착해야 한단다. 나는 오전 5시 30분부터 베넷한테 아무것도 먹이지 않는 걸 상상조차 할 수 없다. 다행히 오전 7시 30분까지 모유는 먹일 수 있지만, 그 이후에는 아무것도 먹여서는 안 된다고 한다. "괜찮으시겠어요?" 간호사가 묻는다.

"네." 내가 말한다. "네, 괜찮을 거예요. 다 괜찮을 거예요."

나는 톰에게 말한다. 톰은 이번 주말에 여행을 떠나기로 예정되어 있었다. 톰이 여행을 미루는 것도 싫고, 수술을 미루는 것도 싫다. 어떤 결정도 내릴 수 없다. 명확하게 생각하는 것이 어렵다. 그저 베넷을 안고 흔들의자에서 앞뒤로 흔들고 싶을 뿐이다.

"미안해." 내가 말한다.

"나도 미안해." 톰이 말한다.

"아니, 전부 다 미안해. 아이를 더 낳고 싶어 했던 것도 미안하고, 이런 일을 겪게 하는 것도 미안해. 전혀 몰랐어. 이렇게까지 나빠질 줄은." 내가 울면서 말한다. "에이버리도 그렇고. 내 잘못이야. 내가 우리한테 이런 일을 겪게 했어. 나야, 내 잘못이야."

"제니퍼, 그러지 마."

"내가 바로잡을게. 약속해." 내가 말한다. "두고 봐. 내가 바로잡을 거야."

"제니퍼, 그만해. 당신 잘못이 아니야. 바로잡을 수 있는 건 아무것도 없어. 다 괜찮아질 거야. 때때로 사람들에게는 힘든 일이 일어나. 누구의 잘못도 아니야. 그게 인생이야."

"하지만 만약 우리가 카터에서 멈췄더라면……."

"하지만 우리는 그러지 않았어. 우리에겐 예쁜 아들 셋이 있잖아.

다 괜찮아질 거야. 그럴 거야. 좀 쉬어. 당신은 잠이 필요해. 우린 이겨낼 수 있어. 좀 쉬고 나면 기분이 나아질 거야."

"내 늙은 난자가 이렇게 만들었어."

"그렇게 말하면 안 돼. 나였을 수도 있어. 뭐가 원인인지 우리는 알 수 없어. 절대 알 수 없을 거야. 그리고 그건 중요하지 않아. 지금 우리가 가진 것이 중요해. 인생은 힘들지만, 그래도 좋은 거야. 힘들지만 좋은 거지. 그걸 잊지 마." 톰이 내 이마에 키스를 한다. "잠을 좀 자."

잠든 기억이 없는데, 깨어보니 베넷은 여전히 내 품에 안겨 있고, 우리는 여전히 흔들의자에 앉아 있다. 하늘은 회색이고 바깥의 빛은 희미하다. 늦은 오후다. 실컷 울고 톰의 말을 듣고 나니 기분이 나아졌다. 내 잘못이 아니라고 단 한순간도 생각하지 않지만, 톰이 나를 보호하고 아껴준다는 사실에 감사하다.

나는 베넷을 안은 채 어슬렁거리며 거실로 나온다. 내가 잠든 사이에 모든 것이 정리되어 있었다. 톰은 여행을 취소하고 집에 남아 에이버리와 카터를 돌볼 것이다. 그리고 나는 베넷을 다시 미줄라로 데려가서 수술을 받게 해야 한다. 어두운 이른 새벽에 또 병원으로 가는 운전을 해야 한다.

베넷은 퇴원할 때 입었던 옷을 입었다. 신생아집중치료실을 떠날 때는 너무 컸던 옷이 이제는 살짝 작아졌다. 작은 흰색 모자가 경쾌한 각도로 베넷의 머리에 얹혀 있다. 그 모습을 보니 웃음이 나오면서 동시에 눈물이 맺힌다. 베넷을 알아가고 사랑하는 시간을 보낸 지금, 모든 것이 훨씬 더 힘들어졌다.

에이버리에게 줄 모유를 작은 비닐봉지에 담아 냉장고에 넣어둔다. 그리고 커다란 파란색 유축기를 챙긴다. 양털 양말과 신생아집중치료실에서 찍은 아기들의 사진, 카터를 어깨에 올리고 있는 톰의 사진을 챙긴다. 이 모든 것이 어떻게든 우리를 안전하게 지켜줄 행운의 부적이라고 생각하지만, 왠지 충분하지 않은 것 같다. 병원에 입원해 있을 때 일기장에 끼워둔 우우 카드(woo-woo card)를 꺼낸다. 두 장의 사진 양쪽에 카드를 놓고 그 사이에 한 장을 놓아 모든 면에서 우리를 보호할 수 있게 한다.

나는 어둠을 뚫고 우리 삶의 터전을 지나간다. 카터가 여름에 가끔 놀러 가는 로리의 집, 지나의 집, 세라의 집. 임신을 축하하기 위해 톰의 부모님을 저녁 식사에 초대했던 소방서 건너편 작은 식당. 그리고 소방관들이 돈을 모아 수백 개의 하기스 슈프림을 사줬던 바로 그 소방서. 클로디아의 집. 봄에 꽃을 파는 여성 소유의 온실을 지나 굽은 길을 돌면 나오는 에타의 집. 이곳은 내가 잘 아는 작은 동네다. 안전한 곳에서 또 다른 안전한 곳으로 이동할 때면 용기가 생긴다.

고속도로는 아스팔트 리본처럼 아직 잠에서 덜 깬 계곡 한가운데를 가로지른다. 해가 산 위로 떠오르면서 왼쪽 얼굴이 따뜻해지는 걸 느낄 수 있다. 햇살이 산 위로 부서지는 모습까지 모든 게 의미가 있는 것 같지만, 그게 무엇을 의미하는지 아직은 알 수가 없다.

우리는 비버헤드 로드, 덕 로드, 키킹 호스 로드 같은 익숙한 작은 도로를 달리고 농장과 집들을 지난다. 이글 패스 로드, 건록 로드, 포스트 크리크 로드를 거쳐 '미줄라까지 64킬로미터'라고 적힌 녹색 고속도로 표지판을 지난다. 얼마 지나지 않아 도로는 4차선으로 넓어지고, 우리는 신호등과 패스트푸드점, 박스 스토어(box store: 식품과 잡화류를 원래 상자째 저렴한 가격에 판매하는 소매점—옮긴이)가 있는 번잡한 도시에 도착한다. 교통 체증. 출근하는 사람들. 베넷이 깨어나 칭얼거린다. 나는 파란색 병원 표지판을 보면서 홀리데이 주유소, 마을 건강 관리 요양원, 그리고 골프장의 푸른 잔디를 지나 도로를 따라간다. 스프링클러가 마치 우리의 도착을 알리듯 막 작동한다. 지역 의료센터 표지판에는 '매년 1565명의 아기들…… 그리고 계속 증가 중!'이라고 적혀 있다.

겨우 이곳에 도착했다.

간호사는 앤 박사가 곧 올 것이라고 말하며, 나에게 서명할 양식이 담긴 클립보드를 건넨다.

"표준 양식이에요. 하지만 꼭 읽어보셔야 해요."

베넷의 보호자로서 전신 마취로 인해 사망에 이를 수 있는 합병증이 발생할 수 있다는 사실을 이해한다는 내용이 적혀 있다. 이 양식에 서명함으로써 이러한 위험을 이해하고 수락하는 것이다. 손이 떨려서 이름을 쓰려면 손을 진정시켜야 했다.

우리는 수술실 옆방에서 기다린다. 한 노부부가 램프 근처에 앉아 각자 잡지를 읽고 있다. 둘 중 누가 아픈지 궁금하다. 간호사 책상 근처에 젊은 여성이 있는데, 그녀도 아기 띠로 아기를 안고 있다. 나는 베넷을 캐리어에서 꺼내 안아준다.

간호사가 베넷의 이름을 부른다. 그러곤 내게 대기실에서 기다리라고 말한다. 눈물이 고인다. 나는 그럴 수 없다. 아기를 보낼 수 없다. 젊은 엄마는 고개를 돌리고, 나이 든 여성이 나를 향해 미소 짓는다. 나는 그들 모두에게서 등을 돌리고 벽을 마주한 채 베넷을 더 꼭 끌어안는다.

뒤에서 앤 박사의 목소리가 들린다. "무슨 문제라도 있나요?"

"좀 힘들어요." 내가 말한다.

"아기들이 너무 작을 때는 힘든 법이죠." 앤 박사가 말한다. "회복실까지 같이 가시는 건 어때요?" 나는 고개를 돌려 박사를 바라본다. 연두색 수술복에 여전히 진주 목걸이를 했다. 박사가 베넷을 안기 위해 팔을 뻗는다. 박사가 베넷을 안고, 나는 베넷의 손을 잡고 걷는다.

우리는 양쪽으로 열리는 이중문으로 들어간다. 간호사가 우리를 떼어놓는다. 베넷은 앤 박사와 함께 간다. 베넷의 작은 흰색 모자가 바닥에 떨어진다. 나는 모자를 집어 든다. 간호사가 나를 의자에 앉히고는 기다리라고 말한다. 약 한 시간 정도 걸릴 거라면서.

"뭐 좀 드릴까요?" 간호사가 묻는다.

"물 좀 주세요." 나는 겨우 말한다.

나는 내 가방과 베넷의 가방, 그리고 베넷이 떨어뜨린 작은 모자를 안고 있다. 모자를 무릎 위에 놓고 부드럽게 어루만진다. 간호사가 종이컵에 물을 가져다준다. 물을 마시고 컵을 구겨 공 모양으로 만든다. 쓰레기통을 찾으려고 주위를 둘러보지만 눈에 띄지 않는다. 구겨진 컵을 어떻게 처리해야 할지 모르겠다. 지금 당장 결정하기에는 너무 큰일처럼 느껴진다. 구겨진 컵을 주머니에 넣는다.

무릎 위에 있는 모자를 다시 매만진다. 곰 인형의 느슨해진 실을 손가락으로 만져본다. 시계를 확인한다. 초침이 움직이고 있다. 모자를 얼굴에 대고 숨을 들이마신다. 아기 냄새와 집 냄새가 난다. 톰과 카터, 에이버리가 생각난다. 그들이 무엇을 하고 있을지 상상해본다. 아마 점심을 먹거나 낮잠 잘 준비를 할 것이다. 모자를 다시 무릎에 내려놓고 또 펴본다.

병원 소리, 파이프 부딪히는 소리, 냉난방공조기의 윙윙거리는 소리가 들린다. 여기가 꽤 모호한 곳이라는 생각이 든다. 시간은 이곳에서 멈춘다. 나는 마치 이곳을 떠난 적이 없는 것 같다. 몇 달 전 코가 너무 빨개져서 긁는 걸 멈출 수 없었던 바로 그 회복실하고 같은 곳이다. 지금도 가려움이 느껴진다.

그건 하나의 생애였다. 아니, 두 생애였다.

나는 앞으로 나아가지도 뒤로 물러나지도 않고 그 순간에 멈춰서 앉아 있다. 임신한 이후 샌디 B.에 대해 생각해본 적이 없는데, 갑자기 그녀가 떠오른다. 샌디 B.가 나에게 해준 포옹이 생각난다. 선물이었다. 그 포옹과 그 포옹이 가져다준 편안함을 다시 느끼고 싶다. 그녀를 생각하는데, 에이버리 때문에 다시 눈물이 흘러내린다. 에이버리는 정말 부드럽다. 울 때 입술이 떨리고, 스스로를 달래기 위해 손을 빨곤 한다. 에이버리가 여기 있어 안아줄 수 있으면 좋겠다. 에이버리가 보고 싶다. 나는 지금 그대로의 내 아기들을 둘 다 원하고, 오랫동안 함께하고 싶다. 베넷의 작은 흰색 모자를 얼굴에 대고 눈물을 닦으며, 인생의 사포에 대해 다시 생각한다. 얼마나 더 닳아야 하고, 얼마나 더 견딜 수 있을까?

사람들이 베넷을 은색 들것에 태워 나에게 데려온다. 발가벗은 작은 몸에 기저귀를 차고 배꼽에 거즈 조각만 붙인 채 베넷은 졸린 듯 눈을 뜨고 있다. "베넷이 잘 해냈어요, 어머니." 간호사의 말을 들으며, 나는 감사함이 마치 피처럼 온몸의 세포 하나하나로 흐르는 것을 느낀다. 나에게 중요한 것은 우리가 건강하고 생명력으로 가득한 채 여기에 있다는 것이다. 그리고 우리에겐 서로가 있다. 이제야 알겠다. 오랜 시간이 걸렸지만, 마침내 깨달을 수 있었다.

08

ᕦ

기억이 나는 것 같아요

돌이켜보면 에이버리가 태어나기 전, 나에게도 25센트짜리 새 동전의 표면처럼 매끄럽고 은빛으로 반짝이던 시절이 있었다. 그러다가 쌍둥이가 태어나면서 내 삶은 공중으로 던져져, 푸른 하늘 높이 날아올라 빙글빙글 돌며 떨어졌다. 그리고 바닥에 떨어지면서 내 삶은 동전 앞면이 아니라 뒷면이 된다. 여전히 반짝이는 동전이고 여전히 은빛이고 매끄럽다. 하지만 모든 게 완전히 다르다.

가끔은 새롭다는 걸 잊을 정도로 익숙하지만 내 삶이 변했다는 걸 떠올리게 하는 일이 일어나면, 다시 한번 하늘 높이 던져지는 듯한 느낌이 들고, 균형을 잡으려 애쓰지만 내 마음은 빙글빙글 돈다. 자동응답기에 남겨진 메시지처럼 단순한 일에도 말이다. 세라의 목소리가 들린다. "이번 주말에 '블루 마운틴 여자 마라톤 대회'가 열려. 우리 중 몇몇이 내려갈 건데, 너도 원하면 함께 차를 타고 갈 수 있어. 어떻게 할래?"

블루 마운틴 여자 마라톤 대회는 블루 마운틴 클리닉이 매년 10월에 주최하는 연례행사다. 블루 마운틴 클리닉은 미줄라의 의료센터인데, 전통 치료와 대체 요법을 결합한 의료 서비스를 제공한다. 블루 마운틴 클리닉에서 제공하는 서비스 중 하나는 낙태다. 나는 이클리닉에 가본 적이 없다. 마라톤에도 참가하지 않았다. 매년 가려고 계획했지만 항상 문제가 생겼다.

참가하지는 못했지만, 그날에 대해 들은 적은 있다. 흥분도 있고(때로는 병원 밖에서 군중이 시위를 벌이기도 한다), 동지애도 있고(다양한 연령대의 여성이 공동의 목적을 위해 모인다), 재미도 있다. 여성들은 남편 및 아이들과 헤어져 가족용 스바루(Subaru)나 미니밴을 타고 카풀(carpool)을 한다. 유치원이나 축구장으로 가는 대신 모험을 떠나는 카풀이다. 행사가 끝나면 모두 머스터드 시드(Mustard Seed)에 가서 점심을 먹는다.

예전에는 이 행사에 꼭 참가하고 싶었다. 하지만 올해는 갈 수 있다고 해도 그렇게 될지 모르겠다. 마음이 바뀐 이유는 산전에 아기가 다운증후군이라는 진단을 받은 여성의 92퍼센트가 낙태를 한다는 통계 때문이다.

에이버리가 태어나기 전이라면, 나도 이렇게 말했을 것이다. **괜찮아, 그건 그녀들의 선택이니까.** 그건 진심이었을 것이다. 하지만 지금의 새로운 상황에서는 더 이상 그렇게 말할 수 없다. 나는 낙태에 대한 통계를 개인적으로 해석한다. 블루 마운틴 여자 마라톤 대회에 참가하는 여성 10명 중 9명은 에이버리에 대해 다른 선택을 할 거라고, 에이버리는 그들이 낳지 않았을 아이라고.

내 삶을 원하지 않는다고 해서 그들을 탓하지는 않는다. 나도 대부분의 날에는 내 삶을 어떻게 이해해야 할지 모르겠으니까. 하지만 그때마다 에이버리를 생각한다. 엄지손가락을 빨며 발로 차는 모습. 크고 푸른 눈으로 나를 바라보는 모습. 그 통계가 의미하는 바의 무게를 느낀다. 바로 에이버리의 최근 몸무게인 4.79킬로그램을 말이다.

나는 밤에 가끔 에이버리의 모니터에서 알람 소리를 들었다고 착각해 갑자기 잠에서 깨곤 한다. 그래서 모니터에서 희미하게 깜박이는 녹색-녹색-녹색 불빛을 찾는다. 불빛이 보이지 않으면 끔찍한 공포에 사로잡힌다. 에이버리는 어디에 있지? 나의 에이버리는 어디에 있지?

그런 다음 기억해낸다.

처음에는 에이버리와 함께하는 삶을 상상할 수 없었다. 카터가 내 유일한 아이인 꿈에서 깨어나면, 두 번째 임신이 가져다준 현실이 엎질러진 잉크처럼 내 의식을 어둡게 만들곤 했다.

지금은 에이버리가 없는 삶을 상상할 수도 없다. 악몽에서 깨어나면, 에이버리에게 가서 그 애의 가슴에 부드럽게 손을 올리고, 그 애의 심장 박동 소리를 들으며 내 심장 박동을 늦춘다.

톰은 집에 왔다가 일 때문에 집을 떠나고, 다시 집에 왔다가 일 때문에 집을 떠난다. 그는 몬태나 전역의 작은 커뮤니티와 서점들을 방문하며 글쓰기 강의를 하고 있다. 내성적인 성격이라 자신의 생각을 종이에 적는 걸 더 좋아하지, 소리 내어 말하는 걸 좋아하지 않는다.

그래서 책 홍보를 하려면 큰 노력이 필요하다. 하지만 집에 돌아올 때면 행복한 얼굴을 하고 있다. 아마도 이런 여행에서 뭔가 좋은 것을 얻고 있는 게 틀림없다. 새로운 관점이나 감사, 아니 어쩌면 존경일 수도 있다. 우리 둘 다 충분한 지지를 얻지 못한다고 생각하기 때문에 나는 톰이 그 모든 걸 받아들였으면 좋겠다. 모든 친절을 환영한다.

톰이 집을 비울 때마다 도와줄 사람들을 미리 정했다. 처음에는 톰의 부모님이 왔다. 그 후에는 친구들이 채워주었다. 지금은 우리 아빠가 시카고에서 아기들을 만나기 위해 비행기를 타고 오는 중이다. 아빠의 아내 팸은 사정이 생겨 올 수 없단다.

나는 아빠와 진지한 대화를 나누고 싶다. 내 인생, 아빠의 인생, 그리고 무엇보다 에이버리의 인생에 대해 묻고 싶다. 아빠는 3명의 자녀를 둔 가정에서 자랐다. 이제 톰과 나도 3명의 자녀가 있기 때문에 아빠의 의견을 듣고 싶다. 아빠의 형은 신체적 장애와 그 밖에 다른 문제들을 갖고 태어났는데, 평소에는 잘 이야기하지 않았기 때문에 내가 아는 것은 거의 없다.

할 수만 있다면, 나는 이런 대화를 사실 할머니와 나누고 싶다. 3명의 자녀―그중 한 명은 특별한 도움이 필요한 아이―를 어떻게 키웠는지 물어보고 싶다. 하지만 할머니는 이미 돌아가셨고, 내가 물어볼 수 있는 사람은 아빠가 유일하다. 그런데 어떻게 물어봐야 할지 모르겠다. 우리의 관계는 말보다는 행동으로 이루어져왔으니까.

대학 첫 학기 때, 나는 할머니 장례식에 참석하기 위해 비행기를 타고 집으로 날아갔다. 그 당시에는 할 이야기가 정말 많았다. 썩 좋지 않은 성적. 바닥난 돈. 방향 없는 삶. 아빠의 삶. 점점 더 현실로 다가오고 있던 아빠와 엄마의 이혼. 그리고 우리 모두가 깊이 사랑했던 할머니에 대한 상실감. 이야기를 할 시간이 있었다면 바로 그때였지만, 우리는 그 어떤 대화도 나누지 않았다. 방문 마지막 날 아침에 나는 어린 시절 쓰던 침대에서 깨어났다. 주변에는 흰색과 금색의 어린이 가구들이 놓였고, 침대 옆 스탠드에는 분홍색과 빨간색 리본이 달려 있었다. 그리고 침실 문 밖에는 내 검정색 구두가 학교로 돌아갈 준비를 마쳤다는 듯 새롭게 반짝이며 나란히 놓여 있었다. 내가 자는 동안 아빠가 밤에 구두를 닦아놓은 거였다.

좀더 최근의 기억은 톰하고의 결혼식 날이다. 천 가지 세부 사항과 백 가지 사소한 일들이 잘못되고 바뀌는 등 스트레스가 많은 한 주였다. 모든 게 마지막 순간에 자리를 잡았고, 나는 잔디밭을 걸어서 톰한테 가야 했다. 톰은 목사님, 신랑 들러리, 신부 들러리와 함께 물가에서 나를 기다리고 있었다. 나는 톰과의 서약을 지키고 싶었고, 그게 좋고 옳다는 걸 알았지만, 움직일 수가 없었다. 너무 떨려서 걸을 수조차 없었다. 입을 열려고 했지만 아무 말도 나오지 않았다. 그때 아빠가 내 팔을 잡아 자신의 팔에 두른 뒤, 내 손을 토닥이며 길을 안내했다. 내가 해야 할 일은 그저 아빠를 붙잡고 있는 것뿐이었다.

이런 것이 아빠와 함께한 내 인생의 순간들이다. 함께한 모든 시간 동안, 가장 궁금한 질문은 한 번도 해본 적이 없다. 그리고 지금, 나는 너무 늦지 않았기를 바란다.

아빠가 도착했다. 나는 아빠와 에이버리, 에이버리와 나, 나와 할머니가 얼마나 많이 닮았는지 처음으로 알게 된 것처럼 아빠를 바라본다. 우리는 모두 가계도에서 하나의 가지다. 코골이 유전자가 있다면, 우리는 그것을 공유한다. 모두 머리카락이 굵고 키가 크다. 아빠는 키가 186센티미터이고, 짙은 갈색 머리에 콧수염이 있다. 〈매그넘, P. I.(Magnum, P. I.: 1980년부터 1988년까지 방영한 미국의 범죄 드라마—옮긴이)〉가 인기 프로그램이었을 때, 사람들은 아빠가 톰 셀렉(Tom Selleck)을 닮았다고 말하곤 했다.

카터는 나를 따라 집 밖으로 나온다. 베넷은 집 안에서 자고 있고, 에이버리는 내가 안고 있다. 카터가 내 다리 뒤에서 할아버지를 쳐다본다. "할아버지한테 인사해. 할아버지를 안아드려." 내가 말한다.

카터는 할아버지에게 다가가 진지하고 조심스럽게 안아준다. 둘이 마지막으로 본 지 1년이 지났다.

나도 아빠를 안아드린다. "만나서 반가워요." 내가 말한다. "와주셔서 고마워요." 아빠 주변에서 항상 풍기던 익숙한 행복감과 긴장감을 다시 느낀다. 어색하면서도 편안한 기분이 든다. 마치 다시 열 살 꼬마가 되어 아빠가 그릴에 스테이크를 굽는 모습을 지켜보고, 내가 곁에 앉아 있는 걸 아빠가 알아차리고 나한테 바비큐 집게를 잡게 하거나, 음료수를 가져오라고 하거나, 집 안으로 들어가 저녁 준비되었다고 엄마한테 알리라고 하기를 기다리는 기분이다.

"얘가 에이버리구나." 아빠가 말한다. 에이버리를 안아보겠다고 할 것 같았지만, 아빠는 그러지 않는다. 양팔에 짐이 가득했기 때문이다.

"들어가요." 내가 말한다.

아빠, 카터, 그리고 나와 에이버리가 한 줄로 서서 걷는다. 에이버리는 푸른 눈을 반짝이고 혀를 이리저리 움직이며 공기를 맛보고 있다. 내 마음 한구석에서는 아빠한테 말을 걸고 싶다. 우리 이야기 좀 해요! 또는 불쑥 질문을 내뱉어 되돌릴 수 없게 만들고 싶다. 다른 한편으로는 저항하고 싶다. 망설이는 사이 그 순간은 나 말고는 아무도 알아채지 못한 채 소리 없이 조용히 지나간다.

아빠가 짐을 푼 후 우리는 저녁 식사를 시작한다. 우리 집을 방문할 때마다 아빠는 평소 우리에게는 너무 비싼 마블링이 풍부한 붉은 고기, 립아이(rib eye)나 티본 스테이크 같은 것을 요리해준다. 북쪽에서 내려오는 캐나다의 차가운 공기가 호수에서 불어오고 햇빛은 약하고 희미하지만, 우리는 추위 때문에 계획을 변경하지 않는다. 심지어 그런 것은 고려조차 하지 않는다.

어린 시절부터 나는 아빠가 고기를 준비하고 요리하는 모습을 지켜보곤 했다. 항상 깨끗한 쿠키 시트를 까는 것으로 시작한다. 포장재와 랩에서 꺼낸 스테이크는 싱크대에서 헹군 후 종이 타월로 물기를 제거한다. 그런 다음 고기를 트레이에 놓고, 마늘 소금과 후추를 뿌린다. 겨자 가루. 우스터소스. 올리브 오일. 고기를 반죽에 넣고 문지른다. 스테이크를 뒤집고 같은 작업을 반복한다.

아빠는 카터에게 이 과정을 보여주고 있다. 나는 팩앤플레이 위에 여러 가지 색상의 후짓(Whoozit: 유아용 장난감 브랜드. 특히 유아의 감각 발달을 돕기 위해 다양한 촉감, 소리, 색상 등을 가진 장난감을 생산한다—옮긴이)을 매달아 아기들을 잠시 달래고 있다. 아빠가 카터에게 말하는 소리가 들린다. "네 엄마가 네 나이였을 때……." 마치 엿듣는 사람이 된 것 같은 기분이다. 아빠가 나를 누군가의 엄마라고 부르는 걸 들으니 어색하다. 아빠와 함께 있으면, 나 자신이 여전히 어린아이처럼 느껴진다. 내 인생이 공중으로 던져져 거꾸로, 혹은 뒤집힌 채 바닥에 떨어지는 기분이 다시 든다.

아빠와 카터가 고기를 담은 트레이를 현관 밖으로 가져간다. 카터가 집 안으로 들어와 할아버지께 가져다드릴 와인 한 잔을 달라고 나에게 부탁한다. 하지만 내가 그 나이 때 그랬던 것처럼 기다렸다가 가져다주는 대신, 침실로 들어가 레고를 가지고 놀기 시작한다. 아빠가 가져온 에스파냐산 레드 진판델(zinfandel) 와인 한 병을 따서 짧고 뚱뚱한 주스 잔에 조금 따른다. 아빠와 톰은 둘 다 다리 긴 와인 잔은 번거롭고 과시적인 허세라고 생각한다. 나는 와인을 밖으로 가져간다.

"여기 있어요, 아빠." 나는 현관 난간에 잔을 올려놓는다.

날씨가 춥다. 하지만 호수는 짙은 파란색이고, 산은 가을의 색깔인 노란색, 주황색, 충격적인 라임그린색, 그리고 가장 높은 봉우리의 눈부신 흰색으로 풍요롭다.

아빠에게 묻고 싶다. 아빠, 아빠가 어렸을 땐 어땠어요? 혹은 이렇게 묻고 싶다. 아빠, 저한테 어떤 조언을 해주고 싶으세요? 하지만 그 말들은 결코 입 밖으로 나오지 않는다.

그 대신 이렇게 묻는다. "뭐 더 가져다드릴까요? 코트 필요하세요?"

"고맙지만, 괜찮다." 아빠가 말한다. "난 괜찮아."

아직 어린아이였다면, 나는 아빠와 함께 밖에 남아서 호수 위에 생겼다가 사라지는 작은 물결들을 바라보았을 것이다. 아니면 하늘이 파란색에서 핑크색, 보라색, 검은색으로 변하는 모습을 지켜보았을 것이다. 아니면 아빠 곁에 앉아서 스테이크가 지글거리는 소리를 들으며 때때로 불꽃이 튀기를 기다렸을 것이다. 아빠 옆 안전한 거리에서 보면, 그 모든 광경이 꽤 흥미로웠다. 나는 되돌아가고 싶다. 그렇게 대단한 질문은 하지 않았던 시절로. 아빠는 모든 것에 대한 답을 알고 있었다.

이제 나는 내 아이들의 엄마이고, 그 애들이 나를 집 안으로 끌어당기는 걸 느낀다. 정말로 끌어당기기도 했지만, 그건 변명이기도 하다.

"아기들한테 가봐야겠어요." 내가 말한다. "필요한 것 있으면 부르세요."

아빠는 신용카드 두 장을 이어붙인 것처럼 생긴 새 휴대폰을 가지고 있다. 저녁 식사 내내 벨이 울렸다 꺼졌다 하면서, 어떤 노래의 일부 같은 작은 멜로디가 울려 퍼진다. 대부분은 팸이 전화한 것이다. 팸은 우리가 무엇을 하고 있는지 알고 싶어 한다. 아빠가 인사하라며 나에게 휴대폰을 건넨다.

나는 조심스럽게, 의심스럽게, 미심쩍게 휴대폰을 받아 든다. 아빠는 내가 자라는 동안 나에게 저녁 식사 중에는 전화를 절대로 받지 못하게 했다. 톰과 나는 식사 중에 오는 전화는 모두 자동응답기로 돌려놓는다. 그래서 이 작은 전화기를 받는 것도 불편하게 느껴진다.

"여보세요?" 내가 말한다. 팸의 목소리가 멀리서 들리는 것 같다. 우리가 잘 지내고 있는지 묻는다.

"모든 게 좋아요!" 내가 말한다. 잡음 때문에 잘 안 들리고, 더러 말이 끊기기도 한다.

나는 더 크게 말하려고 애쓴다. 그리고 반복해서 말한다. "모든 게 좋아요! 모든 게 좋아요!" 반복해서 외치고 또 외친다. 마치 주문을 외듯이.

소리를 너무 심하게 질렀다. 유아용 식탁 의자에 앉아 주먹을 빨고 있던 에이버리가 울기 시작한다. 역시 유아용 식탁 의자에 앉아 있던 베넷도 덩달아 칭얼대기 시작한다. 한때 조용하던 집이 소음으로 가득하다.

나는 통화를 포기하고 아빠에게 휴대폰을 돌려준다. 아빠는 수신 상태가 더 좋은 곳을 찾아 현관으로 나간다. 나는 시계를 본다. 2시간 더 남았다. 그 시간 동안 아기들을 목욕시키고 새 기저귀로 갈아주고 잠옷을 입혀야 한다. 카터의 얼굴을 닦아주고 양치질을 도와준 후 옷도 갈아입혀야 한다. 나는 카터의 입에 음식을 밀어 넣고, 에이버리에게 간다. 유아용 식탁 의자의 안전벨트에 있는 클립을 풀고, 한쪽 팔로 에이버리를 안는다. 다른 팔로는 베넷을 유아용 식탁 의자에서 빼내어 내 엉덩이 위로 굴려 올린다. 나는 이미 너무 피곤하다.

큰 창문 밖으로 현관에 앉아 전화 통화를 하는 아빠의 모습이 보인다. 아빠가 소리를 지르거나 안절부절 않는 것으로 봐서 수신 상태가 괜찮은 것 같다. 아빠는 집을 등지고 앉아 밖을 바라보고 있다. 나는 아빠가 무엇을 보는지 궁금하다. 나무가 우거진 언덕 위로 빛이 내려앉는다. 모든 게 분홍색이었다가 밤이 되면 보라색으로 변한다.

창문 유리에 비친 내 모습이 보인다. 양쪽 팔에 각각 아기를 안고 카터를 다리로 밀며 부엌을 가로질러 욕실로 향한다. 나한테 너무 많은 것이 매달려서 나를 붙잡고 있다. 부모님은 20년도 더 전에 이혼했고, 그 이후로 우리는 습관처럼 거리를 둔다. 엄마, 아빠, 여동생 그리고 나는 서로 느슨하게 연결되어 있다. 기억의 실이라고 할까. 은색 실 한 줄이 우리를 함께 묶어주고 있을 뿐이다.

30년 전에 떠난 아빠의 형, 20년 전에 떠난 엄마, 현관의 삼나무 의자에 앉아 있는 아빠. 나는 아빠를 보고, 아빠 안에 있는 우리를 본다. 나는 너무 많은 걸 강요하고 싶지도, 너무 많은 걸 요구하고 싶지도 않다. 왜냐하면 우리가 가진 게 너무 적어서 잃어버릴까 두렵기 때문이다. 그런 생각을 하면 나 자신이 나약한 기분이 들고, 그런 기분을 느끼는 게 지긋지긋하다.

나는 어린 양 떼를 이끌고 욕실로 들어간다. 욕조의 수전을 틀고 아이들의 작은 몸에서 옷을 벗긴다. 물이 가득 차면, 플라스틱 배와 장난감 개구리를 넣는다. 카터가 욕조에 들어간다. 바닥에 깨끗한 수건 두 장을 깔고 한 장에는 베넷을, 다른 한 장에는 에이버리를 올려놓는다. 나는 아기용 비누와 따뜻한 물로 아이들을 닦아줄 것이다. 나의 세 아들. 그리고 나는 엄마다.

"사랑해, 카터. 너도 알지?"

"네, 엄마, 알아요. 나도 사랑해요."

"고마워, 카터. 엄마한테 뭐 물어보고 싶은 게 있으면 언제든지 물어봐도 되는 거 알지?"

"네, 알아요." 카터가 말한다. 그러곤 잠시 생각에 잠기더니 묻는다. "엄마, 개구리 알아요?"

"응."

"개구리는 어디서 자요?"

"이끼 침대에서 나뭇잎 담요를 덮고 달빛을 받으며 자지."

"연못 안이에요, 밖이에요?"

"음, 밖인 것 같아."

"알겠어요." 카터가 만족하며 말한다. "그래서 물고기가 먹지 않는 거군요."

아빠는 오래된 가족 이야기를 하는 대신, 새로운 소식을 전해준다. 우리 집에서 45분 거리에 전국 체인 중 하나인 창고형 매장이 있다. 이 매장은 쇼핑객이 멤버십을 구매해야 하는데, 톰과 나는 한 번도 그런 적이 없다. 하지만 아빠와 팸은 수년 동안 멤버십 회원이었다고 한다. 아빠는 나를 그곳에 데려가고 싶어 했다.

우리는 군대처럼 세밀하게 여행을 계획한다. 나는 비상시를 대비해 카터에게 필요한 여분의 시피 컵, 치즈 크래커, M&M 초콜릿을 준비한다. 아기들을 위해서는 여분의 옷, 기저귀 가방, 물티슈, 여분의 젖병, 담요, 코트와 모자를 가져간다. 딸랑이, 태기스(Taggies: 유아용 장난감 및 소품 브랜드로, 주로 작은 부착물이 달린 부드러운 물건을 판다—옮긴이), 부드러운 패드가 달린 거울, 후짓 등 장난감도 챙긴다. 연료, 타이어, 오일 등 자동차도 점검한다. 모든 것이 준비되었다. 먼저 아기들을 데리고 나와 카시트에 앉힌 다음, 카터를 카시트에 앉힌다. 셋은 뒷좌석에 일렬로 앉아 있다. 아빠는 조수석에 앉고, 내가 운전한다. 우편함을 지나기도 전에 카터와 아기들은 잠이 든다. 얼마 후 나는 지금까지 여러 번 지나쳤지만 한 번도 들어가본 적 없는 커다란 회색 건물에 도착한다.

창고형 마트에서 가장 먼저 눈에 띄는 것은 앞쪽에 어린이용 공간 두 곳, 뒤쪽에 특대형 바구니가 딸린 대형 쇼핑 카트다. 나는 베넷을 베이비본 아기 띠로 안았는데, 그러는 게 가장 효율적일 것 같다. 그리고 에이버리는 카시트에 태운 채로 쇼핑 카트에 싣는다. 아빠가 쇼핑 카트를 끌고 마트로 향한다. 카터, 베넷, 그리고 내가 그 뒤를 바짝 따른다.

입구에서 직원이 아빠의 회원 카드를 확인하고, 우리를 거대한 공간으로 안내한다. 자신이 가본 곳 중 가장 큰 건물이라 카터가 내 손을 더 꽉 붙잡는다. 아빠가 에이버리를 실은 쇼핑 카트를 밀고 매장을 둘러보며 기저귀, 물티슈, 바나나, 스테이크를 천천히 채워 넣는 동안, 우리는 그 뒤를 따른다. 카터를 위한 젤리 빈, 나와 톰을 위한 커피도 카트에 넣는다. 쇼핑을 하면서 아빠는 화장지, 심플 그린(Simple Green: 주로 가정용 및 산업용 청소 제품을 만드는 브랜드—옮긴이), 페브리즈 등 오늘 구매하는 물품하고는 많이 다른 와인, 치즈, 코코넛 크러스트 새우 등 팸과 함께 구매하는 물품에 대해 나에게 이야기해준다. 각 통로 끝에는 치킨 누들 수프, 와일드 연어 버거, 탄산 에너지 음료를 맛볼 수 있는 시식용 작은 컵이 놓여 있다. 나는 문득 오랫동안 집 밖으로 나오지 못했다는 생각이 든다. 이 순간이 마치 파티처럼 느껴진다.

나는 몇 가지 이유로 외출을 하지 않았다. 첫째, 세 아이를 데리고 어디든 이동하려면 많은 노력이 필요하다. 둘째, 신생아집중치료실을 경험한 이후 세균 공포증이 생겼다. 우리 집조차도 충분히 안전하거나 위생적인 것 같지는 않지만, 우리 집 세균은 그나마 익숙한 것이라고 스스로를 설득하며 받아들이려 노력하고 있다. 마지막으로, 무엇을 기대해야 할지 잘 모르겠다.

나는 에이버리를 지나치게 의식한다. 끊임없이 에이버리를 확인하고, 그 애를 보는 다른 사람들의 반응을 살핀다. 예를 들면 이런 식이다. 저 여자가 나한테 의미심장한 미소를 지었어. 저 부부는 아무것도 눈치채지 못했을 거야. 단지 에이버리가 귀엽다고 생각했을 뿐이야. 제발, 에이버리, 혀를 내밀지 마!

나는 사람들이 우리를 어떻게 생각할지 궁금해하고 걱정하며 내심 동요하고 있지만, 아빠는 전혀 신경 쓰지 않는 것 같다. 아빠는 에이버리를 태운 카트를 밀면서 다른 쇼핑객들에게 자랑스럽게 미소를 짓는다. 나는 그런 아빠의 모습을 보고 따라 하기로 마음먹는다.

아빠가 말을 하지 않는 편이라면, 엄마는 정반대다. 엄마와 함께 있으면 생각을 뒤집고 논의해야 한다. 그것은 세상을 이해하는 엄마만의 방식이다. 엄마는 말로 세상을 감싸 안는다. 아빠가 돌아간 직후, 엄마가 시카고에서 왔다. 이렇게 시차를 두고 방문하니 두 분에 대한 기억이 떠오른다. 엄마는 민주당원이고 아빠는 공화당원이라, 부부간 불화가 정치로 번지는 경우도 많았다. 내 어린 시절은 정책으로 포장된 권력 다툼의 연속이었다.

"공화당원은 이기적이고 자기 생각만 해."

"민주당은 돈을 너무 많이 써. 국가 재정 상태에 무책임해."

"여성과 아이들을 외면하는 것이 바로 공화당원다운 행동이지. 필요할 때 그들은 어디에 있는 거야?"

"민주당원은 감정에 휘둘려."

그 결과, 나는 어떤 정당도 지지할 수 없었다. 민주당 편을 들면 아빠를 버리는 것 같은 기분이 들었다. 공화당을 선택하면, 엄마를 거부하는 셈이었다. 그리고 둘 다 선택하지 않으면, 엄마 아빠 모두가 실망했다. 나에게는 익숙한 딜레마다.

또 다른 어린 시절의 기억도 있다. 연두색 드레스를 입은 엄마의 모습. 브라우니(Brownie: 코닥에서 1900년 처음 출시한 박스형 카메라 시리즈—옮긴이) 카메라를 들고 선 엄마의 머리는 양쪽으로 깃털처럼 풍성하게 퍼져 있어 마치 카메라의 날개처럼 보였다. "림버거(limburger)라고 말해봐." 항상 포즈를 취하게 하고 셔터를 눌러 우리의 삶을 완벽한 사진으로 정리해주던 엄마. 그건 마치 누군가가 지켜보고 있으며, 그 누군가에게 감동을 주어야 할 것 같은 기분이 들게 했다. 필름은 엄마의 침대 밑 신발 상자에 쌓였고, 수백 개의 검은색 롤이 모두 현상되길 기다렸다.

연두색 드레스를 입은 엄마는 젊었다. 우리는 그 무렵 중서부에서 캘리포니아 북부의 새 주택 단지로 이사했다. 엄마가 가족하고 떨어져, 외할머니와 떨어져 정말로 외로움을 느낀 것은 그때가 처음이었던 것 같다. 오후에 다른 이웃 엄마들과 만나 땅콩버터와 사과 주스 따위가 묻어 더러워진 내 작은 손을 잡고 유아차를 밀며 시간을 보내기 위해 동네를 돌고 또 돌던 모습이 생각난다.

1970년대가 한창일 무렵, 엄마는 〈프리 투 비…… 유 앤드 미(Free to Be…… You and Me)〉라는 말로 토머스(Marlo Thomas)의 레코드를 들려주었는데, 이 앨범에는 엄마들이 가정과 커리어를 모두 추구할 수 있어야 한다는 평등권에 대한 노래들이 실려 있었다. 엄마와 여동생 그리고 나는 엄마의 흰색 포드 그라나다(Ford Granada)를 타고 AM 라디오를 들으며 노래를 따라 부르곤 했다. 엄마는 자신이나 할머니 때보다 세상이 우리를 더 환영해줄 것이라고 믿도록 격려했다. 우리가 강한 여성으로 성장하길 원했고, 2명의 새싹 페미니스트가 되길 바랐다.

가끔은 침대 가장자리에 앉아서 옷을 입는 엄마의 모습을 지켜보곤 했다. 엄마는 손톱에 빨간색 매니큐어를 칠하고, 그에 어울리는 빨간색 립스틱을 발랐다. 엄마가 화장대에 올려놓은, 작은 거울이 달린 트레이에 보관하던 헤어스프레이와 향수가 뒤섞인 엄마의 냄새가 기억난다. 엄마는 내가 뚜껑을 돌려서 향기를 맡아볼 수 있게 해주었다. 화이트 숄더스(White Shoulders), 샤넬 No. 5, 오피움(Opium) 등의 향기였다. 그런 다음 손을 뻗어 내 손목에 엄마가 뿌리고 있던 향수를 조금씩 찍어 발라주곤 했다.

주말에는 부모님이 파티를 열었다. 테라스의 테이블에 촛불이 켜지고, 그 불빛이 수영장과 감나무 위로 길게 그림자를 드리웠던 광경이 기억난다. 여자들은 칵테일 드레스에 하이힐을 신고, 웃음을 터뜨리거나 이야기를 나눴다. 유리잔에 얼음 부딪히는 소리, 시멘트 바닥을 두드리는 하이힐 소리가 들렸다. 엄마는 여동생과 나를 불러 밤 인사를 한 후 잠자리에 들라고 했다. 나는 주목받는 게 어색하고 수줍었다. 내게는 엄마가 말하는 '그 자리에 설 수 있는 능력'이 전혀 없었다.

한 번은 테라스에서 불길이 보였다. 촛불이 냅킨 바구니에 옮겨 붙은 것이다. 겁에 질린 나는 넋이 나간 채 서 있었다. 그런데 누군가와 이야기를 하던 엄마가 테이블로 다가가 불타는 바구니를 집어 들더니 수영장에 던져 넣었다. 손님들은 웃고 환호했다. 만세! 엄마는 대화를 중단하지 않고 이 모든 일을 해냈다. 엄마는 그런 사람이었다. 엄마는 방 안의 산소를 모두 빨아들여 모두를 숨 막히게 할 수 있었다. 엄마는 태양처럼 밝은 존재였고, 나는 그런 엄마의 궤도 안에 있었다.

나는 엄마로부터 여성이 된다는 게 무엇인지 배웠다. 엄청난 영광과 책임감 모두를 배웠다. 엄마가 시카고에서 오면 에이버리에 대해 이야기하고 싶어 할 텐데, 나는 아직 그럴 준비가 되지 않았다. 하지만 내 생각이 틀렸다. 엄마는 내가 알던 것보다 훨씬 더 조용하다. 스스로 자제하며, 나에게 공간을 내주고, 자신의 말을 끼워 넣지 않고, 나 스스로 말을 찾게 하려 애쓰고 있다. 나는 엄마가 그 얘길 꺼낼 거라는 생각을 버리지 못한다. 그래서 그 주제를 피할 준비를 하느라 계속 경계심을 가지고 방어적인 태도를 취한다. 이것만으로도 충분히 이야기할 만한 이유일 것이다. 이건 악순환이고, 내가 빠져나올 수 없을 상황이다. 그러나 엄마는 그냥 내버려둔다.

엄마는 얘기 대신 일을 한다. 에이버리가 토하지 않도록 부드럽고 조심스럽게 밥을 먹인다. 식기세척기를 정리하고 바닥을 쓸기도 한다. 톰과 나를 위해 요리를 한다. 미트소스를 곁들인 스파게티 등 톰이 좋아할 만한 음식으로 저녁을 차린다. 그리고 양상추, 토마토, 마요네즈, 머스터드, 피클을 곁들인 칠면조 샌드위치 등을 랩으로 포장한 다음 검은색 샤피 마커로 표시한다. 엄마는 카터와 놀면서 끝없이 레고를 조립한다. 에이버리에 대해 말할 때는 모든 얘기가 긍정적이다. "피부가 투명해." "너무 예뻐." "사랑스러워, 사랑스러운 아이야." 그리고 또 말한다. "다운증후군 아이들의 한 가지 장점은 사람들 마음속의 선함을 끌어내는 능력인 것 같아."

엄마는 또 일회용 파노라마 카메라를 사용해 사진을 많이 찍는다. 내가 기억하는 나의 어린 시절처럼 우리에게 포즈를 취하게 하지 않는 스냅 사진이다. 시카고로 돌아가면 필름을 현상해서 사본을 보내주기로 했다. 우리의 작은 잔디밭을 넓고 푸른 초록으로 보여주는 광각 사진, 산을 파노라마로 찍은 사진은 마치 풍경이 끝없이 이어지는 듯한 느낌을 준다. 옆으로 누워 있는 카터는 다리가 무척 길어 보인다. 나와 카터 그리고 아기들─나는 매우 피곤해 보이는데, 우리는 행복한 것 같다.

마지막은 에이버리의 파노라마 사진이다. 에이버리의 눈은 유리알 같은데 멍하다. 콧등은 평평하고 넓다. 혀를 내밀고 있다. 못생겨 보인다. 저능아처럼 보인다. 나는 사진을 작은 조각으로 찢어 아무도 볼 수 없도록 쓰레기통 커피 찌꺼기와 빈 우유팩 밑에 버린다.

나는 여전히 TV를 너무 많이 본다. 투르 드 프랑스가 끝나서, 토크 쇼로 채널을 바꿨다. 실제 뉴스를 시청하면 무력감을 느끼고 눈물이 나서 볼 수 없지만, 패션 조언과 요리 팁으로 둘러싸인 요약 버전은 시간을 보내는 데 유용하다.

아침에는 NBC의 〈투데이〉를 본다. 날씨 정보를 얻기 위해 채널을 맞춘다고 스스로에게 말하지만 밖에 나가는 일이 거의 없기 때문에 아무도, 심지어 나 자신도 속지 않는다. 케이티 커릭(Katie Couric: 뉴스 진행자—옮긴이), 맷 로어(Matt Lauer: 뉴스 진행자—옮긴이), 앨 로커(Al Locker: 기상 예보사—옮긴이), 앤 커리(Ann Curry: 저널리스트—옮긴이)는 현재 나의 든든한 지원 차량으로, 이들은 내가 보피(Boppy: 유아용 베개—옮긴이)에서 팩앤플레이, 엑서소서(Exersaucer: 유아용 놀이 장난감—옮긴이), 지미니, 아기그네까지 커다란 의자 주위를 끝없이 맴돌며 하루를 보내는 동안 정신을 차릴 수 있도록 도와준다. 지금 내 삶은 열두 번의 수유와 기저귀 갈기, 두 번의 낮잠과 목욕 시간으로 이뤄져 있다.

어느 날 아침, 지미니에서 터미 타임(tummy time: 아기의 상체 힘을 길러주기 위한 엎어놓기—옮긴이)을 즐기던 베넷을 보피로 옮기고, 에이버리가 터미 타임을 가질 수 있도록 옮기고 있는데, 앤 커리의 목소리가 들린다. 앤은 여성들이 곧 체외 수정을 위해 난자를 채취하고 냉동할 수 있을 것이라는 새로운 연구 결과를 발표했는데, 성공률이 매우 높다고 전한다. 앤은 이 연구 결과가 여성들에게 남성과 같은 종류의 생식 선택권을 줄 것이라며, 난자를 냉동함으로써 여성들은 생물학적 시계를 우회하고 임신을 무기한 연기할 수 있다고 말한다.

앤의 메시지는 무언의 암시를 담고 있는데, 나에게는 그것이 크고 분명하게 들린다. 즉, 35세 이후에는 다운증후군 아기를 낳을 가능성이 높아진다. '어린' 난자를 냉동하면 이러한 위험을 줄일 수 있다. 마치 내 친구가 전화를 걸어 자신은 내 아이 같은 애를 가질 가능성이 없으니 자기를 위해 기뻐해달라고 말하는 것 같다. 나는 기쁘지 않다. 폭행당한 기분이다. TV를 빨리 끄고 싶지만, TV 가까이 충분히 빨리 갈 수가 없다.

나는 TV를 보는 대신 매릴린 트레이너(Marilyn Trainer), 바버라 길(Barbara Gill), 마이클 베루베(Michael Bérubé), 마사 벡(Martha Beck), 비키 노블(Vicki Noble), 팸 브레데벨트(Pam Vredevelt) 등 다운증후군 자녀를 둔 부모가 쓴 책이라면 무엇이든 찾아서 읽는다. 이들은 새로운 버전의 내 지원팀이 되어 저마다 가치 있는 조언을 해준다. 매릴린 트레이너는 탄탄하고 실용적인 조언을 해주는 옆집 엄마 같다. 바버라 길은 허브차를 한 잔 마시며 인생에 대해 이야기할 수 있는 현명하고 친절한 친구다. 마이클 베루베는 지능 발달과 IQ 테스트에 대해 내가 잘 이해할 수 있도록 설명해주는 대학 교수다. 마사 벡은 베루베의 여성 버전인데, 나도 나름대로 느꼈던 영적인 측면에 대해 이야기한다. 마사의 생각을 읽다 보면, 내 엉뚱한 우우 카드와 샌디 B.의 포옹을 의미 있는 포옹이라고 생각하게 된 나 자신이 덜 부끄럽다. 비키 노블과 팸 브레데벨트는 거의 전적으로 신앙에 대해 이야기하는데, 나에게는 그들 역시 필요하다. 나는 그들을 스펙트럼 끝에 있는 사람들이라고 생각한다. 브레데벨트는 전통 기독교의 극우이고, 노블은 좌파 대체(代替) 영성주의자. 내가 배운 것은 간단하고 명백하지만, 여전히 나에게는 새롭다. 다운증후군 자녀를 키우는 데 올바른 방법은 하나도 없다. 아이들이 각각 독특한 것처럼 부모도 각각 다르다. 우리는 모두 최선을 다하고 있다.

우리 집으로 길게 이어진 도로에서 가까운 고속도로에 있는 식당은 여름철 관광객들이 여섯 팩들이 버드와이저나 붉은줄지렁이 거품 용기 또는 필수 허가증과 면허증을 구입하는 낚시 판잣집에 불과하다. 옆에는 테이블 몇 개가 있어 사람들이 앉아서 탄산음료나 맥주, 또는 두 종류의 와인, 즉 레드와인이나 화이트와인 중 하나를 곁들여 흰 살 생선튀김과 햄버거를 먹을 수 있다. 우리는 톰의 부모님에게 임신 소식을 알리기 위해 이곳을 찾았었는데, 오늘은 톰의 생일을 축하하기 위해 처음으로 온 가족이 함께 왔다. 아직 5시밖에 되지 않아서 우리끼리만 이 장소를 차지하고 있다.

바텐더와 미끼 판매원을 겸한 웨이트리스가 테이블에 앉을 수 있도록 도와준다. 톰과 나는 각각 아기를 안고 앉는다. 카터는 내 옆에 둔다. "쌍둥이인가요?" 종업원이 묻는다. 나는 고개를 끄덕인다.

"아기들이 사랑스러워요." 종업원이 말한다. 나는 에이버리 관련 뉘앙스에 전문가가 되었는데, 선의 말고는 아무것도 감지하지 못한다.

"네가 형이구나." 종업원이 말하자 카터는 진지하게 고개를 끄덕인다. 나는 카터의 손을 잡고 그 애를 향해 미소를 짓는다. 우리는 주문을 한다. 음식이 나오자, 종업원은 우리 중 한 명이 먹을 수 있도록 아기를 봐주겠다고 제안한다. 잠시 고민한다. 에이버리는 더 다루기 쉬워서 계속 데리고 있고 싶기도 하고 잠시 맡기고 싶기도 하다. 내가 망설이는 동안 톰이 말한다. "고맙지만 우리가 알아서 할게요. 괜찮아요."

베넷이 내 접시를 잡으려 한다. 나는 베넷에게 감자튀김 하나를 쥐어준다. 베넷은 감자튀김을 입에 넣고 씹는다. 나는 카터의 햄버거를 네 조각으로 자르는 습관이 너무 깊이 배어 있어서 가끔은 아무런 생각도 없이 내 음식을 조각조각 자르곤 한다. 에이버리는 베넷이 감자튀김을 들고 있는 걸 보고 자신도 하나 집으려 한다. 톰은 허락해도 괜찮은지 확인하기 위해 나를 쳐다보고, 나는 어깨를 으쓱한다. 카터 때와 달리 나는 느슨해졌다. 감자튀김 하나쯤이야 무슨 해가 되겠어?

식사를 마친 후, 나는 기저귀 가방 옆 주머니에 손을 넣어 톰의 생일 카드를 꺼낸다. 카드에는 톰이 얼마나 좋은 친구인지, 얼마나 좋은 아빠인지, 얼마나 좋은 사람인지 등 내가 매일 하고 싶었지만 건네지 못했던 말들이 적혀 있다. 그 어느 때보다 한마디 한마디에 진심을 담았다.

카드에는 카터가 크레파스로 굴뚝에서 연기가 피어오르는 우리 집 그림을 그려놓았다. 카터는 또 우리 가족 모두를 가장 큰 사람부터 가장 작은 사람까지, 아기 둘은 똑같은 크기로 나란히 손을 잡고 있는 모습으로 그렸다.

"우리 가족이에요." 카터가 종이를 펼치는 톰에게 설명한다.

"정말 예쁘게 잘 그렸구나." 톰이 말한다. 톰이 감동했다는 걸 알 수 있다. 카터의 그림 중 제일 잘 그렸다.

"내가 도와주지 않았어. 혼자서 다 했어." 내가 덧붙여 말한다.

"생일 축하해요, 아빠. 사랑해요."

조촐한 밤이다. 하지만 톰은 신경 쓰지 않는 것 같다. 어쩌면 그 역시 나처럼 아주 작은 선물에도 감사하는 마음인 것 같다. 치즈버거와 탄산음료, 홀마크(Hallmark) 카드, 크레파스로 그린 우리 가족의 모습―서 있는 한 남자와 한 여자, 아름다운 소년, 작은 아기 둘, 사랑으로 가득한 따뜻한 집, 하늘을 가리키는 뾰족한 삼각형 지붕.

09

✻

어떤 날은 다른 날보다 낫다

지금 우리 다섯 식구는 지역 보건소 대기실에 앉아 있다. 이제 아기들의 예방 접종을 시작할 때다. 서류에 이름, 주소, 생년월일을 적어야 한다. 즉시 난관에 부딪힌다. 실제 생년월일을 적어야 하나, 보정된 생년월일을 적어야 하나? 아니면 내 나이를 적어야 하나? 그들은 왜 이런 정보를 원할까?

나는 임시 안내 데스크에 있는 여직원에게 다가간다. 안내 데스크는 높은 흰색 천장, 평범한 소파 2개, 바닥에 산업용 카펫이 깔린 방 한구석에 자리 잡고 있다. 한쪽엔 작은 장난감들이 있고, 탁자 위에는 〈패밀리 서클(Family Circle)〉〈피플〉〈뉴스위크〉 등의 잡지가 놓였다. 안내 데스크 뒤쪽 선반에는 아이들의 학교 사진과 루사이트(Lucite: 아크릴 수지로 만든 투명 플라스틱―옮긴이)로 채운 아기 젖병이 보인다. 젖병 안에는 담배꽁초, 캡슐, 알약이 플라스틱에 박혀 있다. 내가 한 행동이 그대로 아기한테 전달된다는 걸 시각적으로 보여주기 위한 것이다. 데스크 뒤에 앉은 여직원은 짧은 갈색 머리에 갈색 스웨터를 입고 따뜻한 미소를 짓고 있다. 시나몬을 떠올리게 하는 여자다.

내가 양식에 대해 묻자 직원이 최대한 친절하게 아기 분만 날짜를 쓰라고 알려준다. 그러곤 나와 톰, 에이버리를 향해 미소를 짓는다. 나는 앉아 있던 소파로 되돌아가서 양식을 계속 작성한다. 알레르기? 모르겠다. 수두? 없다고 생각한다. HIV/AIDS? 아마 없을 것이다. 수혈을 했다면 기억할 것이다. 하지만 확실하지 않다. 아기들에 대해 내가 얼마나 모르는 게 많은지, 내가 얼마나 형편없는 보호자인지 생각한다. 나는 나머지 질문에 최대한 빨리 대답하고 나서 뭔가 빠졌다는 걸 깨닫는다. 다운증후군을 기입할 곳이 없다. 어느 항목에도 적절하지 않다. 그래서 '기타' 아래에 적어 넣는다. 그게 바로 '기타'인 것 같다. 나는 그 옆에 별표를 하나 붙이고, 에이버리의 눈에 있는 별들처럼 별표 하나를 더 붙인다.

나는 데스크 뒤에 있는 여직원에게 서류를 돌려주고 신생아집중치료실 퇴원 서류, 출생증명서, 가정의학과 전문의가 작성한 건강 검진 양식 사본도 함께 건넨다. 여직원이 다시 미소를 지으며 말한다. "잠시만 기다리세요."

아이들과 톰과 나는 기차놀이를 한다. 톰과 에이버리는 기관차, 카터는 화물차, 베넷과 나는 객차다. 우리가 바닥을 돌아다니는 동안, 여직원은 서류를 정리하고 우리를 위해 새로운 의료 기록 카드를 만들어준다. 손 글씨가 예쁘고, 카드는 깨끗하고 깔끔하다. 여직원은 카드를 투명한 플라스틱 케이스에 넣어 안전하게 보관한다.

슬픈 눈빛에 지친 표정의 간호사가 우리 이름을 부른다. 온화하고 조용하며 부드러운 말투를 쓰는 간호사는 신생아집중치료실의 마지막 간호사, 우리 아기들의 퇴원을 도왔던 간호사를 생각나게 한다. 간호사는 누가 첫 번째 주사를 맞을지 묻고, 톰과 나는 이에 대해 논의한다. 당연히 베넷은 울 테고, 베넷이 울면 에이버리도 울 것이다. 우리는 에이버리가 먼저 하기로 결정한다.

간호사가 에이버리의 왼쪽 허벅지에 바늘을 찌른다. 에이버리는 얼굴을 구기고 온몸을 찌푸리더니 크게 울음을 터뜨린다. 신생아집중치료실에서의 기억이 홍수처럼 밀려온다. 무력감, 두려움, 고통. 에이버리가 울고, 베넷이 울고, 카터도 곧 울 것 같은 표정을 짓는다. 내 눈에도 눈물이 고인다. 한쪽 손을 뻗어 에이버리를 안는다. 다른 팔은 이미 베넷을 안고 있다. 간호사가 베넷한테 주사를 놓을 공간이 부족하다. 하지만 나는 에이버리를 놓을 수 없다. 톰이 에이버리를 내 품에서 떼어내며 속삭인다. "괜찮을 거야." 나는 베넷을 안고, 주사를 맞힌다. 또다시 바늘과 기억들. 예방 접종이 끝나자마자 우리는 문을 박차고 자동차를 향해 달려간다. 중간에 간호사가 나에게 전화번호와 이름이 적힌 종이를 건넨다. 캐럴라인. 간호사는 그 여자가 다운증후군 아들을 둔 엄마라고 말한다. 나는 아기들의 울음소리 너머로 고맙다는 인사를 전하고 종이를 코트 주머니에 쑤셔 넣는다.

"탁구공이 된 기분이야." 톰이 말한다. 나는 톰의 말이 무슨 뜻인지 정확히 알 것 같다. 우리는 매일매일, 하루 종일, 낮과 밤을 가리지 않고 이 일에서 저 일로, 앞에서 뒤로 왔다 갔다 한다. 가끔은 세 식구가 살던 예전 생활을 떠올린다. 내 기억 속에서 나는 항상 오랫동안 목욕을 하고, 책을 읽고, 카터와 놀이 데이트를 하곤 했다. 기억은 잔인한 장난을 칠 수 있다. 오랜 목욕과 책을 읽을 수 있는 시절이 돌아오기 전에 나는 할머니가 될 것 같다. 지금은 그런 삶과 너무나 멀어져 있다.

7개월이 지난 지금, 우리의 일상은 이렇다. 베넷이 오전 5시에 깨어난다. 내가 모유 수유를 하고 나면, 베넷은 다시 잠이 든다. 에이버리는 오전 6시에 일어난다. 톰이 에이버리에게 젖병을 물리고, 오전 7시까지 그네에 앉혀둔다. 그때쯤 베넷이 다시 일어난다. 카터도 일어난다. 우리는 기저귀와 옷을 갈아입힌다. 카터는 초콜릿 우유를 마신다. 톰은 밖에서 나무를 가져와 난로에 불을 붙인다. 그리고 커피 한 잔을 마시고, 사무실로 내려간다.

나는 아침 식사 때까지 바닥에서 아이들과 놀아준다. 아침은 배와 약간의 요구르트를 섞은 쌀 시리얼 4분의 1컵이다. 에이버리를 유아용 식탁 의자에 앉히고, 베넷은 아일랜드 식탁 옆 바운서에 앉힌다. 카터는 킥스(Kix) 시리얼과 요구르트 한 그릇을 먹는다. 나는 부엌을 치우고 기저귀를 간다. 이제 아기들은 둘 다 너무 꿈틀거려 건조기 위에서 기저귀를 갈지 못한다. 대신 바닥에 욕실 수건을 깔고 한다.

낮에는 천 기저귀와 기저귀 커버를, 밤에는 종이 기저귀를 사용한다. 나는 친구한테 물려받은 기저귀 커버 10개와 중국산 프리폴드 기저귀(prefold diaper: 미리 접혀 있는 형태의 천 기저귀—옮긴이) 24장을 갖고 있다. 매일 아침 세탁기에 따뜻한 물을 절반 정도 채우고 닥터 브로너스(Dr. Bronner's: 미국의 세제 브랜드—옮긴이) 라벤더 비누 두 방울을 넣는다. 아기 중 한 명의 기저귀라도 더러우면, 세탁기에 넣고 불린다. 하루가 끝날 때쯤 세탁기를 돌리고, 헹굼을 한 번 더 하고, 올 프리 클리어(All Free Clear: 미국의 세제 브랜드—옮긴이)를 추가한 다음 마지막으로 뜨거운 물로 세탁한다. 하루의 마지막 임무는 기저귀와 기저귀 커버를 건조기에 넣어 아침에 사용할 수 있도록 준비하는 것이다.

나는 아기들한테 천 기저귀 채우는 걸 좋아한다. 쌍둥이를 낳기 전부터 해보고 싶었던 일인데, 포기했던 것 중 하나를 되찾은 셈이다. 천과 비누, 물만 있으면 된다는 단순함이 마음에 든다. 그리고 일회용품을 사용할 때보다 더 자주 갈아줘야 하지만, 아기들을 더 자주 만질 수 있다는 점에서 친밀감이 느껴져 좋다. 아기들, 특히 에이버리를 위해 이렇게 할 수 있다는 사실에 마음이 평온해진다. 나는 에이버리를 위해 내가 할 수 있는 모든 걸 해주고 싶다.

다음으로 베넷이 엑서소서에 들어가고, 에이버리는 배밀이를 하도록 바닥에 엎드려놓는다. 그리고 카터에게 옷을 입히고, 나도 옷을 입는다. 소파를 한쪽 면으로, 소파 베개를 다른 쪽 면으로, 쿠션이 많은 의자를 세 번째 면으로, 식탁 의자를 옆으로 기울여 네 번째 면을 만든다. 이렇게 하면 아이들 모두를 위한 대형 놀이방이 완성된다. 아이들은 그 공간에서 함께 놀고, 나는 필요에 따라 새 장난감을 넣거나 기저귀를 갈아준다.

오전 9시에 아기들은 아침 낮잠을 잔다. 카터와 나는 아기들이 깨어날 때까지 플레이도(Play-Doh)를 갖고 놀거나 그림을 그리거나 색칠을 한다. 다시 기저귀를 갈고 나면 어느새 10시 30분. 한 팔로 에이버리에게 젖병을 물리고, 다른 팔로 베넷에게 모유 수유를 한다. 두 아기 모두 트림을 시키고, 자세를 바꾸고, 다시 트림을 시키고, 대형 놀이방에 다시 넣는다.

아이들이 싫증을 내면, 베넷을 바닥에 눕혀 배밀이를 하도록 한다. 베넷은 벌써 기어가려고 한다. 에이버리는 엑서소서에 들어가 회전판을 돌리고 딸랑이를 누른다. 그 애는 엑서소서를 곧잘 한다. 11시 30분이 되면 다시 식사 시간. 세 아이 모두에게 채소와 밥을 먹인다. 그런 다음 청소를 하고 기저귀를 한 번 더 갈아준다.

점심 식사 후, 우리는 신선한 공기를 마시기 위해 밖으로 나간다. 카터는 내가 유아차 미는 걸 도와주거나, 내 손을 잡아주거나, 돌멩이들을 보며 앞서 걸어가기도 한다. 나를 포함해 모두가 만족스러워하는 것 같은 이 시간이 하루 중 가장 달콤하다. 이 시간은 종이 한 장을 반으로 접은 부분과 같다. 앞부분은 이미 본 아침이고, 뒷부분은 아직 오지 않은 오후다. 우리는 숲속 작은 오솔길을 따라 걷는다. 마음과 몸과 정신을 일직선으로 정렬한 채 한가운데로 곧게 뻗은 길을 걸어간다.

산책 후, 아기들을 목욕시킨다. 수전을 돌려 따뜻한 물을 조금씩 틀어준다. 먼저 베넷을 물속에 넣는데, 그 애는 아기 안전 매트 위에 부처님처럼 단단히 앉는다. 배와 작은 다리 주변에 있는 젖살이 몸을 떠받쳐준다. 그다음은 에이버리다. 그 애는 조금 더 흔들거리기 때문에 어깨를 손으로 붙잡아 균형을 잡아준다. 에이버리는 베넷보다 더 마르고 길쭉하지만, 역시 작은 부처님 배를 가지고 있다. 어깨는 베넷보다 더 좁고, 머리카락은 더 두껍고 짙은 색이다. 베넷은 여전히 거의 대머리다.

에이버리는 물을 두드리는 걸 좋아하고, 가끔 얼굴에 물이 튀기도 한다. 에이버리는 울지 않는다. 젖은 긴 속눈썹에서 물방울이 떨어지는데도 미소를 지으며 계속 물을 튀긴다. 베넷은 욕조에서 긴장한다. 벌거벗는 것을 싫어하고, 표면이 반짝이고 이상하게 미끄러운 물을 불신한다. 에이버리가 물을 튀기는 것도 매우 싫어한다. 얼굴에 물이 한 방울이라도 튀면 화가 나서 얼굴이 빨개지고 울기 시작한다. 이런 일이 일어나기 전에 나는 두 아기의 등을 서로 맞대게 해서 에이버리는 놀 수 있게 하고, 베넷은 진정할 수 있게 한다.

쌍둥이를 처음 상상할 때, 나는 절대 똑같은 옷을 입히지 않겠다고 결심했다. 쌍둥이가 개개인으로서 존재하길 원했고, 내가 그걸 할 수 있는 한 가지 방법은 아기들을 마치 외둥이인 것처럼 옷을 입히는 거라고 생각했다. 나중에 에이버리가 진단을 받은 후, 내 전략을 재고하게 만든 선물을 우편으로 받았다. 멋진 작가이자 퀼터(quilter)인 내 친구 캐시(Kathy)가 보내준 소포였다. 캐시는 우리를 위해 2개의 아기 퀼트를 만들어주었다. 캐시는 보통 쌍둥이용 퀼트를 독특하게 만들지만, 이번에는 2개를 똑같이 만들었다는 설명이 담긴 쪽지를 함께 보냈다. 우리 아기들이 공유하는 걸 강조하고 싶었던 것이다. 그래서 나는 가끔 캐시와 같은 마음으로 아기들에게 똑같은 옷을 입히기도 한다. 하지만 대부분은 실용성이 문제다. 아기들에게 함께 입힐 커플룩이 많긴 해도 두 벌이 동시에 깨끗한 경우는 드물다. 하지만 캐시의 퀼트는 그녀의 통찰력을 떠올리기 위해 항상 곁에 두고 있다.

나는 에이버리의 어깨를 붙잡은 채 다른 손으로 수건 두 장을 바닥에 펼친다. 베넷에게 물방울이 떨어지지 않도록 조심하면서, 에이버리를 먼저 욕조에서 꺼내 수건 위에 앉힌다. 에이버리는 매우 유연해서 헝겊 인형처럼 둘로 접힌다. 그 모습이 요가 자세 중 하나인 발라아사나(bala-asana)와 비슷하다는 생각이 든다. 발라아사나는 '어린이 자세'를 뜻하며, 많은 스트레칭과 동작을 연습한 후에야 도달할 수 있다. 에이버리가 가장 좋아하는 자세이기도 하다. 가끔 자다가도 이런 자세를 취하고 있는 걸 발견하곤 한다.

이어서 베넷을 꺼내 수건으로 감싼다. 그런 다음 에이버리에게 다시 돌아가는데, 아직 젖어 있는 피부 전체에 아쿠아퍼(Aquaphor: 아기 보습제 브랜드—옮긴이)를 발라준다. 특히 발진이 있던 부위와 피부가 얇고 건조한 손발에 신경을 쓴다. 그런 다음 기저귀를 채우고 면 소재로 된 흰색 줄무늬가 있는 파란색 긴소매 우주복을 입힌다. 파란색이 에이버리의 눈을 돋보이게 하는 것 같아서 마음에 든다.

베넷의 경우는 속도가 중요하다. 옷을 벗고 있는 시간이 짧을수록 베넷은 더 행복해한다. 그래서 엉덩이에만 로션을 바른 후 빠르게 기저귀를 채우고 옷을 입힌다. 나는 몇 초 만에 기저귀를 채우고 옷을 입힐 수 있다. 베넷에게도 파란색 옷을 입히는데, 이 색상이 에이버리의 옷과 잘 어울린다.

목욕이 끝나면 오후 2시 30분. 아기들에게 모유 수유와 젖병 수유를 한다. 30분 후에는 오후 낮잠을 잔다, 요즘은 오후 낮잠이 길어져서 저녁 식사 시간이 거의 다 될 때까지 이어진다. 카터와 나는 오후에 특별한 시간을 함께 보낸다. 우리는 게임을 하거나 알파벳 글자를 말하고 쓰는 연습을 한다. 때로는 케이크나 파이, 쿠키를 만들기도 한다. 내가 피곤하면 함께 낮잠을 자자고 설득하기도 한다. 카터는 가끔은 그렇게 하긴 하지만, 이따금 아주 진지하게 이렇게 말한다. "오늘은 낮잠 안 자요, 엄마. 오늘은 안 돼요."

아기들은 오후 5시쯤 깨어난다. 나는 아기들에게 오트밀, 자두, 사과 소스, 요구르트, 고구마로 저녁을 먹인다. 또 한 번 치우고 나서, 종이 기저귀를 채운다. 두 아기 모두에게 아쿠아퍼 로션을 발라주고, 에이버리한테는 호흡이 편안하도록 식염수 코 점비액을 넣어준다. 때로는 베넷에게도 코 점비액이 필요하다. 두 아기 모두 밤새 따뜻하게 지낼 수 있도록 작은 파란색 수면 잠옷(sleep sack)에 넣는다. 아기들은 큰 창문 아래 바닥에서 유리창에 반사된 불빛과 소용돌이치는 눈을 보며 논다. 이때쯤이면 톰도 집에 와 있고, 아기들은 톰을 보며 신이 나서 즐거워한다.

이제 잠자리에 들 시간이다. 에이버리가 먼저다. 나는 에이버리만 안고 우유를 먹이며, 그 애의 반짝이는 눈을 바라본다. 에이버리의 피부는 너무나 부드럽다. 더 가까이 끌어당기면 나한테 녹아드는 것 같다. 에이버리는 정말로 나에게 거의 아무것도 요구하지 않는다. 나머지는 모두 내가 스스로 떠안은 것이다.

다음은 베넷. 베넷은 종종 심술쟁이 할아버지를 떠올리게 한다. 나는 베넷을 먹이고 목욕시키고 놀아주는 등 대부분의 시간을 그 애를 달래는 데 쓰는 것 같다. 마치 치어리더가 되어 점프를 하고, 공중제비를 넘고, 빙글빙글 도는 것 같다. B를 주세요! E를 주세요! N을 주세요! 넌 할 수 있어! 가자, 가자, 가자! 가자, 베넷! 내가 이렇게 까지 해야 베넷이 한쪽 눈을 뜨고, 구름을 슬쩍 보고, 비가 올 것 같다며 경기를 끝낼 것처럼 느껴진다.

그리고 마침내 카터 차례. 매일 밤 나는 카터에게 이야기를 읽어준다. 현재 카터가 제일 좋아하는 책은 오드리 우드(Audrey Wood)의 《그런데 임금님이 꿈쩍도 안 해요!(King Bidgood's in the Bathtub)》다. "송어, 송어, 송어"라고 말하는 부분에서 깔깔 웃는다. "송어는 물고기야, 엄마. 욕조에 물고기가 있어!" 카터가 말한다. 이야기가 끝나면, 우리는 이를 닦고 복잡한 잠자리 기도를 한다. 이 기도에는 모두를 축복하는 내용도 포함된다.

톰과 나는 단둘이 조용한 밤에 늦은 저녁을 먹는다. 식사하는 동안, 나는 기저귀 정리로 하루 일과를 마무리한다. 그 후에는 밤에 먹일 젖병을 준비하고 설거지를 하고 집을 정돈한다. 우리 둘이 함께 여유롭게 일하는 게 우리 생활의 리듬이다.

에이버리는 피아노를 좋아한다. 내가 무릎 위에 올려놓으면, 아주 조용해지면서 숨을 가쁘게 내쉰다. 피아노 초보인 나는 두 곡 정도만 안다. 〈시간이 지날수록(As Time Goes By)〉과 〈누군가 나를 지켜줄 사람(Someone to Watch Over Me)〉. 임신했을 때, 나는 이 곡들을 끝없이 반복해서 연주했다. 그래서 내가 마치 전곡을 다 아는 것처럼 보인다.

피아노는 오래된 짙은 색 목재로 만든 단순한 업라이트다. 건반 몇 개는 잘 눌리지 않고, 덮개를 닫는 손잡이 하나가 빠져 있다. 이 피아노는 필리스가 준 선물이다. 필리스는 피아노를 배우고 싶어 하는 나의 비밀 소원을 알고 있었다. 그래서 차고 세일에서 상아가 벗겨진 피아노가 거의 버려져 있는 걸 보고는 나를 떠올렸다. 피아노를 집으로 가져가 나무를 닦고, 부러진 현을 고치고, 새 상아를 붙였다. 그렇게 다시 연주할 수 있을 때까지 열심히 수리했다. 깜짝 생일 선물이었다. 필리스는 나에게 악보 하나도 주었다. 그 피아노로 연주할 수 있는 곡을.

"정말 사랑스러운 소리가 나." 필리스가 말했다. "보기만 해서는 절대로 알 수 없었을 거야."

내 무릎에 에이버리를 앉히고 피아노를 칠 때, 나는 그 애의 왼쪽 귀에 대해 생각한다. 그 귀를 바라보며 실패한 청력 테스트가 궁금해진다. 여러 가지 이론이 떠오른다. 제왕절개 과정에 양수가 들어갔을 수도 있다. 아니면 기계가 오작동했을 것이다. 단순히 검사가 잘못되었거나, 아니면 외이도가 너무 작았을지도 모른다. 시간이 지나면 나아질 것이다. 이것은 내 희망 사항이다. 피아노를 치는 동안 나는 이 모든 걸 생각하면서, 에이버리의 왼쪽 귀로 음표들이 들어가길 간절히 바란다. 에이버리가 피아노를 너무 좋아하기 때문에 나는 그 애가 들을 수 있다고 믿는다.

내 희망은 이 곡의 음표들이다.

카터는 정확히 누구의 생일인지 알 수 없더라도, 〈생일 축하합니다 (Happy Birth to You)〉라는 노래를 부르는 습관이 생겼다. 그 애가 부르는 가사는 이렇다. "Happy birthday to you, happy birthday to you, happy birthday, dear birthday, happy birthday to you." 이 노래 덕분에 하루하루가 축제 분위기다.

오늘은 더 이상 미숙아용 젖병을 사용하지 않게 된 기념일이다. 나는 그것들을 쓰레기통에 버린다. 그리고 거버(Gerber) 컬러 젖병으로 넘어간다. 큰 발전을 이룬 느낌이다. 이는 가볍게 내린 결정이 아니다. 나의 많은 연구 끝에 이루어진 것이다. 한동안 나는 플라스틱 젖병이나 일회용 라이너(liner: 젖병 내부에 넣어 쓰는 일종의 플라스틱 주머니—옮긴이)에서 나오는 화학물질의 위험성 때문에 유리 젖병 사용을 고려했었다. 하지만 온라인으로 주문하지 않으면 유리 젖병을 구할 수 없을 것 같았고, 유리 젖병을 깨끗하게 유지할 수 있을지(여전히 약간의 세균 공포증이 있다) 확신이 서지 않았다. 그래서 일회용 플라스틱 라이너를 사용하기로 결정했다. 완벽한 해결책은 아니다. 걱정해야 할 위험이 너무 많고 사방에 문제가 있다. 때로는 그냥 머리를 모래에 처박고 싶은 기분이다.

누군가는 이렇게 말할 수도 있다. **이런, 더 큰 걱정거리가 있지 않나요?** 하지만 나는 큰 문제 때문에 작은 문제까지 걱정하는 것이다. 어떤 종류의 젖병을 사용할지 같은 결정은 내가 통제할 수 있는 부분이다. 하지만 더 중요한 것은 우리가 에이버리와 함께 이미 불리한 상황에 처했다고 느낀다는 점이다. 나는 에이버리가 앞으로 살아가면서 겪게 될 도전에 뭔가를 더 보태고 싶지 않다. 다른 아들들보다도 에이버리에 관한 것이라면 작은 것까지 더 신경을 써야 할 것 같다.

나는 특히 카터 앞에서 에이버리를 호들갑스럽거나 특별하게 대하지 않으려고 노력한다. 에이버리와 카터의 관계에 어떤 색을 입히고 싶지 않다. 자연스럽게 스스로 발전하기를 바란다. 하지만 나는 카터가 아기들을 특히 잘 보호한다는 걸 안다. 아기들이 너무 가까이 다가오면, 카터는 라인배커(linebacker: 미식축구에서, 상대팀 선수에게 태클을 걸며 방어하는 수비수—옮긴이)처럼 몸으로 밀어내곤 한다. 특히 에이버리를 보호해준다. 나는 조이스와 전화 통화를 할 때까지 생각해봤는데, 조이스를 통해 그 답을 어렴풋이 알 수 있었다.

"에이버리가 모니터에 연결되어 있던 시기 때문 아닐까?" 조이스가 말했다.

나는 카터와 다운증후군에 대해 하려던 '대화'를 아직 하지 못했다. 아직은 적절하지 않은 것 같았다. 카터는 유전학에 대해 이해하지 못할 테고, 의학적인 문제 때문에 혼란스러워하거나 겁을 먹을 수도 있기 때문이다. 에이버리에 대한 편견을 갖게 할 만한 이야기를 꺼내고 싶지 않지만, 적어도 언급해야 할 필요성은 느낀다. 그래서 카터가 이해할 수 있는 방식으로 이야기하려고 노력한다.

"엄마나 아빠가 '다운증후군'이라는 단어를 말하는 거 들어본 적 있어?"

"네."

"그 단어가 무슨 뜻인지 궁금하지 않았니?"

"아니요."

"어쨌든 얘기해보자. 엄마는 그것에 대해서 이야기하고 싶어, 알았지?"

"네."

"이렇게 생각하면 돼. 모든 사람은 자신만의 모습을 갖고 태어난단다. 어떤 사람은 빨간색 머리카락을, 어떤 사람은 갈색 머리카락을 갖고 태어나. 어떤 사람은 키가 크고, 어떤 사람은 키가 작아. 어떤 사람의 눈은 파란색이고, 어떤 사람의 눈은 초록색이지. 그리고 모든 사람은 자기의 속도를 가지고 태어난단다. 어떤 사람은 빠른 속도로 가고, 어떤 사람은 더 느린 속도로 가지. 모든 사람에겐 자신만의 속도가 있어."

나는 카터를 내려다보며 그 애가 이해하고 있는지 궁금해진다. 나 자신도 겨우 이해하고 있는 걸 아이한테 설명하는 것은 어렵다.

다시 시작한다. "다운증후군은 에이버리가 아마 느린 속도를 가지고 있을 거라는 뜻이야. 그것은 에이버리가 크게 자라는 데 시간이 더 걸릴 수 있고, 새로운 것을 배우는 데 시간이 더 걸릴 수도 있다는 뜻이지. 하지만 우리가 시간을 주고 사랑해준다면, 에이버리는 괜찮을 거야."

"네."

"이해하겠니?"

"알겠어요."

"정말?" 내가 놀라며 묻는다.

"클리포드〔노먼 브리드웰(Norman Bridwell)의 동화《클리포드 더 빅 레드 도그 (Clifford the Big Red Dog)》에 나오는 개—옮긴이〕 같아요." 카터가 말한다. "작은 것들은 사랑으로 크게 자라요."

"맞아." 나는 카터의 말이 너무 쉽게 들려서 깜짝 놀랐다. 클리포드. 그 커다랗고 빨간 개는 한 작은 소녀의 큰 사랑 덕분에 점점 더 크게 자란다.

이렇게 추론할 수 있다. 즉, 에이버리는 몸의 모든 세포에 여분의 유전 물질을 가지고 있다. 이것은 불활성 물질이 아니다. 에이버리에게 영향을 미치며, 현재 표적 영양 개입(Targeted Nutritional Intervention, TNI)이라고 불리는 것을 통해 균형을 잡아야 하는 물질이다. 책을 확인해본다.《다운증후군 이해하기》《다운증후군 부모 가이드》《다운증후군 아기들》. 이 세 권의 책에서 TNI의 60년 역사를 종합해보면 다음과 같다. 1940년대에 헨리 터클(Henry Turkel)이라는 의사가 48가지 비타민, 호르몬, 효소의 조합인 U-시리즈를 만들었는데, 그는 이것이 다운증후군 아동의 외모와 지능을 개선한다고 믿었다. 40년 후, 또 다른 의사 루스 해럴(Ruth Harrell) 박사와 그녀의 동료들은 다운증후군을 포함해 다양한 진단을 받은 아동들을 대상으로 영양 치료 프로그램을 시작했다. 그들의 프로그램은 다량의 비타민, 미네랄, 갑상선 보충제로 이뤄졌다. 터클과 마찬가지로 해럴도 외모와 지능이 개선되었다고 보고했다.

더 최근에는 다운증후군을 앓고 있는 딸을 둔 엄마 딕시 로런스 타포야(Dixie Lawrence Tafoya)가 의학 연구원과 생화학자들을 영입해 터클의 것과 유사한 프로그램을 만들었다. 그녀는 이 프로그램을 엠에스비 플러스(MSB Plus)라고 부르며, 캐나다의 뉴트리켐(Nutri-Chem)이라는 회사를 통해 이를 제조하기 시작했다. 1996년 타포야는 뉴트리켐을 그만두고, 미국에서 인터내셔널 뉴트리션(International Nutrition, Inc.)을 통해 판매하는 다른 제품을 홍보하기 시작했다. 뉴트리벤-D(NuTriVene-D)라고 부르는 그녀의 이 새로운 포뮬러(formula: 조제분유—옮긴이)는 비타민, 미네랄, 아미노산, 항산화제, 소화 효소, 지방 보충제 등 40가지 이상의 성분으로 구성되어 있다.

세 권의 책은 모두 TNI에 대해 동일한 결론을 내린다. 삼염색체에 영향을 끼치긴 하지만 정확히 어떤 영향인지는 알려지지 않았다는 것이다. 각 염색체는 수십만 개의 생화학 물질에 대한 유전 정보를 가지고 있으며, 우리 몸은 수백만 개의 통제되고 질서 정연한 화학 반응으로 이루어진다. 다른 생화학 물질을 완화하기 위해 추가적인 생화학 물질을 도입하는 것은 현재로서는 추리 게임에 불과하다. 더 많은 연구가 필요하다.

나는 구글에서 '뉴트리벤-D'를 검색한다. 회사 웹사이트를 찾아내 클릭한다. 그러자 행복하게 웃고 있는 사람들 사진이 있는 파란색과 보라색 화면으로 이동한다. 오른쪽 구석에는 성조기가 흔들린다. 무료 전화번호와 '장바구니 보기' 버튼이 보인다. 합법적인 사업체 같다. 사실은 고급 비타민 숍처럼 보이지만 말이다. 자폐증과 여성용 프로바이오틱스 제품은 있지만, 다운증후군에 대한 정보는 찾기 어렵다.

자주 묻는 질문(FAQ) 섹션을 클릭해보니 "다운증후군이란 무엇인가요?" 같은 질문에 유전자 과발현을 다루는 답변이 나와 있다. "뉴트리벤-D는 무엇인가요?"라는 질문에는 데일리 서플리먼트(Daily Supplement), 데일리 엔자임(Daily Enzyme), 나이트타임 포뮬러(NightTime Formula)라는 제품명이 나열되어 있지만, 성분은 나와 있지 않다. 마지막에는 "뉴트리벤이 다운증후군 치료제인가요?"라는 질문이 있는데, 여기에 대한 대답은 분명히 "아니요"다. 더 활발하고 건강한 아기로 키울 수는 있지만 말이다.

그러다 에이버리의 참새 같은 작은 입을 떠올린다. 작은 몸, 동그란 배, 가느다란 다리. 긴 손가락, 긴 속눈썹, 눈에 박힌 별들. 에이버리는 정말 잘 먹는다. 젖병에 무엇이든 넣어주면 받아먹고, 입에 넣어주면 삼킨다. 알약을 으깨서 우유에 넣어주는 모습, 아니면 젤캡슐을 열어서 내용물을 혀에 떨어뜨리는 모습을 상상해본다. 하루에 두 번, 어쩌면 세 번. 매번 괜찮을까 고민할 것이다. 에이버리에게 해가 되지 않기를 바라면서. 내가 잘 알지도 못하는, 그 애의 몸 안에서 변화를 일으키는 수백만 개의 생화학 반응을 추측하면서.

그런 일을 할 수는 없다

내 친구 클로디아는 공중그네를 타는 여섯 살짜리 딸을 둔 엄마다. 클로디아의 가장 좋은 점 중 하나는 항상 사려 깊고 직관적인 말을 해준다는 것이다. 내가 인생에서 겪는 문제에 대해 물어보면, 내 마음이 무슨 말을 하고 있는지 생각해보라고 말한다. 만약 그 메시지가 명확하지 않다면, 클로디아는 이렇게 말한다. "**결정하지 않기로 결정하는 것도 괜찮은 선택이야.** 오늘은 결정하지 않기로 선택할 수도 있어."

그게 바로 내가 뉴트리벤-D에 대해 생각하는 방식이다. 아이디어는 괜찮다고 생각한다. 우리 모두는 아이들의 작은 몸 안에서 정상적인 흐름을 방해하는 무언가가 일어나고 있다는 것에 동의한다. 그러나 나는 우리 아이들은 여느 아이들과 다른 점보다 비슷한 점이 더 많다는 것을 읽고 또 읽었다. 한 번 더 온라인에 접속해 '다운증후군 영양'을 검색한다. 조앤 거스리 메들런(Joan E. Guthrie Medlen)이 쓴 《다운증후군 영양 핸드북: 건강한 라이프스타일 촉진 가이드 (The Down Syndrome Nutrition Handbook: A Guide to Promoting Healthy Lifestyles)》라는 책이 눈에 띈다. 내가 읽고 좋아했던 다른 많은 책을 낸 우드바인 하우스(Woodbine House)라는 출판사에서 출간했다. 그리고 조앤 거스리 메들런은 등록 면허를 가진 영양사이자, 다운증후군 아들을 둔 엄마다. 나는 이 책을 주문한다.

이 책은 마치 한 엄마가 다른 엄마에게 좋은 친구로서 쓴 것처럼 느껴진다. 메들런의 철학은 내 철학과 일치하는데, 그건 건강한 식습관이 라이프스타일의 선택이라는 것이다. 그리고 이 책에서 가장 마음에 드는 점은 가족이 함께 부엌에서 시간을 보내고 운동하는 걸 권장한다는 것이다. 현재로서는 메들런의 책이 TNI에 대한 우리 가족의 해답이다.

1월 중순인데도 바람이 따뜻하고 소나무 향이 묻어난다. 이 따뜻한 겨울바람을 치누크(chinook)라고 한다. 겨울의 차가운 눈은 초록색이다. 잔디는 푸르게 자라나고, 미루나무와 들장미도 초록빛 새싹을 틔우고, 높은 봉우리는 눈이 살짝 쌓인 채 상록수 카펫처럼 보인다. 마치 봄이 온 것 같다. 봄은 아기들을 위한 계절이다. 나는 임신 계획과 희망으로 너무도 새롭고 푸르렀던 지난봄을 생각해본다.

아빠와 함께 쇼핑을 다녀온 이후로, 나는 공공장소에 아기들을 더 자주 데리고 가려 한다. 그때와 마찬가지로 우리는 많은 짐을 꾸리는데, 이제는 혼자서도 감당할 수 있다. 카터는 여분의 시피 컵과 치즈 크래커를 챙겨 창문 옆에 놓인 카시트에 앉는다. 카터는 자기 옆에 앉히고 싶은 애를 선택하는데, 베넷보다 덜 울기 때문인지 에이버리를 고른다. 에이버리를 캐리어에 앉혀 차에 태우고, 마지막으로 베넷을 챙긴다. 기저귀 가방에 여분의 기저귀, 여분의 물티슈, 아기 크래커, 젖병을 챙겨 출발한다.

창고형 마트의 거대한 카트 대신, 슈퍼마켓에는 미니어처 자동차를 닮은 카트가 있다. 카터는 카트에 올라타 운전하는 척하고, 나는 베넷을 앞으로 메서 얼굴을 마주 보고, 에이버리는 캐리어에 앉힌 채 카트의 유아용 좌석에 놓는다. 그렇게 하면 에이버리가 칭얼거릴 때 미소를 지어주거나 젖병을 물려줄 수 있다.

슈퍼마켓에서는 세일을 하고 있다. 정문 입구에 피라미드처럼 쌓아놓은 두꺼운 골판지 상자에서는 레몬 10개를 1달러에 판매한다. 이 가격이면 우리 마을 사람 모두가 레몬 치킨, 레몬 타르트, 레모네이드 등을 먹을 것이다. 나는 10개를 고르고, 카터와 아기들에게 계속 말을 건다. 청바지에 체크무늬 셔츠를 입은, 수염이 덥수룩한 남자가 "오늘 달걀을 사야 할까?" 하는 내 말을 듣고 놀란 표정을 짓는 걸 보고서야 그 사실을 깨닫는다. 나는 고개를 숙이고 카트를 밀어 그를 지나친다.

장바구니에 바나나를 담는다. 우유, 치즈. 기저귀, 물티슈. 저녁 때 먹을 구운 닭고기도 구입한다. 카터는 베이커리에서 공짜 쿠키를 받는 데 익숙하다. 보통 그곳에는 강단 있는 마른 체형에 금발인 여자가 있다. 그 여자는 카터가 얼마나 착한 아이인지 나에게 꼭 말해준다. "베이커리 아줌마는 알고 있답니다. 사람들은 우리가 모른다고 생각하지만, 우리는 알아요. 우리는 산타클로스 같아요. 누가 나쁜지 누가 착한지 다 알고 있어요."

자신도 쌍둥이의 엄마이기 때문에(그녀도 트윈 피플 중 한 명이다), 항상 아기들에 대해 묻는다. 여자가 카운터 뒤에서 분홍색 꽃으로 하얀 케이크를 장식하다가 우리를 바라본다. "아기들이 너무 사랑스러워요." 그러곤 한숨을 쉬며 아이싱 주머니를 내려놓는다.

"아, 네." 진열장에 정신이 팔린 나는 건성으로 대답하고, 나란히 놓여 있는 초콜릿 치즈 케이크와 커스터드 과일 타르트를 쳐다본다. 치즈 케이크 위에는 초콜릿과 초콜릿 조각이 소용돌이 모양으로 얹혀 있다. 하지만 과일 타르트는 얇게 썬 키위와 통 딸기를 꽃처럼 배열했다. 맛있고 먹음직스러운 꽃이다. 나는 어느 것이 더 예쁜지 결정하려고 고민한다. 과일은 글레이즈로 덮여 있어 반짝반짝 빛나지만, 초콜릿 조각은 매우 예술적으로 쌓여 있다.

"나도 아기를 더 많이 낳고 싶었지만, 나이가 너무 많았어요." 여자가 말한다. 나는 고개를 끄덕인다. 네, 이해해요. 사치를 한번 부려볼까. 하나쯤 사도 될 것 같다. 하지만 어떻게 고르지? 아기들도 좋아할 텐데. 아마 과일 타르트가 좋겠지?

"아기를 계속 가졌다면, 지체아를 낳았을 거예요. 다운증후군 아이, 항상 침을 흘리는 그런 아이 말이에요."

나는 진열대로 향했던 눈을 들어 그녀를 쳐다본다. 여자가 혀를 내밀고 고개를 좌우로 흔든다. "알죠?" 그러곤 나를 향해 웃는다.

나는 깜짝 놀란다. 믿을 수 없어 그녀를 자세히 쳐다본다. 여자는 내가 자신에게 동의하며 웃음을 터뜨리길 바라는 듯 고개를 끄덕인다.

이해할 수가 없다. 에이버리에 대해 모르는 걸까? 이 작은 마을에서는 비밀을 지키기가 힘들다. 나를 놀리려는 걸까? 아니면 진심일까? 도무지 알 수가 없다. 눈물이 핑 돈다. 나는 커다란 자동차 흉내를 낸 쇼핑 카트를 휙 돌려 가장 가까운 통로 쪽으로 빠르게 밀며 계산대로 향한다.

카터는 이게 놀이인 줄 알고 외친다. "엄마, 더 빨리!"

아, 카터. 그 여자가 한 짓을 그 애가 봤는지, 그 여자가 한 말을 그 애가 들었는지 궁금하다. 식료품을 사지 않고 그냥 갈까 생각해 본다. 레몬과 우유, 바나나와 달걀이 담긴 카트를 두고 말이다. 하지만 카트를 밀고 가면 차에 타기가 더 수월하다. 나는 한 아기를 띠로 묶고, 다른 한 아기를 카트의 유아용 좌석에 태우고, 또 다른 아이의 손을 잡고 꼼짝을 못 한다. 나는 이 애들을 모두 품고 있다. 모두를 데려가야 한다. 나는 빠르게, 민첩하게 움직일 수도 없다. 나는 세 아이 때문에 둔하고 눈에 띈다. 느리게 움직이는 이동 수단이고, 쉬운 표적이다.

숨을 들이쉬고 내쉰다. 그리고 눈물을 훔친다. 서둘러 계산을 마치고 차에 안전하게 올라타자 내가 했어야 할 말들이 떠오른다. 다운 증후군 아기는 이렇게 생겼어요. 정말 예쁘지 않나요? 아니면 이렇게 말했어야 한다. 나도 예전에는 그렇게 생각했어요. 하지만 지금은 안 그래요. 그것도 아니면 이렇게라도 말했어야 한다. 두려워하지 마세요.

하지만 그러지 않았다. 비틀거리며 천천히, 서툴게 도망쳤다. 에이버리, 카터, 나 자신 중 누구에게 미안한 마음이 드는 건지 모르겠다. 실패한 것 같은 기분, 에이버리를 실망시킨 것 같은 기분이 너무 싫다. 다음에는 준비할 것이다. 다음에는 무슨 말을 해야 할지 알겠다.

집에 오니 '절망'이라는 단어가 떠오른다. 나는 저능아 아들을 둔 여자다. 상처가 너무 깊어서 어쩔 수 없이 봐야 할 때만 바라본다. 나는 톰에게 오늘 하루와 베이커리 여자에 대해 이야기한다. 톰과 함께라면, 안전하게 느껴지고 심지어 감당할 수 있을 것 같다.

나는 부엌에서 아기들의 오후 간식으로 바나나를 으깨면서 말한다. "이제 더 이상 '지체'라는 말은 쓰면 안 돼."

"동의해." 톰이 말한다.

"그게 얼마나 상처가 되는지 몰랐어."

"알아. 하지만 세상에는 지체 장애인이 많고, 에이버리는 그중 한 명이 아니야. 에이버리는 내가 아는 사람 중에서 가장 덜 지체된 아이 가운데 한 명이야."

"당신은 지난번에도 그렇게 말했어."

우리는 저녁으로 레몬 치킨을 먹기로 했다. 닭고기는 무게가 2.5킬로그램이다. 나는 수도꼭지에서 흐르는 물로 닭고기를 헹구고, 시원한 스테인리스 스틸 재질의 주방 싱크대에서 종이 타월로 물기를 닦은 후, 로스팅 팬에 넣고 소금과 후추를 뿌린다. 레몬을 잘라서 레몬타임(lemon thyme), 파슬리 가지와 함께 닭고기 안쪽을 반쯤 채운 다음, 가슴살과 다리에 올리브 오일을 뿌린다. 그런 다음 325℃ 오븐에서 껍질이 노릇해지고 팬에 있는 육즙이 맑아질 때까지 약 2시간 동안 굽는다. 세라의 둘째 아이가 태어났을 때도 이런 식으로 치킨을 구웠고, 필리스의 다섯 번째 아이를 위해서도 이렇게 했다. 로스트 치킨은 온 가족이 함께 먹는 음식이다. 왜냐하면 치킨이 구워지는 동안, 온 집 안에 저녁 식사 냄새가 진동하기 때문이다.

하루 일과를 끝내면, 내가 하고 싶은 일이라고는 큰 침대에 누워 시를 읽는 것뿐이다. 아이들을 내 품에 안고, 내가 사랑하는 것들로 내가 사랑하는 모든 걸 지키고 싶다. 부드러움, 포근함. 건조기 안에서 돌아가는 천 기저귀. CD에서 흘러나오는 클래식 기타 연주. 오븐에서 구워지는 레몬 치킨. 내가 줄 수 있는 것은 이게 전부다. 내가 할 줄 아는 것은 이게 전부다.

레이먼드 카버(Raymond Carver)가 말년에 쓴 《폭포로 가는 새로운 길(A New Way to the Waterfall)》이라는 책에서 시 한 편을 찾는다. 이 시는 내가 베이커리 여자에게 해주고 싶었던 대답처럼 느껴진다. 나는 그 말들을 여러 번 반복해 외울 때까지 닳아빠진 책의 시와 대조한다.

늦은 단상

그리고 당신은 이생에서
원했던 것을 얻었나요, 결국?
나는 얻었어요.
당신이 원했던 것은 무엇이었나요?
스스로를 사랑받는 존재라 부르고
이 땅에서 사랑받는 존재라고 느끼는 것이었답니다.

10

알파벳 수프

안개가 북쪽에서 호수를 가로질러 밀려와 내려앉는다. 나는 나흘 동
안 밖에 나가지 못했다. 베넷은 새벽 4시부터 일어나 칭얼거리며 젖
을 먹는다. 베넷을 기쁘게 하는 건 아무것도 없다. 에이버리도 울고
있는데, 이유를 모르겠다. 아마도 변덕스러운 날씨 때문일 것이다.
따뜻한 바람은 사라지고, 지금은 계곡이 다시 뒤집혀 더 강한 겨울
이 돌아왔다. 자동응답기에는 엄마와 팸의 메시지가 있다. 그들이 걱
정하고 도와주고 싶어 한다는 걸 알지만, 나는 말을 정리해서 할 기
운도 없다.

　나는 베넷에게 젖을 먹이고, 톰은 에이버리에게 젖병을 물린다. 베
넷은 여전히 보채고 있다. 나는 베넷에게 시리얼을 먹이려 한다. 아
기의 표정을 통해 덩어리가 너무 크다는 걸 알 수 있다. 우유를 넣어
묽게 해보지만, 역시 소용이 없다. 눈이 내리기 시작한다. 장작 난로

의 불이 꺼져버렸다. 너무 춥다. 어디서부터 시작해야 할지 모르겠다. 피곤하고 머리가 아프고 해야 할 일은 너무 많다. 톰과 카터, 그리고 나를 위해 달걀 요리를 해야겠다고 생각한다. 모두가 달걀을 좋아하니까. 하지만 냉장고를 열자마자 바비큐 소스병이 떨어져 깨지면서 적갈색 내용물이 바닥에 온통 튄다.

머리가 지끈거린다. 베넷은 울고 있다. 싱크대에서 행주를 집어 들고 허리를 굽혀 닦기 시작한다. 톰은 나에게 어젯밤 소방서에서 있었던 회의에 대해 무언가를 말하고 있다. 나는 바비큐 소스병 조각처럼 부서진다.

"당신의 문제는 모든 걸 꾹꾹 참았다가, 결국 폭발한다는 거야. 그래서 사람들이 당신을 변덕스럽다고 생각하는 거라고." 톰이 말을 잇는다. "나는 당신이 밤 외출을 더 즐겼으면 좋겠어. 당신이 집을 비우면 우리 모두한테 부담이 되긴 하지. 그리고 당신은 매번 화난 상태로 집에 돌아와. 내 말은, 이젠 좀 그만했으면 좋겠어."

나는 베넷을 식탁 의자에서 빼내 팩앤플레이에 넣는다. 베넷은 여전히 울고 있다. 에이버리를 안아서 그네에 태운다. 톰이 나를 바라본다. 카터도 마찬가지다. 모두가 아무 말도 하지 않는다. 심장이 빠르게 뛰고 메스껍다. 이렇게 화가 나는 게 싫다. 그 자리를 벗어나 카터의 침대로 들어가 이불을 머리 위로 끌어 올린다. 심장 박동이 느려질 때까지 길게 천천히 숨을 쉰다. 머리는 여전히 아프다. 너무 피곤하다.

잠시 후, 톰이 들어온다. "정말 미안해." 내가 말한다. "참다가 화를 내서. 당신이 내 주위에 있는 유일한 어른이라 당신한테 화풀이를 했어. 그건 옳지 않아. 미안해."

"괜찮아." 톰이 부드럽게 말한다. "당신은 자야 해. 좀 쉬어. 그동안
내가 정리할 테니까." 그러곤 몸을 기울여 내 머리에 입을 맞춘다.

잠에서 깨어나니, 오후의 약한 햇살이 방 안을 비스듬히 비추고 있
다. 두통은 사라졌다. 장작 난로에서는 불이 활활 타오르고, 잘게 쪼
갠 장작더미가 가지런히 쌓여 있다. 부엌 바닥은 깨끗하다. 장난감도
정리되어 있고, 카펫은 진공청소기로 청소한 듯 깔끔하다. 하지만 가
장 눈에 띄는 것은 고요함이다. 톰은 카터와 아기들을 데리고 밖에
나가 내리는 눈을 맞으며 놀고 있다. 나도 코트와 부츠를 신고 그들
에게 간다.

공기는 상쾌하고 차갑고 신선하며, 새로운 시작처럼 느껴진다. 태
양이 빛나고 눈은 무지개 빛깔로 물들어 있다. 나는 톰에게 다가가
끌어안는다.

"고마워." 내가 말한다.

"천만에."

유아차에서 안전벨트를 찬 채 담요를 덮고 있는 아기들이 보인다.
에이버리에게 키스하고 베넷에게도 키스한다. 그리고 카터를 바라본
다. 카터는 형의 기술에 넋을 잃은 동생들에게 시범을 보이듯 두 발
로 눈을 푹푹 밟고 있다. 나는 카터에게도 키스하려고 했지만, 그 애
는 나를 외면한다. 내 기억에 카터가 나를 피한 것은 처음이다. 슬픔
과 아쉬움이 잔뜩 밀려온다. 내 아들은 정말 빨리 자라고 있다.

에이버리가 할 수 있는 것은 고개 들기, 구르기, 잠자기, 젖병을 스스로 붙잡고 먹기 등이다. 할 수 없는 것은 기어다니기다. 나는 에이버리에 대해 궁금한 점을 적는 작은 스프링 노트의 긴 목록에 이런 질문을 추가한다. "근육이 느슨한가, 긴장되어 있는가? 척추 곡선, 발성/청력, 균형 감각은? 수동적인 성격인가, 능동적인 성격인가? 그리고 이것은 타고난 성격인가, 아니면 자폐 스펙트럼 장애인가?" 하지만 내 문제는 누구한테 물어봐야 할지 모른다는 것이다. 읽으면 읽을수록 답을 아는 사람은 하나밖에 없는 것 같다. 바로 에이버리다. 에이버리는 작고 주름진 손바닥에 그 열쇠를 쥐고 있다.

나는 에이버리를 엑서소서에 태우고, 내 옆으로 당긴다. 베넷은 내 무릎에 앉아 컴퓨터 자판을 두드리고 있다. 나는 빨리 작업하려고 무심코 아이의 손을 밀어낸다. 그리고 예전에 북마크해둔 사이트 중 하나, 즉 초보 부모 가이드를 소포로 보내주었던 NDSS 사이트를 연다. 컴퓨터 화면이 파란색, 황갈색, 빨간색의 홈페이지로 바뀌더니 아기, 어린이, 청소년, 성인의 사진이 나타난다. 변화하는 사진 아래에는 이런 문구가 적혀 있다. 그녀가 스스로 결정을 내리고 다른 사람들로부터 신뢰를 얻을 수 있기를, 내 아들이 충만한 삶을 살 수 있기를, 다운증후군 사람들이 더 이상 낙인찍히지 않고 인간으로 인식될 수 있기를, 그리고 모든 부모가 다운증후군 자녀를 낳는 게 세상의 끝이 아님을 알게 되기를.

베넷이 아기들을 보고 옹알이를 하며 화면을 만지려 한다. 나는 왼손으로 베넷의 두 손목을 잡고 계속 읽는다. 나는 내 아들이 자라서 우리 사회에 기여하는 구성원이 되고, 부모와 아이들이 미래에 대한 희망을 품게 되길 바랍니다.

나는 사진 하나하나에 마치 중요한 단서라도 있는 것처럼 유심히 들여다본다. 한 소녀가 비눗방울을 부는 사진을 보니 카터와 함께 처음으로 비눗방울을 불었던 기억이 떠오른다. 따뜻한 봄날, 우리는 잔디밭에 담요를 깔고 앉아 있었다. 다음은 기타를 연주하는 젊은 남자의 사진. 에이버리에게도 기타를 가르쳐야겠다는 생각이 든다. '생일 축하해, 사랑해요, 엄마, 아빠'라고 적힌 카드를 보고 있는 소년의 사진도 있다.

나는 머리 모양과 옷, 장난감, 그들의 활동을 자세히 살핀다. 호수에서 카약을 타는 소년을 보고 생각한다. **우리도 카약을 탈 수 있을 거야.** 미스터 포테이토 헤드 인형을 가지고 노는 아이를 보고 생각한다. **미스터 포테이토 헤드를 하나 사야겠군.** 파란색 발레복을 입은 여자아이와 빨간색 발레복을 입은 여자아이도 있다. 베넷이 불편해하는 것 같아서 두 아기들을 바꾼다. 에이버리를 내 무릎에 앉히고 베넷을 엑서소서에 앉힌다. 베넷은 파란색과 빨간색 핸들을 마구 휘두르다 팔이 끼인다. 나는 베넷의 팔을 빼주고 머리를 쓰다듬는다.

NDSS는 매년 갈라 경매(gala auction), 봄 오찬, 부티크, 골프 대회 등 여러 가지 행사를 후원한다. 그들의 중요한 행사는 가을에 열리는 버디 워크(Buddy Walk)다. 나는 버디 워크 티셔츠를 입은 많은 아이들 중에서 누가 다운증후군이고 누가 아닌지 추측해보려고 자세히 살펴본다. 버디 워크는 전국 300여 개 지부에서 동시에 열리는데, 기금을 모으고 다운증후군에 대한 인식 개선을 촉구하는 행사다.

전화벨 소리에 손을 멈춘다. 여동생 글리니스다. "아기들 사이즈가 어떻게 돼?" 여동생이 묻는다. 잘 들리지 않는다. "12개월짜리 괜찮아?"

"응, 무슨 일이야? 어디야?"

"쇼핑 중이야." 글리니스가 말한다. 글리니스는 자신의 편두통에 대해 말하고, 3월 말에 있을 첫 시험관 아기 시술을 준비하기 위해 스스로 호르몬 주사를 맞고 있다고 한다. 내가 마지막으로 글리니스를 만난 건 카터가 갓난아기였을 때다. 그때 글리니스는 카터에게 가사를 거의 알아들을 수 없을 정도로 부드럽게 속삭이듯 노래를 불러 주었다. "You are my sunshine, my only sunshine." 글리니스는 엄마가 우리에게 그랬던 것처럼 노래를 불렀다.

그리고 지금 글리니스는 아기용품 할인 매장에서 휴대폰으로 전화를 걸어 내 아이들을 위해 물건을 고르려 한다. 자신은 아이를 가질 수 있을지 확신할 수 없는데 말이다. 다시 한번 나는 내 삶, 짐이 아닌 나의 짐, 나에게 주어진 풍요로움인 내 아이들을 생각한다.

전화를 끊고 나서 문득 지역 보건소 간호사가 줬던 종이가 기억났다. 코트를 찾아 주머니를 뒤진다. 구겨졌지만 온전한 종이를 꺼낸다. 전화를 걸어 수화기 너머에 있는 여자에게 나를 소개한다. 캐럴라인, 로비(Robby)의 엄마다. 내가 그녀에 대해 아는 건 이게 전부다. 하지만 나는 캐럴라인에게 에이버리의 기기와 관련해 궁금한 점을 묻는다. "로비가 기는 데 시간이 오래 걸렸나요?"

캐럴라인은 어떤 문제가 있었던 기억은 없다고 말하면서, 자기 집으로 와서 이야기할 수 있겠냐고 묻는다. 나는 좋다고 대답한 후 약속을 잡았다.

다음 날 오후, 나는 톰에게 카터와 아기들을 맡기고 골프장 개발 지구에 새로 지은 집의 주소로 차를 몬다. 아침 내내 무엇을 입고 무엇을 가져가야 할지 고민했다. 결국 깔끔하고 캐주얼해 보이기를 바라며 청바지와 초록색 블라우스를 입기로 했다. 그리고 캐럴라인에게 내가 편집한 육아 관련 책 한 권을 선물하기로 했다. 그 책에 실린, 내가 가장 좋아하는 에세이 중 하나는 학습 장애 자녀를 둔 어머니가 쓴 글이다. 초인종을 누르는데, 가슴이 두근거린다.

문이 열린다. 캐럴라인은 전화 목소리보다 더 어리고, 내가 상상했던 것보다 더 젊었다. 갈색 머리에 밝은 미소, 날씬하고 예뻤다. 캐럴라인이 나를 티끌 하나 없는 집 안으로, 둥근 천장에 크림색 카펫이 깔려 있는 거실로 안내한다.

"마침 로비가 학교에서 돌아왔어요." 캐럴라인이 나에게 말한다. "데리고 올게요." 그러곤 왼쪽 복도로 사라졌다가 파란색 눈에 금발인 카터 또래 소년의 손을 잡고 다시 나타난다. 나는 숨을 들이마신다. 에이버리가 여섯 살이 된다면, 이 아이와 판박이일 것이다.

로비는 나에게 특별히 관심이 없다. 하지만 엄마가 "로비, 인사해"라고 말하자 마지못해 그렇게 한다. 그러곤 자기 방으로 돌아가고 싶다는 몸짓을 한다. 엄마가 몸을 굽혀 로비의 귀에 대고 무언가 속삭이자, 고개를 끄덕인다. 로비가 복도를 내려가더니, 겨드랑이에 기사(knight)와 말 묶음을 끼우고 나무로 만든 성을 질질 끌며 거실로 돌아온다. 나는 그 애를 안아주고 싶은 충동을 억누를 수 없다.

"제가 같이 놀아도 될까요?" 나는 캐럴라인에게 묻는다.

"그럼요."

나는 바닥에 무릎을 꿇고 플라스틱 장난감 말을 조심스럽게 집어든다. 말을 가지고 성으로 달려가며 히힝거린다. 로비가 웃는다. 나는 더 멀리 달려가고, 로비는 다시 웃는다. 로비가 말을 가져와 나를 쫓아오기 시작한다. 나는 히힝거리며 도망가고, 로비는 말을 성 주변으로 움직인다. 그러다 재빨리 방향을 틀어 내 말을 붙잡는다. 나도 웃는다. 카터와 놀던 때가 생각났다.

로비가 손을 움직이며 나에게 무언가를 물어본다. 하지만 무슨 뜻인지 모르겠다. 내가 쳐다보자 캐럴라인이 말한다. "당신이 쿠키를 먹을지 알고 싶대요."

"괜찮겠어요?"

"물론이죠."

"응, 나도 쿠키 먹고 싶어." 나는 로비에게 말한다. 내 말을 이해했는지 물어보려고 캐럴라인을 돌아보는데, 로비가 주방으로 달려가더니 아일랜드 식탁의 스툴을 꺼내고, 나에게 앉으라는 듯 자기 옆에 있는 스툴을 두드린다.

캐럴라인이 나와 로비에게 오레오(Oreo: 미국의 쿠키 브랜드—옮긴이)와 우유를 한 잔씩 가져다준다. 우리는 함께 앉아서 우유를 홀짝이고 쿠키를 먹는다. 로비가 쿠키를 우유에 담그고, 나도 똑같이 한다. 우유와 쿠키를 다 먹고 나자, 로비가 엄마에게 무언가를 물어본다. 나는 또 이해를 못 한다. 캐럴라인이 설명해준다. "만화를 봐도 되냐고 묻네요." 캐럴라인은 로비에게 그러라고 말하고, 로비를 소파에 앉힌다.

로비가 바쁜 시간을 보내는 동안, 캐럴라인과 나는 주방 아일랜드 식탁의 스툴에 앉는다. 캐럴라인은 아주 젊었을 때 로비를 낳았고,

미숙아로 태어난 그 애는 신생아집중치료실에서 지냈다고 한다. 나는 고개를 끄덕이며 나의 쌍둥이도 미숙아로 태어났다고 말한다. 캐럴라인은 지금 간호학과 학생인데, 곧 졸업할 예정이라고 했다. 그리고 더 이상 아이를 가질 계획은 없다고 했다. 이유를 묻고 싶지만, 왠지 실례인 것 같다. 대신, 기어다니는 것에 대해 묻는다. 캐럴라인은 로비가 여기저기 기어다니곤 했는데, 문제가 생겼던 기억은 없다고 말한다. 그리고 CDC, 즉 아동발달센터에 전화해봤는지 나에게 묻는다.

"아니요, 아직 안 해봤어요." 나는 솔직하게 대답한다.

"전화해보면 도움이 될 거예요."

만화가 끝나자, 로비는 도리토스(Doritos: 미국의 스낵 브랜드—옮긴이)를 먹고 싶어 한다. 캐럴라인은 3개만 먹으라고 말한다. 로비는 찬장으로 가서 봉지를 꺼내 3개를 입에 넣는다. 그리고 3개를 더 손에 쥔다.

"안 돼, 로비. 3개는 세 조각이라는 뜻이야." 캐럴라인이 말한다. 로비가 토라진다. 이런 모습은 우리 집에서도 예전부터 여러 가지 일로 자주 보던 것이다. 나는 캐럴라인의 단호함과 결의에 감탄한다. 캐럴라인은 상황을 누그러뜨리려는 듯 로비에게 피아노 연주를 하고 싶은지 묻는다.

로비가 고개를 가로젓는다.

캐럴라인은 말 타기에 대해 이야기하고 싶은지 묻는다.

이번에도 로비는 싫다고 한다.

이번엔 성 쌓기 놀이를 하고 싶은지 묻는다.

여전히 싫다고 한다.

마지막 수단인 듯 책을 읽고 싶은지 묻는다.

로비의 눈이 반짝인다.

"가방에서 책을 가져와." 캐럴라인이 말한다.

로비는 책을 가져와서는 푹신한 의자에 자리를 잡는다. 그러곤 나에게 옆에 앉으라고 손짓한 후, 첫 페이지를 펼친다. '나는 할 수 있다……'라는 문장이 보인다. 나더러 읽어달라는 뜻인 것 같아 읽기 시작한다. 캐럴라인이 부드럽게 말한다. "로비가 직접 읽게 두세요." 나는 충격을 받고 깜짝 놀란다. 이렇게 흥분한 적이 언제인지 기억도 나지 않는다.

쉰 듯한 목소리. 그래도 로비는 정확한 음절로 발음한다. 로비에게는 힘겨운 일이다. 하지만 자신이 보고 있는 것과 말하고 있는 것을 분명히 이해하고 있다. 나는 눈물을 흘리기 시작한다. 눈물을 흘리며 이렇게 생각한다. **여기서 도움이 필요한 것은 누구일까?** 나는 만난 지 얼마 되지 않았지만 내 아이 같은 이 작은 소년에게서 행복과 희망과 사랑을 느낀다. 캐럴라인이 내 어깨를 토닥이고 공감한다는 듯 고개를 끄덕이며 말한다. "알아요, 알아요. 정말 멋진 일이죠."

책 읽기가 끝난다. 나는 로비에게 정말 대단하다고 말한 다음, 안아줘도 되는지 묻는다. 로비가 고개를 끄덕이며 가장 편안해 보이는 표정과 몸짓을 한다. 나는 집에 있는 가족한테 돌아가야 하지만 떠나기가 싫다. 로비가 나에게 책을 읽어주는 지금 이 순간, 이곳에 영원히 머물고 싶다. 나는 할 수 있다, 나는 할 수 있다, 나는 할 수 있다.

CDC의 전화번호는 신생아집중치료실에서 퇴원한 후 냉장고에 붙여 놓은 분홍색, 보라색, 빨간색, 주황색 브로슈어에 있었다. 오늘은 그걸 펼쳐 목록을 읽어본다. 평가 및 진단 서비스. 자폐 스펙트럼 장애 평가. 신생아집중치료실 후속 선별 클리닉. 영유아 선별 검사. 가족 교육 및 지원. 부모와 자녀가 새로운 기술을 배울 수 있도록 지원. "몬태나주 보건복지부로부터 일부 자금 지원을 받는 비영리 민간단체로, 몬태나주 서부의 7개 지역 사회에 서비스를 제공한다. 아동 발달, 특수 교육, 소아 치료 또는 관련 분야의 학위 소지자로 구성되어 있다."

전화를 걸어 자동응답기에 메시지를 남긴다. 나는 내 목적을 이렇게 밝힌다. "제 이름은 제니퍼 그론버그입니다. 제 아들 에이버리가 다운증후군을 앓고 있는데, 어떻게 해야 할지 모르겠습니다." 이렇게 단순하고 꾸밈없이 사실대로 말한 것은 이번이 처음이다. 말을 하면서 감정 없이 고른 목소리를 유지하려고 노력했다. 하지만 마지막에 이르자 가식적인 모습은 깨지고, **어떻게 해야 할지 모르겠다**는 말이 급하게 튀어나왔다. 전화를 끊고 회신을 기다린다. 전화가 온다. 나는 자신감 있고 침착한 모습을 보이려고 최선을 다한다.

첫 번째 약속 날. 나는 스바루를 운전해서 오는 브리트니를 마중하기 위해, 아기들과 카터를 데리고 고속도로로 나간다. 전화로 길을 알려주거나 지도를 그려서 우편으로 보낼까 생각도 했지만, 도로 표지판이 거의 없고 길을 안다고 생각해도 방향을 잃기가 쉽다. 그래서 브리트니가 우리 집까지 따라올 수 있도록 고속도로에서 만나기로 했다.

나는 브리트니의 차가 잘 따라오는지 백미러로 자주 확인한다. 운전하면서 브리트니가 무엇을 볼지 상상해본다. 구불구불한 도로. 수많은 나무. 숲 사이로 보이는 호수의 푸른 물. 돌출해 있는 바위. 더 많은 나무와 저 멀리 숨어 있어 보이지 않는 집들. 길은 점점 더 위로 올라간다. 나무로 둘러싸여 벽처럼 보이는 곳으로 들어선다. 그곳이 바로 우리 집 진입로다. 다시 올라간다. 브리트니는 잘 따라오고 있다. 차를 세우고 아이들을 내린다. 브리트니도 내 옆에 주차한다.

"와, 혼자서는 절대 못 찾았을 거예요."

나는 브리트니를 바라본다. 대학을 갓 졸업한 듯 어려 보이는 브리트니는 로라이즈(low-rise) 청바지에 밑창이 두꺼운 신발, 독특한 검은색 안경을 썼다. 짙은 갈색 머리에는 빨간색 줄무늬가 있다. 나는 무엇이 사람들을 이런 직업으로 끌어들이는지 문득 궁금해진다. 브리트니에게 너무 열심히 일하지 말라고 조언해주고 싶다. 인생을 즐기고, 사랑에 빠지고, 자신의 아이를 가지라고.

"여긴 정말 특별한 곳이에요. 다른 세상 같아요. 정말 조용하겠어요."

나는 미소를 짓는다. 우리 집까지 오는 길에 대한 첫 반응을 보면 그 사람에 대해 많은 걸 알 수 있다. 때로는 경외감을 표현하기도 하고, 때로는 큰길로 돌아가는 방법을 알고 싶어 한다. 하지만 오늘은 조심스럽다. 이건 평범한 상황이 아니기 때문에, 아무리 노력해도 그 사실을 잊을 수가 없다. 이 여자가 나를 평가하러 온 것 같아서 조심스럽다.

"외롭지 않으세요?"

"아니요." 나는 단답형으로 말한다. 허점을 보이는 대답은 하지 않을 것이다.

브리트니는 차 뒷좌석에서 무언가를 더듬거리고, 나는 아기 캐리어를 꺼낸다. 브리트니는 커다란 검은색 가방과 지갑, 서류로 가득한 두꺼운 바인더 등 자신의 물건을 들고 섰다. 우리는 라디오에서 부드러운 음악이 흘러나오고 슬로 쿠커(slow cooker: 음식물을 오랜 시간 천천히 익힐 때 사용하는 전기 주방 도구—옮긴이)에서 수프가 끓고 있는 집 안으로 들어간다. 장난감은 모두 정리해두었고, 카펫은 진공청소기로 청소했으며, 바닥은 깨끗하게 쓸었다. 아마 이게 가장 큰 속임수일 것이다. 우리 집은 엄청난 노력 없이는 이렇게 정돈되지 않는다. 나는 아기들을 각각 유아용 식탁 의자에 앉히고, 점심을 먼저 먹어도 괜찮은지 물어본다. 이것은 일종의 테스트다. 나는 이 여자가 우리와 함께 식사하길 원한다.

톰과 내가 갓 결혼했을 때, 우리는 몬태나 동부의 드넓은 평원에서 살았다. 그때 나는 그레이스(Grace)라는 이름의 여성으로부터 '이웃'이라는 개념을 처음 접했다. 그레이스는 백발을 머리 꼭대기에 쪽찐 채로 묶었다. 크고 둥근 안경 너머로는 회색 눈을 깜빡였다. 링컨 타운 카(Lincoln Town Car)를 너무 빨리 몰다가 종종 도랑에 처박히곤 했는데, 그럴 때면 누군가가 트랙터를 타고 지나가다 자신을 끌어내주길 침착하게 기다렸다. 그레이스는 모든 전화 통화를 뜬금없이 시작하며 "오늘 날씨 덥지 않나요?" 또는 "비가 언제쯤 올 것 같아요?" 같은 말을 던지곤 했다.

전화를 건 사람이 누구인지 알아차리는 데는 항상 생각보다 시간이 더 걸렸고, 그 불확실성 때문에 약간 혼란스러웠다. 그런데 그건 그레이스와 함께 있기에 딱 좋은 마음가짐이었다. 그레이스는 이웃에 대한 구시대적 생각을 고수했다. 그래서 우리가 가끔씩 들러주길 기대했고, 그럴 때면 함께 식사를 하는 게 최선이었다. 브리트니에게 수프를 대접하는 것은 아마도 오늘의 가장 진실된 일이리라. 이게 우리의 본모습이고, 이게 우리가 믿는 것이다. 만약 우리의 일원이 되려면, 여기서 시작해야 한다. 함께 식사하는 것 말이다.

브리트니는 점심을 먹는 데 동의했지만, 어디에 앉아야 할지 몰라 했다. 이 여자도 긴장하고 있을지 모른다. 나는 전망이 가장 좋은 가운데 자리에 앉으라고 말한다. 반짝이는 회색빛 호수가 작은 물결을 일으킨다. 낮은 구름이 물 위에 걸쳐 있어 멀리까지 볼 수 없고, 호수도 많은 걸 드러내지 않고 있다. 그릇과 숟가락과 빵을 꺼내 식사를 시작한다. 브리트니는 에이버리에 대해 묻는 대신, 자신에 대해 이야기한다. 말을 하는 동안, 곧게 편 바른 자세에서 자연스럽게 구부정한 자세로 바뀐다. 브리트니는 자기 아이는 없지만 아이들을 사랑한다고 말한다. 고모로서 조카들과 많은 시간을 보낸다고도 했다.

브로슈어에 적힌 브리트니의 직책은 가족 지원 전문가였는데, 나로선 생소한 직책이라 가능한 한 미묘한 방식으로 묻는다. "그런데 무슨 일을 하세요?" 브리트니는 내가 읽고 서명할 수 있도록 서류 더미를 가져왔는데, 그중에는 '서비스 제공자 설명'이라는 제목이 적힌 것도 있다. 거기에 따르면 브리트니는 매주 우리 집으로 와서 교육과 지원을 제공할 것이다. 그리고 에이버리의 발달 욕구를 촉진하기 위해 설계된 프로그램을 실행할 것이다. 나에게도 전략과 교수 기법을 보여주고 필요한 자료를 구하고 조정하는 데 도움을 줄 것이다. 문득 이런 생각이 든다. **이 여자가 우리 건강 보험을 알아보는 데도 도움을 줄 수 있을까?**

나는 나머지 서류도 살펴본다. 한쪽 페이지에는 CDC가 "발달 장애를 앓거나 발달 지연 위험이 있는 개인의 발달과 안녕을 증진하기 위해 가족을 강화한다"는 설명이 쓰여 있다. 무슨 뜻인지 모르겠다. 또 다른 페이지는 일종의 가족 권리장전 같다. 각 가족은 고유하고, 각 아동은 고유하며, 아동의 가족은 팀의 주요 구성원이며, 서비스 참여는 항상 가족의 선택이어야 한다고 명시되어 있다. 나는 여전히 그 팀이 누구인지, 어떤 서비스를 제공하는지 잘 모르겠다. 서비스 계약서와 서비스 중단 절차도 있다. 예컨대 아동이 성장하거나 이사하는 경우, 당사자가 동의한 후속 조치에 참여하지 않는 경우, 약속을 50퍼센트 미만으로 지키거나 6개월 동안 연속 3회 방문을 취소하는 경우, CDC 자금을 오용하는 경우 등이 여기에 해당되었다.

문득 배 속이 답답해지기 시작한다. 불만 처리 절차, 의무 보고. 나머지 문구는 한눈으로 대충 훑어본다. 어차피 다른 의지할 곳이 없어 X 표시에 서명한다. 브리트니는 내가 더 읽어야 할 정보와 다운증후군에 관한 DVD를 준다. 궁금한 점이 있으면, 일주일 후 다시 올 때 묻거나 내가 언제든지 전화해도 좋다고 한다. 의심스러운 구석이 있기는 하지만 브리트니가 마음에 든다. 식사가 끝날 무렵, 브리트니는 내가 식탁에서 그릇을 치우고 식기세척기에 그릇 넣는 걸 도와준다.

모든 정리가 끝난 후, 브리트니가 에이버리에 대해 묻는다. 나는 노트를 꺼내 근육 이완, 척추 곡선, 발성 및 청력과 관련된 질문을 읽는다. 이 여자가 답을 가지고 있을 것 같지는 않다. 사실, 내가 도움을 받고 싶은 것은 딱 한 가지다. 에이버리는 언제쯤 기어다닐 수 있을까?

브리트니는 모른다고 한다. 하지만 내 질문에 답해줄 만한 사람이 있을 거라고 말한다. 그리고 어쩌면 나를 위해 몇 가지 예약을 해줄 수 있을 것 같다고도 한다. 브리트니는 담당 주치의의 평가부터 받아야 한다고 말한다. 우리가 전문가를 만나려면 담당 주치의로부터 진료 의뢰서를 받아야 한다는 것이다. 그런 다음 전문가가 평가를 하고, 거기서부터 시작이라는 얘기였다. "괜찮으시겠어요?" 브리트니가 묻는다.

내가 필요한 답을 얻기까지는 아주 오랜 시간이 걸릴 것 같다. 그래도 시도해볼 생각이다. 그래서 그렇다고 대답한다. "그럼 주치의 선생님과 다시 예약을 잡아야 할까요?" 벌써부터 추가 비용에 대한 걱정이 들기 시작한다.

"건강 검진 등 최근에 의사 선생님을 만난 적이 있다면, 담당 간호사에게 전화하면 진료 의뢰서를 만들어줄 거예요. 치료를 위한 처방전 같은 종이 한 장이에요."

나는 고개를 끄덕이며 알겠다고 말한다. "하나만 더 물어봐도 될까요?" 내가 묻는다. "아이들의 건강 보험이 정말 형편없어요. 이것도 도와주실 수 있나요?"

"한 번 알아볼게요." 브리트니가 말한다. "다음에 올 때 관련 정보를 가져다드릴게요."

나는 작은 노트에 다양한 종류의 치료 약어 목록을 만들기 시작했다. 첫 번째로 작성한 것은 '조기 개입(early intervention, EI)'인데 가족 교육, 상담 및 가정 방문, 언어병리학 및 청각학, 시력 검사 및 지원, 물리 치료, 작업 치료 등 영유아가 다른 서비스의 혜택을 받는 데 필요한 모든 건강 서비스를 포함하는 일반적 용어다. 여기엔 진단 서비스 조정과 필요한 경우 교통편 지원도 포함된다.

'소근육 운동 기술(fine motor skill)'은 치리오스(Cheerios)를 집어서 그릇에 담거나 액체를 한 컵에서 다른 컵으로 따르는 것처럼 작은 근육을 사용하는 신체 움직임을 말한다. '작업 치료(occupational therapy, OT)'는 근육, 골격, 신경계 등 아동의 여러 시스템이 함께 작동하게 함으로써 균형 감각, 지각, 반사 신경, 소근육 발달 등 모든 면에서 조화를 이루도록 돕는다.

'대근육 운동 기술(gross motor skill)'은 앉기, 기기, 걷기, 오르기 등 큰 근육을 사용하는 신체 움직임을 포함한다. '물리 치료(physical therapy, PT)' 활동은 대근육 운동 기술을 향상시키고, 운동 기능 장애를 예방하거나 완화하며, 근력과 관절 가동 범위, 협응력과 지구력을 키우기 위해 고안한 것이다.

'표현 언어(expressive language)'는 말, 글, 어의(語義) 확장 장치나 몸짓을 통해 의사소통하는 능력, '수용 언어(receptive language)'는 언어를 받아들이고 이해하는 능력이다. '언어 치료(speech therapy, ST)'는 표현 언어와 수용 언어 모두에서 의사소통 기술을 향상시키고, 말하기와 먹기 같은 작업을 위해 구강 운동 발달을 촉진한다.

나는 또한 내가 접하는 약어와 그 의미를 적어두기도 한다. 내가 직접 경험해서 아는 용어 중에는 ABR(예배당에서 받았던, 에이버리가 실패한 청력 검사), CDC(브리트니의 사무실), FSS(브리트니의 직책), SSI(우리는 자격이 없는 보충 소득) 등이 있다.

학습 스타일이나 발달 지연에 차이가 있는 아동을 설명하는 몇몇 용어의 약어도 추가한다. 여기에는 AD(애착 장애), ADD(주의력 결핍 장애), ADHD(주의력 결핍/과잉 행동 장애), AS(아스퍼거증후군), ASD(자폐 스펙트럼 장애) 등이 있다. 어떤 아이는 하나 이상의 진단을 받기도 하고, 어떤 아이는 이런 범주에 딱 들어맞지 않아서 또 다른 약어를 사용하기도 한다. 예를 들면, PDD-NOS(전반적 발달 장애─달리 명시되지 않음) 따위다.

브리트니가 나에게 주고 간 DVD는 〈다운증후군: 생후 18개월까지〉라는 제목의 영상물이다. 아기들을 낮잠 재우고 노란 카나리아색 플레이도를 꺼낸다. 그리고 카터와 함께 플레이도를 만들면서 보기 위해 DVD를 튼다. 플레이도를 한 덩어리 떼어 손바닥으로 공을 만든다. 공을 주방 조리대에 올려놓고 굴려서 통나무 모양으로 변형시킨다. 그런 다음 다시 C자 모양으로 만든다. "이제 네가 해봐."

TV 화면에 '이야기: 단지 소년일 뿐이에요'라는 문장이 나오고, 시멘트 바닥에 분필로 그림을 그리는 귀여운 소년의 모습이 보인다. 소년과 그 애의 어머니가 수영장에 있는 모습도 나오고, 베넷처럼 작은 흰색 모자를 쓴 갓난아기도 나온다. 이 아기가 점점 이전 사진 속 소년으로 성장한다. 어머니, 여동생과 손을 잡는 모습도 있다. 마치 이야기가 처음으로 되돌아간 것처럼 시멘트 바닥에서 다시 분필을 들고 있다. 하지만 이제는 이 가족과 그들의 다운증후군 아들을 친근하게 느낀다.

다음은 앨런 크로커(Allen C. Crocker) 박사가 소개하는 '47개의 염색체'다. 보스턴 어린이병원의 지역사회포용성연구소에서 프로그램 책임자로 일하고 있는 앨런 크로커 박사는 친절한 할아버지 같다. 다운증후군이라는 학문에 대한 그의 설명을 들으면서 나는 이런 생각이든다. **에이버리를 위해 우리가 만났어야 할 의사군.**

카터는 C를 만들고, 나는 또 다른 공을 굴려 통나무 모양으로 변형시킨 다음, A를 만든다. "너도 만들어봐."

'알아내기' 이야기가 시작된다. 여성들이 화면에 등장해 다운증후군 진단이 각자에게 어떤 의미였는지 말한다. 한 여성은 마치 금방이라도 울음을 터뜨릴 것처럼 보인다. 나 역시 울지 않고 이런 이야기를 할 수 있으려면 얼마나 걸릴지 궁금하다.

나는 TV를 보고 들으면서, 동시에 카터와 함께 놀면서 밝은 노란색 글자를 만든다. 반죽의 부드러움과 친숙하고 편안한 냄새, 카터의 세심한 집중력. 이런 것들 덕분에 용감해진 나는 그 어느 때보다 많은 정보를 흡수한다. DVD 화면에는 신생아의 건강 관리에 대해 이야기하는 한 여성이 나온다. 자막에는 다운증후군과 영양에 관한 책을 쓴 '조앤 거스리 메들런'이라고 쓰여 있다. 마치 TV에서 친구를 만난 것 같은 기분이다. 나는 플레이도 굴리는 것을 멈추고, 메들런이 다운증후군 아기에게 모유 수유를 하는 방법을 설명하는 과정을 지켜본다. 에이버리를 생각하면, 우리가 그런 경험을 하지 못했다는 생각에 약간의 후회가 밀려온다. 이 DVD를 좀더 일찍 봤더라면 도움이 되었을지도 모르겠다.

나는 공을 하나 더 집어 들어 손바닥에 굴리고, 또 다른 공으로는 카터가 이름을 완성하도록 돕는다. '어떤 이야기: 윌리엄의 심장(A Story: William's Heart)'이라는 새로운 코너가 시작된다. 한 흑백 혼혈 부부에게 다운증후군과 심장 질환을 앓고 있는 아들이 있다. 부부는 이야기를 들려주면서, 자신들의 문제는 다운증후군이 아니라 심장 질환이라는 사실을 분명하게 밝힌다. 나는 베넷의 수술을 떠올리며, 그들의 감정을 이해할 수 있다고 생각한다.

DVD에서는 부모와 의사들이 점점 더 많은 정보를 제공한다. 유전학자, 의학 박사, 다운증후군 교육 트러스트(Down Syndrome Educational Trust)의 교수. 앤 박사처럼 영국식 억양을 가진 여성도 있다. 언어치료사, 이비인후과 전문의, 물리치료사도 나온다. 식사 시간, 치과 치료, 치료 일정 잡는 방법 등에 대한 정보도 있다. 부모 인터뷰도 계속 나온다. 병원에서 받은 바인더의 통계에 따르면, 다운증후군은 모든 인종, 모든 계층에 영향을 미친다고 한다. 지금까지 이 DVD에 나온 가족은 모두 다르고 독특하며, 그야말로 평범하다. 엄마, 아빠, 형제자매 누구에게나 일어날 수 있는 일이다. 그리고 우리에게도 일어났다.

나는 우리 삶이 살아볼 만하다고 생각한다. 괜찮다고, 우리는 괜찮을 거라고. 나는 그 느낌을 조용히 받아들인다. 그리고 손바닥으로 플레이도 공을 굴리고 또 굴리며 카터가 엄마, 아빠, 남자아이, 두 아기를 만드는 걸 도와준다. 나는 카터가 만든 가족 모습에 감탄한다. 우리 가족은 아름답고 온전하며, 모두 태양처럼 빛나고 있다.

브리트니는 니드(Knead)라는 빵집에서 로즈메리 올리브 오일 빵을 사왔고, 그녀의 상사인 캐럴린은 직접 만든 파스타 샐러드를 가져왔다. 나는 노트에 있는 두문자어와 약어 모양의 파스타를 넣어 야채수프를 만들었다. 홈메이드 알파벳 수프다. 두 딸의 엄마인 캐럴린은 다운증후군 아이들과 함께 일한 경험이 있다고 했다. 둘 모두 점심 식사 후 바로 시작할 에이버리의 평가를 위해 우리 집에 왔다. 그리고 좋은 소식이 있다. 브리트니가 메디케이드를 적용받지 못하는 가정을 위한 주(州) 전체 어린이 보험 제도에 대한 정보를 가져왔는데, 우리가 자격이 될 것 같다고 한다. 내가 할 일은 서류를 완전하게 갖추는 것뿐이다.

점심 식사 후, 우리는 생후 36개월까지의 발달 연령에 해당하는 아이들을 위한 조기 학습 성취도 프로파일(Early Learning Accomplishment Profile, E-LAP) 채점 책자를 사용해 평가를 시작한다. 캐럴린, 브리트니, 에이버리, 그리고 나는 바닥에 깔린 카펫 위에 앉았다. 브리트니는 커다란 검은색 가방에서 장난감을 꺼내고, 캐럴린은 책자에 체크 표시를 하며 확신이 서지 않을 때는 질문을 한다. 예를 들면 "에이버리가 이렇게 블록을 하나씩 쌓는 걸 본 적이 있나요?" 또는 "이렇게 숨겨놓은 장난감을 찾으려고 하는 모습을 본 적이 있나요?" 같은 질문이다. 브리트니는 캐럴린의 말이 무슨 의미인지 설명하기 위해 시범을 보이고, 에이버리가 참여할 수 있도록 이끌어준다.

에이버리는 내키지 않는 것 같다. 낮잠 시간이 다 되어 졸리기 때문이다. 베넷은 재미있어 보이는지 자신도 하고 싶어 한다. 조금 해보게 내버려두었더니, 에이버리 차례가 되면 칭얼거린다. 다음에 또 이런 걸 하면 베넷을 옆에 두지 말아야겠다고 생각한다. 하지만 그렇다고 해도 에이버리만 따로 챙기는 것도 옳지 않은 일 같다. 베넷이 다운증후군이 아니라고 해서 그 애를 밀어내고 싶지는 않다. 그리고 두 여자가 떠난 후에도 베넷은 오랫동안 에이버리 삶의 일부가 될 것이기 때문에, 서로에 대한 감정을 보호하고 지켜주는 게 중요하다. 그래서 다음번에는 테스트 항목에 대해 우리가 갖고 있는 장난감, 블록, 페그(peg: 나무나 플라스틱 등으로 만든, 어린이 놀이용 작은 막대—옮긴이), 치리오스를 넣을 컵 등을 모두 2개씩 준비해서 베넷도 참여할 수 있도록 해야겠다고 결심한다.

이 테스트는 대근육 운동, 소근육 운동, 인지, 언어, 자기 돌봄, 사회/정서 등의 영역으로 나뉜다. 성취도는 +또는 −로 평가하며, 연령 적합성에 따라 등급을 매긴다. 캐럴린이 에이버리가 이미 익힌 것 같은 과제부터 시작해줘서 기분이 좋다. 에이버리가 할 수 없는 과제에 이르면 마음이 아프다. 내 자존심이 방어적으로 변해서 이런 생각을 하게 된다. 손과 무릎으로 밀어 올리고 흔들지 못하는 게 무슨 대수야? 쓸모없는 기술인데! 잠깐, 에이버리의 조정 연령은 어떻게 되는 거지? 그렇다면 에이버리가 붙잡지 못하고 서 있다가 앉을 수 없는 건 당연해. 심지어 기지도 못한다고! 그래서 내가 전화한 거잖아! 카터도 10개월 때는 그걸 못 했어.

소근육 운동 영역에서 에이버리는 더 잘한다. 에이버리가 종을 울린다. 손바닥을 사용해 큐브를 집어 든다. 쿠키를 쥐고, 물고, 씹는다. 스카프 아래에 숨겨진 장난감을 찾아낸다. 에이버리가 이런 것들을 할 수 있을 줄 몰랐다. 캐럴린이 나에게 에이버리가 찌르기를 할 수 있냐고 묻는다. 모르겠다. 브리트니가 손가락으로 구멍을 찌르는 시범을 보여준다. 다시 손가락, 구멍. 이건 말도 안 되는 것 같다. 대체 뭐가 **찌르기** 기술이지?

인지 영역에서 에이버리는 더 많은 문제를 일으킨다. 에이버리가 소리를 흉내 낼 수 있나요? 고개를 가로저어 거절할 수 있나요? 찌를 수 있나요? 다음 평가를 하기 전에 에이버리한테 찌르기를 가르쳐야겠다고 생각한다. **이제 그런 걸 반복해야 해.** 언어 영역과 다음 평가인 자기 돌봄 영역에서는 좀더 잘한다. 에이버리는 '예'와 '아니요'에 반응한다. 자신의 이름을 알고 있다. 자신의 젖병을 잡을 수 있다. 손으로 자신의 발을 찾을 수 있고, 손가락으로 자신의 코를 만질 수 있다.

마침내 마지막 부분인 사회/정서 영역에 도달한다. 에이버리는 웃을 수 있다. 두드릴 수 있고, 거울을 보며 소리를 낸다. 언어적 요청에 반응하며 〈거미가 줄을 타고 올라갑니다(Itsy Bitsy Spider)〉 같은 간단한 동요를 부를 수 있다. 웃음을 자아내는 재롱을 반복한다. '아니요'라는 말을 이해한다. 어른의 요청에 따라 장난감을 준다. 어른과 가까이 있고 싶어 하고, 낯선 사람에게 불안감을 보인다. 이 카테고리에서 에이버리의 평가는 조정 연령이 7개월임에도 불구하고 14개월의 발달 수준에 해당한다.

에이버리가 구르기를 하면, 나는 너무 자랑스러우면서도 우리 가족 주치의가 했던 말이 떠오른다. 에이버리가 결국 뒤처질 테고 내 마음을 계속 아프게 할 것이라고 했는데, 그 말이 맞을지 궁금해진다. 사실이 아닌 것 같다. 에이버리가 일부 테스트는 잘 해내지만,

이것으로 그 애의 진정한 모습을 측정하지는 못한다. 서류와 거기에 쓰인 글자들, 이를테면 '예/아니요'라는 대답이 전부는 아니다. 이것만으로 에이버리의 온화하고 느긋한 성격을 파악하지는 못한다. 에이버리가 자기 발을 어떻게 빼는지도 언급하지 않는다. 톰이 '한 손으로 박수치는 소리'라고 부르는, 주먹을 쥐었다 폈다 하는 동작을 표시할 칸도 없다. 울 때 턱이 떨리는 모습, 눈동자에서 반짝이는 별들도 마찬가지다. 가장 중요한 것들은 어떤 형식에도 들어맞지 않는다. 그것은 계량할 수도 없고 측정할 수도 없다. 하지만 중요하다. 그런 것이 사랑의 척도다.

11

택시 태우기

에이버리는 커다란 파란색 운동 공 위에 앉아 내가 '뿌루퉁한 얼굴'이라고 부르는 표정을 짓고 있다. 모든 근육을 구겨서 찡그린 얼굴을 만들고 금방이라도 울음을 터뜨릴 것 같다. 에이버리의 이런 과장된 행동에 당황하지 않고 안정적으로 잡아주고 있는 사람은 웬디다. 웬디는 에이버리의 다리를 붙잡고 그 애를 공 위에서 굴린다. 몸의 중심인 허리를 사용해 균형을 유지해야 하는데, 에이버리는 이것이 마음에 들지 않는 모양이다.

"이렇게 하면 에이버리가 더 튼튼해질 거예요. 그러면 기는 데도 도움을 주고요." 웬디가 유쾌하게 말한다. 그러곤 내 손을 에이버리의 다리로 이끌어 공 움직이는 방법을 직접 가르친다. "이렇게요, 부드럽게 만져주기만 하세요. 근육이 움직이도록 신호를 주고, 기억하게 하는 거죠. 그런 다음에는 에이버리가 스스로 할 수 있게 내버려두세요." 우리는 에이버리를 왼쪽, 오른쪽, 앞뒤로 굴린다. 그러는 동안에도 에이버리는 뿌루퉁한 얼굴을 굳게 고수하고 있다.

"에이버리가 기어다닐 수 있게 되면 얼마나 행복할지 생각해보세요."

웬디의 말이 맞다. 스스로 움직일 수 있으면, 에이버리의 뿌루퉁한 얼굴도 사라질 것이다.

웬디는 에이버리의 소아 물리치료사다. 내 또래이거나 조금 더 어린 것 같은데 어깨까지 내려오는 갈색 머리에 마른 근육질 몸매를 갖고 있다. 사과처럼 건강하고 좋은 느낌을 준다. 웬디는 어렸을 때, 아마도 카터 나이쯤이었을 때, 이모가 수개월간 재활 치료를 받아야 하는 끔찍한 사고를 당했던 일을 계기로 물리치료사가 되기로 결심했다고 한다. 이모가 입원한 병원을 방문했을 때 깊은 인상을 받아, 언젠가 자신도 다른 사람, 특히 아픈 어린이들을 돕고 싶다는 생각을 했단다.

웬디는 내가 하는 것보다 에이버리에게 더 많은 걸 요구하고, 내가 할 수 있는 것보다 더 강하게 에이버리를 밀어붙인다. 때로는 지켜보는 게 힘들 정도다. "이제 됐어요! 에이버리는 아직 아기예요! 그만하세요!"라고 말하고 싶지만, 꾹 참는다. 에이버리를 도와야 한다는 마음이 에이버리를 위로하고자 하는 마음보다 더 크고, 무엇보다 웬디가 에이버리에게 도움을 준다고 믿기 때문이다.

웬디는 에이버리를 가르치면서 동시에 나도 가르친다. 에이버리가 배울 수 있는 자세나 몸동작을 내가 집에서 따라 할 수 있도록 시범을 보인다. 그런 다음 내 손 위에 부드럽게 손을 얹고, 에이버리가 새로운 기술을 익히는 걸 돕기 위해 어떻게 붙잡아줘야 하는지 알려준다. 예를 들면, 나는 에이버리가 기는 것에 대해 걱정했다. 베넷은 몇 주 전부터 기어다니고 있다. 에이버리도 기고 싶어 하는 것처럼 보이지만, 그 애가 할 수 있는 일은 마치 올림픽 스키점프 선수가 최대한 공기를 얻기 위해 팔다리를 쭉 뻗는 것처럼 전신 스트레칭을 하는 것뿐이다. 가끔 스키점프 자세를 취할 때면 열정과 짜증이 섞인 비명을 지르기도 한다.

나는 에이버리가 스키점프를 넘어 실제로 길 수 있도록 온갖 방법을 시도했다. 손을 포개어 움직이기, 시범 보여주기, 내가 직접 기어가는 걸 보면서 그 방법을 배울 수 있도록 내 몸 위에 에이버리를 올려놓기도 했다. 하지만 아무것도 효과가 없었다. 스스로 하도록 내버려두면, 에이버리는 스키점프 선수로 돌아가서 더욱 처절하게 비명을 지르곤 했다. 바로 이것 때문에 캐럴라인, CDC, 브리트니, 우리 가족 주치의의 간호사, 그리고 마지막으로 웬디에 이르기까지 일련의 사건이 진행된 것이다.

웬디는 에이버리의 스키점프 선수 자세를 한 번 살펴본 후, 그 애를 커다란 파란색 운동 공 위에 올려놓았다. 그러면서 몸통 근육을 단련해야 에이버리가 모든 팔다리를 조화롭게 움직이면서 기는 데 필요한 코어 체력을 갖출 수 있다고 설명했다. 웬디는 또한 《다운증후군 아동을 위한 대근육 운동 기술(Gross Motor Skills for Children with Down Syndrome)》이라는 책의 몇몇 페이지를 나에게 보여주었다. 내

숙제는 우리가 현재 다루고 있는 장의 내용을 읽고, 다음 만남 때 어떤 질문이든 가지고 오는 것이었다.

30분간의 세션이 끝날 무렵이면 웬디는 수업을 조금 일찍 멈추고, 에이버리를 안아주고 사랑해주고 뽀뽀해주고 잘했다고 칭찬하는 시간을 갖는다. 이것은 에이버리가 치료를 싫어하지 않도록 하기 위해서라고 웬디는 말한다. 하지만 그 포옹이 너무도 진실하고, 에이버리를 칭찬하는 목소리는 너무도 열정이 넘쳐서 나는 그 이상의 큰 의미가 있다고 생각한다. 신생아집중치료실의 최고 간호사들이 작은 아기들을 하나하나 사랑했듯이 웬디도 자신의 학생들을 하나하나 사랑하는 것이다.

니프티 스리프티(Nifty Thrifty)는 성인 장애인을 위한 프로그램과 활동을 일부 지원하는 마을의 중고품 가게다. 에이버리의 엄마가 되기 전 소식지 작업을 할 때, 나는 가끔 이 가게에서 쇼핑을 하곤 했다. 그런데 지금은 에이버리와 함께 가고 싶은 충동을 느낀다. 샌디 B.의 의미 있는 포옹과 우우 카드처럼, 나는 이곳에서 어떤 일이 벌어져 어떤 지침을 얻을 수 있길 바라는지도 모른다. 한동안 혼자 고군분투해왔기 때문에 상황을 점검해보고 싶기도 하다. 이곳은 에이버리의 공간이고, 여기에서라면 무언가 답을 얻을 수도 있을 것 같다. 너무 바보 같은 생각 같아서 톰에게도 말하지 않았다. 나는 물리 치료를 마치고 집으로 돌아가는 길에 무작정 그 가게에 들른다.

내가 에이버리를 실은 카시트를 들고 유리 현관문으로 겨우 들어가자 종소리가 울려 퍼진다. 오른쪽에 계산대와 금전등록기가 있다. 한 젊은 여성이 스툴에 앉아 있는데, 그 발밑에 놓인 카시트 안에 아기가 있다. 여자가 에이버리와 나를 보고 환하게 미소 짓는다.

"아기가 몇 살이에요?"

"10개월이에요."

"그런데 아기가 작네요." 비난보다는 호기심에 가득 찬 목소리다.

"다운증후군이 있어요." 내가 조심스럽게 말한다.

"모유 수유를 하셨나요?"

"아니요." 대답하면서 나 자신도 놀란다. 나는 당황하거나 부끄러워하지 않는다.

"저도요. 정말 노력했지만, 너무 힘들었어요." 여자가 말하면서 나에게 동정을 구하는 듯한 표정을 짓는다.

나도 고개를 끄덕이며 동의한다.

"아기가 잠을 자나요?"

"네, 아주 잘 자요." 내가 말한다. 그건 사실이다.

"우리 아기는 절대 잠을 자지 않아요. 낮에는 잠을 자지만 밤새도록 깨어 있죠. 너무 피곤해요."

다시 한번 나는 대화에 굶주린 이 젊은 엄마에게 고개를 끄덕인다. 나 역시 대화에 굶주렸다는 것을 깨닫는다. 아기를 키우면서 겪는 모든 일, 첫 번째 미소, 작은 옹알이, 이가 나기 시작하는 것, 기저귀 발진에 대처하는 방법 등 다운증후군과는 아무 상관 없는 주제에 대해 다른 엄마들과 이야기를 나누고 싶다.

우리 주변에서 몇몇 사람이 쇼핑을 하고 있다. 계산대 근처 테이블 위에 놓인 메이슨 병에 단추가 가득 담겨 있다. 이것을 보니 소식지를 작업하던 때가 떠오른다. 이 단체의 활동센터에서 사람들이 하는 일 중 하나는 낡은 옷에서 단추를 떼어내 보관했다가 다시 판매하는 것이었다. 나는 인터뷰 중간 쉬는 시간에 두꺼운 안경을 쓴 한 남자가 혼자 다른 테이블에 구부정하게 앉아서 흰 종이 위에 크레용으로 동그라미를 그리는 모습을 본 적이 있다. 길고 우아한 오른손으로 마치 하나의 부드러운 움직임처럼 종이 위에 동그라미를 그리고 또 그렸다. 남자가 그림 그리기를 멈추고 테이블을 내리칠 때까지, 나는 그 모습에 매료되었다. 단추를 담당하는 한 여성이 다가와 종이를 치우고 새 종이를 가져다주자, 남자는 다시 동그라미를 그리기 시작했다. 단추 테이블로 돌아가면서, 여자는 동그라미 그림을 쓰레기통에 버렸다.

"저거 가져도 돼요?" 나는 종이를 가리키며 말했다.

"저걸 왜 원하죠?"

"맘에 들어서요."

"그럼 그렇게 하세요."

나는 그 종이를 집으로 가져와 책상 위에 한동안 올려놓았다. 각각의 동그라미는 이전 것, 그리고 이후 것과 정확히 똑같았다. 하지만 모든 동그라미는 서로 닿아 있지 않았다. 색상은 파란색에서 초록색, 보라색, 빨간색 등 비슷한 색조로 서서히 변해갔다. 나는 종이를 보면서 그 남자가 두꺼운 렌즈를 통해 무엇을 보았을지 상상하고, 그의 기분이 어땠을지 궁금해하기도 했다. 지금 그 종이가 어떻게 됐는지는 모르겠다. 한참 동안 그 종이나 남자 그리고 그의 동그라미에 대해 생각해본 적이 없다.

젊은 엄마가 옛 기억 속에서 현재로 나를 데려온다. "이유식은 시작하셨어요?"

나는 고개를 끄덕인다.

"아기가 잘 먹나요?"

"네. 대부분 혼자서 먹어요." 내가 말한다. 나는 여자가 약간 실망한다는 것을 알 수 있다. 혼자서 먹는다는 말은 하지 말았어야 했다. 내가 한 일이 아니니까. 에이버리가 스스로 터득한 것이다.

"정말 운이 좋으시네요." 여자가 말한다. 잠시 여자가 나를 놀리는 거라고 생각했지만, 아니었다. 진심이다. 여자의 관점에서 보면, 아기가 잠을 잘 자고 밥도 잘 먹는 것은 행운이다.

"물론이죠." 내가 대답한다.

마치 신호라도 받은 것처럼 에이버리가 꼼지락거리기 시작한다. 이제 가야 한다. 내가 무엇을 기대했는지 모르겠다. 우리가 들어설 때 색 테이프 퍼레이드도 없고, 천장에서 풍선과 색종이 조각이 떨어지지도 않았다. 나는 단추 병과 밀짚으로 만든 리스가 걸린 벽, 색상별로 분류한 옷이 걸려 있는 선반을 마지막으로 둘러본다. 가장 작은 것부터 가장 큰 것까지 일렬로 늘어선 신발, 계산대에 있는 스카프, 칙칙한 금색 목걸이, 안경이 가득한 바구니도 보인다. 나는 여전히 마지막으로 단서를 찾고 있다. 에이버리를 안고 갈 준비를 한다. 오늘은 에이버리의 엄마라는 사실이 그렇게 아프지 않다.

"뭐 필요한 거 없으세요?" 스툴에 앉아 있는 젊은 엄마가 묻는다.

"없는 것 같아요." 이렇게 말하는데, 바보 같은 기분이 든다. "좋은 하루 보내세요."

몇 주 동안 호르몬 주사를 맞아 허벅지에 제비꽃처럼 짙은 푸른색과 보라색, 노란색과 초록색 멍이 흩어져 있던 내 여동생이 임신했다. 시험관 시술의 마지막 단계에서, 글리니스는 착상을 위해 몸을 거꾸로 고정하는 장치에 묶여 있었다. 엄마도 그 자리에 있었다. 모두가 공중에 매달린 글리니스를 위해 기도했다.

　여동생이 이 소식을 전화로 알려주었을 때, 내가 상상할 수 있는 것은 레오나르도 다빈치가 그린 '비트루비안 맨(Vitruvian Man)'뿐이었다. 이 그림에는 인간의 모습이 두 가지 자세로 포개져 있다. 하나는 팔을 넓게 벌리고 다리를 모은 자세, 다른 하나는 팔을 위로 올리고 다리를 벌린 자세다. 이 인물은 우리의 물질적 존재를 상징하는 정사각형과 영적인 삶을 나타내는 원 안에 동시에 새겨져 있다. 비트루비안 맨은 인간 몸의 작동 방식을 우주의 작동 방식에 비유하는 **소우주의 우주론**(cosmografia del minor mondo)이다. 내 마음속에서 여동생의 비트루비안 맨은 운명의 수레바퀴처럼 돌아가고 있다.

　그다음 진료에서 의사는 여동생의 머리에 입을 맞추며 기적을 목격하는 것은 매일 있는 일이 아니라고 말했단다. 나는 글리니스와 그 애 안에서 자라고 있는 아기, 그리고 소우주의 우주를 떠올린다. 세포가 증식하고 염색체가 결합하고 분열한다. 유전적 청사진. 섬세한 파란색 선으로 그려진 인생의 지도.

　나는 여동생이 앞으로 겪게 될 모든 일을 상상해본다. 아기를 품에 안고 자신의 긴 손가락을 아기에게서 발견하는 모습, 부드럽고 촉촉한 피부에 달콤한 입맞춤을 하는 모습, 아빠의 가슴이나 엄마의 품에서 잠든 모습, 낮은 끙끙거림, 작은 미소, 첫 옹알이, 너무나 아름다워 함께 웃게 될 웃음소리를 떠올려본다. 나는 에이버리와는 이렇게 많은 순간들을 놓쳤다. 슬픔과 걱정 때문에 잃어버린 순간들이다. 그럴 필요 없었을 텐데. 내가 더 잘 알았더라면 좋았을 텐데. 그저 에이버리를 사랑하기만 하면 된다는 걸 알았더라면 좋았을 텐데.

"엄마, 이건 케첩 색이에요." 우리가 식탁에 앉아 있을 때, 카터가 말한다. 카터는 그림을 그리고, 나는 에이버리를 먹이고 있다. 베넷은 의자 주위를 발끝으로 걸으려 애쓰고 있다. 나는 그 애의 타고난 능력에 감탄하면서, 동시에 카터를 떠올린다. 두 아들은 일찍 걷기 시작했다. 운동 신경도 좋고, 능력도 있다. 그리고 스키점프 선수 에이버리가 있다. 웬디는 에이버리가 준비를 마치면 기어다닐 거라고 말했다. 걱정하지 말라면서. 에이버리는 매주 더 강해지고 있으니까. "곧이에요, 곧." 웬디가 내 손을 토닥이며 말했다.

비가 또 내리고 있다. 늦은 봄 폭풍우의 큰 빗방울이 아기들의 마음을 사로잡는다. 나는 아기들을 창문 근처 카펫으로 옮긴다. 에이버리는 노란 경주용 자동차를 향해 스키점프 선수처럼 온몸을 쭉 뻗고 새처럼 쩍쩍거리기 시작한다. 베넷은 노란 자동차를 향해 기어간다. 나는 베넷이 자동차를 빼앗을 것이고, 에이버리가 울 것이며, 내가 개입해야 할 것이라고 생각한다. 하지만 아니었다. 베넷은 그것을 가

저와 에이버리에게 건네준다. 한 번도 망설이지 않고.

좋은 생각이 떠오른다. 노란 자동차를 아기 담요 모서리 아래에 살짝 숨겨놓고 테스트를 해보고 싶다. 에이버리가 장난감을 찾는지, 아니면 시야에서 사라지면 잊어버리는지 알고 싶다. 이것은 E-LAP에서 '대상 영속성(object permanence)'이라고 부르는 개념 중 하나다. 에이버리는 나에게서 시선을 돌려 빗방울이 유리창을 타고 흘러내리는 걸 바라본다. 아무래도 에이버리한테는 너무 어려운 일 같다. 그래서 포기하고 장난감을 돌려줄 준비를 한다. 그런데 에이버리가 몸을 움직여 배를 깔고 엎드린 후, 스키점프 선수처럼 온몸을 쭉 뻗어 담요를 들어 올리고 자동차를 찾아낸다.

나는 이런 일이 일어났다는 걸 믿을 수가 없다. 너무 기뻐서 에이버리를 품에 안고 만세를 부르며 빙글빙글 돈다! 니나 시몬(Nina Simone)의 CD 〈리틀 걸 블루(Little Girl Blue)〉에서 〈나를 걱정해주는 내 아기(My Baby Just Cares for Me)〉를 튼다. 양팔에 한 명씩 아기를 안고 춤을 추며 기쁨에 겨워 몸을 흔든다. 잠시 후 베넷의 몸이 졸음 때문에 무거워지는 게 느껴진다. 베넷을 부드럽게 그네에 눕혀 쉬게 한다. 그런 다음 에이버리를 꼭 끌어안고, 비누와 라벤더 베이비 로션, 달콤한 우유 냄새가 나는 그 애의 숨결을 깊이 들이마신다. 에이버리의 심장이 내 심장과 맞닿아 뛰는 걸 느낄 수 있고, 그 애의 작고 가쁜 숨결이 내 목덜미에 닿는 걸 느낄 수 있다. 에이버리를 안고 있으면 마음이 편안해지고, 걱정은 유리창에 떨어지는 빗방울처럼 사라진다. 노래가 끝났지만 나는 계속 춤을 춘다. 에이버리가 천천히 고르게 숨을 쉬는 게 느껴진다. 잠이 든 것이다. 나는 '나를 걱정해주는 내 아기'를 팩앤플레이에 부드럽게 눕힌다.

주방 싱크대 위에는 작은 흰색 전자레인지가 있고, 그 위에 작전 사령부가 있다. 내 방식을 모르면 대수롭지 않아 보일 수 있지만, 내가 '중요한 서류'를 모아두는 곳이다. 나는 웬디가 복사해준 자료 더미를 꺼내 이번 주 과제를 본다. 자료는 《다운증후군 아동을 위한 대근육 운동 기술》에서 복사한 것이다.

자료는 3장 '3단계: 회전, 앉기, 서기 준비'에서 시작되는데 1~2장이 없어서 약간 아쉽다. 치료를 더 일찍 시작했다면 에이버리는 이미 기어다니고 있을지도 모른다. 그런 생각을 접어두고 활동 지침을 읽기 시작하는데, 간단하고 직설적이다. 각 섹션에는 아주 귀여운 아기들이 활동하는 모습을 담은 흑백 사진이 있다. 나는 특히 이 사진들에 마음이 끌린다. 그리고 '기질' 섹션은 두 가지 유형의 학습자, 즉 한 자세에서 다른 자세로 이동하는 활동을 좋아하는 운동 지향적 아이와 익숙해질 때까지 새로운 움직임을 거부하는 관찰자 유형의 아이에 대해 설명한다. **아하, 그렇구나. 에이버리에 대한 궁금증 하나가 풀렸다. 에이버리는 관찰자 유형이다.**

'4단계: 기어가기, 네발로 걷기, 기어오르기, 앉았다 일어나기, 붙잡고 일어서기, 서기'가 나하고 에이버리에게 주어진 다음 과제다. 첫 번째 지침에는 "아이가 이 단계의 기술을 특정 순서대로 발달할 것이라고 기대하지 마시오"라고 적혀 있다. 여기에 있는 사진 속 아이들은 다양한 연령대로 구성되어 있다. 어떤 아이들은 아기이고, 어떤 아이들은 두세 살 정도 되어 보인다. 스트레이건더슨의 《다운증후군 아기들》에는 다운증후군 아동을 위해 만든 조정된 발달 단계 차트가 있었는데, 여기에는 연령 범위가 없다. 마음에 든다. 차트, 표, 그래프에서 자유로워진 기분이다.

사실 기분이 너무 좋아서 숙제를 다 끝내고도 더 읽고 싶다는 생각이 든다. 큰 그림을 그리기 위해서 미리 더 읽어두고 싶다. 에이버리가 스키점프 선수인 지금의 위치에서 걷게 되는 지점까지 어떻게 도달할 것인지에 대한 지도를 얻고 싶다. 카터를 낳고 얼마 안 됐을 때 읽었던 육아 서적 더미가 생각난다. 《접점(Touchpoints)》《모유 수유의 여성적 기술(The Womanly Art of Breastfeeding)》《여가 시간에 집에서 아이를 키우는 방법(How to Raise Children at Home in Your Spare Time)》《부모를 위한 안전 가이드(A Parent's Guide to Safety)》《유아기(Babyhood)》《베이비 북: 출생부터 생후 2세까지 아기에 대해 알아야 할 모든 것(The Baby Book: Everything You Need to Know About Your Baby from Birth to Age Two)》 등 모든 걸 첫 달에 읽었다. 내 감정은 익숙하고, 내 동기는 비슷하다. 에이버리를 이해함으로써, 나는 그 애를 지원하고 그 애가 성장하는 동안 좋은 엄마가 될 수 있기를 바란다. 나는 내 아들을 이해하고 싶다.

에이버리와 나는 병원 물리 치료 병동의 긴 복도를 따라 내려가다 텅 빈 접수대를 지난다. 벽은 베이지색이고, 카펫은 회색이다. 벽에는 야생 동물과 서부 풍경을 그린 인쇄물이 걸려 있다. 이곳의 그림은 휠체어를 탄 사람과 어린이를 위해 모두 낮은 곳에 있다. 왼쪽으로 지나치는 첫 번째 방은 체육관처럼 보이는데, 운동 기구와 역기, 바닥 매트로 가득하다. 웬디의 방은 복도 끝에 있다.

방 안의 창문은 벽돌 벽을 마주하고 있다. 창문 아래 한쪽 구석에는 어린이용 트램펄린이 보인다. 그 맞은편에는 페그보드(Peg-Board: 구멍 뚫린 보드의 상품명—옮긴이)로 덮인 벽이 있는데, 여기에는 스쿠터와 그네를 비롯해 다양한 물리 치료 기구가 걸려 있다. 페그보드 아래 바닥에는 커다란 보라색 타파웨어, 감청색 탱탱볼, 딱딱한 폼으로 만든 감청색 통 등 더 많은 장비들을 깔끔하게 진열해놓았다. 세 번째 벽에는 의자를 놓았다. 방은 천장에 달린 형광등 불빛을 받아 환하다.

나는 의자에 앉아 먼저 코트를 벗고, 이어서 신발을 벗는다. 그런 다음 아기 캐리어에서 에이버리의 안전벨트를 풀고 코트와 신발, 양말을 벗긴다. 에이버리는 맨발로 더 잘하는 것 같다. 우리가 준비하는 동안, 웬디가 이번 주에는 어떻게 지냈는지 물어본다. 웬디는 내가 질문을 하도록 격려해준다. 나는 그것이 좋다. 웬디는 내가 에이버리한테 좋은 엄마인 것처럼 느끼게 해준다.

"에이버리의 치료를 운동처럼 매일 정해진 횟수만큼 해야 하는지 궁금해요."

"아니요." 웬디가 말한다. "일상생활의 일부가 되어야 해요. 에이버리가 놀이처럼 느끼는 게 좋아요. 하루 일과 중 가능한 한 많이, 가능한 한 자주 이 동작들을 연습하세요. 어떤 날은 다른 날보다 더 잘할 수 있을 거예요. 할 수 있는 만큼만 하세요." 두 아이의 엄마이기도 한 웬디는 내가 설명하지 않아도 집에서의 하루가 어떤지 잘 이해하고 있다.

"통증은 어떨까요?" 내가 묻는다. "에이버리가 지난번에는 정말 지친 것 같았어요. 근육이 아프지 않을까요? 이부프로펜을 먹여야 할까요?"

"피곤할 수도 있지만, 낮잠을 자면 괜찮아질 거예요. 통증 완화를 위해 약을 먹일 필요는 없어요. 아이들은 더 자랄 때까지 근육이 운동으로 인한 통증을 느끼지 못해요."

나는 망설이며 빠져 있던 두 장, 우리가 더 일찍 시작했더라면 했을지도 모르는 일에 대해 물어볼지 고민한다. 하지만 과거는 바꿀 수 없으니, 그냥 넘어가기로 한다.

우리는 탱탱볼 운동을 시작한다. 웬디가 지켜보고 대부분 내가 맡아서 한다. 벌써 에이버리가 더 강해진 것을 느낄 수 있다. 더 잘 통제하고 있다는 것도 알 수 있다. 에이버리도 스스로 만족하는 것 같다. 에이버리는 자신의 몸을 다룰 수 있게 된 걸 좋아하는 것 같다.

"다른 걸 해보고 싶어요." 웬디가 말한다. "조금 더 어렵지만, 아이들이 일직선으로 발달하는 건 아니니까요. 아이들은 겹치는 부분이 있는 원 모양과 더 비슷하게 발달하죠."

웬디는 커다란 보라색 타파웨어를 꺼낸다. 뚜껑을 열자, 그 안에 수백 개의 알록달록한 공이 들어 있다. 웬디는 에이버리를 볼 풀(pool)에 넣는다. 에이버리의 얼굴이 금세 뿌루퉁해지며 팔을 뻗어 나에게 안아달라고 한다. 내가 그러지 않자 울기 시작한다.

웬디는 에이버리를 꺼내 바닥에 앉힌 다음, 폼으로 만든 감청색

통을 그 애 앞으로 굴린다. 에이버리를 유인해서 통 안을 기어가게 하려는 것 같다. **행운을 빌어.** 나는 생각한다. 나는 집에서 이 모든 것을, 또는 그 비슷한 것을 백번도 넘게 시도해보았다.

웬디는 에이버리를 통 한쪽 끝에 두고, 자신은 다른 쪽 끝에 자리를 잡는다. 그러곤 둥근 구멍을 통해 에이버리를 쳐다보며 그 애가 똑같이 따라 하도록 유도한다. 왼쪽, 오른쪽, 바깥쪽, 안쪽, "까꿍!"

에이버리가 웃는다.

웬디가 반복한다. 왼쪽, 오른쪽, 바깥쪽, 안쪽, "까꿍!"

에이버리가 웬디를 따라 하기 시작한다.

왼쪽, 오른쪽, "까꿍!"

에이버리도 놀고 있다.

왼쪽, 오른쪽, "까꿍!"

에이버리가 앞장선다. 왼쪽, 오른쪽, 빼꼼!

이제 둘 다 빨라진다. 왼쪽, 오른쪽, 빼꼼!

그리고 마침내 에이버리가 움직인다. 왼쪽, **왼쪽**, 빼꼼!

에이버리가 방심하게 만들자, 웬디는 다른 방향으로 간다. 하하하. 에이버리가 자신의 장난에 뿌듯해하며 미소를 짓는다. 하하하.

웬디의 눈이 커지더니, 그녀도 웃는다. "이 장난꾸러기, 너 날 속였어!" 웬디가 말한다.

브리트니가 정기 방문을 위해 집에 왔다. 에이버리는 아직 기는 대신 스키점프를 하고 있다. 나는 웬디와 내가 탱탱볼로 무엇을 하는지 보여준다. 브리트니가 소근육 운동 기술에 관한 책에서 복사한 것을 나에게 건넨다. 최근 E-LAP에서 에이버리는 이 영역의 지체가 없는 것으로 나타났지만, 원한다면 확실히 해두기 위해 작업치료사를 만나볼 수도 있다고 한다. 아니면 집에서 책에 나와 있는 대로 해볼 수도 있다.

브리트니는 자신의 업무 중 하나가 에이버리의 발달에 대한 전체적인 시각, 즉 큰 그림을 그리는 것이라고 말한다. 그런 이유로 우리에게 무언가를 가져왔다고 한다. 자랑스러워하면서도 약간 부끄러워하는 것 같은데, 그 모습이 내 호기심을 자극한다.

나는 바닥에 앉아 에이버리를 무릎에 앉히고, 브리트니가 평소 바인더와 서류·장난감 등을 넣어 다니는 커다란 검은색 가방을 가져오길 기다린다. 다시 돌아온 브리트니가 커다란 가방에서 무언가를 꺼낸다. 마치 카터가 새로운 그림을 인정받길 바라며 보여줄 때와 비슷한 느낌인데, 내가 보고 있는 걸 머리로 인식하는 데 잠시 시간이 걸린다.

커피 캔.

커클랜드(Kirkland) 디카페인 커피 캔인데, 라벨이 대부분 벗겨지고 녹색 플라스틱 뚜껑에 구멍이 뚫려 있다. 브리트니가 고개를 끄덕이고 나에게 캔을 건네며 말한다. "안을 들여다보세요!"

뚜껑을 열자 분홍색과 초록색 플라스틱 동전들, 부러진 플라스틱 옷핀처럼 보이는 물건들이 나온다. 무슨 말을 해야 할지 모르겠다.

"에이버리의 집게손가락 잡기 운동을 위해서예요."

잠시 혼란스럽다. 에이버리는 기어다니지도 못한다. 그런데 우리가 '집게 잡기'를 걱정해야 할까?

에이버리가 내 무릎에서 몸을 내밀며 커피 캔을 향해 힘을 준다. 커피 캔은 반짝이고, 동전과 부러진 옷핀은 달그락거리는 소리를 낸다.

에이버리가 몸을 더 세워 그것을 잡으려고 애쓴다. 나는 에이버리가 스스로 잡을 수 있을 만큼 커피 캔을 가까이 끌어당긴다. 에이버리가 해낸다. 브리트니는 우리 맞은편에 앉는다.

"에이버리가 집게손가락과 엄지손가락을 함께 사용하도록 할 수 있는 것들이 뭐가 있을지 생각해봤어요. 하지만 에이버리가 질식할 수 있는 것은 피해야 했죠. 동전이 어떨까 싶었지만, 그 정도는 에이버리한테 너무 쉬울 수도 있다고 생각했죠. 동전을 손바닥으로 잡을 수도 있을 테니까요. 그때 갑자기 옷핀이 떠올랐어요!"

에이버리는 캔을 흔들기 시작한다. 에이버리가 손에 든 무게를 조절하기 위해 몸통 근육을 사용하는 것이 느껴진다.

브리트니는 에이버리가 옷핀과 동전을 캔 옆에 쌓아놓도록 도와주고, 뚜껑을 다시 닫는다. 베넷이 합류한다. 베넷과 에이버리는 교대로 뚜껑 구멍에 물건을 넣는다. 물건을 넣을 때마다 딸깍 소리가 만족스럽게 들린다.

두 아이는 번갈아 놀이를 한다. 특히 옷핀을 고를 때는 집게 잡기를 한다. 브리트니가 자랑스러워한다. 베넷도 자랑스러워하고, 에이버리도 자랑스러워한다.

나는 겸손해진다.

아무도 에이버리의 다운증후군을 없앨 수 없다. 브리트니는 나에게 치료법을 알려줄 수도 없고, 모든 해답을 알지도 못한다. 브리트니가 나에게 줄 수 있는 것은 관심과 걱정이다. 브리트니는 우리에 대해 생각하고, 에이버리의 집게 잡기를 걱정하고, 그 애를 돕기 위해 장난감을 만들었다. 그 모든 좋은 에너지, 그 모든 돌봄, 그 모든 사랑. 이게 브리트니가 우리에게 주는 것이며, 최근에는 재활용 커피캔의 형태로 나타난 마르지 않는 지원의 샘이다. 그게 무엇인지 깨닫는 데는 시간이 좀 걸렸다.

브리트니의 숙제는 《다운증후군 아동을 위한 소근육 운동 기술: 부모와 전문가를 위한 가이드(Fine Motor Skills for Children with Down Syndrome: A Guide for Parents and Professionals)》다. 첫 번째 장은 '소개: 부모의 관점'이라는 제목을 달고 있는데, 저자인 메리앤 브루니(Maryanne Bruni)가 작업치료사이자 다운증후군 딸을 둔 엄마로서 겪은 경험을 들려준다. 책을 넘기다 보니, 귀여운 사진들이 더 많이 보인다. '할머니와 할아버지의 목록'이라는 섹션은 각 장에 적합한 장난감과 장비를 소개하는데, 가족들이 조부모로부터 받으면 좋을 만한 것들이다. 나는 카터를 위해서도 있었다면 좋겠다고 생각한다. 그리고 브루니는 '발달 단계'라는 개념에서 한 걸음 더 나아가 '발달의 구성 요소'라는 개념에 대해 말한다. 어느 단계에서든 여러 가지 구성 요소가 동시에 발달한다고 느끼기 때문이란다. 나도 이 말에 전적으로 동의한다. 나는 이 책도 소장하고 싶다는 생각이 든다. 위시 리스트(wish list)가 점점 늘어난다.

17년 전에 우리 집을 지은 남자와 그의 아내는 현관 아래에 작은 직사각형 울타리를 치고 다년생 식물을 심었다. 이제 정원은 마치 진짜 10대처럼 내키는 대로 거침없이 자라서 야생이 되었다. 커다란 노란색 개나리가 먼저 활 모양으로 크게 꽃을 피운다. 그다음으로 하얀 라일락나무가 꽃을 피우는데, 달빛 아래에서 작은 꽃송이들이 무리 지어 진주처럼 빛난다. 진한 보라색 라일락, 분홍색과 보라색 매발톱꽃, 버섯 등 모든 것이 지나치게 무성하고 통제 불능 상태다. 모란이 만개하면 향이 너무 강해서 벌들도 취해버린다. 그리고 아직 3월 말인데도 기온이 섭씨 10도를 오르내리고 있어 나는 더 기다릴 수가 없다. 흙을 만지고 그 풍요로운 냄새를 맡고 싶다. 손가락 사이로, 그리고 손톱 밑으로 새로 뒤집힌 흙이 부서지는 느낌을 만끽하고 싶다.

날씨가 화창해서, 나는 아기들을 유아차에 태우고 언덕을 내려가 잔디밭으로 향한다. 잔디밭에 퀼트를 펼쳐 아기들을 내려놓고, 카터에게 동생들과 놀라고 한다. 그리고 모란 그루터기 주변의 흙을 파기 시작한다. 개나리 가지에 노르스름한 빛이 도는 것을 보니 곧 꽃이 필 때가 되었다는 걸 알 수 있다. 나는 행복하게 땅을 판다. 반짝이는 파란색 별 3개가 달린 머리핀을 발견한다. 가끔 카터와 함께 노는 2명의 그레이스 중 한 명의 것인 듯싶다. 머리핀에서 흙을 털어내고, 주인인 어린 소녀에게 돌려줄 때까지 잃어버리지 않도록 내 머리에 꽂아둔다.

아기들을 둘러본다. 베넷이 굴러가서 잔디를 먹으려 한다. 에이버리는 주먹을 쥐었다 폈다, 쥐었다 폈다 반복하고 있다. 공기에서 달콤한 냄새가 나고, 주변에서는 생명이 윙윙거리는 걸 느낄 수 있다.

"무슨 생각 하고 있어?" 나는 카터에게 소리친다.

"내 사탕 수집품이요." 카터가 소리쳐 대답한다. 카터는 지금까지 받은 모든 사탕을 커다란 흰색 상자에 모아 책장 맨 위 선반에 보관하고 있다. 때때로 그 상자를 꺼내 개별 포장된 파이어볼(Fireball), 각종 덤덤(Dum Dum), 스마티(Smarty), 졸리 랜처(Jolly Rancher), 슈거 베이비(Sugar Baby) 등을 보며 감탄한다. 그러곤 상자 안에 잘 정리한 후, 소설과 시 선집 사이에 있는 높은 선반에 다시 올려놓는다.

"무슨 생각 해요?" 이번엔 카터가 나에게 묻는다.

"내 정원." 나는 대답하며 모란과 개나리, 데이지와 미나리아재비, 채소를 재배하는 화단을 상상한다. 그리고 문득 아들과 내가 본질적으로 같은 것, 즉 풍요로움을 생각하고 있다는 사실을 깨닫는다.

카터는 공을 가지고 놀기 시작하고, 나는 계속 땅을 판다. 그런데 어느 순간, 에이버리가 정원 발치에서 나를 쳐다보고 있다. 나는 깜짝 놀란다. 그리고 혼란스럽다. 혼자서 오기에는 너무 먼 거리였기 때문이다.

"에이버리가 어떻게 여기까지 왔지?" 나는 카터에게 묻는다.

"택시 타고 왔어요, 엄마."

"뭐라고?"

"내가 에이버리한테 택시를 태워줬어요."

내가 한 첫 번째 생각은 이렇다. 어떻게 택시에 대해 알고 있지? 두 번째 생각은 이렇다. 너무 사랑스러워! 그리고 세 번째 생각은 이랬다. 그래서 에이버리가 아직 기어다니지 못하는 걸까?

"카터, 우리 아들, 에이버리한테 택시를 자주 태워주니?"

"그럼요, 엄마. 에이버리는 혼자서 돌아다닐 수 없으니까요. 데빈도 태워주고, 샤버도 태워주고, 러셀도 가끔 태워줘요. 우리 모두 도와줘요."

"아, 그렇구나." 나는 대답하며, 이 사려 깊고 잠재적으로 해로울 수 있는 새로운 발전을 어떻게 받아들여야 할지 고민한다. "네가 동생들한테 이렇게 친절하다니 정말 좋구나. 하지만 새로운 걸 시도해보자. 에이버리가 스스로 기는 법을 배워서 더 이상 택시를 태워줄 필요가 없도록, 내가 에이버리를 도와주는 방법을 가르쳐줄게. 집에 올라가면, 너도 엄마가 에이버리와 함께 운동하는 걸 도와줘. 그리고 에이버리가 수업을 할 때, 너도 같이 가서 웬디 선생님을 만나보는 건 어떨까? 웬디 선생님은 몸과 근육이 어떻게 작동하는지 잘 아는 특별한 분이야. 선생님이 우리 모두가 에이버리를 돕는 가장 좋은 방법을 배울 수 있도록 도와주실 거야."

나는 카터가 듣고 있는지 확인하려고 쳐다본다. 카터는 내 모종삽으로 땅을 파헤치며 벌레를 찾고 있다. 카터가 이해했는지 알아보기 위해 다시 한번 말한다. "때로는 누군가를 돕는 것은 대신 해주는 게 아니라, 스스로 할 수 있도록 방법을 가르치는 거야."

그런 다음 덧붙여 말한다. "긴급한 경우가 아니면, 더 이상 택시를 태우지 마."

톰이 집에 오자, 나는 아이들을 맡기고 내가 좋아하는 새로 생긴 식료품점으로 차를 몬다. 그곳에는 색다른 빵집 코너가 있다. 그리고 주차장에는 안짱걸음으로 걷는 덩치 큰 에이버리 맨(Avery-man)이 쇼핑 카트를 밀고 있다. 그는 땀을 뻘뻘 흘리며 열심히 카트를 정리한다. 도와줘야 하나, 말아야 하나 고민스럽다. 어떤 것이 최선인지 모르겠다.

그와 대화를 나누고 소통하면서, 학습 장애나 신체적 차이가 있는 사람들을 그냥 지나치고 무시했던 지난 시간들을 모두 보상하고 싶다. 그의 삶에 대해 알고 싶다. 어디에 살고 있을까? 친구들은 누구일까? 가족은 어디에 있을까? 어머니는 누구일까? 이런 질문을 떠올리면서도 나에겐 그런 질문을 할 권리가 없다는 걸 알고 있다. 이 남자를 본다는 것은 내가 그를 온전하게 본다는 걸 의미한다. 그는 나를 기분 좋게 해주기 위해 여기에 있는 것이 아니다. 그는 일하느라 바쁘고, 내 죄책감을 덜어주기 위해 시간을 냈다가 해고당할 수도 있다. 그런 일은 절대로 하고 싶지 않다. 나는 "안녕하세요!" 하고 고개를 숙이며 응원하는 마음으로 친근하게 인사하고 지나간다.

매장 앞에는 봄 식물이 진열되어 있다. 한 노인이 토마토 화분을 들고 꼼꼼히 살펴본다. 마치 자신의 올바른 선택이 엄청난 결과를 가져올 수 있다는 듯이 토마토 모종을 조심스럽게 둘러본다. 더 아래쪽에서는 긴 포니테일 머리를 한 마른 여자가 밝은 주황색 금잔화를 고른다. 여자는 그것을 다시 내려놓고 대신 노란색 꽃에 손을 뻗는다. 꽃의 밝은 방울은 달걀노른자, 2개의 달걀노른자, 쌍둥이를 연상시킨다. 내 아기들.

나는 그 순간에 감동받는다. 삶은 계속된다는 것. 에이버리가 다운증후군이라는 것. 모든 게 그렇게 아름답고 부드럽고 진실하게 앞으로 나아간다는 것. 그 순간 내 머리카락에서 무언가가 만져진다. 정원에서 발견한 반짝이는 머리핀이다. 빛나는 3개의 별, 3명의 아들.

12

더, 더

몰리는 어깨까지 내려오는 갈색 머리에 커다란 녹색 눈을 가진 20대 후반 여성이다. 사무실은 웬디와 같은 병동에 있으며, 옷장만 한 크기다. 나와 몰리, 에이버리, 에이버리의 캐리어만 간신히 들어갈 정도다. 나는 캐리어를 복도 한쪽에 둔다.

에이버리에게 언어 치료는 파티 시간이다. 몰리는 에이버리에게 초콜릿 푸딩을 먹이면서 아기 숟가락을 평평하고 고르게 유지하는 방법을 보여준다. 아기가 입을 둘러싼 근육을 사용하도록 유도하는 것이다. 잇몸을 이용해 숟가락에서 음식을 긁어내는 내 방식하고는 대조된다. 몰리는 에이버리에게 투명한 빨대가 달린 플라스틱 곰 인형에서 주스를 마시는 방법도 보여준다. 그러는 동안 나는 뒤로 물러서서 이런 생각을 한다. **에이버리는 아직 아기일 뿐이에요. 여전히 젖병이 필요하다고요!** 에이버리는 내가 틀렸다는 걸 증명하듯 전문가처럼 주스를 빨아 마신다. 그 애는 자신을 매우 자랑스러워한다. 게다가 주스를 좋아한다.

몰리는 크고 또렷한 목소리로 말을 한다. 그리고 에이버리가 자신을 처다보지 않으면, 그 애의 시야에 들어가도록 자신의 위치를 바꾼다. 이러한 행동을 마치 본능인 것처럼 쉽게 한다. 내가 이렇게 하려고 하면 9개월 된 아기가 아니라 80세 노인한테 하는 것처럼 어색하게 느껴진다.

몰리는 끝에 플라스틱 손잡이가 달린, 칫솔처럼 생긴 누크(Nuk: 유아용품 생산 전문 업체의 제품 브랜드—옮긴이) 도구를 보여주며 구강 자극 운동에 좋다고 설명한다. "아니면 일반 칫솔도 사용할 수 있어요." 몰리가 말한다. "특히 **입에 넣으면 이상한 소리가 나는 전동 칫솔이 좋아요.**" 몰리는 에이버리의 얼굴 바로 앞에 얼굴을 대고 오직 그 애한테만 얘기하듯 말을 한다. 에이버리는 함박웃음을 지으며 살짝 장난을 친다.

언어 치료 파티 목록은 계속된다. 동그랗게 말린 빨대, 구부러진 빨대, 종이 슬리브가 달린 빨대 등 다양한 빨대도 준비되어 있다. 하모니카, 카주(kazoo: 피리같이 생긴 간단한 악기—옮긴이), 리코더, 호루라기, 종이 깃발이 달린 파티용 호른. 비누 거품이 들어 있는 분홍색 플라스틱 코끼리. 반짝이는 은색 바람개비. 강아지 모양의 회전 장난감. 물론 초콜릿 푸딩과 테디베어 주스 같은 간식도 있다. "시피 컵은 절대 안 돼요." 몰리가 나에게 상기시킨다. "시피 컵은 입 근육을 **쓰지 않기 때문에 절대로, 절대로 사용하지 마세요.**" 에이버리를 향해 천천히 또박또박 말한다.

나는 브리트니가 빌려준 DVD 〈첫 18개월(The First 18 Months)〉에서 리비 쿠민(Libby Kumin)의 영상을 본 후 장난감에 감춰진 아이디어에 익숙해졌다. 에이버리는 명확하게 말하기 위해 몇 가지 기술이 필요하다. 그 애의 폐는 공기를 조절된 방식으로 계속해서 흡입하고 배출할 수 있어야 하기 때문에, 뿔피리나 기타 불기 유형의 활동이 필요하다. 빨대 작업과 구강 자극 운동을 통해 얼굴과 입 주변의 근육을 조절하는 연습을 할 수도 있다. 그리고 사람들이 이러한 기술을 결합해 의미 있는 소리를 만들어 의사소통을 한다는 사실도 배워야 한다. 이는 몰리의 과장된 말투와 애니메이션 톤으로 더 강화된다. 몰리와 함께 있을수록 나도 에이버리한테 이렇게 말하는 게 점점 편해진다.

몰리는 내가 읽을 만한 《다운증후군 아동을 위한 초기 의사소통 기술: 부모와 전문가를 위한 가이드(Early Communication Skills for Children with Down Syndrome: A Guide for Parents and Professionals)》와 《새로운 장난감 언어(The New Language of Toys)》 같은 책도 갖고 있다. 몰리는 이런 조건으로 책을 빌려준다. "엄마가 다 읽고 나면 몰리한테 돌려주세요."

나는 몰리의 책을 내 위시 리스트에 추가한다. 《새로운 장난감 언어》를 통해 몰리가 에이버리와 말하는 방식을 더 잘 이해하고, 일상생활에 접목할 수 있는 더 많은 아이디어를 얻는다. 예를 들면, 장난감을 통해 에이버리한테 말을 걸 수 있고, 내가 할 일을 하면서 우리 삶에 대해 이야기해줄 수 있다. 내 책꽂이에 있는 책들 중에서 가장 작은 사이즈인데, 처음부터 끝까지 언어를 가르치는 데 초점을 맞추고 있다. 다른 책들처럼 여기에도 모든 연령대 아이들이 각 장에서 설명한 활동을 하는 사진이 실려 있다. 나는 또 한 번 아이들이 놀고, 미소 짓고, 웃음을 터뜨리고, 배우는 모습에 마음이 끌린다.

《다운증후군 아동을 위한 초기 의사소통 기술》은 브리트니가 빌려준 DVD에 소개된 내용과 유사한 자료를 훨씬 더 자세하게 설명한다. 이 책은 유념해야 할 몇 가지 사항으로 시작한다. 의사소통은 전체론적이라는 것이다. 즉, 부분의 합 이상의 의미를 갖는다. 의사소통은 관계를 통해 의미를 획득한다. 예를 들어, 말의 내용은 말하는 방식에 영향을 받는다. 의사소통은 의도적일 수 있고 비의도적일 수도 있으며, 언어적 메시지뿐만 아니라 비언어적 메시지도 포함한다.

언어는 기호를 사용해 실제 사물과 사건을 표현하는, 임의로 공유하는 암호라고 생각할 수 있다. 우리는 이 암호 사용 방법에 관한 규칙을 사회적 상호 작용을 통해 배운다. 언어는 의도적이고 목적이 있으며 몸짓, 기호, 그림 및/또는 음성을 포함한다.

말은 호흡, 삼키기, 먹기에 쓰이는 신체 시스템과 동일한 시스템을 사용하는 음성 언어로 정의할 수 있다. 말을 하기 위해서는 근육 프로그래밍, 근육 움직임, 근육 협응이 필요하다.

내가 늘 '대화'라고만 불렀던 것을 이러한 새로운 용어를 통해 배우는 것은 흥미롭고 매력적이다. 카터한테는 이 모든 걸 당연하게 여겼다. 암호로서 언어, 언어적 및 비언어적 단서 해독, 수많은 의사소통 수단 중 하나인 단어 등 내 생각과 마음이 확장되는 것 같다. 나역시 새로운 방식, 요컨대 에이버리 그리고 그 애와 비슷한 다른 아이들의 방식을 배우고 있다.

다시 눈이 내리고 있다. 늦은 봄 폭설의 커다랗고 축축한 눈송이가 창틀이나 현관의 나무 널빤지에 닿자마자 녹아내린다. 베넷은 나를 따라 이 방 저 방 돌아다니며 뻣뻣한 걸음걸이를 연습하고 있다. 베넷은 "마마-마마-마마"라고 말하고, 에이버리도 베넷을 따라 "마-마-마"라고 말한다. 카터가 이를 알아차리고 말한다. "아기들이 마마라고 불러요, 엄마. 재밌지 않아요?"

오늘은 치료 일정도 없고, 병원이나 식료품을 사러 시내에 갈 일도 없다. 이런 날에는 아이들과 함께 집에 있는 것이 편하다. 우리는 VHS 테이프를 보고, 춤을 추고, 놀이를 한다. 낮잠을 자고, 담요로 요새를 만들고, 쿠키를 구워 담요 요새 안에서 먹기도 한다. 집에 있는 날에는 우리한테 문제가 있다는 사실조차 잊게 된다.

우리가 시청해야 할 VHS 테이프 중 하나는 〈사이닝 타임!(Signing Time!)〉이라는, 어린이를 위한 수화 비디오다. 에이버리의 언어 치료 가운데 일부는 수화를 배우는 것이다. 사람들이 말과 몸짓을 통해(아이들은 말을 할 수 있을 때까지 몸짓을 통해), 무언가를 요청하고 서로 소통할 수 있다는 개념을 강화하기 위한 것이다.

〈사이닝 타임!〉엔 가운데 가르마를 탄 긴 갈색 머리에 빨간색 셔츠를 입은 여성이 등장한다. 내 또래 같고, 내가 보기엔 엄마인 듯하다. 작은 몸과 더러워진 얼굴을 수없이 씻기고 닦아냈을 법한 강인한 손에 손톱을 짧게 잘랐다. 작은 손으로 잡아당길 만한 목걸이나 귀걸이를 걸치고 있지도 않다. 그리고 세탁해서 바로 입을 수 있는 셔츠를 걸쳤다. 외모뿐만이 아니다. 아픈 아기를 안고 있거나 이가 나기 시작한 유아를 흔들어 재우며 밤새 깨어 있을 수 있고, 필요하다면 다음 날 밤, 그다음 날 밤에도 다시 그 일을 해낼 수 있다는 차분한 자신감이 풍긴다.

"앨릭스하고 레아와 함께 하는 수화 시간이에요/앨릭스하고 레아와 함께 하는 수화 시간이에요/와서 놀아요." 여자가 노래를 부른다. 노래를 부르면서, 가사에 맞는 수화를 한다. 음악이 끝나면, 화면에 '먹다'라는 단어가 나타나고, 다른 여자의 목소리가 그걸 큰 소리로 읽는다. 그리고 빨간 셔츠 여자가 다시 나타나 '먹다'라는 수화를 보여준다. 마치 먹고 있는 것처럼 손을 입에 댄다. 여자는 수화를 하면서 큰 목소리로 또박또박 단어를 반복해서 말한다. "먹다, 먹다, 먹다."

장면이 바뀌어 아기, 유아, 어린이가 수화를 하는 모습이 차례로 등장하고, 어린 소녀의 음성이 나온다. "이것은 '먹다'라는 수화입니다." 시연을 하는 사이사이 다양한 아이들이 놀고, 그네를 타고, 음식을 먹고, 수화하는 장면이 빠르게 지나간다. 아기, 유아, 어린이 모두 수화를 하고 있다. 엄마, 아빠, 할머니, 할아버지 모두 수화를 한다. 이 시각적 메시지가 나에게는 강렬하고 매력적으로 다가온다. 수화 사용은 일상생활의 자연스러운 일부이며, 가족과 아이들이 함께할 수 있는 것이다.

수화 중 상당수는 우리가 생각하는 것과 거의 비슷하다. '더'는 손가락을 두 번 맞댄다. '목이 마르다'는 손가락으로 목을 따라 선을 그린다. '졸리다'는 손으로 얼굴을 가리고 눈을 감는다. '아니요'는 엄지와 검지를 꽉 쥔다. '개'는 허벅지를 가볍게 두드린다. '고양이'는 코 근처로 손을 올려 수염 같은 걸 꼬집는 동작이다. '물고기'는 물고기가 물속을 헤엄치는 것처럼 손바닥을 평평하게 펴서 움직인다. 나는 에이버리를 무릎에 앉힌 다음 손을 맞잡고 함께 연습한다. 우리가 연습하는 수화를 성공적으로 해내면, 에이버리는 미소를 지으며 웃는다. 우리가 하는 동작을 이해하는 건지, 아니면 단순히 자신의 성공을 기뻐하는 내 모습을 좋아하는 건지 모르겠다.

오후 늦게 눈이 비로 바뀐다. 카터는 식탁에서 색칠을 한다. 베넷은 내가 설치해놓은 작은 줄을 따라 소파에서 의자로, 의자에서 의자로 걸어간다. 마치 자기 멋대로 하는 '의자 뺏기' 게임 같다. 그리고 에이버리는 소파 근처 바닥에 있는 지미니에서 놀고 있다. 몇 미터 떨어진 곳에서 빗방울이 창문을 두드리며 툭툭툭 소리를 낸다. 빗방울이 지붕에 떨어지는 소리도 들린다. 나는 나의 정원을 생각한다. 이 비가 나의 정원에 얼마나 좋을지. 문득 창문을 다시 돌아보니, 에이버리가 창틀을 붙잡고 일어서려 안간힘을 쓰고 있다.

내가 보고 있는 장면을 믿을 수 없다. **에이버리가 어떻게 저기까지 갔을까?** 흥분이 점점 커진다. 가슴이 거의 아플 정도로 희망을 품는다.

"카터, 에이버리를 옮겨줬니?"

"아니요, 엄마. 저는 크레파스를 칠하고 있어요. 이건 집이에요."

나는 지미니에서 창문까지 쭉 훑어보며 모든 가능성을 계산해본
다. 베넷은 너무 멀리 있고, 톰은 사무실에 있고, 카터는 도와주지
않았다. 한 가지 시나리오만 남는다. 에이버리가 해냈을 경우다. 에
이버리가 스스로 해냈다! 처음에는 너무 기뻐서 아무 말도 할 수 없
었다. 그러다가 문득 생각했다. 내가 에이버리와 늘 함께 있었는데,
내가 놓쳤어! 내가 놓쳤다니 믿을 수가 없어!

"에이버리, 일어서고 싶어?" 나는 말하면서 에이버리에게 다가간
다. 그런 다음 웬디가 가르쳐준 대로 에이버리가 창문 쪽으로 일어설
수 있도록 도와준다. 에이버리의 근육을 자극해 스스로 일어서게 한
다. 에이버리는 행복해하며 웃는다. 나도 웃으며 에이버리의 머리에
뽀뽀하고 등을 쓰다듬어주며 말한다. "누가 서 있니? 누가 서서 창
밖을 보고 있니? 비가 오고 있지? 비를 봐!"

몰리가 지역 요양원에서 언어 치료 놀이 모임을 준비했다. 에이버리
와 나는 잠겨 있는 정문 앞에 가장 먼저 도착했다. 그리고 안으로 들
어가기 위해 벨을 누르고 기다린다. 입구에 있는 작은 카메라를 향해
손을 흔들고, 에이버리가 들어 있는 아기 캐리어를 올려 보여준다.
문이 찰칵 소리를 내며 열린다. 내가 문을 열자 몰리의 쾌활한 목소
리가 들린다. "여기 복도 끝 활동실에 있어요."

TV, VHS 플레이어, 스테레오 등이 있는 엔터테인먼트센터 앞에
오래된 갈색과 주황색 격자무늬 소파와 그에 어울리는 2인용 안락의
자가 놓여 있다. 왼쪽에는 방의 나머지 절반을 나누기 위해 갈색 플

라스틱 아코디언 벽을 쳐놓았다. 몰리가 얇은 회색 카펫 위에 퀼트를 깔고, 그 위에 농장 세트와 그에 맞는 동물들을 놓아두었다.

오늘은 몰리의 상사도 함께 왔다. 몰리가 그 여성에게 다운증후군 동생이 있다고 말한 기억이 난다. 우리는 서로 인사를 나눈다. 나는 그녀의 오른쪽 눈 밑에 검은색 마스카라가 묻어 있는 걸 발견한다. 나는 뭐라고 말을 해줘야 할지, 아니면 무시해야 할지 고민한다. 그 냥 무시하는 게 나을까? 하지만 오늘 중 언젠가는 그걸 알아차릴 테고, 그러면 다시 생각하게 될 것이다. **내가 누구하고 이야기를 나누었더라?** 그러곤 내가 알아차렸을지 궁금해할 테고, 내가 말해줬어야 한다고 생각할지도 모른다. 여자가 뭔가를 말하고 있다. 집중해야 한다. 여자가 에이버리에 대해 말한다.

"그래서 그것이 문제 될 이유는 없다고 생각합니다. 다운증후군 아이들은 모두 편도선과 아데노이드를 제거해야 한다고 저는 생각합니다."

여자는 비즈니스 정장을 입었고, 손톱이 길고 빨갛다. 여자에게 아이가 있다고는 상상하기 어렵다. 나는 내가 정말 협소한 사람이라고 생각한다. 나는 세상 사람들을 엄마와 엄마가 아닌 사람, 두 집단으로 나누는 경향이 있다.

"네. 편도선과 아데노이드 제거, 알겠습니다." 이렇게 대답하며 이 말을 마음에 새기지만, 그렇게 되지 않기를 바란다. 다시는 병원에 가고 싶지 않다.

에이버리를 퀼트 위에 올려놓자 스키점프를 하듯 몸을 비틀고 꿈틀거려 퀼트에서 벗어난다. 그리고 엔터테인먼트센터 쪽으로 곧장 향한다. 에이버리는 스테레오를 주시한다. 거기에 도착하자 스테레오를 보려고 스스로 일어선다. 나는 에이버리가 넘어지거나 만지면 안 되는 걸 만지는 경우를 대비해 그 애 바로 뒤에 선다.

몰리가 박수를 치며 나에게 말한다. "와! 이거 새로운 거죠? 그렇죠?"

나는 씩 웃는다. 몰리와 그녀의 상사가 한목소리로 말한다. **"잘했어, 에이버리!"**

다른 엄마가 한 명 더 도착한다. 그녀의 아기는 캐리어에 있다. 어려 보이는 그 엄마는 왠지 당황한 듯하다. 할아버지 한 분이 그녀 뒤쪽 출입구에서 모습을 드러내며 어리둥절한 표정으로 우리를 둘러본다. 노인 뒤에서 금발의 한 여성이 나타나 그의 팔을 잡고 밖으로 나간다. 젊은 엄마는 우리와 함께할지 아니면 도망칠지 결정하려는 듯 두려운 표정을 짓고 있다. 나는 달리 무엇을 해야 할지 몰라 그 여자에게 미소를 짓는다. 여자의 아기는 생후 3개월 정도의 작은 체구다. 남자 아기인 것 같고, 캐뉼러(cannula: 체내로 약물을 주입하거나 체액을 뽑아내기 위해 꽂는 관—옮긴이)가 꽂혀 있었을 법한 얼굴 부위에 발진이 보인다. 여자가 나에게 미소를 지은 후 에이버리를 바라본다.

"당신 아기인가요?"

나는 고개를 끄덕인다. 여자가 아기 캐리어를 자신을 향하게 내려놓고 격자무늬 소파에 앉는다. 나는 이런 움직임을 안다. 아기를 자신을 향하게 두는 것은 다른 사람이 볼 수 없게 해서 아기에 대한 질문을 줄이려는 것이다. 여자는 나에게 뭔가를 더 묻고 싶지만 어떻게 해야 할지 모르는 듯하다. 그런 호기심은 어쩌면 좋은 의도일 것이다. 여자는 에이버리에 대해, 나와 내 삶에 대해 궁금해한다. 이것은 에이버리의 엄마가 되면서 예상하지 못했던 부분이다. 여자는 에이버리의 엄마가 된 내 기분이 어떤지 알고 싶어 한다.

과거에는 내 이야기를 하고 싶었지만 그러지 않았던 적이 너무 많았다. 하고 싶었지만 할 수 없었던 말도 너무 많았다. 그런데 여기 듣고 싶어 하는 사람이 있다. 지금 나는 준비되어 있다. 그래서 시작한다. 천천히 쌍둥이에 대해, 놀라운 일들에 대해. 신생아집중치료실과 그곳에서 내가 얼마나 두려웠는지 이야기한다. 눈물이 고인다. 내 이야기를 하는 것이 생각보다 더 힘들다.

"저도 신생아집중치료실에 있었어요." 여자가 말한다. "담당 의사가 누구였나요?"

나는 닥터 할리우드, 레몬 서벗 같은 소아과 의사, 그리고 내가 기억하는 간호사들에 대해 이야기한다. 여자는 그 이름들을 하나도 알지 못한다. 하지만 그런 것은 중요하지 않다. 여자가 자신의 이야기를 시작한다. 그 이야기 속에 임신 중독증, 극소 미숙아, 그리고 신생아집중치료실에서의 3개월이 있다.

나는 우리 쌍둥이 옆 인큐베이터에 있던, 27주째에 태어난 아기 오언을 떠올린다. 그날 밤 병원에서 만났던 여자와 닮았는지 이 젊은 엄마를 더 자세히 살펴본다. 하지만 아니다. 그것은 중요하지 않다. 아무튼 나는 이 여자가 아는 사람처럼 느껴진다. 여자가 같은 경험을 공유한 내 동생 같다. 나는 그토록 오랜 시간을 신생아집중치료실에서 보낸 여자에게 공감하고 존경심을 느낀다.

"어떻게 그걸 견뎌내셨어요?" 내가 말한다.

"저도 모르겠어요." 여자가 눈에 눈물이 고인 채 말한다. 순간, 내가 잘못 말했다는 것을 깨닫는다. 날짜를 계산해보면, 여자는 이제 막 집에 돌아왔을 것이다.

"집에 있는 게 정말 좋아요." 내가 조용히 말한다. "내가 신경 쓰는 건 그것뿐이에요. 우리가 집에 있고, 함께 있는 것 말이에요. 나머지 일들은 남은 인생 동안 차차 해결해나가면 되죠." 덧붙인 말은 지나치리만큼 단순하게 표현했지만, 그게 진실이라고 느낀다.

노인이 다시 문 앞에 나타난다. 플란넬 가운을 입고 흰머리가 덥수룩한 노인은 온순하고 해를 끼칠 것처럼 보이지 않는다. 노인은 아기들을 보고 싶어 하는 것 같다. 나는 에이버리를 안고 그 노인에게로 가서 말한다. "이 애는 에이버리예요." 노인의 연한 푸른색 눈동자에 안개가 끼어 있다. 내 말을 알아들을 수 있는지, 심지어 나를 볼 수 있는지조차 알 수 없다. 그의 가족이 누구인지, 어떻게 여기까지 왔는지 궁금하다. 우리 모두 사연이 있는데, 그의 사연은 무엇일까.

나는 에밀리 펄 킹슬리의 에세이 〈네덜란드에 오신 것을 환영합니다〉를 떠올리며, 에이버리의 엄마가 된 느낌을 쉽게 설명하는 방법이 필요하다고 생각한다. 그 느낌을 정확히 표현할 수가 없다. 아마도 설명하기 쉬운 방법이 없을 수도 있다. 아니면 있을지도 모른다. 이렇게 말이다. "그 느낌은 당신이 생각하는 그대로입니다. 그냥 엄마가 된 느낌이요."

노인의 도우미가 와서 데려가려고 하자 노인이 말한다. "예쁜 아들을 두셨군요."

나는 고개를 끄덕이고, 에이버리의 작고 통통한 손을 흔들며 작별 인사를 한다.

피아노, 희망의 내 음표들. 에이버리를 잠에서 깨우는 침실 문 닫히는 소리. 전화벨 소리. 심지어 속삭이듯 말할 때조차도 이름을 부르면 고개를 돌리는 모습. 모두 에이버리가 들을 수 있다는 확신을 주는 것들이다.

병원 예배당에서 청력 검사에 실패한 이후, 나는 몇 가지 조사를 했다. 그리고 몰리가 언어치료사이자 아이들을 대상으로 일하는 다른 청각 전문가를 소개해주었다. 나는 에이버리가 재검사를 받도록 미줄라에 있는 그 전문가와 예약했다. 그곳에 가는 김에 같은 건물에 있는 소아 안과 전문의한테 에이버리의 눈도 검사받기로 했다. 나는 가능한 한 빠르고 고통 없이 진료받을 수 있도록 병원 예약을 한번에 묶어서 하는 걸 선호한다. 또 가능한 한 그날의 첫 번째 진료로 예약을 잡아 대기실에서 보내는 시간을 줄이려고 노력한다. 그리고 간식을 가져가고 고맙다는 인사를 많이 하는 게 특히 나를 비롯한 모두에게 도움이 되는 것 같다.

이제 에이버리가 더 자랐기 때문에 청력을 검사하는 방법이 더 다양해졌다. 검사 목표는 에이버리가 어떤 소리를 들을 수 있는지 파악하는 것이다. 에이버리가 50퍼센트의 확률로 들을 수 있는 가장 작은 소리를 '역치'라고 한다. 역치를 결정하는 방법에는 두 가지가 있다. 에이버리의 청력 수준을 평가하기 위해 그 애의 반응에 의존하는 '행동 검사'와 기계를 사용해 측정하는 '객관적 검사'가 그것이다.

행동 검사에는 생후 5개월에서 2세 사이 아동에게 사용하는 '시각 강화 청력 검사(VRA)'가 포함된다. 이때 아이는 방음실에서 부모 무릎에 앉아 스피커를 통해 나오는 소리 쪽을 바라보도록(또는 가리키도록) 교육받는다. 아이가 올바른 스피커를 바라보면 그 보상으로 불빛이 들어오는 움직이는 장난감이 작동한다.

'조건부 놀이 청력 검사(CPA)'는 에이버리보다 약간 더 나이 많은 2세에서 5세 사이 아동에게 사용하는 두 번째 유형의 행동 검사다. CPA에서는 소리가 들릴 때마다 아이한테 블록을 양동이에 넣거나 페그보드에 페그를 꽂는 등의 활동을 하도록 한다. 아이가 이러한 행동을 하면 보상으로 불빛이 들어오는 움직이는 장난감, 그리고 검사자와 부모의 칭찬이 주어진다.

세 번째 유형의 행동 검사는 5세 이상 아동에게 유용한 전통적인 '청력 검사(CA)'다. CA에서는 아이가 소리를 들으면 손을 들고 지시에 따라 그 소리나 단어를 반복하도록 요구한다. 보상은 부모와 검사자의 칭찬이다.

객관적 검사는 아이의 참여가 필요하지 않아 어린아이나 아기들에게 흔히 사용하는 방법이다. 그중 이음향 방출(OAE) 검사는 작은 고무 탐침을 통해 아이에게 소리를 전달하고, 내이의 모세포에서 생성되는 이음향 방출을 측정하는 방법이다. 에이버리와 내가 이전에 병원 예배당에서 눈물을 흘리며 포기했던 검사다.

'청각 뇌간 반응(ABR)'은 자연 수면이나 진정제가 필요한 또 다른 종류의 객관적 검사다. 작은 전극을 아이의 머리에 붙이고 소리를 들려주며 뇌 기저부의 청각 신경과 청각 경로의 반응을 측정한다. ABR

검사는 '청각 뇌간 유발 반응 검사(ABER)' 또는 '뇌간 청각 유발 반응 검사(BAER)'라고도 한다. 진정제 때문에 내가 에이버리에 대해 거부했던 검사다.

세 번째 유형의 객관적 검사는 '고막 운동성/임피던스 검사'라고 하는데, 중이 시스템, 즉 고막, 중이 뼈, 유스타키오관의 기능을 측정하는 것이다. 건강한 귀에 큰 소리가 전달되면, 고막은 음향 반사에 의해 수축한다. 고막 운동성 검사를 완료하려면, 귀에 탐침을 삽입해 진공 밀폐 상태를 만든다. 그런 다음 외이도의 압력을 변화시키고 고막의 움직임을 측정해 기록한다.

접수원은 지루한 표정으로 유리그릇에 담긴 M&M을 먹고 있다. 마치 잠시 실내에 들어온 것처럼 선글라스를 머리 위에 얹었다. 나는 작성할 양식을 집어 들었지만, 이번에도 '다운증후군'이라고 적을 곳이 없다. 나는 지난번처럼 상단에 다운증후군이라 적고 별표를 추가한다. 접수원은 내가 건넨 클립보드를 받아 들곤 앉아서 기다리라고 손짓한다.

방에는 분홍색 하이힐, 분홍색 스타킹, 분홍색 스웨터 등 온통 분홍색으로 차려입은 여성이 있다. 잠시 그 여자가 왜 여기에 왔을까 생각해본다. 저 여자도 아마 우리에 대해 같은 생각을 하고 있을 거야. 나는 이렇게 결론 내린다. 여자 맞은편에는 보청기 배터리가 진열되어 있고, 그 옆에는 잡지꽂이가 있다. 나는 에이버리의 캐리어를 옆에 내려놓고 엄지손가락으로 잡지를 훑는다. 〈뉴요커(New Yorker)〉

〈롤링 스톤(Rolling Stone)〉〈니켈로디언(Nickelodeon)〉. 〈올리버, 보청기를 달다(Oliver Gets Hearing Aids)〉라는 제목의, 생쥐가 주인공인 책도 있다. 내가 읽을거리를 선택하기도 전에 새로운 청각 전문가가 모습을 드러내며 자신을 소개한다.

"안녕하세요, 저는 이브라고 해요." 금발에 파란 눈, 창백한 피부를 가진 이브는 청바지에 컬럼비아(Columbia)의 적갈색 플리스 조끼를 입고 있다. 양쪽 귀에 박힌 2개의 다이아몬드 스터드가 반짝인다.

우리를 검사 부스로 안내한 이브가 나에게 에이버리를 무릎에 올린 채 의자에 앉으라고 말한다. 그러고는 문을 닫고 사라진다. 이브의 목소리가 오른쪽 스피커에서 나온다. "에이버리, 에이버리, 에이버리." 에이버리가 그쪽으로 고개를 돌리자, 미니 마우스 인형의 빨간색 불빛이 깜빡인다. 이브는 작은 플라스틱 창문을 통해 나에게 고개를 끄덕이며 엄지손가락을 치켜세운다. 그리고 계속 진행한다. 이번에는 왼쪽 스피커에서 소리가 나온다. "에이버리, 에이버리, 에이버리." 에이버리가 왼쪽으로 고개를 돌리자, 이번에는 파란색 불빛이 깜빡인다. 검사는 계속된다. 소리가 점점 더 작아져서 더 이상 들리지 않을 때까지. 나는 엄지손가락이 올라가는 걸 몇 번이나 보았다. 이윽고 부스의 문이 열린다.

"에이버리가 정말 잘했어요!" 이브가 말한다. "다른 걸 해보고 싶어요." 그러면서 개, 고양이, 소 그림이 그려진 나무판을 건넨다. "내가 단어를 말하면 아이가 따라 하는지 봐요."

"에이버리는 아직 말을 제대로 못 해요. 하지만 수화를 배우고 있어요."

"그럼 수화를 하거나 가리킬 수 있겠네요. 한 번 해보죠."

이브가 사라지면서 문이 닫히고, 곧 "개, 개, 개" 하는 소리가 들린다. 에이버리가 내 무릎에서 몸을 비튼다. 다시 "개, 개, 개" 하는 소리가 들린다.

에이버리가 나무판을 핥으려고 한다. "어머니께서 손을 잡고 에이버리가 수화를 할 수 있도록 도와주세요." 이브의 목소리가 들린다.

나는 에이버리의 손을 잡고 그 애의 허벅지를 두드리며 "개, 개, 개"라고 말한다. 그런 다음 에이버리의 손가락을 잡고, 개 그림을 가리킨다.

이어서 "고양이, 고양이, 고양이" 하는 소리가 들린다. 에이버리는 다시 몸을 비틀고 뿌루퉁한 얼굴을 한다. 나는 작은 창 쪽을 바라본다. 아무도 보이지 않는다. 에이버리의 손가락을 코에 대고 고양이를 나타내는 수염 모양의 수화를 해보려고 한다. 하지만 에이버리는 몸을 구부리고 비틀며, 나에게서 벗어나려고 발버둥 친다.

부스 문이 열리고 이브가 들어온다. "부스 검사는 다 끝난 것 같아요." 이브가 말한다. "여기서 잠깐만 기다려주세요." 그러곤 이번에는 문을 열어둔 채 사라진다.

잠시 후, 미니 마우스가 빨간색, 파란색, 빨간색, 파란색 불빛을 깜박이고, 스피커에서 음악과 관중의 환호 소리가 터져 나온다. "잘했어, 에이버리. 에이버리 만세!" 에이버리가 좋아하며 박수를 치기 시작한다.

이브가 문 앞에 다시 나타난다. "저는 긍정적인 분위기로 마무리하는 걸 좋아해요. 이렇게 하면 아이들이 다시 와서 검사받는 것을 행복해하거든요. 저는 이 검사를 에이버리한테 좋은 경험으로 남기고 싶어요."

이브는 에이버리를 다시 카시트에 앉히라고 지시하곤 한 가지 더 시도해볼 게 있다고 말한다. 내가 에이버리에게 안전벨트를 채우자, 이브는 작은 상자와 연결된 전선에 달린 길고 가느다란 막대기처럼 보이는 것을 꺼낸다. 그 막대기를 에이버리의 귀에 넣으려는 것 같다. 나는 긴장했다. OAE 검사 이후, 에이버리는 귀에 대해 극도로 예민해졌다. 내가 그게 얼마나 불가능할지 설명하기도 전에 이브는 에이버리의 양쪽 귀에 탐침을 빠르게 삽입한다. 그리고 다시 사라졌다가 돌아온다. 손에는 ATM에서 출력한 것처럼 보이는 구겨진 종이가 들려 있다.

"제가 본 것 중 가장 아름다운 고막 운동 그래프예요." 이브가 미소를 지으며 말한다.

나는 깜짝 놀라 이브를 바라본다. "정말요?" 간신히 말한다.

"네, 정말이에요. 모든 아이의 외이도가 이렇게 깨끗했으면 좋겠어요." 이브는 다시 미소를 지으며 친절하게 대답한다. 다이아몬드가 반짝거린다. 나는 이브가 나쁜 소식을 받아들여야 하는 상황이 어떤 것인지 잘 알고 있는 여자라는 걸 알 수 있다. 좋은 소식을 축하하는 방법도 아는 여자다.

"고마워요." 내가 말한다. "정말 고마워요." 너무도 감사하다. 안도감에 들뜨고 행복감에 취한다. 그리고 안과 의사를 만날 준비를 한다. 나는 시력이 매우 나쁘지만, 톰은 독수리의 눈을 가졌다. 어떻게 희망을 갖지 않겠는가? 나는 최선을 희망한다.

에이버리와 나는 칸막이와 접견실이 미로처럼 얽혀 있는 곳으로 더 깊이 들어간다. 점심시간이 가까워지자 대부분의 사무실이 비어서 조용하다. 나는 접수원을 제대로 찾아서 몇 가지 서류를 더 작성한다. 또다시 상단에 '다운증후군'이라 쓰고 별표를 추가한다. 랄랄라! 이번에는 검사실로 바로 안내를 받는다.

의사가 자신을 소개하고, 에이버리에게 근시, 원시, 난시, 안구 운동 능력, 적절한 안구 정렬, 빛과 어둠의 변화에 대한 반응, 일반적인 안구 건강 문제 등을 검사할 것이라고 설명한다. 내 나이 또래이고, 스포츠 코트에 넥타이를 맨 남자다. 친절하고 전문적으로 보이며, 에이버리에 대한 악의는 없어 보인다.

눈 검사는 안구 정렬 평가("눈이 일직선으로 함께 작동합니까?"), 안구 운동 평가("눈이 정상적으로 움직입니까?"), 시력 추정치, 안경 필요 여부 평가로 이뤄진다.

"남은 하루 계획이 뭐예요?" 의사가 묻는다.

"음, 집으로 운전해서 갈 거예요."

"좋아요. 그럼 에이버리의 망막을 볼 수 있는 확장형 안과 검사를 권하고 싶군요. 안약의 효과가 사라지는 데 시간이 좀 걸리기 때문에 물어본 겁니다."

의사가 나에게 에이버리를 무릎에 올린 채 검사용 의자에 앉으라고 손짓한다. 그리고 바퀴 달린 회전식 의자를 끌고 나와서 앉은 후, 자신의 머리에 마치 작은 암벽 등반가용 조명처럼 생긴 것을 묶는다. 그가 에이버리에게 몸을 기울였다가 다시 몸을 빼면서 에이버리의 눈에 계속 집중한다. "혹시 에이버리가 눈물이 많이 나거나, 붓거나,

딱지가 생긴 적 있나요?" 다시 몸을 기울이며 묻는다.

"아니요." 내가 말한다. 의사가 몸을 또 기울인다.

"에이버리가 눈을 가늘게 뜨고 보거나 비비는 걸 본 적이 있나요?" 의사가 조명을 위로 올려 켜면서 묻는다.

"피곤할 때만요. 잠들 준비가 되면 눈을 비벼요."

의사는 조명을 내려서 끄고는 우리 뒤 오른쪽에서 왼쪽으로 바퀴를 굴려 천천히 주위를 돌며 에이버리를 살펴본다.

곰 인형을 꺼내 높이 들고 천천히 왼쪽으로 움직인 후 다시 오른쪽으로 이동하면서, 계속 에이버리의 눈을 살핀다. 그리고 머리띠를 벗는다.

"제가 검안경으로 눈을 들여다보는 동안 아이의 머리를 안정적으로 잡아주세요. 이 검사는 눈 뒤쪽의 이상이나 백내장, 기타 수정체가 혼탁해지는 증상을 찾아내기 위해서 하는 겁니다."

내가 에이버리의 턱 아래에 주먹을 받치자, 의사는 우리에게서 약 30센티미터 정도 떨어져 에이버리의 양쪽 눈에 속도 측정기처럼 생긴 것을 비춘다. 양쪽 눈의 적색 반사가 대칭을 이루는데, 이는 좋은 현상이라고 설명한다. 그런 다음 나에게 에이버리의 턱을 놓으라고 말한다. 그러고는 벽에 붙은 조광 스위치로 가서 조명을 낮춘다. 약 1미터 떨어진 벽의 패널에서 빛나는 원숭이 인형이 나타났다가 사라진다. 에이버리가 좋아한다. 두 번째 패널이 더 멀리서 열리더니 소가 불을 밝힌다. 에이버리는 박수를 친다. 세 번째 패널이 더 멀리서 열린다. 개구리다. 에이버리는 다시 박수를 친다.

"좋아요, 좋아요." 의사가 불을 켜며 말한다. "마지막으로 한 가지만 더요. 이 안약을 에이버리의 눈에 넣을 건데, 효과가 나타나려면 약 30분 정도 걸릴 거예요. 여기서 기다리시면 곧 돌아오겠습니다."

의사는 에이버리의 머리를 안정적으로 잡고, 두 눈에 각각 한 방울씩 떨어뜨린 후 구석에 있는 장난감 상자를 가리키며 자리를 떴다.

검사가 빨리 끝났는데, 어떤 생각을 해야 할지 모르겠다. 문제가 있었다면 의사가 말해줬을 거라고 믿고 싶다. 아무 얘기가 없다는 건 좋은 소식이라 생각하고 싶지만, 나는 아무것도 가정하지 않는 법을 배웠다.

미줄라를 떠나기 직전 에이버리에게 주려던 젖병을 기저귀 가방에 넣어두었다. 에이버리가 집으로 가는 동안 재우기 위해서였다. 나는 그러는 대신 지금 젖병을 준다. 에이버리는 참을성 있고 협조적인 착한 아기였다. 나는 조광 스위치로 가서 조명을 조금 낮추고 검사 의자에 앉아 에이버리를 안고 조용히 흔들며 노래를 불러준다. 에이버리는 크고 파란 눈 속에 있는 하얀 별들을 반짝이며 나를 올려다본다.

의사가 돌아왔을 때, 나는 에이버리에게 우유를 다 먹이고 구석에 있는 상자에서 초록색 몬스터 트럭을 꺼내 놓고 있었다.

"지금까지 한 검사는 어떤가요?" 내가 묻는다.

"에이버리는 잘하고 있어요. 눈도 건강하고 조화롭게 잘 작동합니다. 마지막 검사에서는 근시, 원시 또는 난시 여부를 측정할 예정입니다."

의사가 나에게 에이버리를 안고 다시 의자에 앉아 자세를 잡으라고 지시한다. 나는 그대로 따른다. 그러자 이번엔 에이버리의 두 눈에 빛을 앞뒤로 비춘다.

"그게 뭘 하는 거죠?" 나는 좀더 적극적으로 대처하기로 결심하고 묻는다.

"빛은 눈에 들어가서 다시 반사되죠." 의사가 대답한다. "빛이 나올 때 빛이 작동하는 방식을 통해 눈의 굴절력을 파악할 수 있습니다."

나는 단도직입적으로 말한다. "안경이 필요한가요?"

"약간 원시가 있지만, 대부분의 아기들이 그렇습니다. 에이버리는 괜찮아요."

의사는 불을 끄고 검사를 마친다. 마지막으로 서랍에 손을 넣어 작은 파란색 선글라스를 꺼낸다.

"동공을 확장하기 위해서입니다." 의사가 설명한다. "몇 시간 후에는 정상으로 돌아올 거예요. 그렇지 않으면 전화 주시고요."

나는 고개를 끄덕이며 고마움을 표한다.

나가는 길에 접수원이 보험 카드의 복사본을 요구한다. 에이버리는 영화배우처럼 선글라스를 끼고 카시트에 묶여 있다. 나는 캐리어를 바닥에 내려놓고 기저귀 가방에서 지갑을 찾기 시작한다. 에이버리를 내려다보니, 아무렇지도 않게 손을 허공에 대고 흔들고 있다. '물고기'를 뜻하는 수화다.

나도 별생각 없이 지갑을 찾으며, 에이버리에게 '물고기' 수화를 해 보인다. 지갑은 바깥 주머니에 있다. 에이버리는 여전히 '물고기' 수화를 하고 있다. 나도 다시 '물고기' 수화를 한다. 그때 구석에 있는 것이 보인다. 보글보글 거품을 내는 수족관 안에 물고기가 있다. 복어다. 수족관에는 '유리를 건드리지 마세요'라는 메모가 붙어 있다.

에이버리는 물고기를 보면서 '물고기' 수화를 하고 있었던 것이다. 나는 접수원에게 보험 카드를 건네고 에이버리가 물고기를 더 잘 볼 수 있도록 캐리어를 가지고 수족관 쪽으로 다가간다. 캐리어를 무릎에 올린 채 록스타 선글라스를 낀 아이의 작은 얼굴로 몸을 굽힌다. 뺨, 코, 장미꽃 같은 작은 입술에 키스하며 "물고기. 에이버리, 그래! 물고기야!"라고 말하며 허공에 손을 흔든다. 내 마음은 무척 행복하고, 감사하고, 자랑스러워서 복어처럼 터질 것 같다. 에이버리가 지금 보고 있고, 이제 이름을 알게 된 복어처럼 말이다.

에이버리, 베넷, 카터와 나는 세라와 그녀의 두 아들과 함께 동네 패스트푸드 식당에 갔다. 이 식당에는 우리가 '세균 나라'라는 애칭으로 부르는 실내 놀이 공간이 있다. 하지만 우리는 비 오는 날 집에서 벗어날 수 있는 장소가 필요하고, 여기가 바로 그곳이다. 나는 사람들이 쳐다보는 시선, 이상한 응시, 질문 따위를 대비하고 있다. 왜냐하면 '세균 나라'가 나의 새로운 삶의 지도에서 어디에 속하는지 확신할 수 없기 때문이다. 안전지대에 속하는지, 아니면 비행 금지 지대에 속하는지.

카터와 세라의 아들들은 빠르게 식사를 마치고, 볼 풀(ball pool)로 이어지는 밝은 색상의 터널을 오르기 시작한다. 세라와 나에게는 감자튀김을 갉아먹는 베넷과 주먹을 빨고 있는 에이버리가 남아 있다.

세라는 최근 충격적인 소식을 들었다. 친한 친구의 아기가 다운증후군과 유사한 유전 질환인 18번 삼염색체증 진단을 받았다고 한다. 세라는 그 친구에게 딸에 대해 뭐라고 얘기해야 할지 알고 싶다며, 내 생각을 말해달라고 부탁한다.

"나쁘지 않아. 단지 다를 뿐이야." 나는 말문을 열다가 머뭇거린다.

세라는 고개를 끄덕이며 내가 설명할 때까지 기다린다.

부모로 살아가면서 우리가 착각하는 것에 대해 생각해본다. 아이들과 함께하는 일상이 얼마나 무서울 수 있는지. 항상 문 앞에 늑대가 있는 것 같은 기분인데, 생각해보면 정말로 항상 문 앞에 늑대가 있다. 부모 역할 중 일부는 늑대를 무시하고, 모든 게 괜찮은 것처럼 행동하고, 실제로 괜찮아지기를 바라는 것이다. 대부분의 경우, 그런 식으로 일이 잘 풀리기도 한다.

"그 친구하고 이야기할 때 '유감이야'라는 말은 하지 마. 아무도 그런 말을 좋아하지 않거든." 나는 에이버리의 엄마로서 나에게 필요한 것이 무엇인지 생각해본다. 나는 괜찮을 거라는 믿음이 필요하다. 행복한 결말을 바라는 것은 아니다. 그런 결말을 제안하더라도 내가 믿을 수 있을지 모르겠다. 하지만 견딜 만하다는 것을 알 필요는 있다.

"나는 나 자신에게 이런 말을 하기 시작했어. 누군가를 사랑하고 그 사람을 돌봐야 하는 것보다 더 나쁜 일들도 있다고. 돌봄은 사랑에서 자연스럽게 나오는 거야. 그리고 사랑은 내가 생각했던 것보다 작기도 하고 크기도 하지." 나는 그게 말이 안 된다는 걸 깨닫는다. 너무 철학적이다. 내가 아는 것에 충실해야 한다. 나는 놀이 공간을 둘러보며 생각을 정리하려고 애쓴다.

우리 옆에 앉아 있는 어린 소년이 눈에 들어온다. 아이가 엄마에게 수화로 말을 걸고 있다. **놀아요, 같이 놀아요.**

1년 전만 해도, 나는 저 아이한테 무슨 문제가 있는지 궁금했을 것이다. 하지만 오늘은 그보다 아이가 수화를 많이 알고 있으며, 아주 잘한다는 걸 알아차린다. 내가 세라에게 말하고 싶은 걸 표현할 수 있는 수화도 있었으면 좋겠다.

"이렇게 생각해봐." 나는 다시 시도한다. "벌. 벌과 꽃. 그것들은 서로를 필요로 해. 벌을 보면서 '그렇게 윙윙거리며 돌아다니는 것보다 더 나은 방법이 있을 거야'라고 생각할 수도 있고, 꽃을 보면서 '넌 너무 의존적이야! 너는 아무것도 하지 않고 앉아 있기만 하잖아!'라고 생각할 수도 있어. 하지만 그건 잘못 생각한 거야. 요점을 놓치고 있는 거지."

세라가 나를 보며 미소를 짓는데, 내가 여전히 너무 이론적으로만 이야기하고 있다는 걸 알 수 있다. 나는 더 잘 설명하려고 노력한다. "예전에는 아이들이 강하게 자랐으면 좋겠다고 생각했어. 최고가 되어서 그 누구도 그 무엇도 필요로 하지 않고, 인생에서 모든 선택권을 가지고 모든 결정을 내릴 수 있기를 바랐어. 하지만 그건 옳지 않아. 나는 아이들이 너무 강하고 유능하게 자라서 고립되고 외로워지는 걸 원하지 않아. 그저 아이들이 사랑하는 법을 알고, 사랑받는 법을 알기를 원할 뿐이야."

세라는 고개를 끄덕인다. 내 요점을 이해하려고 애쓰는 것 같다. 나는 마지막으로 시도한다. "아이를 갖게 되면, 어떤 아이든 갖게 되면, 우리는 그 경험에 의해 변하지 않을 수 없어. 나는 에이버리를 통해 변했어. 그리고 중요한 건, 내가 그 전으로 다시 돌아가고 싶지 않다는 거야." 에이버리가 옆 테이블에 앉은 어린 소년을 발견하고 손을 흔들며 인사를 건넨다. 소년도 손을 흔든다. 에이버리가 자신이 자랑스럽다는 듯 활짝 웃는다. 다른 소년이 계속한다. 수화로 말한다. 놀래?

에이버리도 수화로 말한다. 물고기.

그런 다음 에이버리는 우리가 연습했지만, 스스로 해낸 적이 없는 새로운 수화를 한다. 몸을 좌우로 흔들고, 앞뒤로 껴안고, 자랑스러워한다. 아기. 에이버리는 '아기'라고 수화로 말한다.

이게 바로 에이버리의 엄마가 된다는 게 어떤 느낌인지 세라에게 말해주고 싶은 수화다. 큰 사랑, 큰 기쁨. 놓아주기. 당신 자신을 안아주고 몸을 흔들고 미소를 지으며 세상이 있는 그대로의 당신을 받아줄 거라고 기대하는 것. 그러면 그렇게 될 것이다. 온 마음과 온몸을 다해 미소를 지으며 앞뒤로 흔들고, 그 확신이 현기증 날 정도로 빠르고 순수하게 당신이 그렇게 되도록 만들기 때문에, 그렇게 될 것이다.

13

나만의 아이가 아닌 모두의 아이

뇌조(雷鳥)가 북을 치고 있다. 봄이 되면 수컷은 암컷을 유혹하기 위해 날개로 땅을 치며 화려한 춤을 춘다. 톡톡톡 소리가 낮고 천천히 시작되어 점점 커지고 빨라지는데, 마치 전동 잔디깎기가 시동을 거는 것처럼 들린다. 이게 토요일 교외에서 나는 소리가 아니라, 숲속 깊은 곳 땅에 닿는 날갯짓 소리라는 걸 기억해내는 데 잠깐 시간이 걸린다. 내가 임신 중이던 여름을 떠올리게 하는 생명과 창조의 소리다.

나는 아기와 한 번 더 사랑에 빠질 기회를 원했다. 졸리고 젖내 나고 복슬복슬한 신생아 시절을 다시 경험하고 싶었다. 내 몸이 변화하고 부풀어 올라 새로운 생명을 맞이할 준비를 하는 걸 다시 느끼고 싶었다. 이 모든 것은 나 자신을 위해서이기도 했지만, 카터를 위해서이기도 했다. 나는 카터에게 형제를 만들어주고 싶었다. 톰은 형과 함께 자랐고, 내게는 여동생이 있다. 내 어린 시절의 모든 추억에는 여동생이 있다. 베개와 담요로 만든 나무 요새, 수영장에서 하던 마르코 폴로 놀이, 울타리를 몰래 넘어가 이웃집 나무에서 오렌지를 훔친 벌로 뜨거운 시멘트 위에 짓눌린 살구를 긁어내던 일, 강아지에게 아기 옷을 입히고 인형 유아차에 태우고 다니던 일, 이른 저녁 땅거미 속에서 잠옷을 입고 위플 볼을 하던 일. 여동생에 대한 내 사랑은 불완전했다. 여동생의 나무 요새는 항상 내 것보다 더 약하고 낮은 가지에 있었다. 수영장에서 마르코 폴로 놀이를 하다가 나 혼자 몰래 빠져나와 집 안으로 들어가기도 했다. 나는 여동생에게 가장 더럽고 끈적거리는 살구를 치우게 했다. 나의 불완전한 사랑에도 불구하고, 여동생의 눈에는 내가 항상 옳았다. 내가 잘못하는 일은 없었다.

나는 카터가 형제나 누이동생의 사랑을 받기를 원했다. 그리고 엄마로서 나는 아이들이 서로에게 입힐 수 있는 사소한 부당함으로부터 아이들을 보호하고 싶었다. 아이들에게 '사랑해'와 '미안해'라고 말하는 법을 가르치고, 그 말들이 쉽게 자주 나오도록 하고 싶었다. 다친 감정을 달래고 불친절한 말을 부드럽게 만들기 위해 옆에 있어주고 싶었다.

내가 한 선택은 이런 것들이다. 그리고 세 아이의 엄마가 된 지금, 아이들끼리의 관계를 키우는 것이 더욱 중요하게 느껴진다. 나는 여느 엄마처럼, 아이들이 자라서 친구가 되길 바란다. 내가 떠난 후에도 서로에 대한 사랑 속에서 나의 사랑을 느낄 수 있길 바란다. 이것이 톰의 부모님이 아들들에게 바라는 것이고, 우리 부모님이 내 여동생과 나에게 바라는 것이다.

희망은 우리 노래의 모든 음표다.

나는 병원 물리 치료 병동의 유리와 금속으로 된 이중문의 오른쪽을 당겨서 연다. 에이버리를 내 엉덩이로 업고 왼팔로 붙잡아 균형을 유지한다. 문틈에 발을 집어넣어 문을 열어둔 다음 조심스럽게 통과한다. 접수원인 조앤이 우리가 오는 걸 보고 미소를 짓는다. 조앤은 에이버리를 좋아하고, 에이버리도 마찬가지다.

"우리 아기가 오네!" 조앤이 말한다. 에이버리는 조앤을 향해 활짝 미소를 짓고는 웃으면서 내 목에 얼굴을 파묻는다.

"에이버리가 어디 갔지?" 조앤이 묻는다. 에이버리는 여전히 웃으며 고개를 든다.

"에이버리가 여기 있었네!" 조앤이 말한다.

에이버리는 다시 내 목에 숨는다. 또다시 에이버리가 여기 있네!

조앤은 놀이를 중단하고 나에게 말한다. "잠시만요. 웬디는 아직 다른 고객과 함께 있어요." 나는 고개를 끄덕이며 에이버리에게 손을 흔들어 인사하라고 말한다. 에이버리가 내 엉덩이에 무겁게 업혀 있어서 대기실 의자에 앉는다. 내 발치에 내려놓자 에이버리는 장난감 통에서 소방차를 꺼내 가지고 논다.

에이버리가 나보다 먼저 웬디를 알아본다. 복도를 따라 우리를 향해 걸어오는 웬디를 보자 박수를 치며 손을 흔든다. "오늘은 모두 어떻게 지냈나요?"

"잘 지냈어요." 나는 가면서 말한다.

나는 웬디를 따라 방으로 들어가 에이버리를 의자 앞 바닥에 내려놓는다. 내 신발은 벗어서 문 옆에 놓는다. 그런 다음 에이버리의 신발과 양말을 벗겨 내 신발 옆에 놓는다.

"이번 주는 어땠어요?" 웬디가 묻는다.

"대체로 괜찮았어요. 에이버리는 여전히 몸을 일으켜 창밖을 보려고 해요. 하지만 책에 나온 것처럼 소파로 올라가는 데는 관심을 보이지 않네요."

"괜찮아요. 준비가 되면 알아서 할 거예요. 창문을 붙잡고 일어설 수 있도록 계속 격려해주세요. 에이버리는 잘하고 있어요!"

웬디가 옷장 속으로 사라졌다 에이버리가 가장 좋아하는 장난감 2개, 곧 종소리가 나는 공과 수염 달린 나무 고양이를 들고 나타난다. 장난감을 흔들며 "내가 뭘 찾았게!" 하고 에이버리의 시선을 끈다. 그런 다음 창문 아래 구석에 있는 어린이용 트램펄린에 장난감을 올려놓는다.

에이버리가 미끼를 문다. 에이버리가 트램펄린을 향해 기어간다. 웬디는 장난감을 조금 더 뒤로 밀어 에이버리의 손이 닿지 않게 한다. 에이버리는 트램펄린 위로 몸을 일으켜 세운다. 그런 다음 몸을 내밀어 고양이를 향해 손을 뻗는다. 웬디는 에이버리가 균형을 잃으면 바로 뒤에서 붙잡아줄 준비를 하고 있다. 웬디가 에이버리의 오른쪽 다리를 잡고 구부려 들어 올린다. 에이버리는 여기에 반응해 반쯤 트램펄린 위로 올라간 자세가 된다. 웬디가 에이버리의 다른 쪽 다리를 들어 올린다. 이제 에이버리는 트램펄린을 가로질러 고양이를 붙잡으며 행복해하고 자랑스러워한다.

"잘했어, 에이버리!" 웬디가 말한다. 에이버리는 고개를 끄덕이며 기다린다. 우리가 박수 치는 걸 잊으면, 에이버리는 우리에게 그걸 상기시킨다. 박수, 박수, 박수. 우리도 박수를 친다. 웬디는 에이버리가 잠시 고양이를 가지고 놀게 한 다음, 다시 고양이를 집어 방 건너편에 가져다 놓는다. 그리고 에이버리가 원할 때까지 이 과정을 반복한다. 에이버리가 지치면 그때 멈춘다. 그리고 종소리가 나는 공을 가져와 30분이 거의 다 될 때까지 앞뒤로 굴리는 연습을 한다.

"베넷은 이제 뛸 수 있는데, 에이버리는 어떤 날은 기어다니지도 못해요. 어떤 날은 너무 느리게, 제자리를 맴도는 것 같아요." 이렇게 말하면서도, 나는 죄책감이 든다. 에이버리는 내 아이들 중 마지막으로 나에게서 걸어 나갈 아이인데, 뭐가 그렇게 급한 거지? 하지만 걷기는 자유를 의미하고, 나는 에이버리가 자유롭기를 원한다.

웬디가 내 손을 토닥인다. "발달은 일직선으로 이뤄지는 게 아니라는 걸 기억하세요. 비교하지 마세요. 어머니는 베넷을 카터하고 비교하지 않잖아요. 걱정하지 마세요. 에이버리는 잘하고 있어요." 웬디의 말은 진심이기 때문에, 나는 그 말을 받아들이고 또한 믿는다.

브리트니와 함께 E-LAP을 한 이후, 에이버리는 물건을 다른 물건 안에 넣는 걸 좋아한다. 신발을 신으려고 하는데, 웬디의 종소리 공이 내 발끝에 걸린다. 웬디와 내가 이야기하는 동안 에이버리가 공을 넣어둔 게 분명하다.

베넷은 밤에 아기 침대에서 기어 나와 나와 형제들이 함께 쓰는 침실을 돌아다니곤 한다. 거북 모양 야간 조명의 어스름한 불빛 속에서 장난감을 만지며 놀기도 한다. 나는 벽 너머로 베넷의 소리를 들을 수 있다. 어린이용 피아노 소리, 플라스틱 소방차 소리, 엘모 인형의 웃음소리, 그리고 "엘모는 너를 사랑해! 엘모는 너를 사랑해!"라는 노랫소리가 들린다. 베넷은 지치면 에이버리와 함께 쓰는 침대로 기어 들어가고, 이 침입에 놀란 에이버리는 울부짖으며 온 집안 식구들을 깨운다.

이제 베넷을 진짜 침대, 적어도 바닥에 매트리스를 깐 잠자리로 옮겨줘야 할 때다. 에이버리는 팩앤플레이에 조금 더 오래 머물러야 한다. 하지만 팩앤플레이의 메시(mesh) 창문을 베넷 머리 바로 옆에 오도록 배치하면, 둘이 가까이 있으면서 에이버리가 여전히 자신의 공간을 가질 수 있다.

톰이 가구를 정리하는 동안 나는 수선이 필요한 옷, 너무 낡아서 수선할 수 없는 옷, 작아져서 입을 수 없는 옷을 정리한다. 작아져서 입을 수 없는 옷을 정리할 때 가장 고민스럽다. 카터가 한때 입었던 옷을 입기엔 쌍둥이들이 너무 자라서, 내 아이들의 어린 시절 첫 번째 추억뿐만 아니라 두 번째, 세 번째 추억도 버려야 하기 때문이다. 엘크 가죽 부츠, 너덜너덜해진 슬리핑 백, 빛바랜 패치워크 이불처럼 쉽게 버리기 어려운 물건도 있다. 나는 이것들을 어떻게 처리할지 뚜렷하게 정하지 못한 채 따로 보관한다.

나는 필리스가 준 데님 셔츠, 검정색 레깅스, 새틴 리본이 달린 크림색 튜닉 등 임신복도 정리한다. 옷 상자를 정리하는 동안, 에이버리가 내 발치에 앉아 나를 지켜본다. 내가 엄마 침대에 앉아서 엄마를 지켜보던 때가 생각난다. 위를 올려다보는 얼굴. 넋이 빠진 듯한 집중력. 가까이 있다는 기쁨. 아이는 엄마의 궤도에 끌려 들어와 있다. 머지않아 에이버리는 이러고 있기에는 너무 바빠질 것이다.

그리고 성장하면서 버려야 할 것은 유아용 침대와 옷뿐만이 아니다. 처음 말을 하기 시작했을 때, 카터는 새를 '칩칩', 아이스크림을 '포시포크', 괴물을 '마가'라고 불렀다. 지금 카터는 이 모든 단어를 정확하게 말한다. 하지만 특히 주의가 산만하거나 피곤할 때 아기 말투를 사용하는 사람은 나다. 베넷은 '휘-하'라는 말을 하곤 하는데, 때로는 미끄럼틀이나 그네를 의미하는 명사이고, 때로는 점프하거나 미끄러지거나 그네를 타려고 한다는 경고 의미의 동사다. 이 말이 들리면, 나는 아이가 무엇을 하는지 달려가서 확인해야 한다. 에이버리가 말하는 '음음'은 엄마를 뜻하고, '케이'는 괜찮다는 뜻이다. '다부데이'는 행복하다는 뜻이기도 하고 아빠를 뜻하기도 한다. 에이버리는 수화도 사용한다. '고마워요'는 손으로 턱을 만졌다가 떼는 동작이다. '미안해'는 주먹으로 가슴에서 원을 그리는 동작이다. 나는 이 모든 표현과 수화를 두 번 생각하지 않고 사용한다. 언젠가 아이들은 더 이상 필요로 하지 않겠지만, 나는 내 아이들이 가르쳐준 이것들을 결코 잊지 못할 것이다.

에이버리, 베넷, 카터는 카터가 아기였을 때부터 가지고 있던 비디오 〈엘모의 세계(Elmo's World)〉를 보고 있다.

"엘모는 너를 만나서 매우 기뻐. 도로시도 마찬가지야." TV 화면에서 엘모가 말한다. "엘모가 오늘 무슨 생각을 하고 있을지 맞혀볼래?" 쌍둥이들은 넋을 잃고, 카터는 여섯 살의 호기심 어린 눈으로 지켜본다.

"맞아, 책이야!" 엘모가 말한다.

비디오 화면은 엘모에서 도서관에 있는 소녀로 바뀐다. 그런 다음 책을 읽는 소년, 두꺼운 책을 임시 보조 의자로 사용해 앉아 있는 아이가 차례로 나온다. 2명의 소년은 책을 선물용으로 포장하고 있다. 선반에는 책들이 가득 찼고, 한 아이는 컬러링북에 그림을 그린다.

"책은 어떻게 읽는 거야?" 엘모가 책 위에 앉아 있는 친구 미스터 누들에게 묻는다. 아이들의 목소리가 합창하듯 "몰라!" 하고 대답한다. 미스터 누들이 안경을 쓰고 책을 펼치자, 아이들이 "거꾸로야!" 하며 끼어든다. 가엾은 미스터 누들은 제대로 해내지 못하지만, 아이들은 계속해서 그를 도와준다. 소파에 앉은 우리 아이들도 웃고 손가락질하며 TV를 향해 지시 사항을 외친다.

비디오에는 아이들이 책을 읽거나 아이들에게 책을 읽어주는 장면이 계속 나온다. 엘모의 애완 금붕어 도로시는 어항 안에서 읽을 수 있는 책을 가지고 있다. 유아용 식탁 의자에 앉은 아기도 책을 가지고 있다. 이것 역시 〈사이닝 타임!〉과 같은 메시지를 담고 있다. 누구나 책을 읽으며, 책은 일상생활의 자연스러운 일부라는 것. 엘모의 목소리는 맑고 크다. 인형 입으로 발음할 수 없다는 점을 제외하면 몰리의 말투와 매우 비슷하다.

"엘모의 친구 마이클은 며칠 전에 책을 가지러 갔어. 아빠와 함께 도서관에 간 거야! 엘모한테 도서관에 대해 전부 가르쳐줬지!"

화면에 진한 파란색 셔츠와 황갈색 바지를 입은 소년과 한 남자가 등장한다. 소년은 카터하고 머리 모양과 머리카락 색이 같다. 소년은 안경을 쓰고 있다. 소년과 그 애의 아빠는 고래, 풍선, 거인과 콩나무, 공룡에 관한 것 등 온갖 종류의 책을 살펴본다.

"마이클은 공룡을 좋아해." 엘모가 말한다.

어떤 남자아이가 좋아하지 않을까? 내가 생각한다.

마이클이 클로즈업된다. 순간, 나는 마이클이 다운증후군을 앓고 있다고 생각한다. 하지만 아니다. 나는 이 비디오를 백번도 더 봤다. 그렇다면 기억하고 있어야 마땅하다. 나는 그 생각을 떨쳐버린다. 사방에서 다운증후군을 찾고 있는 내가 바보 같아서 웃음이 난다.

비디오는 도서관 대출 데스크와 어떤 집을 보여준다. 그리고 아빠의 무릎에 앉아 책을 읽는 모습을 마이클의 어깨너머로 보여준다. 나는 마이클의 등 모양, 어깨 기울기, 목에 주목한다. 에이버리의 목이다. 소년은 다운증후군이 있다.

나는 비디오 제작자가 누군지 궁금해서 케이스를 찾아 뒷면을 살펴본다. '제작자'라는 타이틀 밑에 작고 빨간 글씨로 '에밀리 펄 킹슬리'라는 이름이 적혀 있다.

나는 구글에서 에밀리 펄 킹슬리를 검색한다. 에밀리 펄 킹슬리는 아들 제이슨이 다운증후군으로 태어나기 4년 전인 1970년에 어린이 TV 워크숍에 참여했다고 한다. 제이슨과의 경험을 통해 얻은 영감을 바탕으로 장애인을 〈세서미 스트리트〉에 고정 출연시키기도 했다. 또한 평생을 다운증후군이 있는 사람들과 그 가족을 옹호하는 일을 해왔으며, 아들 제이슨은 미첼 레비츠(Mitchell Levitz)와 함께 《우리를 포함하라: 다운증후군과 함께 성장하기(Count Us In: Growing Up wigh Down Syndrome)》라는 책을 공동 집필하기도 했다.

어린 시절의 생생한 기억이 떠오른다. 내가 네 살 때 일이다. TV

뒤에 있는 창문으로 밝은 아침 햇살이 비친다. 햇살 사이로 먼지 티끌이 보이는데, 내 눈에는 반짝거리는 것 같다. 햇빛이 너무 밝아서 TV 화면이 어둡게 보인다. 이미지를 보려면 집중해야 한다. 나는 너무 행복해서 몸을 가눌 수 없을 지경이다. 내가 가장 좋아하는 프로그램이 나오고 있었기 때문이다. 어니(Ernie), 버트(Bert), 빅버드(Big Bird), 그로버(Grover)가 나온다〔모두 애니메이션 〈버트와 어니의 위대한 모험(Bert and Ernie's Great Adventures)〉에 등장하는 캐릭터—옮긴이〕. 하지만 내가 가장 좋아하는 것은 백작이다. 나는 백작과 함께 숫자 세는 것을 좋아한다.

　나는 이 프로그램을 통해 다양한 나이, 인종, 능력을 가진 사람들이 함께 생활하고 일하고 노는 모습을 보며 자랐다. 어쩌면 지금까지는 마이클에게 다운증후군이 있다는 사실을 기억할 필요가 없었을지도 모른다. 내 머리와 마음은 수용과 포용이라는 개념에 익숙해져 있다. 이 점에 대해서는 어느 정도 에밀리 펄 킹슬리에게 감사해야 한다.

　다시 한번 에밀리 펄 킹슬리는 나에게 희망을 준다. 나는 큰 안도감을 느낀다. 마치 중고품 가게에서 그 남자의 어머니나 가족을 생각하지 않았던 것, 식료품 가게 주차장에서 쇼핑 카트를 정리하는 남자에게 무슨 말을 해야 할지 몰랐던 것, 이런 나의 무분별했던 행동들이 이제 상쇄되는 듯하다. 적어도 이건 맞는 얘기다. 즉, 나는 〈세서미 스트리트〉를 수백 번이나 보면서 다운증후군 아이에게 집중하지 않았다. 그런 태도가 중요하다는 걸 알기도 전에 그 아이를 별다른 편견 없이 받아들였다. 나에게 이런 일이 일어났다면, 아마 다른 사람들에게도 그럴 것이다.

에이버리와 베넷은 매일 밤 목욕을 함께 한다. 에이버리는 여전히 물을 튀기지만, 베넷은 더 이상 짜증을 내지 않고 오히려 물을 튀기며 반격한다. 장난감, 빈 요구르트 용기, 플라스틱 음료수 컵, 우스꽝스러운 빨대와 비누 거품으로 아이들의 주의를 분산시키는 것은 내 몫이다. 에이버리는 요구르트 용기를 가져다 채우고 비우기를 시작한다. 베넷은 빨대로 거품을 분다.

이곳은 내가 새벽에 일어나 비틀거리며 욕실로 들어가서 양수가 터진 것을 발견하고는 몸을 기대고 있던 바로 그 욕조다. 그리고 이제 아기들은 거의 어린 소년 같은 유아로 성장했고, 내 삶은 계속해서 앞으로 나아가고 있다. 나는 무심코 에이버리한테 꿀을 담았던 투명한 플라스틱 곰 인형을 주고, 베넷에게는 작은 녹색 닌자 액션 피겨를 건넨다.

예전엔 매끈했던 내 눈가에 주름이 생겼다. 미소를 지으면, 얼굴에 웃음 자국이 생긴다. 기저귀를 자주 갈고 빨래를 많이 해서 할머니처럼 보이는 손. 불룩하게 나온 배. 한 사이즈 더 커져버린 발. 에이버리의 손바닥 주름과 눈 속의 별처럼, 베넷의 배꼽에 생긴 수술 흉터처럼 내 몸은 내 인생의 이야기를 들려준다.

나는 베넷의 몸이 포동포동한 배불뚝이 아기에서 근육질의 날씬하고 작은 소년으로 성장하는 과정을 지켜본다. 에이버리는 체형이 다르다. 가느다란 팔과 다리, 납작한 가슴, 크고 둥근 배. 에이버리의 몸은 진주처럼 매끈하다. 베넷은 위아래에 고르게 20개의 치아가 났다. 에이버리는 위아래에 각각 2개씩 총 4개의 치아만 났다. 윗니는 베넷의 것보다 크고 둥글지만, 아랫니 2개는 얇고 뾰족하다. 책에서 에이버리의 치아가 이런 식으로 나올 거라는 걸 미리 알려주었고, 에이버리도 불편해하지 않는 것 같아서 나도 신경 쓰지 않는다. 잘못된 것을 보는 대신, 나는 올바른 것을 본다. 에이버리는 4개의 치아로도 스스로 숟가락과 포크를 사용해 밥을 잘 먹는 훌륭한 먹보다.

에이버리가 베넷에게서 작은 초록색 닌자를 뺏어간다. 그러곤 플라스틱 곰 인형 안에 닌자를 넣고 웃음을 터뜨린다. 곰 인형 안에 들어 있는 닌자! 에이버리는 그걸 들어 나에게 보여준다. 하하하. 에이버리의 웃음에 나도 웃음이 난다.

"좋아, 애들아." 내가 말한다. 그런 다음 수화로 말한다. 끝. 그리고 정리. 베넷은 수화로 '싫어요'라고 말한다. 내가 동의하지 않자 소리 내어 말한다. "싫어요!"

내가 말한다. "아니야, 이제 잘 시간이야." 나는 두 소년을 욕조에서 꺼낸다. 베넷은 욕실을 나와 복도로 달려가서는 온 집 안을 알몸으로 뛰어다닌다. 나는 우선 에이버리에게 집중한다. 온몸에 아쿠아퍼를 발라주고, 사이즈 3 기저귀를 채우고, 작은 흰색 강아지 무늬가 있는 연한 파란색 면 잠옷을 입힌다. 그리고 마지못해 돌아온 베넷을 붙잡아 사이즈 5 기저귀를 채운다. 베넷은 스스로 잠옷을 입으려고 안간힘을 쓴다. 몇 번 시도하게 내버려두다 내가 나선다. 에이버리를 안아서 내 엉덩이 위에 업는다. 그리고 베넷의 손을 잡고 욕실을 나와 조용하고 어두운 침실로 들어간다.

내가 에이버리를 팩앤플레이에 눕히는 동안, 베넷은 자신의 침대에 눕는다. 나는 아기들에게 각각 굿나잇 키스를 하고, 베넷에게는 "사랑해"라고 말한다.

"사랑해요." 베넷이 따라 말한다.

"사랑해." 에이버리에게도 말한다.

베넷은 나를 보고 미소를 지으며 몸을 굴린다.

나는 서랍장 쪽으로 돌아서서 태엽 장난감의 손잡이를 돌린다. 그러면 장난감에서 자장가가 흘러나오고 벽과 천장에 불빛 쇼를 보여준다. 어두운 방이 밝아지면서 기린, 원숭이, 하마, 사자가 느리게 움직이며 퍼레이드를 한다. 나는 조용히 방을 빠져 나온다.

서커스 퍼레이드가 끝나고 한참이 지난 늦은 저녁에 "엘모는 너를 사랑해! 엘모는 너를 사랑해!"라는 익숙한 소리가 들린다. 베넷이 여전히 깨어 있는 것 같아서 방으로 조용히 들어간다. 베넷이 에이버리의 팩앤플레이에 들어가 있다. 나는 아기들을 잠시 내버려두고, 트럭 밑에 끼어 있는 엘모 인형을 찾는다. 인형을 꺼내면서, 엘모가 몹시 낡았다는 걸 깨닫는다. 엘모의 털은 더 이상 풍성하지 않고 너무 많이 빨아서 엉켜 있다. 코는 찌그러지고 오른쪽 눈알은 긁혔다. 엘모는 내 아이들에게 나이와 시간에 의해 부드러워진 '벨벳 토끼' 같은 존재다. 마치 나처럼 사랑을 받았으니, 더 좋아진 것이다.

에이버리가 잠결에 베넷에게서 돌아눕는다. 그러곤 작은 다리를 시트 위에서 가위질하듯 움직인다. 나는 잠시 에이버리가 꿈을 꾸고 있는지, 그리고 꿈속에서 걸을 수 있는지 궁금해진다.

나는 어린 시절에 꾸었던 꿈을 기억한다. 매우 생생하고 현실 같은 꿈이었다. 특히 〈오즈의 마법사〉에 나오는 바람으로 시작하는 꿈이 기억난다. 도로시의 집을 들어 올린 것 같은 바람이 나를 들어 올렸다. 나는 조금 떠올랐다가 다시 보도로 내려왔다. 그리고 몇 차례 조금씩 더 높이 떠오르다가 마침내 날아올랐다. 나는 그 꿈이 끝나지 않기를 바랐지만, 항상 행복한 기분으로 잠에서 깨어나곤 했다.

나는 에이버리와 그 애의 꿈에 대해 다시 생각한다. 에이버리가 걷고 있을 거라고 상상했는데, 내가 충분히 크게 생각하지 못한 것 같다. 어쩌면 에이버리는 꿈속에서 뛰고 있을지도 모른다. 어쩌면 꿈속에서 하늘을 날고 있을지도 모른다.

회색 봄비가 내리는 날, 톰과 나는 아이들을 데리고 동네 병원에 있는 담당 의사의 진료실로 향한다. 카펫과 소파 커버의 초록색과 연보라색, 밝은 나무색 등 대기실은 마음을 편안하게 해주는 색상들로 꾸며져 있다. 하지만 나는 오히려 이 색상들 때문에 신경이 곤두선다. 빨간색과 밝은 파란색, 노란색 장난감이 그립다. 남자아이들 방의 어수선한 편안함과 소방차, 나무 기찻길, 듀플로(Duplo: 레고 브랜드-옮긴이) 블록이 널브러져 있는 게 그립다. 나는 집에 있을 때 안전함을 느낀다.

우리는 안내 데스크에서 접수를 하고, 동의서에 서명한 후 이름이 불리기를 기다린다. 시간은 끈적끈적한 태피(taffy: 설탕을 녹여 만든 무른 사탕-옮긴이)처럼 천천히 흘러간다. 이렇게 긴장하는 게 바보 같다는 걸 알고 있다. 나는 아이들이 신생아집중치료실에서 퇴원해 집에 온 이후로 깨어 있는 모든 순간을 함께해왔다. 그리고 아이들을 알게 되었다. 아이들이 건강하다는 것을 알고 있다. 아이들이 강하다는 것도 알고 있다. 이것을 알면서도 의심스럽다. 나는 다른 누군가로부터 이 사실을 들을 필요가 있다. 의사가 나에게 두려워하지 않아도 된다고 허락해주길 기다리고 있다.

아이들의 두 번째 생일은 조정된 나이의 끝이자 미숙아의 끝으로 일종의 정산과도 같다. 나는 에이버리에게 뭔가 또 새로운 것이 있을까 봐 걱정스럽다. 가장 밝은 날에도 비스듬한 빛이 자신을 비추길 기다리는 정오의 그림자처럼 걱정은 항상 그 자리에 있다. 심장 문제, 시력 문제, 갑상선 기능 저하, 청각 장애 등 우리는 많은 걸 놓쳤다. RSV도 없고 폐렴도 없다. 분명히 더 거친 파도가 몰아칠 때다.

한편으로 내가 비이성적이라는 걸 알고 있다. 나는 너무 오랫동안 두려움에 매달려왔기 때문에 뭐든 흘려보낼 수가 없다. 어쩌면 죄책감이 아닐까 싶은 생각도 든다. 에이버리를 충분히 빨리 알아보지 못했으니, 그 애를 잃게 되는 것이 당연한지도 모른다. 진주를 받고도 그 가치를 알아보지 못하는 엄마는 그걸 받을 자격이 없다.

이름이 불리길 기다리는 동안 이 모든 걸 생각했고, 그 후에도 더 많은 시간이 지나갔다. 나는 베넷을 쫓아 의자 주위를 100바퀴 돌고, 에이버리와 까꿍 놀이를 천년 동안은 한 것 같다. 드디어 "에이버리와 베넷?" 하고 부르는 소리가 들린다.

간호사가 우리를 검사실로 안내하고, 그곳에서 우리는 더 기다린다. 카터가 의자에서 몸을 들썩이며 말한다. "지루해요, 엄마." 카터는 어디서 이런 표현을 배웠을까? 나는 카터에게 《레인저 릭(Ranger

Rick》을 건넨다. 톰과 아이들과 나는 바닥에 앉는다.

"멋져요, 엄마. 이것 좀 보세요." 카터가 이렇게 말하면서, 연두색 물고기 한 마리가 입에 12개의 알을 물고 있는 사진을 보여준다. "엄마 물고기가 새끼를 보호하는 방법이에요." 나는 엄마 물고기가 부럽다. 나도 내 아이들을 모두 내 안에 품고 영원히 보호할 수 있으면 좋겠다.

"대기실에는 음악을 틀어야 해." 톰이 말한다. "기분 좋은 음악. 폴카 같은 거. 여긴 너무 진지하잖아." 톰은 내가 얼마나 걱정하는지 알고, 나를 안심시키려 노력한다.

이윽고 의사가 온다. 의사는 지난번보다 조금 더 나이가 들어 보인다. 관자놀이에 흰 머리가 몇 가닥 더 늘었고, 더 야윈 것 같다. 목에 걸고 있던 열쇠는 사라졌다. 의사는 우리에게 안부를 묻고, 톰에게 책을 잘 읽었다고 말한다. 톰은 고개를 끄덕이며 웅얼거리듯 대답한다. "감사합니다."

유쾌한 이야기를 끝내고, 의사가 베넷부터 검진을 시작한다. 베넷의 수술 부위인 배꼽을 보고 잠시 멈춘다.

"잘 아물었네요."

그러곤 베넷의 눈과 귀를 살펴본다. 베넷은 가벼운 호기심으로 밀고 찌르는 모든 걸 잘 참아낸다. 심술궂은 노인 기질을 가지고 태어난 아기가 지금은 대부분의 시간 동안 행복해한다.

다음은 에이버리 차례다. 의사가 에이버리의 눈과 귀를 들여다본다. 그리고 배와 옆구리, 음낭을 만진다. 청진기를 손바닥에 대어 따뜻하게 한 다음, 에이버리의 심장 소리를 듣는다. 에이버리의 다리를 모으고 무릎을 살펴본 다음, 손바닥으로 작은 발바닥을 문지른다.

의사가 베넷보다 에이버리를 더 많이 신경 쓰고 더 부드럽게 다루지만, 이번에는 신경 쓰이지 않는다. 나는 예전보다 훨씬 더 컸지만 여전히 너무 작은 에이버리의 알몸을 바라본다. 부드러운 피부. 잘 익은 밀 색깔의 머리카락. 푸른 눈동자는 그 애의 형제들처럼 나를 닮았다.

내가 아기였던 에이버리를 껴안았을 때, 내 턱 밑으로 느껴지던 머릿결이 기억난다. 폈다 오므렸다를 반복하던 작고 앙증맞은 손. 빗방울이 유리창을 타고 흘러내릴 때, 그 애를 꼭 끌어안고 니나 시몬의 노래에 맞춰 춤을 추던 일. 부드럽고 종이 같은 피부. 달콤하고 촉촉한 키스. 침대 발치에서 양말을 가지고 놀며 옷을 입는 내 모습을 지켜보던 작은 얼굴.

의사가 에이버리에게 다시 기저귀와 옷을 입히라는 듯 나를 향해 고개를 끄덕인다. 나는 손이 떨려서 다시 초보 엄마가 된 것처럼 허둥대며 기저귀의 벨크로 탭을 더듬는다. 의사는 에이버리에게 저지방, 고섬유질 식단을 먹이라고 말한다. 나는 에이버리의 머리를 셔츠 안으로 집어넣고, 에이버리는 스스로 소매에 손을 넣는다. 의사는 에이버리의 갑상선 정기 검사를 위해 채혈을 하라고 알려준다. 나는 에이버리의 바지를 올린다. 의사는 치과를 선택하는 게 좋겠다고 말한다. 나는 에이버리의 양말을 신기고 신발 끈을 묶는다. 의사는 에이버리가 세 살이 되면 다시 오라고 한다.

나는 계속 귀를 기울인다. 에이버리의 옷을 다 입혔다. 조용히 나쁜 소식을 기다린다.

마침내 의사가 "좋아요"라고 말하며, 파일 폴더를 정리하기 시작한다.

"그게 다인가요?" 내가 묻는다.

"네. 질문이 없으시면요."

"모든 게 괜찮은가요?" 내가 다시 묻는다.

"네. 모든 게 아주 좋습니다." 의사가 말한다.

나는 '야생마 작가 모임'에 참가한다. 회원 12명으로 구성된 이 모임은 공공 도서관 회의실에서 한 달에 한 번씩 모여 주로 시와 산문 등 자신들이 쓰고 있는 작품에 대해 토론한다. 우리는 기독교, 뱀파이어, 전인적 건강(holistic health), 중국의 용, 몬태나의 역사, 사진, 마음 챙김 명상, 단풍나무, 다운증후군 등 폭넓은 관심사를 가진 다양한 그룹이다. 우리는 생명을 지지하고, 선택을 지지하고, 공화당 지지자이고, 민주당 지지자이고, 결혼했고, 이혼했고, 또 재혼했고, 미혼이고, 독신이다. 우리는 부모이기도 하고 자녀가 없기도 하며, 11명의 여성과 한 명의 남성으로 이뤄져 있다. 우리를 하나로 묶어주는 것은 창의성에 대한 공감대와 서로의 이야기를 할 때 서로를 지지하고자 하는 욕구다.

내 차례가 되자 나는 에이버리의 탄생에 대해 썼던 짧은 글을 읽으며 눈물을 흘린다. 2년이 지난 지금도 감정의 힘은 놀랍다. 마치 시간이 전혀 흐르지 않은 것 같고, 또다시 호수에 떠 있는 기분이다. 팔을 뻗고 발은 벌리고서 수면의 장력과 나의 호흡만으로 물 위에서 균형을 잡는 비트루비안 맨이 된다. 유일하게 들리는 소리는 드럼처럼 꾸준히 뛰는 내 심장 박동뿐이다.

모임이 끝나자 메리라는 여성이 나에게 줄 것이 있다며 자신의 차까지 같이 가자고 말한다. 나는 메리에 대해 잘 모른다. 메리의 글이 서정적이고 유려하고 아름다우며, 그녀가 치유사라는 것만 알고 있다. 즉, 사람들이 몸의 언어를 이해하도록 돕는다.

다른 회원들에게 작별 인사를 하고, 메리를 따라 길을 건너서 그녀의 차로 향한다. 메리는 뒷좌석에서 작은 유리병이 가득 담긴 바구니를 꺼낸다. 그러곤 나에게 계속해도 되겠냐고 묻는다. 나는 괜찮다고 대답한다. 그러자 메리가 눈을 감고 소통을 시작한다. 그것은 말이나 기호로 된 언어가 아니라, 몸의 움직임과 그녀 내면의 변화로 이루어진 언어다.

이윽고 눈을 뜬 메리가 바구니에 손을 넣어 병을 하나 꺼낸다. 그러곤 나를 만져도 되냐고 묻는다. 나는 다시 괜찮다고 대답한다. 메리가 병에 든 액체를 검지에 살짝 묻혀 내 양쪽 귓불에 두드린다. 달빛 아래 피어난 하얀 라일락 향기가 온몸을 감싼다. 향기로운 모란꽃. 햇볕에 말린 면 베갯잇. 아침의 할머니 부엌.

"이게 뭐죠?"

"용서요."

단 하나의 완벽한 단어. 나는 무너진다. 눈물이 바다로 이어지는 강처럼 흘러내린다. 죄책감이 너무나 크다. 아기를 갖기에는 내 나이가 너무 많았다. 아니면 에이버리가 대가를 치러야 하는 나쁜 유전자의 썩은 씨앗이 나의 내면 깊은 곳에 있었는지도 모른다. 나의 이기심, 나의 의심. 이 모든 것이 쏟아져 나온다.

"너무 무서웠어요." 내가 말한다. "너무 겁이 났어요. 에이버리는 누구에게나 안기는 아기였어요. 그래서 저는 그렇게 내버려뒀어요. 에이버리는 나만의 아기가 아닌 모두의 아기였어요."

메리는 가만히 온몸으로 내 이야기를 듣는다. 풀이 빗소리를 듣는 것처럼. 내 이야기를 하는 동안, 내 몸에서 슬픔이 사라지고 새로 싹튼 애정이 채워지는 것을 느낄 수 있다. 그것은 용서, 에이버리와 나를 위한 용서다.

"물가로 걸어갈래요?" 메리가 묻는다.

나는 고개를 끄덕인다. 우리는 물가를 향해 경사면을 따라 나란히 걸어 내려간다. 공기가 촉촉하고 시원하고 달콤하다. 마치 처음으로 숨을 쉬는 것처럼 기분이 좋다. 나는 기분이 좋다.

우리는 함께 앉아 저 멀리 다리를 건너는 자동차의 불빛을 바라본다. 한쪽 눈에 언뜻 화려한 색깔이 번쩍이는 게 보인 것 같다. 잠시후 또 한 번 '펑' '쾅' 소리가 들리더니, 이어서 더 많은 '쾅' '펑' 소리가 들린다. 그리고 수많은 별똥별이 큰 폭발음과 함께 쏟아진다. 나는 어깨를 으쓱하며 미소 짓는 메리를 바라본다. 메리는 마치 자신을 따라다니는 듯한 불꽃 쇼에 익숙한 듯하다. 나는 자유롭고 아찔한 기분이 든다. 그리고 웃음을 터뜨린다.

불꽃놀이가 끝나자 동쪽 산 너머로 떠오르는 달처럼 둥글고 충만하고 완벽한 침묵이 찾아온다. 어느 목요일 저녁, 어느 때와 다를 바없는 평범한 날에 불꽃놀이가 열릴 만한 이유를 떠올릴 수 없다. 내가 오늘 밤 용서받았다는 걸 제외하고 말이다.

14

이별 선물

여름이 한창인 날, 수면 위를 비추는 태양은 호수에 다이아몬드가 가득 찬 것처럼 보이게 한다. 갈매기들이 덮칠 듯 머리 위로 날아다닌다. 베넷은 그것들을 독수리라고 부른다. 놀이터 옆 아이스크림 가판대는 사람들로 붐빈다. 에이버리는 수화로 말한다. **아이스크림?**

잠깐만. 내가 수화로 대답한다.

베넷은 미끄럼틀 앞으로 달려간다. 미끄럼틀은 빨간색 금속 계단, 경첩 달린 통로, 파란색 플라스틱 경사면으로 이뤄져 있다. 우리는 물리 치료를 위해 웬디를 놀이터에서 만나고 있다. 이러한 변화는 에이버리에게 놀이터 기술을 연습시킬 기회다. 하지만 에이버리와 베넷에게는 그저 재미있는 놀이일 뿐이다.

에이버리는 엉덩이로 주저앉더니 나에게서 도망친다. 나는 서둘러 쫓아가지만, 웬디가 먼저 도착한다. 웬디는 에이버리를 들어 올려 그 애가 다리를 내리고 걸으려 시도할 때까지 붙잡아준다. 에이버리는 마지못해 도움을 받으며 몇 걸음 내딛는다.

"잘했어, 에이버리!" 웬디가 유쾌하게 말한다.

우리에겐 루틴이 있다. 웬디는 에이버리의 손을 난간에 올려놓고 첫 번째 걸음, 두 번째 걸음을 내딛도록 유도한다. 나는 미끄럼틀 아래로 몸을 숙여 반대편으로 나와서, 더 큰 아이들이 사용하는 입구를 막는다. 웬디는 에이버리가 그 입구를 지나치도록 유도하고, 나는 미끄럼틀 아래로 이동해 에이버리가 내려올 때 붙잡아준다. 그런 다음 에이버리가 계단으로 걸어가는 동안 내가 붙잡아준다. 우리는 이 과정을 몇 번이고 반복한다.

내가 미끄럼틀 아래에서 몸을 숙였다가 일어나는데, 눈에 익은 검은색 스바루 자동차가 주차장으로 들어온다. 자동차 뒷문이 열리고 아이들이 내린다. 한 남자아이가 우리에게 달려오며 외친다. "안녕, 제니퍼!" 아이는 키가 훌쩍 자랐고 머리카락이 눈을 가렸다. 아이는 똑같이 바보 같은 미소를 짓고, 똑같은 어색한 방식으로 주의를 끈다. 다른 아이들은 모두 나를 '카터 엄마'고 부르지만, 그 애는 항상 '제니퍼'라고 부른다. 캐시의 아들이다.

캐시의 아들이 호기심 가득한 표정으로 나에게 다가온다. 어떤 아이가 누구인지 알고 싶어 해서 가르쳐준다. 우리가 왜 여기에 있는지 알고 싶어 해서 노는 중이라고 말해준다. 그리고 카터가 어디에 있는지 알고 싶어 해서 아빠와 함께 집에 있다고 말해준다. 아이는 왜 에이버리가 걷지 못하는지 묻는다.

"에이버리도 걸을 거야. 하지만 연습이 필요해. 우리가 도와주고 있고, 너도 도와줄 수 있어." 다른 아이들이 주위에 몰려들어 우리 이야기에 귀를 기울인다.

"왜 말을 못 해요?" 다른 아이가 묻는다.

"말을 할 수는 있어. 조금이긴 해도. 하지만 에이버리는 가끔 손으로 말해. 그걸 수화라고 해."

나는 아이들에게 손바닥 위에서 두 손가락으로 걷는 시늉을 하는 '걷다'라는 수화를 보여준다. 또 상상의 아이스크림콘을 들고 핥는 것 같은 '아이스크림' 수화도 보여준다. 내가 미끄럼틀 아래 내 자리로 가는 걸 놓치는 바람에 웬디가 나를 대신한다. 아이들이 모두 즐거워한다. 에이버리도 마찬가지다.

캐시가 멀리서 손을 흔든다. 캐시는 놀이기구를 크게 돌아서 물가 한쪽에 서 있다. 캐시가 아들을 부른다. 아이는 나에게 "가야 해요. 안녕, 제니퍼!" 하고 엄마한테 달려간다. 몇몇 아이가 그 애를 따라간다. 아이들은 호수에 돌을 던지기 시작한다.

나는 생각한다. **아이들은 모두 호수에 돌을 던지는 걸 좋아해.** 하지만 나는 잘 알고 있다. 캐시가 아들과 그 애 친구들한테 우리와 떨어져 있으라고 말한 것이다.

이런 생각도 든다. 어쩌면 **캐시는 우리한테 편한 공간을 주고 싶었던 거야. 어쩌면 우리를 돕고 싶었는지도 몰라.**

하지만 우리에겐 그런 종류의 도움이 필요하지 않다. 우리는 눈에 보이고 싶고, 귀에 들리고 싶고, 함께 어울리고 싶다. 아들은 이걸 볼 수 있는데, 캐시는 왜 보지 못하는 걸까?

그냥 내버려두자. 나는 속으로 다짐한다. 다시 에이버리에게 돌아가 우리 루틴 속의 내 자리로 간다. 미끄럼틀 아래에서, 나를 향해 팔을 활짝 벌린 채 웃고 있는 에이버리를 보니 안심이 된다.

다른 엄마 2명이 아이스크림 가게에서 이쪽으로 천천히 다가온다. 그들의 아이들도 우리에게 다가온다. 나는 우리가 무엇을 하고 있는지 다시 설명한다. 그리고 몇 가지 수화를 가르친다. 여름날이다. 호수가 반짝인다. 갈매기들이 산들바람을 타고 높이 날아오른다. 몇몇 아이는 우리와 함께 남아 있다. 태양은 계속 빛나고, 갈매기는 위에서 우리를 내려다본다. 갈매기의 관점에서 보면, 우리는 모두 같은 종류의, 그냥 함께 놀고 있는 아이들과 엄마들이다.

에이버리는 형제들보다 먼저 잠에서 깬다. 침대에서 일어나 조용히 문을 열고 복도를 따라 내려와 나를 찾는다. 그리고 나를 껴안는다. 가늘고 강한 팔로 나를 감싸 안고 얼굴을 내 머리카락에 파묻는다. 그렇게 해야 하루가 시작된다.

매일 아침 나는 두 어린 아들을 위해 흰 도자기 그릇에 갈색 달걀을 2개, 때로는 나를 위해서 하나를 더해 3개를 깨서 넣곤 한다. 카터는 아침 식사로 달걀을 먹곤 했는데, 지금은 통밀 토스트에 땅콩버터를 더 좋아한다. 나는 한때 증조할머니가 사용했던 뜨거운 주물팬에 달걀을 붓고 노른자가 햇살처럼 퍼지는 걸 지켜본다.

빈 냄비와 익히지 않은 마카로니 몇 개를 에이버리에게 건네준다. 에이버리는 냄비에 마카로니를 한 번에 하나씩 조심스럽게 넣는다. 나는 에이버리에게 파란색 플라스틱 숟가락과 냄비 뚜껑도 준다. 내가 아침 식사를 준비하는 동안, 에이버리는 내 발치에서 요리한다. 달걀이 다 익고 토스트가 완성될 때쯤이면, 카터와 베넷도 일어난다.

카터는 호수가 내려다보이는 큰 창문 앞 식탁에 앉는다. 베넷은 카터 옆에 앉는 걸 좋아하고, 카터가 하는 모든 행동을 따라 한다. 에이버리는 높은 유아용 의자에 앉히는데, 그 애가 그 의자를 잘 견디고 거기에 있는 게 더 안전하기 때문이다. 하지만 에이버리도 곧 큰 의자에 앉고 싶어 할 것이다. 아이들이 식사하는 동안, 나는 커피를 마시며 섬으로 향하는 외로운 카약을 지켜본다. 아침 공기는 아직 서늘하지만, 태양이 떠오르면서 하루의 열기가 올라오는 걸 느낄 수 있다.

전자레인지 위에 쌓여 있던 서류 더미가 얇아졌다. 에이버리의 치료비는 새 보험을 통해 지불된다. 한 달에 한 번씩 우리는 에이버리가 받은 모든 서비스를 기재한 명세서를 받아 진한 파란색 바인더에 정리해둔다. 냉장고에는 놀이 데이트, 생일, 공휴일 등을 표시한 일반 달력이 붙어 있다. 더 이상 긴급 메시지나 응급 전화번호, 수유 차트는 없다. 여전히 작은 메모지가 있지만, 지금은 식료품 목록이나 이야기 아이디어 같은 것들로 채워져 있다.

에이버리는 내가 작은 노트에 낙서하는 걸 알아차린 것 같다. 왜냐하면 에이버리도 그림 그리는 것을 좋아하기 때문이다. 나는 에이버리의 낙서를 그림책이나 내가 눈치채지 못할 것 같은 곳에서 발견하곤 한다. 양탄자 모서리 아래 바닥, 커튼 뒤 하얀 벽, 벽에 기대놓은 흔들 목마의 옆면 같은 곳 말이다. 에이버리가 펜, 연필, 마커, 크레용을 어디서 구하는지 모르겠다. 나는 손이 닿지 않는 곳에 두려고 하는데, 에이버리는 그것들을 찾아내는 방법을 알고 있다.

에이버리는 베넷보다 컴퓨터에도 관심이 많다. 에이버리는 내 발치에 앉아 '더!' 또는 '제발요!'라는 수화를 한다. 내가 반응하지 않으면, 내가 안아서 무릎에 앉혀줄 때까지 "쉿" 또는 "음마!"라고 말한다. 에이버리는 다른 아이들의 사진을 보는 걸 좋아한다. 온라인 커뮤니티 Downsyn.com, T21 Online, Uno Mas!, BabyCenter.com에는 사용자들이 특징적인 사진을 추가하거나 사진 갤러리를 만들수 있는 게시판이 있다. 여기서는 아이들 사진을 어디서나 볼 수 있다. 에이버리와 친구가 될 만한 어린 소년들, 언젠가 결혼할지도 모르는 어린 소녀들이 있다. 우리와 같은 사람들, 엄마, 아빠, 자매, 형제 등 가족처럼 생긴 얼굴들로 가득한 커뮤니티다.

내가 주물 팬에 남아 있는 달걀 찌꺼기를 마지막으로 닦아내고 있는데, 아이들이 보던 비디오테이프가 끝나 기계에서 튀어나온다. TV가켜져 있어 〈굿모닝 아메리카〉가 방송된다. 화면에서 한 젊은 남자가 다운증후군의 산전 진단에 관한 최근 연구를 소개한다. 남자는 잘생겼고, 다운증후군 아기와 그 엄마들에 대해 친절하게 이야기한다. 당연히 나는 즉시 그를 좋아하기로 결심한다.

그의 이름은 브라이언 스코트코(Brian Skotko). 하버드 의과대학과 케네디 스쿨에 재학 중이다. 스코트코는 수업 과제의 일환으로 캘리포니아, 콜로라도, 매사추세츠, 노스캐롤라이나, 로드아일랜드에 있는 다운증후군 부모 단체 5곳의 회원 약 3000명에게 산전 진단에 대한 각 어머니의 경험 정보를 요청하는 11쪽짜리 설문지를 보냈다.

스코트코는 설문지 답변을 통해 여성들이 의사로부터 다운증후군이 있는 사람들의 긍정적 잠재력에 대해 듣지 못했으며, 질환에 대한 최신 정보를 충분히 받지 못했고, 다른 부모들과 연결되지 않는 경우가 많았다는 사실을 알았다. 설문 조사에 참여한 어머니들은 임신을 계속 유지할지 여부를 결정하는 중요한 시기에 이러한 지원이 부족하다고 느꼈다. 스코트코의 설문 조사는 현재까지 다운증후군의 산전 진단과 관련해 가장 규모가 크고 포괄적인 연구다.

TV 인터뷰가 끝났지만, 나는 더 알고 싶었다. 그래서 구글에서 '브라이언 스코트코'를 검색한다. 스코트코는 설문 조사에서 나온 의견을 토대로 다운증후군 진단을 내리는 사람들에게 요구하는 일곱 가지 권장 목록을 만들었다. 나는 그 요점들을 읽는다.

"산전 검사 결과는 '양성' 또는 '음성' 결과가 아닌 위험 평가로 명확하게 설명해야 합니다." **맞아.** 이것이 공평하다고 나는 생각한다. "양수 검사 또는 CVS 결과는 가능한 한 양쪽 부모가 모두 참석한 가운데 직접 전달해야 합니다." **이것도 맞아.** 명확한 제안이다. "다운증후군 진단을 내릴 때는 주의 깊은 언어를 사용해야 합니다." 다시 한번 당연하다고 생각한다. "산부인과 의사가 유전 상담사나 다른 전문가한테 다운증후군을 설명하도록 할 경우, 주의 깊고 정확하며 일관된 메시지를 전달해야 합니다." 나는 또다시 생각한다. **맞아, 맞아, 당연해. 그런데 이런 요구가 뭐 그리 세상을 떠들썩하게 할 일인가?**

스코트코의 '일곱 가지 대화 포인트'는 판단이나 암시 없이 의학적 사실을 온당하고 부드럽게 소통하는 방법이다. 나도 모르게 눈물을 흘린다. 내 마음속에서 이 대화는 이론적인 아기에 대한 것이 아니다. 에이버리에 대한 것이다. 이것은 너무도 기본적인 권리이며, 내 아들에 대해 간단한 인간적 존엄성을 가지고 이야기하는 방법이다. 스코트코의 요점이 아직 상식이 아니라는 게 슬프다.

권장 목록은 계속 이어진다. "의사들은 산전 진단의 모든 이유에 대해 논의해야 합니다. 그 이유에는 확인, 출산 전 다운증후군 진단에 대한 사전 인지, 입양, 임신 종료 등이 포함됩니다." 그리고 "다운증후군에 대한 최신 정보를 제공해야 합니다". 마지막으로 "원하는 경우 지역 다운증후군 지원 단체와의 연락을 제공해야 합니다".

나는 나 자신의 경험을 되돌아본다. 만약 우리가 에이버리에 대해 알았고, 가장 나쁜 상황과 가장 암울한 전망을 들은 다음, 낙태라는 해결책을 제시받았다면 어땠을까? 나는 내가 어떤 기분이었을지 안다. 무서웠을 것이다. 마치 내가 뭔가를 잘못한 것 같은 기분이 들었을 것이다. 외로웠을 것이다. 용서의 힘은 직접 경험하기 전까지 알 수 없다. 사랑의 힘도 마찬가지다. 나는 용서와 사랑이 없는 세상에서 살고 싶지 않다.

나는 빨간색과 흰색 줄무늬 셔츠와 청바지를 입고 있다. 톰은 내가 미국 국기처럼 보인다고 말한다. 나는 유리 테이블에 종이 냅킨 놓을 공간을 마련하고 브라트부르스트(bratwurst) 소시지, 치킨-애플 소시지, 감자 칩, 수박 등의 음식을 가득 차린다. 마을 양조장에서 가져온 체리 바닐라 소다와 루트비어(root beer: 식물의 뿌리나 열매 과즙에서 추출한 향유를 탄산수, 설탕, 액상과당 등과 섞어 마시는 형태의 음료—옮긴이)가 담긴 유리병도 가져다 놓는다. 글쓰기 모임에서 만난 주디스는 커피 초콜릿 브라우니를 가져왔고, 그녀의 딸 에밀리는 토마토와 모차렐라 샐러드를 만들었다. 에밀리와 그녀의 남편 빈스도 아이들을 위해 처음으로 구입한 슬립앤슬라이드(Slip'n Slide: 어린이들이 물놀이를 즐길 수 있도록 만든 긴 플라스틱 미끄럼틀—옮긴이)를 가져왔다. 햇살은 따뜻하고, 호수는 고요하고 잔잔하며, 산은 푸르르다. 공기는 소나무 향과 집 뒤에 있는 덤불의 짙은 빨간색 꽃들이 풍기는 장미 향으로 가득하다.

파티를 위해, 우리는 뒤뜰에 테이블을 놓고 그림도 그곳으로 옮겼다. 돈은 브라트부르스트와 치킨 소시지를 굽고 있다. 조이스는 부엌에 있다. 톰의 형 밥과 그의 아내 엘리자베스는 콜로라도주 볼더(Boulder)에서 방문했다. 그들은 두 자녀, 카터보다 한 살 반 많은 대니얼과 카터와 동갑인 그레이스를 두었다. 독립기념일을 맞아 이곳에 온 그들은 며칠 동안 빙하국립공원에서 시간을 보낼 계획도 갖고 있다.

톰은 의자와 피크닉 파라솔 놓을 공간을 마련하기 위해 진입로를 톱질 판으로 막았다. 사람들은 언덕 아래에 주차하고 집으로 올라와야 한다. 홀치기염색을 한 여름 드레스를 입은 세라가 남편 릭, 두 아들과 함께 있는 모습이 보인다. 미셸과 에릭, 그들의 어린 아들 브레이든과 갓 태어난 아기 케나. 소방서 친구들, 이웃들도 있다. 톰의 친구 밥은 아코디언을 가져왔다.

아이들이 줄을 서서 내 앞을 지나간다. 대니얼이 선두에 서고 카터와 그레이스가 뒤를 따른다. 베넷은 식탁에서 천천히 감자 칩을 집어 들더니, 다른 아이들을 따라잡기 위해 달려간다. 내 어린 시절과 부모님의 파티, 그리고 여동생과 내가 식탁 밑에 앉아서 어른들의 대화를 듣던 기억이 떠오른다. 우리는 번갈아가며 튀어나와 작은 피자, 체다 치즈 스프레드를 얹은 호밀 칵테일 빵, 미니 핫도그를 담은 간식 접시를 가져오곤 했다.

내 동서 엘리자베스는 어머니가 에스파냐 출신이라 이중 언어를 구사한다. 엘리자베스가 에이버리에게 에스파냐어로 말하고는 나한 테 "에이버리가 알아듣는 것 같아!"라고 소리친다. 그러곤 에이버리를 이렇게 부른다. **내 사랑, 내 사랑, 내 귀염둥이.** 주디스와 에밀리가 차례로 에이버리를 안아준다. 세라, 그리고 미셸. 에이버리는 싫어하지 않는다. 사실 에이버리는 약간 바람둥이다. 새로운 얼굴을 볼 때마다 가장 크고 밝은 미소를 짓는다. 에이버리는 소리를 내고, 휘파람을 흉내 낸다. 그리고 최고 기술을 선보인다. 〈거미가 줄을 타고 올라갑니다〉를 흥얼거리며 배운 손동작을 보여준다. 그게 다 끝나고 나면 스스로 박수를 치기도 한다.

저녁 식사 후 톰의 친구 밥이 아코디언으로 즉흥곡 〈그레이시와 핑크 슈즈〉를 연주했다. 아이들은 모두 자신만의 노래를 원하며, 밥의 발밑에 작은 반달 모양으로 모여 앉아 있다. 에이버리는 한가운데에 자리를 잡았다.

쇼가 끝나자 나는 한 번도 만난 적 없는 톰의 여자 친구와 이야기를 나눈다. 그녀가 시애틀에서의 삶에 대해 들려준 다음, 몬태나를 꼭 한 번 방문하고 싶었다고 말한다. 그녀는 결혼한 적도 없고, 자녀도 없다. 지금은 직업이 삶 그 자체이지만, 변화를 꾀할 생각은 있단다. 나는 고개를 끄덕여 공감해주고 나의 삶, 특히 에이버리에 대해 이야기한다. 그 얘기를 하면서 내가 새로운 곳으로 건너왔다는 사실을 깨닫는다. 이 모든 것이 새롭다. 잠시 생각해보니 놀랍다.

"괜찮아요." 나는 이렇게 말하면서, 주제를 바꾼다.

이번에는 굳이 나 자신에 대해 설명할 필요를 느끼지 않는다. 나는 모든 것을 알게 되었다. 그래서 굳이 설명할 필요가 없다는 것도 이제 안다. 어쨌든 파티니까. 목소리와 웃음으로 가득 찬 밤이다. 아이들 사이에서 소란이 벌어진다. 어떤 아이가 마차에 타고 있는 다른 아이를 언덕 아래로 너무 빨리 밀었나 보다. 몇몇 아빠가 아이들을 떼어놓고 다툼을 해결한 후, 모든 아이들의 관심을 야광봉과 폭죽 그리고 이제 막 나오기 시작한 별들로 돌린다.

잠시 카터가 외동아들이었다면, 나는 어땠을까 생각해본다. 아마도 음식이나 내 옷에 대해 걱정하고 있을 것이다. 사소한 생각, 중요하지 않은 작은 생각에 빠져서 큰 그림을 놓쳤을 것이다. 나는 온몸의 세포 하나하나에 새로움을 느낀다. 폭죽을 들고 있는 아이들의 얼굴에서 아름다움을 본다. 엄마와 아빠가 아이들을 뒤에서 받쳐주고 이끄는 걸 본다. 모두 윤기 있고 빛나는 모습이다.

나는 10명 중 9명이라는 통계에 대해 다시 생각한다. 하지만 이번에는 에이버리 같은 아이를 선택할 여성들에 대해서도 생각한다. 내 주변에도 그런 여성들이 있다. 내가 희망을 거는 여성들이다. 우리 미래의 어머니들이다. 만약 미래가 에이버리 같은 아이들을 포함시킨다면 말이다.

자동 스프링클러가 피슉 피슉 피슉, 정원에 물을 뿌리며 무지개를 그린다. 에이버리, 베넷, 카터, 톰 그리고 나는 모두 대문 앞 경사진 푸른 잔디밭에 모여 있다. 에이버리는 노란색 플라스틱 물뿌리개에 돌을 하나씩 넣는다. 베넷은 자갈이 가득 담긴 금속 톤카 트럭(Tonka truck: 대형 플라스틱 혹은 금속 장난감 트럭−옮긴이)을 가지고 논다. 카터는 톰이 노란색 플라스틱 슬립앤슬라이드를 펼치는 걸 돕고 있다.

나는 미스터 휘하(Mr. Whee-ha, 베넷)가 미끄럼틀을 좋아할 거라고 예상한다. 카터도 마찬가지다. 하지만 에이버리는 좋아하지 않을 것 같다. 에이버리는 나와 가까이 있고 싶어 할 것이다. 톰은 미끄럼틀을 따라 늘어선 진한 파란색 플라스틱 범퍼에 바람을 불어넣어 끝부분에 얕은 물웅덩이를 만든다. 나는 아이들에게 규칙을 상기시킨다. "한 번에 한 명씩, 차례를 지켜."

톰은 미끄럼틀에 있는 고정 고리 4개에 플라스틱 못을 박아 잔디밭에 고정시킨다. 톰이 녹색 정원 호스를 연결하자 미끄럼틀이 풍선처럼 부풀어 오른다. 처음에는 미세한 안개처럼 물이 새어 나오다가, 곧 안개가 짙어지며 우리 모두에게 물을 뿌린다. 시원하다. 속눈썹에 물방울이 맺히고, 기쁨의 함성이 터져 나온다. 톰이 수도꼭지로 달려가 물을 조절한다.

카터는 어떻게 해야 하는지 알고 있다. 미끄럼틀 위로 달려가더니 길고 날렵하게 물줄기와 하나가 된다. 기쁨에 겨워 비명을 지르고 킥킥거린다.

다음은 베넷의 차례다. 나는 "베니, 힘내! 가자!" 하고 외치며 격려한다. 하지만 미스터 휘하는 언덕을 올라 미끄럼틀을 타는 대신 나에게 달려와 가슴에 얼굴을 파묻는다. 톰은 도움이 필요한지 나를 쳐다본다. 나는 괜찮다는 뜻으로 고개를 젓는다.

에이버리가 미끄럼틀 꼭대기로 올라가기 시작한다. 나에게는 마치 슬로모션처럼 보인다. 나는 여전히 베넷을 품에 안고 있다. 톰이 에이버리를 붙잡으려 한다. 카터도 에이버리를 향해 잔디밭을 가로질러 달려간다. 하지만 누군가의 손이 닿기도 전에, 에이버리는 물보라 속으로 몸을 던진다.

에이버리는 배를 깔고 엎드려 두 팔을 페달처럼 움직인다. 물을 가르고 공기를 핥으며 미끄럼틀을 타고 내려온다. 미끄럼틀을 타고 내려오는 내내 얼굴 가득 활짝 웃는 행복한 미소를 짓는다. 바닥에 고인 작은 물웅덩이에서 물을 튀긴다. 거기에 우리 모두가 모였다. 에이버리 곁에. 에이버리가 스스로 박수를 치며 환호한다!

카터도 웃는다. 톰과 나도 에이버리가 무사하다는 안도감에, 에이버리의 능력과 겁 없는 모습에 놀라움을 금치 못하며 웃음을 터뜨린다. 베넷도 마음이 놓인 듯하다. 우리가 웃고 있는 동안 에이버리는 한 번 더 타려고 미끄럼틀 꼭대기로 기어 올라간다. 우리의 작은 바다표범 에이버리가 미끄럼틀을 타며 웃는다. 행복하고 자유로워 보인다.

늦은 저녁, 슬립앤슬라이드를 말려 정리하고, 스프링클러를 끄고, 호스를 다시 감았다. 이제 호수의 물결치는 소리와 가끔씩 멀리 다른 호숫가로 향하는 모터보트 소리만 들릴 뿐이다. 아이들은 마카로니, 치즈, 그린빈과 초콜릿 우유로 저녁을 먹는다. 카터는 컴퓨터 게임을 하기 위해 30분 더 늦게 잘 수 있다.

꼬마들은 이미 잠자리에 들었다. 잠자리 이야기를 듣고 양치질을 하고 마지막으로 물 한 잔을 마신다. 나는 서랍장 쪽으로 돌아앉아 자장가가 나오고 벽과 천장에 불빛 쇼를 보여주는 장난감의 손잡이를 돌린다. 어두운 방이 기린과 원숭이, 하마로 환하게 밝아진다. 에이버리에게는 강아지 인형을, 베넷에게는 작은 원숭이 인형을 안겨준다. 굿 나이트 키스를 하고 베넷에게 "사랑해"라고 말한다.

"사랑해요." 베넷이 따라 말한다.

"사랑해." 에이버리에게도 말한다.

문 쪽으로 몸을 돌리는데, 내가 알지 못하는 부드러운 목소리가 들린다.

"따랑해요."

몸을 돌리자, 에이버리가 나를 보며 웃고 있다.

나는 에이버리에게 다가가 이마에 입을 맞춘다. "착하지, 에이버리." 눈물을 흘리며 말한다. "엄마는 널 정말 사랑해."

톰을 찾았지만, 말이 제대로 나오지 않는다. 간신히 요점만 전달하자, 톰은 직접 들어보겠다며 나를 따라 침실로 들어온다.

"사랑해, 에이버리." 톰이 말한다.

에이버리가 다시 말하기는 어려울 것이다. 하지만 너무 크게 말하는 바람에 단어가 급하게 튀어나온다. "따랑해요."

자장가 음악이 흘러나오고, 퍼레이드 별들이 천천히 우리 주위를 돈다. 톰의 눈에 눈물이 고여 있는 게 보인다. 은처럼 빛나는 완벽하고 온전한 순간이다. 그것은 에이버리가 우리에게 주는 선물, 즉 에이버리의 사랑이다.

내 친구 클로디아는 매일 아침 기도한다. 마치 친한 친구에게 개인적 비밀을 털어놓는 것처럼 하나님과 대화한다. 나도 그리고 싶지만 한 번도 해본 적은 없다. 기도할 때는 말이 잘 나오지 않는다.

나는 클로디아에게 전화해서 도와달라고 부탁한다.

누구에게도 얘기하지 않은 내 이야기를 그녀에게 말한다. 가령 샌디 B.의 **의미 있는 포옹**, 사랑으로 둘러싸인 느낌, 손바닥의 움푹 들어간 곳에 안겨 있는 느낌. 나는 첫 번째 우우 카드와, 톰과 아이들에 대한 순수한 사랑이 어떻게 내 분노를 모두 사라지게 했는지 말한다. 내가 두려움에 떨고 있을 때 용기를 가지라고 말해준 두 번째 우우 카드에 대해서도 말한다. 세 번째 카드는 주기도문이었다. 하지만 이제 와서 보니 그것들은 그저 카드였을 뿐이다. 더 이상 효력을 발휘하지 않는다. 왜 효력이 사라졌는지 클로디아에게 궁금증을 털어놓는다.

"사라진 것 같지는 않아." 클로디아가 부드럽게 말한다. "계속 그곳에 있었지만, 어쩌면 네가 더 이상 주의를 기울이지 않았을 뿐이야."

순간, 클로디아의 말이 옳다는 걸 깨닫는다.

어렸을 때, 나는 여름 성경 학교에서 개근상을 받은 적이 있다. 상품은 개구리 그림과 이런 글귀가 적힌 배지였다. "당신이라는 존재는 하나님께서 당신에게 주신 선물입니다. 당신이 이룬 것은 하나님께 드리는 당신의 선물입니다." 나는 어린 시절 내내 그 배지를 옷장 전등 줄에 매달아놓고 지냈다. 전등을 켤 때마다 배지를 만졌다. 전

등을 끌 때마다 배지를 다시 만졌다. 그 글귀에 익숙해졌지만, 그 의미를 지금까지 이해하지 못한 것 같다. 나도 그 원(circle)의 일부라는 사실을.

만약 하나님이 정말로 우리의 기도를 들으신다면, 그분은 간호사가 건넨 로비 엄마의 전화번호가 적힌 쪽지나 브리트니가 만든 커피 캔 같은 것으로 우리의 기도에 응답하신다. 고속도로 옆 풍차, 정원에서 발견한 반짝이는 별 3개가 달린 머리핀, 6월 중순의 불꽃놀이 같은 것으로 말이다.

하나님은 한 사람에게서 다른 사람에게로 돌고 도는 친절함으로 기도에 응답하신다. 톰, 카터, 에이버리, 베넷은 그 원에 속해 있다. 그리고 톰의 부모님과 우리 부모님, 세라와 필리스 그리고 클로디아, 나의 선생님들인 웬디·브리트니·몰리·메리도 그 원의 일부다. 선생님들은 내가 스스로 길을 찾는 방법을 배울 수 있도록 도와주었다. 나를 위해 해주는 대신 나 스스로 할 수 있도록 말이다.

우리는 구불구불한 자갈길 끝에 있는 언덕 위의 집에서 호수를 바라보며 살고 있다. 벽에 칠한 페인트 밑에는 단어들이 숨겨져 있다. '햇빛'과 '행복', '음악'과 '책' '사랑' 같은 것들.

우리 집에서는 사람들이 신발을 벗어 문 옆에 일렬로 놓는다. 아무도 보지 않을 때, 에이버리는 성냥갑 소방차, 작은 초록색 닌자, 파란색 숟가락 등 아끼는 물건을 신발에 집어넣는다. 이별 선물처럼. 손님들이 깜짝 놀라고 발가락을 부딪지만, 나는 에이버리한테 화를 내기 어렵다. 에이버리는 내가 원했던, 내가 원하는 줄 몰랐던 아이니까.

그 애는 내 아들이다.

용어 설명

가족 지원 서비스(Family Support Services, FSS) 미국 주마다 다르며, 장애가 있
는 자녀를 가정에서 지원하는 데 도움을 주는 프로그램.

감각 통합 기술(Sensory Integration Skills) 시각, 청각, 후각, 촉각, 미각 등 다섯
가지 감각에서 정보를 받아 의미 있는 방식으로 처리하는 능력.

갑상선(Thyroid) 대사 조절 호르몬을 생산하는 목에 있는 기관.

개별 가족 서비스 계획(Individual Family Services Plan, IFSP) 발달 지연이 있는
영유아를 둔 가족을 위한 서비스와 그 목표를 설명하는 서면 프로그램.

개별화 교육 프로그램(Individual Education Program, IEP) 학교 구역에서 특수
교육 서비스를 받는 3~21세 장애인을 위한 서면 교육 프로그램.

고막 운동성 검사(Tympanometry) 소리를 전달할 때 고막을 측정해 중이액과 중
이 압력을 검사하는 것.

과신전(Hyperextension) 관절을 정상 범위 이상으로 곧게 펴는 것. 이중 관절이라
고도 한다.

구강 운동 기술(Oral Motor Skills) 씹기, 삼키기, 마시기, 말하기를 위해 입과 주변
근육을 사용하는 능력.

구음 장애(Dysarthria) 언어 능력에 영향을 미치는 구강 운동 기술에 어려움이 있
는 것.

굴지증(Camptodactyly) 손가락의 작은 관절 중 하나 또는 모두에 영구적인 굴절이 있는 것으로, 흔히 새끼손가락에 나타난다.

귀 튜브(Ear Tubes) 체액이 배출될 수 있도록 고막에 삽입하는 작은 튜브. 압력 평형(PE) 튜브라고도 한다.

그림 교환 의사소통 체계(Picture Exchange Communication System, PECS) 의사소통이 욕구와 필요를 충족시키는 데 쓰일 수 있다는 것을 아이에게 가르치는 기술로, 원래는 앤디 본디(Andy Bondy)와 로리 프로스트(Lori Frost)가 개발했다.

뉴트리벤-D(NuTriVene-D) 딕시 로런스 타포야가 개발한 공식을 기반으로 만든 영양 관련 비타민 요법 프로그램으로, 인터내셔널 뉴트리션(International Nutrition, Inc.)에서 판매한다.

다운증후군(Down Syndrome, DS 또는 T21) 가장 흔하게 발생하는 유전 질환 중 하나로 21번 염색체에 여분의 물질이 존재하는 것. 21번 삼염색체증이라고도 한다.

대근육 운동 기술(Gross Motor Skill) 구르기, 앉기, 기기, 걷기, 달리기같이 신체의 큰 근육을 사용하는 동작.

대상 영속성(Object Permanence) 물체가 시야에서 사라져도 계속 존재한다는 것을 이해하는 인지적 이정표.

데시벨(Decibel) 소리의 수준을 측정하는 단위.

데옥시리보핵산(Deoxyribonucleic Acid, DNA) 유전자를 전달하는 나선형 분자.

동맥관 개존증(Patent Ductus Arteriosus, PDA) 출생 후 동맥관이 열린 상태로 남아 있는 것으로, 종종 저절로 닫히지만 모니터링이 필요하다.

러브 앤드 러닝(Love and Learning) 조와 수 코틀린스키(Joe and Sue Kotlinski)가 개발한 다중 감각적 독서 방법.

말(Speech) 구두 언어에서 음성과 소리 조합을 생성하는 과정.

메델라(Medela) 모유를 자동으로 유축하는 유축기 브랜드명.

메디케어(Midicare) 재정적 필요성이 입증된 사람들에게 의료비를 지급하는 미국 연방 프로그램.

메디케이드(Medicaid) 재정적 필요성이 입증된 사람들에게 의료 지원을 제공하는 미국 연방 프로그램.

모어 휘슬(More Whistles) 세라 로젠필드존슨(Sara Rosenfield-Johnson)이 구강 운동 기술을 향상하기 위해 설계한 프로그램에서 사용하는 다양한 단계의 호루라기.

모자이크증(Mosaicism) 다운증후군의 희귀한 형태로, 삼염색체가 사람의 일부 세포에만 존재하는 상태.

물리 치료(Physical Therapy) 대근육 발달을 촉진하는 활동.

미국 수화(American Sign Language, ASL) 두 손을 사용해 만든 몸짓을 통해 의사소통하는 언어 체계.

미국장애인법(Americans with Disabilities Act, ADA) 학습 장애나 신체적 장애가 있는 사람들에 대한 정부 기관 및 고용주의 차별을 금지하는 법.

미숙아 무호흡증(Apnea of Prematurity) 미숙아가 수면 중 15~20초 동안 호흡을 멈추는 현상.

발달 이정표(Developmental Milestone) 특정 기간 동안 획득하는 기술 또는 그 기술들의 집합.

발작(Seizure) 뇌의 비정상적 전기 활동으로 인해 발생하는 경련 또는 의식 상실.

방실 중격 결손(Atrioventricular Canal Defect, AV Canal) 심장의 상부 두 심방과 하부 두 심실 사이 벽에 영향을 미치는 상태.

백혈병(Leukemia) 적혈구를 공격하는 암의 일종.

보충 보장 소득(Supplemental Security Income, SSI) 18세 미만 장애 아동을 위한

사회 보장 혜택.

분리(Disjunction) 세포 발달 초기에 염색체가 분리되는 것.

브러시필드 반점(Brushfield Spot) 홍채에 있는, 밝거나 흰 점들.

비분리성 21번 삼염색체증(Nondisjunction Trisomy 21) 가장 흔한 형태의 다운증후군으로, 21번 염색체가 균등하게 분리되지 않는 것.

사람 우선 언어(People First Language) 학습 차이나 신체적 차이가 있는 개인에 대해 말할 때, 사람을 먼저 언급하고 의학적 진단을 두 번째로 언급하는 방법.

사정(Assessment) 아동 발달 단계의 강점과 약점에 대한 전문적인 평가 과정.

사회 보장 장애 보험(Social Security Disability Insurance, SSDI) 적격한 장애가 있는 사람들에게 재정 지원을 제공하는 연방 프로그램.

사회적 기술(Social Skills) 사람들의 집단 속에서 기능할 수 있는 능력.

삼각 잡기(Tripod Grasp) 엄지, 검지, 중지를 사용해 크레용 같은 물체를 잡는 방법.

서맥(Bradycardia) 심박수가 1분당 80회 이하로 반복적으로 떨어지는 상태.

선천성 심장 결함(Congenital Heart Defects, CHD) 태어날 때부터 있는 심장 결함.

세금형평·재정책임법(Tax Equity And Fiscal Responsibility Act, TEFRA) 부모 소득이 아닌 아동의 장애를 기준으로 가족과 함께 집에서 생활하는 일부 장애 아동에게 의료 지원을 제공하는 법률.

세포유전학자(Cytogeneticist) 염색체를 연구하는 의사.

셀리악병(Celiac Disease) 밀, 보리, 귀리, 호밀에 함유된 단백질인 글루텐에 대한 유전적 민감성으로, 모든 음식에서 에너지와 영양소의 흡수를 방해한다.

소근육 운동 기술(Fine Motor Skills) 특히 손가락과 발가락 같은 신체의 작은 근육을 사용해 움직임을 수행하는 능력.

소두증(Microcephaly) 평균보다 머리둘레가 작은 경우.

소아집중치료실(Pediatric Intensive Care Unit, PICU) 영유아와 어린이에게 질병이나 부상에 대한 집중 치료를 제공하는 병원의 부서.

손바닥 잡기(Palmar Grasp) 손가락과 손바닥을 이용해 물체를 다루는 방법.

수용 언어 기술(Receptive Language Skills) 타인의 몸짓, 언어, 글을 통한 의사소통을 이해하는 능력.

시각 강화 청력 검사(Visual Reinforcement Audiometry, VRA) 소리 단서와 시각적 강화를 사용해 청력을 검사하는 방법.

시각 운동 기술(Visual Motor Skills) 눈을 사용해 손의 움직임을 안내하는 능력.

신생아집중치료실(Neonatal Intensivce Care Unit, NICU) 질병이나 조산으로 어려움을 겪는 신생아를 전문적으로 치료하는 병원의 부서.

실행증(Apraxia) 발달성언어실행증이라고도 함. 아이들이 말을 하기 위해 구강 운동을 하지만 올바른 순서로 조합하는 데 어려움을 겪는 상태를 말한다.

심방 중격 결손(Atrial Septal Defect, ASD) 심장의 상부 두 심방 사이 벽에 생긴 구멍.

심실 중격 결손(Ventricular Septal Defect, VSD) 심장의 두 하부 벽 사이에 난 구멍.

심장병 전문의(Cardiologist) 심장 질환의 진단 및 치료를 전문으로 하는 의사.

심초음파 검사(Echocardiogram, EKG) 심장의 초음파 이미지를 생성하는 검사.

아벤트(Avent) 손으로 모유를 짜는 데 사용하는 유축기 브랜드.

아이솔렛(Isolette) 깨끗한 환경에서 가습된 공기로 아기를 따뜻하게 유지하고 소음과 외풍으로부터 보호하는 인큐베이터의 브랜드명.

안과 의사(Ophthalmologist) 눈의 상태를 진단하고 치료하는 전문의.

알파 태아 단백질(Alpha-Fetoprotein, AFP) 임신한 여성의 혈액에 있는 단백질로, 유전적 질환의 가능성을 선별하는 도구로 쓰인다.

양수 검사(Amniocentesis) 자궁에 바늘을 삽입해 소량의 액체를 채취하는 산전 검사 방법.

양측 협응(Bilateral Coordination) 활동 중 신체 양쪽을 효율적으로 사용하는 것.

언어병리학자(Speech-Language Pathologist, SLP) 의사소통, 언어, 말에 대한 전

문적인 교육을 받은 사람.

언어 치료(Speech Therapy, ST)　구강 운동 기술과 표현 및 수용 언어의 발달을 촉
진하는 활동.

연령 및 발달 단계 질문지(Ages and Stages Questionnaire, ASQ)　자녀가 연령에
맞는 발달 단계를 따르고 있는지 확인하기 위해 부모가 사용하는 질문지 세트.

염색체(Chromosomes)　어머니와 아버지 양쪽의 유전 물질을 담고 있는 막대 모양
의 구조체.

영아돌연사증후군(Sudden Infant Death Syndrome, SIDS)　1세 미만 영유아의 갑
작스럽고 설명할 수 없는 사망.

영아 산통(Colic)　영아가 이유 없이 발작적으로 우는 증상.

영양사(Nutritionist)　식이와 영양에 대해 전문적인 교육을 받은 사람.

예방 접종(Immunization)　일정한 백신 접종을 통해 특정 질병에 대한 저항력을 키
우는 것.

위식도 역류 질환(Gastroesophageal Reflux Disease, GERD)　위장의 내용물이 비
자발적으로 식도로 이동하는 것.

위험군(At Risk)　발달에 지장이 있거나 문제가 발생할 가능성이 있는 아동.

유전자(Genes)　어머니와 아버지 양쪽의 유전 물질을 담고 있는 미시적인 형태.

이비인후과 의사(Ear, Nose and Throat Physician, ENT)　신체의 귀, 코, 목 부위
를 전문으로 치료하는 의사.

이음향 방출 검사(Otoacoustic Emission Testing)　중이에서 방출되는 소리를 측정
하는 검사로, 중이 문제를 선별하는 데 사용한다.

인지 발달(Cognitive Development)　아기가 정보를 인지하고, 이해하고, 기억하는
데 필요한 능력이 발달하는 것.

일시적 돌봄(Respite Care)　학습 장애 또는 신체적 장애가 있는 자녀를 둔 부모에
게 시간을 주기 위해 제공하는 아동 돌봄.

일자 손금(Transverse Palmar Crease)　다운증후군이 있는 일부 어린이에게 나타나

는, 손바닥을 가로지르는 단일 주름.

임상언어병리학 자격증(Certificate of Clinical Competence in Speech-Language Pathology, CCC-SLP) 미국언어청각협회에서 언어병리사에게 수여하는 전문 자격증.

임신(Gestation) 착상부터 분만까지 자궁 내 발달 기간으로 보통 37~42주.

자조 기술(Self-Help Skills) 목욕, 몸단장, 옷 입기, 식사 등 기본적인 필요를 스스로 돌볼 수 있는 능력.

작업 치료(Occupational Therapy, OT) 소근육 운동 기술의 발달과 시각, 청각, 미각, 촉각, 후각의 다섯 가지 모든 감각에서 정보 통합을 촉진하기 위해 사용하는 활동.

장애인교육법(Individuals with Disabilities Education Act, IDEA) 모든 아동이 적절한 공교육을 받을 권리를 보장하는 법.

저긴장도(Hypotonia) 근육의 긴장도가 낮은 상태. 저긴장이라고도 한다.

전위성 21번 삼염색체증(Translocation Trisomy 21) 여분의 21번 염색체 일부가 분리되어 다른 곳에 부착될 때 발생하는 다운증후군의 희귀한 형태.

전정 기관(Vestibular) 몸의 균형을 유지할 수 있게 해주는, 내이에 위치한 감각 기관.

정형 보조기(Orthotics) 발, 발목, 다리의 발달을 돕기 위해 사용하는 장치.

정확한 영어 사용 수화 시스템(Signed Exact English System, SEE) 구어 영어를 복제하기 위해 몸짓을 사용하는 수화 시스템.

제대 탈장(Umbilical Hernia) 불완전한 복근 발달로 인해 배꼽이 튀어나온 것.

제왕절개(Cesarean Section, C-Section) 복부와 자궁을 절개해 아기를 분만하는 수술 절차.

조건부 놀이 청력 검사(Conditional Play Audiometry, CPA) 소리와 놀이를 보상으로 사용하는 청력 검사 방법.

조기 개입 프로그램(Early Intervention Program) 미국 주마다 다르며, 출생부터

3세까지 아동 중 발달에 상당한 지연 또는 장애를 보이거나, 예상대로 발달하지 못하게 하는 조건이 있는 아동을 대상으로 한다.

조직 트랜스글루타미나아제 검사(Tissue Transglutaminase Test, IgA-tTG) 셀리악병 선별을 위해 주로 사용하는 혈액 검사.

주파수(Frequency) 음파의 측정 단위.

중이염(Otitis Media) 중이의 염증. 귀 감염이라고도 한다.

지능 지수(Intelligence Quotient, IQ) 표준화된 검사를 통해 도출한 지능의 측정치.

지지자(Advocate) 다른 사람을 돕기 위해 행동하는 사람. 자신을 위해 행동하는 것을 의미하기도 한다.

직업 훈련(Vocational Training) 특정 직업을 위한 직무 훈련.

집게 잡기(Pincer Grasp) 아이가 엄지와 검지를 사용해 작은 물체를 집어 드는 발달 이정표.

청각 뇌간 반응(Auditory Brainstem Response, ABR) BAER 또는 ABER라고도 함. 소리에 대한 뇌의 반응을 전자적으로 측정하는 방법.

청각 전문가(Audiologist) 청력을 측정하고 평가하는 훈련을 받은 사람.

체외 수정(In Vitro Fertilization, IVF) 수정된 난자를 여성의 자궁에 착상시키는 것.

초기 학습 성취 프로파일(Early Learning Accomplishment Profile, E-LAP) 연령에 맞는 기술과 성취를 평가하는 데 사용하는 체크리스트를 포함한 책자.

초음파(Ultrasound) 음파를 사용해 신체 내부의 이미지를 만들어내는 것.

총체적 의사소통(Total Communication) 의사소통 기술의 발달을 촉진하기 위해 소리 및 단어와 더불어 기호나 몸짓을 함께 사용하는 것.

추적 서비스(Follow Along Services, FAS) 미국 주마다 다르며, 발달 지연 위험이 있는 유아와 어린이를 모니터링하는 프로그램.

캐프싯(Cafcit) 호흡 곤란을 겪는 미숙아에게 때때로 투여하는 경구 카페인 용액의 브랜드명.

퇴행(Regression) 발달 기술의 상실.

트리플 스크린(Triple Screen) 임신 16~18주에 실시하는 산모 혈액 검사로, 다운증후군을 포함한 일부 유전 질환의 표지자를 선별한다.

특별한 건강 관리가 필요한 아동을 위한 부모의 식이 및 영양 평가(Parent Eating and Nutrition Assessment for Children with Special Health Needs, PEACH) 급식 지원이 필요한 아동을 식별하기 위해 부모가 작성하는 설문지.

평가(Evaluation) 또래 집단과 비교해 기술과 강점뿐만 아니라 결함과 약점에 대해 전문적으로 평가하는 것.

폐동맥 고혈압(Pulmonary Arterial Hypertension, PAH) 폐동맥의 고혈압으로, 폐고혈압(PH)이라고도 한다.

표현 언어 기술(Expressive Language Skills) 몸짓, 단어 또는 글쓰기를 사용해 의도를 전달하는 능력.

핵형(Karyotype) 한 사람의 염색체 수와 배열을 보여주는 사진.

형광 제자리 부합(Fluorescence In Situ Hybridization, FISH) 검사 세포의 고유한 DNA에 달라붙도록 설계된 특정 단백질을 사용해 현미경으로 검사하는 기술.

환추축 불안정(Atlantoaxial Instability) 엑스레이를 통해 밝혀진 척추 상단 뼈의 관절 결함.

U-시리즈(U-Series) 헨리 터클(Henry Turkel) 박사가 개발한 초기 비타민 치료 프로그램.

주

01 처음에는 숨 쉬는 것도 아프다

Cohen, William I., Lynn Nadel, and Myra E. Madnick, eds. *Down Syndrome: Visions for the 21st Century.* New York: Wiley-Liss, Inc., 2002.

02 미끄러짐

Agnew, Connie, Allen H. Klein, et al. *Twins! : Expert Advice from Two Practicing Physicians on Pregnancy, Birth, and the First Year of Life with Twins.* New York: HarperCollins Publishers, 1997.

Luke, Barbara, and Tamara Eberlein. *When You're Expecting Twins, Triplets, or Quads: A Complete Resource.* New York: HarperCollins Publishers, 1999.

03 제발, 나에게 돌아와

Cohen, Nadel, and Madnick, eds. *Down Syndrome.*

Klein, Stanley, Ph.D., and Kim Schive, eds. *You Will Dream New Dreams:*

Inspiring Personal Stories by Parents of Children with Disabilities. New York: Kensington Books, 2001.

NDSS. "Down Syndrome: Myths and Truths." New York: National Down Syndrome Society, 1999.

Stray-Gundersen, Karen, ed. *Babies with Down Syndrome: A New Parents' Guide*, 2nd ed. Bethesda, MD: Woodbine House, 1995.

04 집은 당신이 생각했던 곳이 아니다

Astoria, Dorothy. *The Name Book.* Minneapolis: Bethany House Publishers, 1997.

Cunningham, Cliff. *Understanding Down Syndrome: An Introduction for Parents.* Cambridge, MA: Brookline Books, 1996.

MPRRC. "A Primer on People First Language." Logan, UT: Mountain Plains Regional Resource Center, 1999.

Pueschel, Siegfried M. *A Parent's Guide to Down Syndrome: Toward a Brighter Future.* Baltimore: Paul H. Brookes Publishing Co., 1990.

Stray-Gundersen, ed. *Babies with Down Syndrome.*

Wormser, Richard. *Hoboes: Wandering in America, 1870-1940.* New York: Walker & Company, 1994.

05 카페인

La Leche League International. *The Womanly Art of Breastfeeding*, 6th rev. ed. Schaumburg, IL: La Leche League International, 1997.

Meyer, D. J., ed. *Uncommon Fathers: Reflections on Raising a Child with a*

Disability. Rockville, MD: Woodbine House, 1995.

Stray-Gundersen, ed. *Babies with Down Syndrome*.

Van Dyke, D. C., Philip Mattheis, Susan Schoon Eberly, and Janet Williams, eds. *Medical and Surgical Care for Children with Down Syndrome: A Guide for Parents*. Bethesda, MD: Woodbine House, 1995.

06 캐시는 우리를 감당할 수 없다

Brazelton, T. Berry. *Touchpoints: Your Child's Emotional and Behavioral Development*. Reading, MA: Addison-Wesley Publishing Co., 1992.

Cunningham. *Understanding Down Syndrome*.

Pueschel. *A Parent's Guide to Down Syndrome*.

SSA. "SSA-3820-BK Disability Report—Child"; "SSA-3375-BK Function Report"; "Authorization to Disclose Information to the Social Security Administration." Baltimore, MD: Social Security Administration, 2003.

Stray-Gundersen, ed. *Babies with Down Syndrome*.

07 모두가 그렇게 합니다

Leshin, Len. "Down Syndrome: Health Issues, News and Information for Parents and Professionals," 1997-present; www.ds-health.com/.

NDSS. "A Promising Future Together: A Guide for New and Expectant Parents." New York: National Down Syndrome Society, 2003.

Stray-Gundersen, ed. *Babies with Down Syndrome*.

Van Dyke, Mattheis, et al., eds. *Medical and Surgical Care for Children with Down Syndrome*.

08 기억이 나는 것 같아요

Beck, Martha. *Expecting Adam: A True Story of Birth, Rebirth and Everyday Magic.* New York: Crown Publishing Group, 1998.

Bérubé, Michael. *Life As We Know It: A Father, a Family, and an Exceptional Child.* New York: Knopf, 1996.

Britt, David W., Samantha T. Risinger, et al. "Determinants of Parental Decisions After the Prenatal Diagnosis of Down Syndrome: Bringing in Context." *American Journal of Medical Genetics*, 1999.

Gill, Barbara. *Changed by a Child: Companion Notes for Parents of a Child with a Disability.* Garden City, NY: Doubleday, 1997.

Glover, N. M., and S. J. Glover. "Ethical and Legal Issues Regarding Selective Abortion of Fetuses with Down Syndrome." *Mental Retardation*, 1996.

Mansfield, Caroline, Sue Hopfer, and Theresa M. Marteau. "Termination Rates After Prenatal Diagnosis of Down Syndrome, Spina Bifida, Anencephaly, and Turner and Klinefelter Syndromes: A Systematic Literature Review." *Prenatal Diagnosis* 19 (1999), pp. 808-812.

Noble, Vicki. *Down Is Up for Aaron Eagle: A Mother's Spiritual Journey with Down Syndrome.* New York: HarperCollins, 1993.

Parens, Erik, and Adrienne Asch. "Disability Rights Critique of Prenatal Genetic Testing: Reflections and Recommendations." *Mental Retardation and Developmental Disabilities Research Reviews*, 2003.

Rothman, Barbara Katz. *The Book of Life: A Personal and Ethical Guide to Race, Normality, and the Implications of the Human Genome Project.* Boston: Beacon Press, 2000.

Stray-Gundersen, ed. *Babies with Down Syndrome.*

Thomas, Marlo. *Free to Be ... You and Me.* Audio CD, original recording remastered, Arista, 2006.

Trainer, Marilyn. *Differences in Common: Straight Talk on Mental Retardation, Down Syndrome, and Life.* Bethesda, MD: Woodbine House, 1991.

Will, George. "Eugenics by Abortion: Is Perfection an Entitlement?" *Washington Post*, April 14, 2005.

Vredevelt, Pam. *Angel Behind the Rocking Chair.* New York: Waterbrook Press, 1998.

09 어떤 날은 다른 날보다 낫다

Carver, Raymond. *A New Path to the Waterfall: Poems.* New York: Grove/ Atlantic, 1989.

Cunningham. *Understanding Down Syndrome.*

Leshin. "Down Syndrome."

MacLeod, Kent. *Down Syndrome and Vitamin Therapy.* Baltimore: Kemanso Publishing Ltd., 2003.

Medlen, Joan Guthrie. *The Down Syndrome Nutrition Handbook: A Guide to Promoting Healthy Lifestyles.* Lake Oswego, OR: Phronesis Publishing, 2006.

NuTriVene-D Targeted Nutritional Intervention, A Brand of International Nutrition, Inc.; www.nutrivene.com/.

Pueschel. *A Parent's Guide to Down Syndrome.*

Stray-Gundersen, ed. *Babies with Down Syndrome.*

Sumar, Sonia. *Yoga for the Special Child: A Therapeutic Approach for Infants and Children with Down Syndrome, Cerebral Palsy, and Learning Disabilities.* Buckingham, VA: Special Yoga Publications, 1998.

Wenig, Marsha. *YogaKids: An Easy, Fun-filled Adventure.* DVD; Living Arts,

Inc., 2000.

10 알파벳 수프

Bricker, Diane, et al. *Ages & Stages Questionnaires (ASQ)*. Baltimore: Paul H. Brookes Publishing Co., 1995.

Child Development Center (CDC); www.childdevcenter.org/.

Coleman, Jeanine G. *The Early Intervention Dictionary: A Multidisciplinary Guide to Terminology*. Bethesda, MD: Woodbine House, 1993.

Cunningham. *Understanding Down Syndrome*.

Glover, M. E., J. L. Preminger, and A. R. Sanford. *Early LAP: The Early Learning Accomplishment Profile for Young Children, Birth to 36 Months*. Chapel Hill, NC: Chapel Hill Training-Outreach Project, 1988.

Marino, B., and Siegfried M. Pueschel, eds. *Heart Disease in Persons with Down Syndrome*. Baltimore: Paul H. Brookes, 1996.

National Down Syndrome Society (NDSS); www.ndss.org/.

Pueschel. *A Parent's Guide to Down Syndrome*.

Schermerhorn, Will. *Down Syndrome: The First 18 Months*. DVD; Vienna, VA: Blueberry Shoes Productions, 1993.

Stray-Gundersen, ed. *Babies with Down Syndrome*.

11 택시 태우기

Bruni, Maryanne. *Fine Motor Skills for Children with Down Syndrome: A Guide for Parents and Professionals*. Bethesda, MD: Woodbine House, 1998.

Cohen, Nadel, and Madnick, eds. *Down Syndrome*.

da Vinci, Leonardo. *The Vitruvian Man*. Pen and ink drawing; http://leonardo davinci.stanford.edu/submissions/clabaugh/history/leonardo.html에서 확인 가능.

Jobling, Anne, and Naznin Virji-Babul. *Down Syndrome: Play, Move, and Grow*. Vancouver, BC: Down Syndrome Research Foundation, 2004.

Pueschel. *A Parent's Guide to Down Syndrome*.

Schermerhorn. *Down Syndrome*.

Simone, Nina. *Little Girl Blue*. LP; "My Baby Just Cares for Me," recording studio session, 1957, New York. Gus Kahn, Walter Donaldson, extended version.

Winders, Patricia C. *Gross Motor Skills in Children with Down Syndrome: A Guide for Parents and Professionals*. Bethesda, MD: Woodbine House, 1997.

12 더, 더

Cohen, Nadel, and Madnick, eds. *Down Syndrome*.

Coleman, Rachel. *Signing Time! Volume 1: My First Signs*. VHS & DVD; Salt Lake City: Two Little Hands Productions, 2002.

Kaiser, A., and D. Gray, eds. *Enhancing Children's Communication: Research Foundations for Intervention*. Baltimore: Paul H. Brookes Publishing Co., 1993.

Kumin, Libby. *Early Communication Skills for Children with Down Syndrome: A Guide for Parents and Professionals*. Bethesda, MD: Woodbine House, 2003.

Pueschel. *A Parent's Guide to Down Syndrome*.

Riski, Maureen, and Nikolas Klakow. *Oliver Gets Hearing Aids*. Warrenville, IL:

Harrison Communications, 2001.

Schermerhorn. *Down Syndrome.*

Schwartz, Susan, and Joan E. Heller Miller. *The New Language of Toys: Teaching Communication Skills to Children with Special Needs, A Guide for Parents and Teachers.* Bethesda, MD: Woodbine House, 1996.

Stray-Gundersen, ed. *Babies with Down Syndrome.*

Van Dyke, Mattheis, et al., eds. *Medical and Surgical Care for Children with Down Syndrome.*

13 나만의 아이가 아닌 모두의 아이

Children's Television Workshop. *Sesame Street, Elmo's World: Dancing, Music and Books.* VHS; directed by Emily Squires and Ted May, manufactured by Sony Wonder, a division of Sony Music, New York, 2000.

Cohen, Nadel, and Madnick, eds. *Down Syndrome.*

Coleman, Rachel. *Signing Time! Volume 2: Playtime Signs.* VHS & DVD; Salt Lake City: Two Little Hands Productions, 2002.

____. *Signing Time! Volume 3: Everyday Signs.* VHS & DVD; Salt Lake City: Two Little Hands Productions, 2002.

Kingsley, Emily Perl; www.imdb.com/name/nm0455513/.

Kingsley, Jason, and Mitchell Levitz. *Count Us In: Growing Up with Down Syndrome.* New York: Harcourt, 2007.

National Down Syndrome Society (NDSS); www.ndss.org/.

Van Dyke, Mattheis, et al., eds. *Medical and Surgical Care for Children with Down Syndrome.*

Winders. *Gross Motor Skills.*

14 이별 선물

Baby Center, Down Syndrome Board; https://community.babycenter.com/post/a54406102/welcome_to_the_down_syndrome_board.

DownSyn Forum; www.downsyn.com/.

Falvey, M. *Believe in My Child with Special Needs!: Helping Children Achieve Their Potential in School.* Baltimore: Brookes Publishing, 2005.

Oelwein, P. *Teaching Reading to Children with Down Syndrome: A Guide for Parents and Teachers.* Bethesda, MD: Woodbine House, 1995.

Pitzer, Marjorie W. *I Can, Can You?* Bethesda, MD: Woodbine House, 2004.

Rickert, Janet Elizabeth. *Russ and the Firehouse.* Bethesda, MD: Woodbine House, 1999.

Skotko, Brian. "Prenatally Diagnosed Down Syndrome: Mothers Who Continued Their Pregnancies Evaluate Their Health Care Providers." *American Journal of Obstetrics and Gynecology* 192, no. 3 (March 2005).

Staub, Debbie. *Delicate Threads: Friendships Between Children With and Without Special Needs in Inclusive Settings.* Bethesda, MD: Woodbine House, 1998.

"Survey: Down Syndrome Diagnoses Found Wanting, Seven Specific Recommendations Offered." *Harvard Gazette*, March 3, 2005.

Trisomy 21 Online Community; www.trisomy21online.com/(현재는 검색되지 않는다—옮긴이).

Uno Mas! Bulletin Board; https://unomas.proboards.com/.

Winders. *Gross Motor Skills.*

Zuckoff, Mitchell. *Choosing Naia: A Family's Journey.* Boston: Beacon Press, 2002.

참고 자료

~

부모와 전문가를 위한 책과 소책자

Accardo, Pasquale J., and Barbara Y. Whitman, eds. *Dictionary of Developmental Disabilities Terminology*, 2nd ed. Baltimore: Paul H. Brookes Publishing Co., 2003.

용어와 정의에 대한 포괄적 안내서로, 삽화가 실려 있다. CD-ROM도 포함되어 있다.

Bakely, Donald. *Bethy and the Mouse: A Father Remembers His Children with Disabilities*. Cambridge, MA: Brookline Books, 1997

두 자녀와 함께한 삶을 되돌아본 한 아버지의 회고록.

____. *Down Syndrome: One Family's Journey*. Cambridge, MA: Brookline Books, 2002.

다운증후군 딸 베스의 삶을 들려주는 한 아버지의 이야기.

Baskin, Amy, and Heather Fawcett. *More Than a Mom: Living a Full and Balanced Life When Your Child Has Special Needs*. Bethesda, MD: Woodbine House, 2006.

학습 장애가 있는 자녀들을 둔 두 명의 어머니가 쓴 실용적 안내서.

Batshaw, Mark L., ed. *When Your Child Has a Disability: The Complete Source-book of Daily and Medical Care*, rev. ed. Baltimore: Paul H. Brookes Publishing Co., 2001.
다양한 진단에 따른 전반적 개요를 제공하는 에세이 모음집.

Beck, Martha. *Expecting Adam: A True Story of Birth, Rebirth and Everyday Magic.* New York: Crown Publishing Group, 1998.
다운증후군 산전 진단을 받아들이는 과정을 담은 한 여성의 이야기.

Bérubé, Michael. *Life As We Know It: A Father, a Family, and an Exceptional Child.* New York: Knopf, 1996.
한 아버지가 아들과 함께한 삶을 통해 배운 것, 특히 지능에 대해 살펴본다.

Bruni, Maryanne. *Fine Motor Skills for Children with Down Syndrome: A Guide for Parents and Professionals*, 2nd ed. Bethesda, MD: Woodbine House, 2006.
다운증후군 딸을 둔 작업치료사가 쓴 소근육 발달을 촉진하는 실용적 안내서.

Buck, Pearl S. *The Child Who Never Grew*, 2nd ed. Bethesda, MD: Woodbine House, 1992.
퓰리처상과 노벨상을 수상한 저자가 페닐케톤뇨증을 갖고 태어났지만 생전에 진단받지 못한 딸에 대해 쓴 글.

Burke, Chris, and J. B. McDaniel. *A Special Kind of Hero: Chris Burke's Own Story.* Lincoln, NE: iUniverse, 2001.
배우이자 자기옹호자인 크리스 버크가 자신의 삶에 대해 쓴 글.

Carroll, Bruce. *Sometimes Miracles Hide.* New York: Simon and Schuster, 2003.
히트곡과 같은 제목의 편지 모음집.

Carter, Erik W. *Including People with Disabilities in Faith Communities: A Guide for Service Providers, Families, and Congregations.* Baltimore: Paul H. Brookes Publishing Co., 2007.

신앙 공동체에 참여하기 위한 전략을 담은 안내서로, 복사 가능한 양식이 포함되어 있다.

Cohen, William I., Lynn Nadel, and Myra E. Madnick, eds. *Down Syndrome: Visions for the 21st Century.* New York: Wiley-Liss, Inc., 2002.

부모를 비롯한 전문가들의 에세이 모음집.

Coleman, Jeanine G. *The Early Intervention Dictionary: A Multidisciplinary Guide to Terminology,* 3rd ed. Bethesda, MD: Woodbine House, 2006.

약어, 정의, 용어에 대한 광범위한 안내서.

Cunningham, Cliff. *Understanding Down Syndrome: An Introduction for Parents.* Cambridge, MA: Brookline Books, 1996.

영국의 강연가이자 의사가 쓴 다운증후군 개요서.

Dunst, Carl J., Carol M. Trivette, and Angela G. Deal. *Supporting and Strengthening Families: Methods, Strategies and Practices* (vol. 1, 1994; vol. 2, 1995). Cambridge, MA: Brookline Books, 1994.

건강한 가족을 만들기 위한 전략 연구 논문집.

Dybwad, Gunnar, and Hank Bersani, Jr. *New Voices: Self-Advocacy by People with Disabilities.* Cambridge, MA: Brookline Books, 1998.

발달 장애인이 주도하는 자기 옹호 활동의 현황을 분석한 에세이 모음집.

Edwards, Kim. *The Memory Keeper's Daughter.* New York: Viking, 2005.

1960년대에 한 아버지가 다운증후군 쌍둥이 딸을 몰래 입양 보낸다는 내용의 소설.

Falvey, M. *Believe in My Child with Special Needs!: Helping Children Achieve Their Potential in School.* Baltimore: Brookes Publishing, 2005.

학습 장애가 있는 자녀를 둔 교육자이자 어머니가 쓴 학교 현장에서 성공하기 위한 전략을 담은 실용적 안내서.

Gill, Barbara. *Changed by a Child: Companion Notes for Parents of a Child with a Disability*. Garden City, NY: Doubleday, 1997.

다운증후군 자녀를 둔 어머니가 쓴 짧고 감동적인 일화 모음집.

Glover, M. E, J. L. Preminger, and A. R. Sanford. *Early LAP: The Early Learning Accomplishment Profile for Young Children, Birth to 36 Months.* Chapel Hill, NC: Chapel Hill Training-Outreach Project, 1988.

조기 학습 성취도를 평가하기 위한 책자.

Goode, David, ed. *Quality of Life for Persons with Disabilities: International Perspectives and Issues.* Cambridge, MA: Brookline Books, 1994.

학습 및 신체 장애가 있는 사람들이 생활하고, 일하고, 놀고, 학교에 다니면서 겪는 삶의 질 문제를 전 세계적인 차원에서 살펴본다.

Greenstein, Doreen, et al. *Backyards and Butterflies: Ways to Include Children with Disabilities in Outdoor Activities.* Cambridge, MA: Brookline Books, 1995.

자녀의 일상 활동에 도움이 되는 조언과 제안.

Hassold, T. J., and D. Patterson, eds. *Down Syndrome: A Promising Future, Together.* New York: John Wiley & Sons, 1999.

부모를 비롯한 전문가들이 제공하는 포괄적 개요서.

Horstmeier, DeAnna. *Teaching Math to People with Down Syndrome and other Hands-On Learners.* Bethesda, MD: Woodbine House, 2004.

일상 수학 기술을 가르치기 위한 실용적 안내서.

Jobling, Anne, and Naznin Virji-Babul. *Down Syndrome: Play, Move, and Grow.* Vancouver, BC: Down Syndrome Research Foundation, 2004.

움직임을 격려하고 지원하는 방법에 대한 조언과 제안.

Josephson, Gretchen, and Allen C. Crocker, ed. *Bus Girl: Poems by Gretchen Josephson.* Cambridge, MA: Brookline Books, 1997.

다운증후군 여성이 수십 년 동안 쓴 시.

Kidder, Cynthia, Brian Skotko, and K. Dew, eds. *Common Threads: Celebrating Life with Down Syndrome.* Rochester Hills, MI: Band of Angels Press, 2001.
다운증후군 자녀를 둔 가족들이 찍은 사진과 개인 에세이 모음집.

Kingsley, Jason, and Mitchell Levitz. *Count Us In: Growing Up with Down Syndrome*, rev. ed. New York: Harcourt Brace & Company, 2007.
자기옹호자이자 공동 저자인 두 친구가 다운증후군을 갖고 살아가는 경험을 쓴 글.

Klein, Stanley, Ph.D., and John Kemp, eds. *Reflections from a Different Journey: What Adults with Disabilities Wish All Parents Knew.* New York: McGraw-Hill Companies, 2004.
장애가 있는 성인이 성장하는 동안 경험한 긍정적·부정적 측면에 대해 쓴 40편의 에세이.

Klein, Stanley, Ph.D., and Kim Schive, eds. *You Will Dream New Dreams: Inspiring Personal Stories by Parents of Children with Disabilities.* New York: Kensington Books, 2001.
학습 및 신체 장애가 있는 자녀를 둔 부모가 쓴 글 모음집.

Kumin, Libby. *Early Communication Skills for Children with Down Syndrome: A Guide for Parents and Professionals.* Bethesda, MD: Woodbine House, 2003.
의사소통 기술 발달을 촉진하기 위한 실용적 안내서.

La Leche League International. *The Womanly Art of Breastfeeding*, 6th rev. ed. Schaumburg, IL: La Leche League International, 1997.
모유 수유에 대한 실용적 안내서.

Lavin, Judith Loseff. *Special Kids Need Special Parents: A Resource for Parents of Children with Special Needs.* New York: Penguin Group, 2001.
발달 장애 자녀를 둔 어머니가 의료 전문가 및 부모와의 인터뷰를 바탕으로 쓴 실용적 안내서.

Lott, Brett. *Jewel*. New York: Pocket Books, 1999.

　　1943년 다운증후군 딸을 키우는 어머니에 관한 소설.

MacLeod, Kent. *Down Syndrome and Vitamin Therapy*. Baltimore: Kemanso
　　Publishing Ltd., 2003.

　　뉴트리켐과 제휴한 저자가 설명하는 비타민 요법.

McGuire, Dennis, and Brian Chicoine. *Mental Wellness in Adults with Down
　　Syndrome: A Guide to Emotional and Behavioral Strengths and Challenges*.
　　Bethesda, MD: Woodbine House, 2006.

　　다운증후군 성인의 정서적 건강을 지원하기 위한 실용적 안내서.

MacDonell Mandema, J. *Family Makers: Joyful Lives with Down Syndrome*.
　　Menlo Park, CA: The Mandema Family Foundation, 2002.

　　다운증후군이 있는 가족의 삶을 담은 흑백 사진과 개인 에세이를 실은 책.

Marino, B., and Siegfried M. Pueschel, eds. *Heart Disease in Persons with Down
　　Syndrome*. Baltimore: Paul H. Brookes Publishing Co., 1996.

　　다운증후군이 있는 사람들에게 발병하는 심장 질환에 대한 심층 설명.

Marshak, Laura E., and Fran P. Prezant. *Married with Special-Needs Children:
　　A Couple's Guide to Keeping Connected*. Bethesda, MD: Woodbine House,
　　2007.

　　부부 상담과 부모 교육에서 쌓은 전문적 경험과 다른 부모들의 경험 및 조언을
　　바탕으로 쓴 실용적 안내서.

Medlen, Joan Guthrie. *The Down Syndrome Nutrition Handbook*. Lake Oswego,
　　OR: Phronesis Publishing, 2006.

　　영양사이자 다운증후군 아들을 둔 어머니가 쓴 식이요법과 영양에 대한 실용적
　　안내서.

Meyer, D. J., ed. *Uncommon Fathers: Reflections on Raising a Child with a
　　Disability*. Rockville, MD: Woodbine House, 1995.

발달 장애 자녀를 둔 아버지들이 쓴 개인적 글 모음집.

Miller, Jon F., Mark Leddy, and Lewis A. Leavitt, eds. *Improving the Communication of People with Down Syndrome*. Baltimore: Paul H. Brookes Publishing Co., 1999.

의사 3명이 집필한 언어 발달에 대한 실용적 안내서.

Miller, Nancy B. *Everybody's Different: Understanding and Changing Our Reactions to Disabilities*. Baltimore: Paul H. Brookes Publishing Co., 1999.

장애를 더 편안하게 받아들일 수 있도록 돕는 실용적 안내서.

____. *Nobody's Perfect: Living and Growing with Children Who Have Special Needs*. Baltimore: Paul H. Brookes Publishing Co., 1994.

학습 및 신체 장애가 있는 자녀를 둔 부모의 감정을 다룬 실용적 안내서.

MPRRC. "A Primer on People First Language." Logan, UT: Mountain Plains Regional Resource Center, 1999.

진단보다 개인을 우선시하는 언어에 대한 설명.

Naseef, Robert A. *Special Children, Challenged Parents: The Struggles and Rewards of Raising a Child with a Disability*. Baltimore: Paul H. Brookes Publishing Co., 2001.

자폐아를 둔 아버지가 쓴 발달 장애 자녀를 양육하는 어려움에 대한 실용적 안내서.

NDSS. "Down Syndrome: Myths and Truths." New York: National Down Syndrome Society, 1999.

다운증후군에 대한 일반적 오해를 바로잡아준다.

____. "A Promising Future Together: A Guide for New and Expectant Parents." New York: National Down Syndrome Society, 2003.

NDSS가 권장하는 지원 및 서비스에 관한 39쪽짜리 개요서.

Noble, Vicki. *Down Is Up for Aaron Eagle: A Mother's Spiritual Journey with*

Down Syndrome. New York: HarperCollins, 1993.
다운증후군 아들로 인해 영적으로 성장한 한 어머니의 이야기.

Oelwein, P. *Teaching Reading to Children with Down Syndrome: A Guide for Parents and Teachers*. Bethesda, MD: Woodbine House, 1995.
다운증후군 어린이와 그 밖의 시각적 학습자에게 읽기를 가르치기 위한 실용적 안내서.

Palmer, Greg. *Adventures in the Mainstream: Coming of Age with Down Syndrome*. Bethesda, MD: Woodbine House, 2005.
다운증후군이 있는 성인 아들과 함께하는 삶에 대한 아버지의 이야기.

Pueschel, Siegfried M. *A Parent's Guide to Down Syndrome: Toward a Brighter Future*. Baltimore: Paul H. Brookes Publishing Co., 1990.
다운증후군 자녀의 양육에 대한 개요를 제공하는 전문가들의 글 모음집.

Rogers, Dale Evans. *Angel Unaware*, rep. ed. Tarrytown, NY: Fleming H. Revell, 1992.
다운증후군 자녀에 대한 아버지의 사랑 이야기.

Rothman, Barbara Katz. *The Book of Life: A Personal and Ethical Guide to Race, Normality, and the Implications of the Human Genome Project*. Boston: Beacon Press, 2000.
유전 연구, 검사, 그리고 그에 따른 사회적 비용에 대한 고찰.

Santelli, Betsy, Florence Stewart Poyadue, and Jane Leora Young, eds. *The Parent to Parent Handbook: Connecting Families of Children with Special Needs*. Baltimore: Paul H. Brookes Publishing Co., 2001.
부모 대 부모 지원 그룹의 구축에 관심 있는 부모와 전문가를 위한 실용적 안내서.

Schwartz, Susan, and Joan E. Heller Miller. *The New Language of Toys: Teaching Communication Skills to Children with Special Needs, A Guide for Parents and Teachers*. Bethesda, MD: Woodbine House, 1996.

놀이를 통해 학습을 촉진하는 장난감에 대한 실용적 안내서.

Schwier, Karin Melberg, and Erin Schwier Stewart. *Breaking Bread, Nourishing Connections: People with and without Disabilities Together at Mealtime.* Baltimore: Paul H. Brookes Publishing Co., 2005.

식사 시간에 관한 안내서로, 실용적 전략과 개인적 에세이·시·사진을 포함하고 있다.

Siegel, Bryna, and Stuart C. Silverstein. *What About Me? Growing Up with a Developmentally Disabled Sibling.* Cambridge, MA: Da Capo, 2001.

형제자매가 보일 수 있는 반응과 건강한 형제자매 관계를 장려하기 위한 제안을 설명하는 부모용 안내서.

Soper, Kathryn Lynard. *Gifts: Mothers Reflect on How Children With Down Syndrome Enrich Their Lives.* Bethesda, MD: Woodbine House, 2007.

다운증후군 자녀를 둔 어머니들이 쓴 63편의 개인적인 에세이로, 다운증후군 아들을 둔 어머니이기도 한 육아 전문가 마사 시어스(Martha Sears)의 서문이 실려 있다.

Staub, Debbie. *Delicate Threads: Friendships Between Children With and Without Special Needs in Inclusive Settings.* Bethesda, MD: Woodbine House, 1998.

아이들이 우정을 쌓고 유지하기 위한 실용적 안내서.

Stray-Gundersen, Karen, ed. *Babies with Down Syndrome: A New Parents' Guide*, 2nd ed. Bethesda, MD: Woodbine House, 1995.

다운증후군 전문가들이 쓴 초보 부모를 위한 실용적 에세이 모음.

Sumar, Sonia. *Yoga for the Special Child: A Therapeutic Approach for Infants and Children with Down Syndrome, Cerebral Palsy, and Learning Disabilities.* Buckingham, VA: Special Yoga Publications, 1998.

신체 움직임을 촉진하고 요가 수련을 시작하기 위한 실용적 안내서.

Trainer, Marilyn. *Differences in Common: Straight Talk on Mental Retardation, Down Syndrome, and Life.* Bethesda, MD: Woodbine House, 1991.

다운증후군 자녀를 양육하는 것에 대한 한 어머니의 생각.

Van Dyke, D. C., Philip Mattheis, Susan Schoon Eberly, and Janet Williams, eds. *Medical and Surgical Care for Children with Down Syndrome: A Guide for Parents.* Bethesda, MD: Woodbine House, 1995.

의료 문제가 있는 자녀를 둔 부모를 위한 실용적 안내서.

Voss, Kimberly S. *Teaching by Design: Using Your Computer to Create Materials for Students with Learning Differences.* Bethesda, MD: Woodbine House, 2005.

부모와 교사의 교육과정 개발을 위한 실용적 안내서. CD-ROM이 포함되어 있다.

Vredevelt, Pam. *Angel Behind the Rocking Chair.* New York: Waterbrook Press, 1998.

다운증후군 자녀를 둔 어머니의 개인적·신앙적 에세이.

Wenig, Marsha. *YogaKids: Educating the Whole Child Through Yoga.* Michigan City, IN: YogaKids, 1991.

언어, 공간, 예술적 기술을 자극하는 활동과 함께 50가지 이상의 요가 자세를 다룬 실용적 안내서.

Winders, Patricia C. *Gross Motor Skills in Children with Down Syndrome: A Guide for Parents and Professionals.* Bethesda, MD: Woodbine House, 1997.

대근육 발달을 촉진하기 위한 실용적 안내서.

Zuckoff, Mitchell. *Choosing Naia: A Family's Journey.* Boston: Beacon Press, 2002.

기자가 쓴 다운증후군 산전 진단을 받은 한 가족의 이야기.

유아와 저학년 어린이를 위한 책

Bednarczyk, Angela, and Janet Weinstock. *Opposites: A Beginner's Book of Signs*. Long Island City, NY: Star Bright Books, 1996.

미국 수화 입문서. 에스파냐어도 제공한다.

_____. *Happy Birthday*. Long Island City, NY: Star Bright Books, 1996.

미국 수화 입문서.

Bouwkamp, Julie. *Hi, I'm Ben! … and I've Got a Secret!*, 2nd ed. Rochester Hills, MI: Band of Angels Press, 2007.

다운증후군 소년의 일상을 글과 사진으로 소개한다.

Brown, Tricia. *Someone Special, Just Like You* (an Owlet Book). New York: Henry Holt & Co., 1995.

통합 유치원에서 일상 활동을 하는 아이들의 사진.

Bunnett, Rochelle. *Friends at School*. Long Island City, NY: Star Bright Books, 2005.

다양한 능력을 가진 아이들의 학교생활을 글과 사진으로 전하는 이야기. 에스파냐어도 제공한다.

Cairo, Shelley. *Our Brother Has Down's Syndrome: An Introduction for Children*. Toronto, Canada: Annick Press Ltd., 2002.

누나 두 명이 다운증후군 남동생과 함께하는 경험을 글과 사진으로 공유한다.

Carter, Alden R. *Big Brother Dustin*. Morton Grove, IL: Albert Whitman & Company, 1997.

어떻게 형이 되는지를 배우는 다운증후군 소년 더스틴의 이야기를 글과 사진으로 들려준다. 유치원에서 3학년까지 학생들을 대상으로 한다.

Christian, Cheryl. *Where Does It Go?* Long Island City, NY: Star Bright Books, 2005.

다양한 능력을 가진 어린이들을 주인공으로 하는 플랩 보드북으로, 에스파냐어를 비롯한 여러 언어로 제공하며, 출생부터 4세까지 어린이를 대상으로 한다.

____. *Where's the Puppy?* Long Island City, NY: Star Bright Books, 2005.

강아지를 주인공으로 한 플랩 보드북으로, 에스파냐어를 비롯한 여러 언어로 제공하며, 출생부터 4세까지 어린이를 대상으로 한다.

DeBear, Kirsten. *Be Quiet, Marina!* Long Island City, NY: Star Bright Books, 2001.

3세 다운증후군 소녀와 뇌성마비 소녀의 우정을 글과 사진으로 담은 책으로, 3세부터 8세까지 어린이를 대상으로 한다.

Dwight, Laura. *Brothers and Sisters.* Long Island City, NY: Star Bright Books, 2005.

여러 가족이 함께 생활하고 노는 모습을 글과 사진으로 전하는 책으로, 4세부터 8세까지 어린이를 대상으로 한다.

____. *We Can Do It!* Long Island City, NY: Star Bright Books, 1998.

학습 및 신체 장애가 있는 5명의 아이가 집과 학교에서 일상 활동을 즐기며 재미있게 시간을 보내는 모습을 담은 사진집으로, 4세부터 8세까지 어린이를 대상으로 한다.

Ely, Lesley. *Looking After Louis.* Morton Grove, IL: Albert Whitman & Company, 2004.

자폐증 소년이 통합 교실에서 겪는 이야기로, 1학년부터 4학년까지 어린이를 대상으로 한다.

Fenton, Anne Lobock. *Tikun Olam.* Cambridge, MA: Brookline Books, 1997.

아픈 친구를 고쳐주려고 애쓰는 미스터 픽싯(Fixit)을 주인공으로 하는 어린이 그림책.

Girnis, Margaret. *1 2 3 for You and Me.* Morton Grove, IL: Albert Whitman and Co., 2001.

다운증후군 아이들의 사진을 담은 숫자 세기 책.

_____. *ABC for You and Me.* Morton Grove, IL: Albert Whitman and Co., 2000.

제 몸으로 글자를 만드는 다운증후군 아이들의 사진.

L. A. Goal. *Disabled Fables.* Long Island City, NY: Star Bright Books, 2005.

발달 장애 예술가들의 눈으로 해석한 이솝 우화, 숀 펜(Sean Penn)이 서문을 썼다.

Maguire, Arlene. *Special People, Special Ways.* Arlington, TX: Future Horizons, 2001.

공통점을 강조하는 운율 그림책으로, 4세에서 8세까지 어린이를 대상으로 한다.

Pitzer, Marjorie W. *I Can, Can You?* Bethesda, MD: Woodbine House, 2005.

다운증후군 어린이들이 일상 활동을 하는 사진을 담은 보드북으로, 출생부터 4세까지 어린이를 대상으로 한다.

Rabe, Bernice. *Where's Chimpy?* Morton Grove, IL: Albert Whitman & Company, 1991.

다운증후군 아이와 아버지가 사랑하는 인형을 찾기 위해 하루를 되짚어보는 이야기로, 유치원부터 2학년까지 어린이를 대상으로 한다.

Rogers, Fred. *Let's Talk About It: Extraordinary Friends.* New York: Putnam, 2000.

어린이 TV 프로그램 진행자인 미스터 로저스(Rogers)가 학습 및 신체 장애에 대해 이야기하고, 이러한 장애가 우리에게 어떤 느낌을 주는지를 설명하는 책으로, 1학년부터 3학년까지 어린이를 대상으로 한다.

Rickert, Janet Elizabeth. *Russ and the Firehouse.* Bethesda, MD: Woodbine House, 1999.

5세의 다운증후군 소년 러스가 소방서에서 보낸 하루를 글과 사진으로 담은 책으로, 3세부터 7세까지 어린이를 대상으로 한다.

Stuve-Bodeen, Stephanie. *The Best Worst Brother.* Bethesda, MD: Woodbine House, 2005.

누나의 시각으로 다운증후군이 있는 남동생과의 관계를 바라본 이야기로, 3세부터 8세까지 어린이를 대상으로 한다. 샬럿 프리모(Charlotte Fremaux)가 그림을 그렸다.

____. *We'll Paint the Octopus Red.* Bethesda, MD: Woodbine House, 1998.
다운증후군 아기가 태어난 뒤 아버지가 딸을 안심시키는 이야기로, 3세부터 7세까지 어린이를 대상으로 한다. 팸 드비토(Pam DeVito)가 그림을 그렸다.

Tomas, Pat. *Don't Call Me Special: A First Look at Disability.* Hauppauge, NY: Barron's Educational Series, 2005.
치료사이자 상담가인 저자가 어린이들이 생각하고 질문할 수 있도록 격려하는 책으로, 3세부터 8세까지 어린이를 대상으로 한다. 레슬리 하커(Lesley Harker)가 그림을 그렸다.

Thrasher, Amy. *My Friend Isabelle Teacher's Guide.* Bethesda, MD: Woodbine House, 2004.
일라이자 월러슨(Eliza Woloson)의 책《내 친구 이자벨(My Friend Isabelle)》을 통합 환경에서 교육 도구로 활용하는 방법에 대한 안내서.

Willis, Jeanne. *Susan Laughs.* New York: Henry Holt & Co., 2000.
휠체어를 사용하는 어린이의 이야기를 간단한 운율과 그림으로 전하는 책으로, 유치원부터 1학년까지 어린이를 대상으로 한다. 토니 로스(Tony Ross)가 그림을 그렸다.

Wojahn, Rebecca Hogue. *Evan Early.* Bethesda, MD: Woodbine House, 2006.
미숙아로 태어난 동생을 보며 불안해하는 형제들을 안심시키는 이야기로, 3세부터 7세까지 어린이를 대상으로 한다. 네드 개년(Ned Gannon)이 그림을 그렸다.

Woloson, Eliza. *My Friend Isabelle.* Bethesda, MD: Woodbine House, 2003.
다운증후군이 있는 찰리와 이자벨의 우정에 관한 이야기로, 2세부터 6세까지 어린이를 대상으로 한다. 브라이언 고프(Bryan Gough)가 그림을 그렸다.

고학년 어린이를 위한 책

Hale, Natalie. *Oh Brother! Growing Up with a Special Needs Sibling.* Washington, D.C.: Magination Press, 2004.

다운증후군이 있는 오빠와 함께하는 여동생의 이야기.

Meyer, Donald J., and Patricia Vadasy. *Living with a Brother or Sister with Special Needs: A Book for Sibs.* Seattle, WA: University of Washington Press, 1996.

형제자매를 위한 실용적 안내서.

Meyer, Donald J., ed. *The Sibling Slam Book: What It's Really Like to Have a Brother or Sister with Special Needs.* Bethesda, MD: Woodbine House, 2005.

십대 80명이 형제자매의 이야기를 들려준다.

Meyer, Donald J., and Patricia F. Vadasy. *Sibshops: Workshops for Siblings of Children with Special Needs.* Baltimore: Paul H. Brookes Publishing Co., 1994.

형제자매 워크숍을 준비하고 운영하는 데 도움이 되는 안내서.

Meyer, Donald J., ed. *Views from Our Shoes: Growing Up With a Brother or Sister with Special Needs.* Bethesda, MD: Woodbine House, 1997.

학습 및 신체 장애가 있는 형제자매를 둔 모든 연령대의 어린이들이 쓴 45편의 에세이.

Rue, Nancy. *Sophie's Encore* (Faithgirlz!). Grand Rapids, MI: Zonderkidz, 2006.

다운증후군이 있는 여동생의 탄생으로 신앙에 의문을 품게 되는 어린 소녀의 이야기.

Shriver, Maria. *What's Wrong with Timmy?* New York: Little, Brown, 2001.

공원을 산책하며 어머니와 자녀가 학습 및 신체 장애가 있는 아이들에 대해 대화할 기회를 갖는 이야기로, 산드라 스페이델(Sandra Speidel)이 그림을 그렸으며, 3학년부터 5학년까지 어린이를 대상으로 한다.

DVD와 비디오

ABC Television, *Nightline* with Ted Koppel. "Mother's Mission." VHS. December 1996.
딕시 로런스 타포야와 딸 매디슨을 주인공으로 표적 영양 개입에 대해 다룬다. 대본도 제공한다.

CBS Television, *48 Hours.* "Smart Drugs for Down Syndrome: Hope or Hype?" VHS. August 21, 1997.
에린 모리아티(Erin Moriarty)는 딕시 로런스 타포야와의 인터뷰를 비롯한 논쟁을 조사한다. 대본을 제공한다.

Allstate Insurance Company, producer. *Gifts of Love*. VHS. New York: National Down Syndrome Society, 2000.
다운증후군 자녀를 둔 네 가족이 자신들의 감정과 경험을 들려준다.

Coleman, Rachel. *Signing Time! Volume 1: My First Signs*. VHS & DVD. Salt Lake City: Two Little Hands Productions, 2002.
어른과 어린이가 노래, 단어, 놀이로 수화를 가르쳐준다.

____. *Signing Time! Volume 2: Playtime Signs*. VHS & DVD. Salt Lake City: Two Little Hands Productions, 2002.
어른과 어린이가 노래, 말, 놀이로 수화를 가르쳐준다.

____. *Signing Time! Volume 3: Everyday Signs*. VHS & DVD. Salt Lake City: Two Little Hands Productions, 2002.
어른과 어린이가 노래, 단어, 놀이로 수화를 가르쳐준다.

Connecticut Down Syndrome Congress. *Life with Down Syndrome*. VHS. Hartford, CT: Connecticut Down Syndrome Congress, 1997.

다양한 연령의 다운증후군 자녀를 둔 가족들의 일상생활을 보여준다.

Down Syndrome Association of Central Ohio. *Like Any Child, Raising a Child with Down Syndrome*. VHS. Worthington, OH: Down Syndrome Association of Central Ohio, 1997.

부모·전문가·다운증후군이 있는 사람들이 일상생활을 이야기하며, 크리스 버크 (Chris Burke)와의 인터뷰가 포함되어 있다.

Endless Horizon Productions. *Emma's Gifts*. DVD. Charlotte, NC: Endless Horizon Productions, 2003.

유치원 시절부터 개별화 교육 프로그램(IEP) 계획을 포함해, 부모가 이란성 쌍둥이 엠마와 아비게일의 일상생활을 들려준다.

Gibbs, Betsy, and Ann Springer. *Early Use of Total Communication. Parents' Perspectives on Using Sign Language with Young Children with Down Syndrome*. VHS. Baltimore: Paul H. Brookes, 1993.

음성과 수화를 동시에 사용하는 통합적 의사소통 방식에 대한 실용적 가이드.

Goodwin, Thomas C., and Geraldine Wurzburg, for Home Box Office. *Educating Peter*. VHS. New York: Insight Media, Inc., 1992.

아카데미상 수상작인 이 단편 영화는 다운증후군이 있는 아이가 통합 학교 환경에서 보낸 1년을 다룬다. 7쪽짜리 학습 가이드가 포함되어 있다.

Graves, Duane, director. *Up Syndrome*. VHS. Austin, TX: Trisomy Films, 2000.

다운증후군을 갖고 태어난 어린 시절 친구의 삶을 1년 동안 담은 다큐멘터리로 수상작이다.

Hanlon, Grace M., producer. *Successfully Parenting Your Baby with Special Needs: Early Intervention for Ages Birth to Three*. VHS. Baltimore: Paul H. Brooks, 1999.

다른 부모와 전문가들의 조언을 담은 초보 부모를 위한 실용적 가이드.

Karen Gaffney Foundation. *Journey of a Lifetime … Beginning with the End in Mind.* VHS. Portland, OR: The Karen Gaffney Foundation, 1998.

조기 개입에 대한 정보를 담은 초보 부모를 위한 실용적 가이드.

Kemper National Insurance Co., underwriters. *Opportunities to Grow.* VHS. New York: National Down Syndrome Society, 1992.

*Gifts of Love*의 속편으로, 앤드리아 프리드먼(Andrea Friedman), 크리스 버크 (Chris Burke), 존 테일러(John Taylor), 제이슨 킹슬리(Jason Kingsley) 등 다운증후군이 있는 6세부터 26세까지 사람들이 출연한다.

Kotlinski, Joe and Sue. *Love and Learning.* VHS, DVD, CD, and audiocassette. Dearborn, MI: Love and Learning, 1989.

읽기 교육에 대한 다감각적 접근법.

Kumin, Libby. *What Did You Say? A Guide to Speech Intelligibility in People with Down Syndrome.* DVD. Directed and edited by Will Schermerhorn. Vienna, VA: Blueberry Shoes Productions, 2006.

언어 발달에 대한 전문가들의 심층 분석.

Lamb, Karin, and Gina Lamb. *Doing Things.* VHS. Eureka, MT: Bo Peep Productions, Inc., 1988.

일반적으로 발달하는 어린이들이 씻기, 먹기, 옷 입기와 같은 일상적인 자기 돌봄 기술을 모방하는 모습을 보여준다.

____. *Sounds Around.* VHS. Eureka, MT: Bo Peep Productions, Inc., 1988.

학습 장애가 있는 어린이와 없는 어린이가 소리와 음악을 통한 놀이를 경험한다.

____. *Which Way Weather?* VHS. Eureka, MT: Bo Peep Productions, Inc., 1990.

발달 장애가 있는 어린이와 없는 어린이가 날씨에 따른 적절한 활동을 모방한다.

Myshrall, Kate, ed. *Friends Like Me.* VHS. Worcester, MA: Massachusetts Down Syndrome Congress, 1999.

형제자매, 친구, 동급생의 의견을 통해 다운증후군이 있는 여러 사람의 삶을 살펴본다.

NDSS. *A Promising Future Together: A Guide for New Parents of Children with Down Syndrome*. VHS. New York: National Down Syndrome Society, 1998.

동일한 제목의 전국다운증후군협회(NDSS) 초보 부모 가이드에 대한 보충 자료.

Owensby, Jennifer, producer and director. *The Teachings of Jon*. DVD. Durham, NC: Waking Heart Films, 2006.

성인 다운증후군 형제와 함께하는 가족의 삶을 담은 영상으로 여동생이 촬영했다.

Schermerhorn, Will. *Discovery: Pathways to Better Speech for Children with Down Syndrome*. DVD. Vienna, VA: Blueberry Shoes Productions, 2005.

언어 발달의 핵심 요소에 대한 일반적 개요.

____. *Down Syndrome: The First 18 Months*. DVD. Vienna, VA: Blueberry Shoes Productions, 1993.

저명한 전문가와의 인터뷰와 개인적인 가족 이야기를 통해 다운증후군 자녀를 둔 초보 부모에게 개요를 제공한다.

State of the Art Productions, for Home Box Office. *Graduating Peter*. VHS & DVD. Princeton, NJ: Film for the Humanities and Sciences, 2001.

아카데미상 수상작인 단편 영화 *Educating Peter*의 속편이다.

Wenig, Marsha. *YogaKids: An Easy, Fun-filled Adventure*. DVD. Living Arts, Inc., 2000.

모든 연령대의 어린이가 요가를 통해 근력과 건강을 키우는 데 도움이 되는 놀이를 배울 수 있다.

Young, Donald, producer. *Raymond's Portrait: The Life and Art of Raymond Hu*. VHS. San Francisco: National Asian American Telecommunications Distribution, 1997.

다운증후군이 있는 화가 레이먼드 후의 개인적·예술적 발전을 추적한 다큐멘터리로 수상작이다.

국가 기관

National Association for Down Syndrome (NADS); www.nads.org/.

시카고 지역의 다운증후군 가족과 개인에게 서비스를 제공하는 단체이다. 컨퍼런스, 제품 및 출판물을 전국적으로 제공한다.

National Down Syndrome Congress (NDSC); www.ndsccenter.org/.

부모, 가족, 자기옹호자 들로 구성된 지역 및 지방 단체의 전국 네트워크로, 매년 여름 전국 대회를 개최한다.

National Down Syndrome Society (NDSS); www.ndss.org/.

교육, 연구, 옹호 등에서 국가적 리더십을 통해 다운증후군이 있는 사람들과 그 가족에게 혜택을 주기 위해 설립된 조직.

The Arc of the United States (ARC); www.thearc.org/.

지적 및 발달 장애가 있는 사람들로 구성된 최대 규모의 풀뿌리 조직.

웹사이트

Baby Center Bulletin Boards, Down syndrome; http://boards.babycenter.com/n/pfx/forum.aspx?webtag=bcus11985.

다운증후군이 있는 아기와 어린이의 부모를 위한 게시판.

Disability is Natural; www.disabilityisnatural.com/.

학습 및 신체 장애가 있는 아기와 어린이의 부모를 위한 웹사이트.

DownSyn Forum; www.downsyn.com/.

다운증후군이 있는 아기와 어린이의 부모를 위한 게시판.

Down Syndrome: Health Issues; www.ds-health.com/.

다운증후군 아들을 둔 아버지이자 의사인 렌 레신(Len Leshin) 박사가 운영하는 정보 사이트.

NuTriVene-D Targeted Nutritional Intervention, a Brand of International Nutrition, Inc.; www.nutrivene.com/.

제품 주문 정보.

Uno Mas! Bulletin Board; https://unomas.proboards.com/.

다운증후군이 있는 아기와 어린이의 부모를 위한 게시판.

Wrightslaw; www.wrightslaw.com/.

장애가 있는 어린이를 위한 특수 교육에 관한 법, 교육에 관한 법, 옹호에 관한 정보.

네덜란드에 오신 것을 환영합니다

에밀리 펄 킹슬리

저는 종종 장애 아동을 키우는 경험에 대해 설명해달라는 요청을 받습니다. 그 특별한 경험을 공유하지 않은 사람들이 그걸 이해하고, 어떤 기분인지 상상할 수 있도록 말입니다. 그건 이런 것과 같습니다.

당신이 아이를 낳을 예정이라는 건 멋진 이탈리아 여행을 계획하는 것과 같습니다. 당신은 가이드북을 잔뜩 사서 멋진 계획을 세웁니다. 콜로세움, 미켈란젤로의 다비드상, 베네치아의 곤돌라 등. 당신은 이탈리아어로 유용한 문구도 몇 가지 배울 수 있습니다. 모든 게 매우 흥미진진합니다.

몇 달간의 간절한 기다림 끝에 마침내 그날이 왔습니다. 당신은 가방을 싸서 출발합니다. 몇 시간 후 비행기가 착륙합니다. 승무원이 들어와 말합니다. "네덜란드에 오신 것을 환영합니다."

"네덜란드라고요?!? 네덜란드라니 무슨 말씀이세요? 저는 이탈리아에 가기로 예약했어요! 저는 이탈리아에 있어야 해요. 평생 이탈리아에 가는 꿈을 꾸어왔다고요." 당신이 말합니다.

하지만 비행 일정이 변경되었습니다. 비행기는 네덜란드에 착륙했고, 당신은 이곳에 머물러야 합니다.

중요한 것은 당신이 해충, 기근, 질병으로 가득 찬 끔찍하고 혐오스럽고 더러운 곳으로 온 게 아니라는 겁니다. 그저 다른 곳일 뿐입니다.

그래서 새로운 가이드북을 사야 하고, 완전히 새로운 언어를 배워야 합니다. 그리고 결코 만날 일이 없었던 완전히 새로운 사람들을 만나게 될 것입니다.

그저 다른 곳일 뿐입니다. 이탈리아보다 느리고, 이탈리아보다 덜 화려합니다. 그러나 어느 정도 시간을 보내고 호흡을 가다듬고 나면, 주위를 둘러보게 됩니다. 그리고 네덜란드에는 풍차가 있고 …… 튤립이 있습니다. 렘브란트도 있습니다.

그러나 당신이 아는 사람들은 모두 이탈리아를 오갑니다. 그들은 모두 거기서 멋진 시간을 보냈다고 자랑스럽게 말하죠. 그리고 평생 동안 당신은 이렇게 말할지도 모릅니다. "그래요, 그곳이 내가 가야 했던 곳입니다. 내가 계획했던 곳이라고요."

그리고 그 아픔은 영원히, 절대, 결코 사라지지 않을 것입니다. 왜냐하면 그 꿈을 잃은 것은 매우 매우 중요한 상실이니까요.

하지만 …… 만약 당신이 이탈리아에 가지 못한 사실을 슬퍼하며 평생을 보낸다면, 당신은 네덜란드에서 매우 특별하고 아름다운 것들을 즐길 자유를 얻을 수 없을지도 모릅니다.

.